HELGE WEICHMANN

Schandflut

REICHT DEIN ATEM? Nach einem Unfall wacht die Historikerin Tinne im Krankenhaus auf. Die letzten sieben Tage sind aus ihrem Gedächtnis gelöscht, und der Mann, mit dem sie in dieser Zeit unterwegs war, liegt tot im Rhein – von einem Krokodil zerfleischt. Mit der Unterstützung von Elvis, dem dicken Lokalreporter, versucht sie die vergangene Woche zu rekonstruieren. Im Zentrum ihrer Ermittlungen steht schon bald das Naturhistorische Museum, dessen Ausstellungsräume in einem mittelalterlichen Kirchenschiff untergebracht sind. Was hat es mit dem mysteriösen Kellerraum auf sich, der vor Jahrzehnten aus dem Grundriss getilgt wurde? Welches Geheimnis birgt die paläontologische Sammlung in Nierstein? Und warum bricht die Strom- und Wasserversorgung in der Rheinstraße immer wieder zusammen? Auf der Suche nach der Wahrheit steigen Tinne und Elvis in die Mainzer Kanalisationsschächte hinab, die in der Sommerhitze trockengefallen sind. Doch dort unten ist etwas verborgen, das besser unangetastet geblieben wäre …

© Susanne Reuber

Helge Weichmann, Jahrgang 1972, ist gebürtiger Pfälzer und lebt seit mehr als 25 Jahren in der Diaspora in Rheinhessen. Während seines Studiums jobbte der promovierte Kulturgeograph als Musiker und Kameramann, bevor er sich als Filmemacher selbstständig machte. Heute betreibt er eine Medienagentur, arbeitet als Moderator und hat sich mit Mainzer Krimis einen Namen gemacht. Die Pfalz trägt er jedoch immer im Herzen, deshalb sind die »Elwetritsche«-Bücher seine ganz persönliche Wertschätzung der wunderschönen Region zwischen Neustadt und der französischen Grenze. Neben Kultur und gutem Essen kommt darin auch die berühmte Schlitzohrigkeit der Pfälzer nicht zu kurz. Ajoh!

HELGE WEICHMANN

Schandflut

KRIMINALROMAN

GMEINER

Immer informiert

Spannung pur – mit unserem Newsletter informieren wir Sie regelmäßig über Wissenswertes aus unserer Bücherwelt.

Gefällt mir!

Facebook: @Gmeiner.Verlag
Instagram: @gmeinerverlag

Besuchen Sie uns im Internet:
www.gmeiner-verlag.de

© 2019 – Gmeiner-Verlag GmbH
Im Ehnried 5, 88605 Meßkirch
Telefon 0 75 75 / 20 95 - 0
info@gmeiner-verlag.de
Alle Rechte vorbehalten
3. Auflage 2025

Lektorat: Teresa Storkenmaier
Satz: Julia Franze
Umschlaggestaltung: U.O.R.G. Lutz Eberle, Stuttgart
unter Verwendung eines Fotos von: © Chettaprin.P / shutterstock.com
Druck: Custom Printing Warschau
Printed in Poland
ISBN 978-3-8392-2535-6

Gewidmet Herrn ARNULF STAPF
in ehrenvollem Andenken.
* 6.5.1935   † 16.6.2019

PROLOG

KÖNIGSWINTER, 14. JUNI 1966

Die Kugeln schoben sich träge voran, Dutzende, Aberdutzende, es mussten Hunderte sein. Die orangefarbenen Bälle sahen fremd aus im trüben Rheinwasser, bunte Kleckse im graublauen Einerlei.

»Ich frag' mich, wo die so viele von den Dingern hergekriegt haben.« Bodo Schmidtskath beobachtete die Masse an Kugeln durch den Kamerasucher. Die Optik vergrößerte den Bildausschnitt, alles schien zum Greifen nah. »Ich meine, 20 Orangen sind kein Problem, 50 auch nicht, aber die schmeißen ja Unmengen davon ins Wasser. Die müssen einen ganzen Laster davon besorgt haben.«

Rieke Vong, die eigentlich Ulrike mit ck hieß und ihren Namen hasste, hörte nur mit halbem Ohr zu. Ihre Aufmerksamkeit galt dem Nordmende Globetrotter, den sie in ihrer Armbeuge hielt und schwenkte, um den Empfang zu verbessern. WDR 2 sendete über UKW, das Signal war hier am Rand des Siebengebirges immer wieder unterbrochen. Rauschen und Kratzen übertönten die Stimme des Sprechers, der über die aktuellen Geschehnisse in Bonn berichtete.

Mit hochgerecktem Radio drehte Rieke sich um sich selbst, schließlich ging sie ein paar Meter und stieg die Uferböschung hinauf. Hier wurde der Empfang besser, aus dem Rauschen schälte sich eine blecherne Männerstimme.

»… haben wir noch keine neuen Informationen über den Verbleib. Auf der Terrasse des Bundeshauses stehen die Menschen dicht an dicht, auch an den Straßen parken Autos, man sieht Schaulustige, jung und alt, Familien mit Kindern, viele mit Ferngläsern, einige tragen Fotoapparate bei sich. Im Wasser treiben Orangen, immer neue Früchte werden vom Fluss herbeigespült. Die städtische Ordnungsbehörde hat mitgeteilt, dass es zumeist jugendliche Störenfriede sind, Halbstarke, die flussaufwärts diese Vielzahl an Orangenfrüchten ins Wasser werfen. Durch Kraftwagen und Handkarren sind sie schnell und mobil, sodass die Behörden ihrer nicht einfach habhaft werden können.«

»Weißte, was mir mein Papa erzählt hat?« Bodo nahm sein Auge nicht vom Sucher, während er mit Rieke redete. »Die haben gestern sogar ein Luftschiff gehabt, irgendwo gemietet oder so, und dann haben sie die Orangen von oben reingeschmissen ins Wasser. Stell dir das mal vor, was für ein Aufwand!«

Rieke winkte ab und lauschte der Stimme aus dem Radio. Das Rauschen wurde wieder stärker, sie bog die Antenne in eine andere Richtung. Erfolglos. Verärgert ging sie die Böschung herab.

»Mistempfang hier. Das ist eine blöde Stelle, eine ganz blöde. Woher sollen wir bitte schön wissen, was los ist, wenn wir nichts hören?«

»Da haben wir doch lang und breit darüber geredet.« Bodos Knochen knackten, als er seine unbequeme Lauerposition hinter der Kamera aufgab und sich streckte. »Hier haben wir die besten Chancen auf ein gutes Bild. Weiter unten sind zu viele Leute, und flussaufwärts kommen wir nicht nahe genug ans Wasser ran.«

Tatsächlich hatten sie gestern mit Bodos Mofa eine Stunde lang gesucht, bis sie diesen Platz entdeckt hatten. Ein schmaler Streifen Kies erlaubte es ihnen, direkt am Wasser zu stehen, Bäume schotteten sie von der Straße ab. Am gegenüberliegenden Ufer erhoben sich die Häuser von Mehlem, dem südlichsten Stadtteil von Bonn. Auf ihrer Seite des Rheins gab es nur

Ufergrün und die Bundesstraße 42, die Siedlungsgrenze von Königswinter lag einige Hundert Meter flussabwärts. Hinter ihnen erhob sich der bewaldete Rücken des Drachenfelses, so nannten ihn die Leute. Kein anderer Mensch war zu sehen, sie hatten den Platz ganz für sich allein.

»Und hey, stell dir vor, wenn wir wirklich ein Foto kriegen. Dann haben wir endlich Bakschisch, wie wir wollten!«

›Bakschisch‹, das war ihr Ausdruck für Geld. Rieke hatte das Wort aus einem Buch, Bodo fand es witzig, und seither redeten sie von Bakschisch, wenn sie schauten, was sie am Wochenende unternehmen konnten und ob sie sich einen Abstecher ins Eiscafé gönnen durften.

Bodo war 17, Rieke 16. Seit einem knappen halben Jahr waren sie ein Paar, das durfte natürlich keiner erfahren, am wenigsten Riekes Eltern. Aber mit dem Bakschisch, das sie für eine gelungene Aufnahme bekommen würden, könnten sie sich ein Stück Freiheit kaufen, das wussten sie ganz genau. Einen gemeinsamen Urlaub vielleicht, eine Woche Italien oder so. Den Eltern würden sie eine Geschichte auftischen, und dann … Spaghetti und Rotwein in Rimini, nachts allein am Strand, das Meer rauscht … Auf Bodos Gesicht machte sich ein verzücktes Lächeln breit, während er sich seinen Tagträumen hingab.

»Hallo? Schaust du endlich mal?« Rieke holte ihn in die Wirklichkeit zurück und deutete mit hochgezogenen Brauen auf die Kamera. Er gab ihr einen schnellen Kuss und beugte sich wieder nach unten zum Sucher. Die Agfa Ambiflex gehörte seinem Vater, der das Fotografieren seit vielen Jahren als Hobby betrieb und eine teure Ausrüstung besaß. Bodo hatte ihm etwas von einem Schulprojekt vorgeflunkert, woraufhin sein Vater ihm tatsächlich die Kamera, das Stativ und das hochgeschätzte 240er Teleobjektiv lieh. Mit seinem letzten Bakschisch kaufte Bodo zwei Kodak Ektachrome, während Rieke ihrem großen Bruder den Nordmende Globetrotter abschwatzte. Dergestalt ausgerüstet brummten sie mit dem Mofa zu ihrem Beobachtungsposten und behielten den Rhein nun schon zwei Stunden scharf im Blick. Es war kurz vor zwölf mittags. Eigentlich hatten sie Schule, doch sie hatten gemeinsam entschieden, dass es heute Wichtigeres gab als Unterricht. Eine solche Gelegenheit kam so schnell nicht wieder!

»Diese blöden Orangen. Da wirst du ja verrückt beim Gucken«, murmelte Bodo. Die Früchte tanzten im Wasser, einige hatten sich in Strudeln verfangen und wirbelten durcheinander. Rieke strengte ihre Augen an. Sie suchte einen orangefarbenen Ball, der sich auf ungewöhnliche Art bewegte. Der vielleicht stillstand oder gegen den Strom schwamm. Doch nein, keine Chance, die bunten Punkte narrten ihre Augen. Sie musste es ihrem Freund und dem starken Teleobjektiv überlassen, nach der einen, ganz besonderen Kugel zu suchen. Mit gestrecktem Arm und hoch erhobenem Radio kletterte sie wieder die Böschung hinauf, um eine Stelle zu finden, an der die Reporterstimme gegen das Rauschen ankam. Das Nordmende pfiff und knisterte, Rieke kam sich doof vor, als sie sich drehte und den Apparat schwenkte. Wie in der Tanzschule, und die hatte sie noch nie gemocht.

Bodo behielt derweil den Fluss im Auge und drehte am Schärfering. Diese Umweltschützer und ihre Orangen! Na ja, andererseits – eigentlich machten diese Leute ja alles richtig. Zu viel war passiert in den letzten vier Wochen: die Stangen, die Tennisnetze, die Radioreportagen, die Fernsehnachrichten. Die Menschen am Ufer. Nein, irgendwann reichte es.

Aber hier und jetzt ging ihm die Orangenflut auf die Nerven. Schon wieder trug der Fluss eine neue Ladung heran, eine schwimmende Armee in farbiger Uniform. Bodo konzentrierte sich auf das, was er im Sucher sah. Da, bewegte sich einer der bunten Bälle nicht auf eine seltsame Art? Schnell tastete er nach dem Auslöser der Agfa, seine Hände wurden feucht. Nein, Fehlalarm, die Orange schwappte weiter flussabwärts wie ihre zahllosen Geschwister.

Er zerbiss einen Fluch zwischen den Lippen. Das Medieninteresse war riesig, jeder Sender in Deutschland brachte Berichte, es gab sogar Anfragen aus dem Ausland. Doch gute Fotos waren Mangelware und wurden teuer gehandelt. Sehr teuer. Bisher gab es nur Schnappschüsse in Schwarz-Weiß, oft verwackelt oder überbelichtet. Er wusste, dass er mit der Ausrüstung seines Vaters besser ausgestattet war als mancher Berufsfotograf. Eine gelungene Bilderserie in Farbe – damit könnte er bei jeder großen Zeitschrift anklopfen und seinen Preis nennen. Dann wäre endlich Bakschisch da, um mit Rieke die Zukunft planen zu können.

Mitten in seine Gedanken platzte die Stimme seiner Freundin. Rieke stand oben auf der Böschung und hatte eine Stelle gefunden, an der der Empfang gut war.

»Eben kommt 'ne aktuelle Meldung rein!«, rief sie aufgeregt. »Und zwar, warte …«, ihre Ohren klebten förmlich an dem Radio, »… es ist, eh, sie sagen …« Wieder hörte sie zu, während Bodo die Kamera wie ein Maschinengewehr schwenkte, als wollte er den Fluss in seiner ganzen Länge ablichten. Ein paar Sekunden tönte nur die krächzende Stimme aus dem Lautsprecher, dann ließ Rieke das Gerät langsam sinken. »Am Alten Zoll.« Ihre Stimme klang enttäuscht. »Gerade eben, es ist eine Direktübertragung.«

Bodo spürte, wie die Anspannung aus seinem Körper wich und sich Ernüchterung breitmachte. Der Alte Zoll lag fast zehn Kilometer flussabwärts mitten im Bonner Stadtgebiet. Zu weit weg. Viel zu weit. Dazu kam, dass dort jede Menge Trubel herrschte, Menschen, Reporter, Fotografen.

Nun würde jemand anders die Bilderserie schießen. Sie hatten sich den falschen Platz ausgesucht.

Wortlos trottete Rieke heran, ihrem Gesicht sah Bodo an, dass sie genauso niedergeschlagen war wie er. Aus der Traum vom Bakschisch.

»He, pack mal an.« Bodo hob das schwere Metallstativ in die Höhe. Wenn sie sich beeilten, schafften sie vielleicht noch die letzte Stunde in der Schule und konnten sich eine Ausrede für ihr Fehlen einfallen lassen.

Mitten in der Bewegung stockte er, als Riekes Hand ihn packte. Der Blick seiner Freundin richtete sich starr auf den Fluss hinter ihm. »Da ...«, mehr brachte sie nicht heraus. Er fuhr herum und bekam große Augen. Was war das denn?

Hektisch knallte er das Stativ auf den Boden und drehte die Kamera herum. Der Fokusring, schnell! Kaum hatte er das Bild scharfgestellt, da schnappte er auch schon nach Atem. Das konnte doch nicht sein! Klick, ratsch, klick, ratsch, er schoss Bild um Bild, sein Daumen konnte den Film kaum schnell genug weiterspulen. Klick, klick, noch mal.

Riekes Blick hing wie gebannt auf der Wasseroberfläche. Am Alten Zoll, hatte es geheißen. Weit weg von hier.

Sie drehte den Kopf und schaute ihrem Freund zu, der ein Foto nach dem anderen schoss. Das, was hier vor ihren Augen geschah, konnte nur eins bedeuten: Ihnen war soeben eine echte Sensation vor die Linse geraten.

ERSTER TEIL

SAMSTAG, 8. SEPTEMBER 2018

Irgendwo glomm ein Licht. Es witschte hin und her und ließ sich nicht packen, vielleicht stand das Licht aber auch still, und es waren Tinnes Augen, die zuckten. Sie konnte es nicht sagen, und es erschien auch nicht wichtig. Unterwassergefühl, so nannte sie diese Situation. Kam immer wieder, das Unterwassergefühl. Druck auf den Ohren, murmelnde Stimmen, komische Lichter. So, als würde sie sich der Oberfläche nähern. All das ließ nach einer Weile nach, dann sank sie wieder tiefer, dorthin, wo alles schwarz und ruhig war.

Jetzt ließ das Unterwassergefühl aber nicht nach. Es blieb, das Licht, das Murmeln, es wurde heller, immer heller. Tinne wollte zuerst nicht, nein, wieder zurück ins Dunkel, aber dann ergriff sie Neugier. Was waren das für Lichter und Stimmen?

Sie fuhr Fahrstuhl nach oben, höher und höher. Der Druck ließ nach, die Stimmen kamen näher, ein Strahl, aber nicht wie das Leuchten davor, grell, es schnitt ihr in die Pupillen. Mit einem Brummen drehte sie den Kopf, und plötzlich befand sie sich im Hier und Jetzt.

»Das blendet!«, murmelte sie vorwurfsvoll und gab dem Arzt einen Schubs, der ihr mit einer kleinen Lampe in die Augen leuchtete.

»Oh, 'tschuldigung.« Der Arzt trat reflexartig zurück, anscheinend war er ebenso verdattert wie Tinne. Sie blinzelte und versuchte, ihre Umgebung einzuordnen. Ein Raum, weiße Decke, Neonröhren, ein geschmackloses Bild, ein trapezförmiger Griff an einer Stange über ihr. Hinter dem Arzt stand eine Schwester mit Solariumhaut. Ein Krankenhauszimmer.

»Was … was?« Es wurde kein vollständiger Satz daraus, weil ihr Hirn sie mit Versatzstücken überflutete, die zusammenhanglos umhertrieben.

Der Arzt machte einen Schritt auf sie zu, da schob sich eine andere Gestalt dazwischen. Direkt vor Tinne tauchte ein Gesicht auf, das sie gut kannte und das für sie in dieser Sekunde der schönste Anblick der Welt war. Laurent.

»Tinne! Tinne, du bist wieder wach! Gott sei Dank, wir … wir haben uns ja solche Sorgen gemacht, du … du bist, also … es …« Der Redeschwall endete, als sich der Arzt behutsam in den Vordergrund drängte.

Ein Gefühl der Erleichterung machte sich in Tinne breit. Was auch immer passiert sein mochte und wo auch immer sie sich befand – Laurent war hier, damit erschien ihr alles nur noch halb so schlimm. Der Arzt richtete das Wort an sie und zückte erneut seine Lampe, da ließ sich Tinne auch schon vom Gefühl der Entspannung davontreiben. Der Raum wurde dunkel, das Unterwassergefühl kam zurück.

Tinne saß auf dem Bett, das Kissen im Rücken. Sie trug ihr Nachthemd mit der Henne Ginger aus ›Chicken Run‹ als Motiv und ärgerte sich. Ihre Ausflüge in die Wirklichkeit hatten sich aneinandergereiht wie Luftblasen, jedes Mal war sie konzentrierter und aufnahmefähiger gewesen, inzwischen konnte sie sich einigermaßen orientieren. Auch körperlich fühlte sie sich wieder auf der Höhe, abgesehen von aufgeschürften Oberarmen und einem schillernden Hämatom an der Stirn. Keine weltbewegenden Blessuren. Sie lag in der Mainzer Universitätsmedizin, in der Poliklinik, so viel wusste sie immerhin, viel mehr allerdings nicht. Es waren immer wieder Ärzte bei ihr gewesen und hatten banale Fragen gestellt, wie sie heiße, wo sie wohne, welcher Tag heute sei und Ähnliches. Doch keiner wollte ihr sagen, was los war.

»Können Sie jetzt bitte mal einen halben Satz darüber verlieren, was ich hier mache?« Es tat ihr leid, dass der Assistenzarzt ihren Ärger abbekam, der gerade ihren Blutdruck maß und allerlei Reflexe testete.

»Tut mir leid, Frau Nachtigall, ich, eh, also, gleich kommen der Professor und der Chef der Neurologie, und dann, ja, dann wird sich alles klären.«

»Ein Neurologe?! Wozu brauche ich einen Neurologen?«

Er antwortete nicht und schaute dermaßen konzentriert auf sein Klemmbrett, dass Tinne den Mund zuklappte. Die Erwähnung des Neurologen verursachte ein mulmiges Gefühl. Was machte ein Neurologe genau? Irgendwelche Nervensachen wohl. Was hatte sie damit zu schaffen?

Wenig später öffnete sich die Tür, eine Phalanx an Ärzten kam herein, umschwärmt von Assistenten und Studenten. Die beiden zentralen Gestalten, zwei Männer mit weißen Kitteln, grau melierten Haaren und fast identischen Brillen, waren von gegensätzlicher Statur: einer klein und dick, der andere groß und dünn. Eine Aura von Wichtigkeit, die an Arroganz grenzte, umwehte sie, als sie sich mit Namen und professoralem Titelschmuck vorstellten. Tinne hatte die Namen eine Sekunde später schon wieder vergessen und taufte die beiden heimlich Dick und Doof.

»Hören Sie, ich würde unheimlich gerne erfahren, warum ich hier bin«, legte sie los und schämte sich für ihr ›Chicken Run‹-Nachthemd, das ihr ein großes Stück Ernsthaftigkeit nahm und das sie nie und nimmer als Krankenhauskleidung eingepackt hatte. Aber wenn sie es nicht getan hatte – wer dann? »Habe ich eine Bombe abbekommen, bin ich überfallen worden? Haben Marsmenschen mich entführt und Versuche mit mir gemacht?«

»Frau Nachtigall.« Einer der Professoren, Doof, überhörte ihren Fragenkatalog und neigte sich gönnerhaft nach unten. Die Assistentenschar machte sich bereit, Kugelschreiber klickten. »Sie wissen, wie lange Sie hier in der Klinik sind, nicht wahr?«

»Ja, seit heute Nacht. Wenigstens das hat man mir verraten.«

»Und Sie haben keine Erinnerung daran, was Ihnen zugestoßen ist?«

Seine leise, verständnisvolle Stimme klang nach Klischee-Psychiater in einer Vorabendsoap. Tinne wurde lauter, nicht nur aus Ärger, sondern auch, um ihre Angst zu übertönen.

»N-E-I-N, zum hundertsten Mal! Das habe ich Ihren Kollegen schon oft genug gesagt!«

Dick mischte sich ein, seiner Stimme hörte man an, dass sie normalerweise Kasernenhofstärke hatte und nun mühsam gedrosselt wurde.

»Was ist das Letzte, woran Sie sich erinnern?«

Tinne hatte ihr Gedächtnis selbst schon danach durchforstet, die Antwort lag in aller Ausführlichkeit parat.

»Ich bin gestern Mittag zu Hause gewesen und hab für die Uni gearbeitet. Meine beiden Mitbewohner sind auch da gewesen, Axl und Bertie. Dann hat das Telefon geklingelt, also mein Handy. Der Anruf kam von Jason, einem Kumpel von Axl. Wir haben ein paar Takte gequatscht. So, das war's, mehr weiß ich nicht.«

Ihr kam eine Idee. Moment mal, sie hatte doch eine ordentliche Beule am Kopf.

»Bin ich … bin ich die Treppe runtergefallen? Von unserer Wohnung oben zum Eingang unten?«

Dick und Doof schauten sich wissend an. Stille, bis auf die Stifte der Assistenten, die eifrig auf Papier kratzten. Tinne hatte genug, Wut und Angst quollen über wie ein Vulkan.

Sie stand auf, hielt sich einen Moment am Bett fest und versuchte, trotz Hennen-Shirt einen halbwegs seriösen Eindruck zu machen.

»Gut, danke, das reicht. Wenn hier keiner gewillt ist, mir zu sagen, was los ist, dann gehe ich jetzt heim.« Sie machte Anstalten, ihre Sachen zu packen.

»Frau Nachtigall, welches Datum haben wir heute?« Doofs Psychiaterstimme ließ sich in keiner Weise von Tinnes Aktivitäten beeindrucken. Sie räumte weiter und sprach in ihre Tasche, damit niemand die Tränen in ihren Augen sah.

»Samstag, den 1. September. Habe ich Ihren Kollegen aber auch schon gesagt. Ungefähr ein Dutzend Mal.«

Sie hoffte, dass man das Zittern in ihrer Stimme nicht hören konnte. Dick und Doof flüsterten Kommentare zu ihren Assistenten, Tinne kam sich vor wie ein Studienobjekt. Was in aller Welt ging hier nur vor, was war mit ihr geschehen? Die Professorenschaft hatte sich bestimmt nicht versammelt, um ihr Händchen zu halten.

Die Tür öffnete sich, karottenrote Haare erschienen. Bertie! Tinne musste sich beherrschen, um nicht hinzurennen und sich hinter ihrem Mitbewohner zu verstecken. Bertie ließ die Schar Weißkittel links liegen, kam herein und steuerte direkt auf Tinne zu.

»Mensch, du bist wach! Wie geht's dir, wie fühlst du dich, tut dir was weh, wir haben uns irre Sorgen gemacht!«

»Bertie!« Jetzt liefen die Tränen. »Was ist denn los, hier sagt mir keiner was! Ist … ist was mit mir, hab ich … irgendwie einen Tumor oder so was?«

Er nahm sie in den Arm und drückte sie fest. Obwohl Bertie ihr nur knapp bis zur Schulter reichte, fühlte es sich unglaublich tröstlich an. Die Kasernenhofstimme von Dick kam von hinten:

»Sie da, raus hier. Das ist ein Arztgespräch, Sie haben hier nichts zu suchen!«

Er hätte genauso gut gegen eine Wand reden können. Bertie hielt Tinne fest und wiegte sie hin und her. »Ach Quatsch, du hast einen Unfall gehabt heute Nacht. Ein Auto hat dich erwischt, du bist ordentlich auf die Birne geknallt, das ist alles. Keine Knochen kaputt, nichts gerissen.«

Die Erleichterung schwappte über Tinne wie eine Welle, sie fühlte sich mit einem Mal federleicht, die Tränen strömten. Ein Unfall, sie hatte sich den Kopf angeballert. Na gut, die Beule würde sie verkraften. Ihre Gedanken wirbelten durcheinander, sie wollte raus hier, zurück in ihr Leben, dort weitermachen, wo sie herausgerissen worden war.

»Ich … ich muss an der Uni anrufen«, schluchzte sie. »Heute Vormittag hätte ich eine Stadtexkursion leiten sollen, und ich hab nicht Bescheid gegeben, dass ich ausfalle. Da muss ich mich schleunigst drum kümmern.«

Bertie blieb merkwürdig still und streichelte ihr nur unbeholfen den Rücken. Tinne spürte förmlich, wie die Ärzte sie mit Blicken durchbohrten. Sie machte sich los.

»Stimmt etwas nicht, Bertie?«

Doofs Psychologenstimme hatte deutlich an Schärfe gewonnen.

»Sie verschwinden sofort, oder ich rufe den Wachdienst und lasse Sie rausschmeißen. Dann haben Sie gleich auch noch eine Anzeige wegen Hausfriedensbruch am Bein.«

Er trat einen drohenden Schritt auf Bertie zu, dieser ignorierte ihn jedoch nach wie vor.

»Hör zu, Tinne«, begann er zögerlich, »da ist tatsächlich noch was. Laurent hat mit den Ärzten geredet, und sie sagen, du hättest gestern mit Jason telefoniert, bei uns in der Kommune, stimmt doch, oder?«

Sie nickte stumm, unfähig, ein Wort herauszubringen.

»Das, hm, das ist aber nicht …«

»Sie sagen kein Wort mehr!« Doof keifte regelrecht. »Sie gefährden den Heilungsprozess, wenn Sie jetzt ohne Vorbereitung …«

»Ach, halt doch einfach mal den Rand, du Vollhorst«, schnauzte Bertie ihn an. Doofs Mund blieb offen stehen, er war wohl schon lange nicht mehr mit einer solch direkten Art konfrontiert worden. Die Assistenten schauten dem Schlagabtausch zu wie einem Tennisspiel.

Bertie packte Tinne bei den Schultern, obwohl er dazu die Arme ein Stück nach oben strecken musste.

»Das mit dem Telefonat und so, das ist nicht gestern gewesen, Tinne. Das war vor einer Woche.«

Eine lautlose Bombe detonierte in Tinnes Hirn. Eine Woche. Unmöglich. Sieben Tage. Nein.

»Ich … ich bin seit einer Woche hier?«, hauchte sie und merkte, wie ihr Kreislauf schlappmachte. Zum Glück stand das Bett direkt hinter ihr, sie ließ sich darauffallen.

»Nein, der Unfall ist tatsächlich erst heute Nacht passiert. Aber so, wie es aussieht, hast du dabei dein Gedächtnis verloren. Wir haben heute den 8. September, nicht den 1.«

Tinnes Verstand brauchte ein paar Sekunden, um Berties Worte zu erfassen. Ihr fehlte eine komplette Woche ihres Lebens.

✳

Die Waffe schwenkte leicht zur Seite, von ruhiger Hand gehalten, kein Zittern war zu spüren. Der Kopf einer jungen Frau erschien im Fadenkreuz. Sie stand bis zur Hüfte im Rhein und planschte mit den Armen, um sich an das kühle Wasser zu gewöhnen. Ihre Aufmerksamkeit galt dem unebenen Flussboden, sie tänzelte auf dem Kies und achtete nicht auf das, was hinter ihr geschah.

Die Stelle lag einsam, ein Stück flussabwärts der Schiersteiner Brücke. Kräne und Gerüste in luftiger Höhe zeigten, dass der Umbau der Brücke voranging, doch heute, am Samstag, ruhten die Arbeiten. Bäume schotteten den Uferbereich von den Mombacher Schrebergärten ab, keine anderen Menschen waren zu sehen. In der Flussmitte tuckerte ein Rheinschiff, zu weit entfernt, um Einzelheiten erkennen zu können.

Die Hand korrigierte die Position der Waffe um eine Winzigkeit, die Zielmarkierung erfasste den Hinterkopf der Frau. Ohne auch nur einen Augenblick zu zögern, riss die Hand den Abzug durch. Ein scharfer Wasserstrahl schoss aus dem Super Soaker, klatschte an das blonde Haar und wanderte weiter über den nackten Rücken.

Die junge Frau, Svenja, quiekte und versuchte, den Strahl mit den Händen abzuwehren. »Iiiih, du Arschkeks, mach weg! Hör auuuuuf!« Sie wand sich zwischen Schimpfen und Lachen. Karlo, ihr Freund, hielt weiter drauf und pumpte den Druckbehälter des Soakers auf. Das Ding konnte was, zwölf Euro beim Philipps Sonderposten, schoss meterweit mit richtig viel Druck. Svenja ging ihrerseits zum Angriff über, bückte sich und schaufelte Fontänen in Karlos Richtung. Er fackelte nicht lange, packte seine Freundin und zog sie mit in den Fluss. Nach ein paar kalten Sekunden fühlte sich das Wasser herrlich an.

»Hammeridee!«, prustete Svenja und tauchte ihren Kopf unter, um ihn zu kühlen. Die beiden hatten sich spontan entschlossen, die Renovierung der Schrebergartenlaube zu unterbrechen und eine Badepause zu machen. Die Hütte gehörte Karlos Eltern, diese nutzten sie kaum und hatten den jungen Leuten erlaubt, sie nach eigenem Geschmack umzugestalten. Momentan staute sich die Hitze in der hölzernen

Laube, der Geruch nach Farbe wurde dadurch potenziert und stach unerträglich in die Nase. Eine Schwimmrunde war genau das Richtige, um den Kopf frei zu bekommen. Wobei – von »Schwimmen« konnte nicht wirklich die Rede sein, dazu führte der Rhein im Moment zu wenig Wasser. Die Uferbereiche lagen im Trockenen, der helle Flussboden zog sich Dutzende Meter dahin, bis endlich das Wasser anfing. Ähnlich flach ging es weiter, Karlo und Svenja hätten hineinwaten müssen bis zum Freiwasser. Eine gefährliche Angelegenheit, denn durch das geschrumpfte Flussbett war die Strömung stärker als sonst, dazu kamen die Schiffe, die sich durch die enge Rinne quälten. Also begnügten sich die beiden mit dem hüfttiefen Wasser.

»Tut supergut, oder? Sollten wir öfter machen.« Karlo wurde schon wieder frech und versuchte, Svenja unterzutauchen. Geschickt wich sie aus und spritzte ihm eine Ladung Wasser ins Gesicht.

»Ja, definitiv. Schöner als Wände pinseln.« Sie streckte sich aus, um so viel Abkühlung wie möglich zu bekommen. Die hochsommerlichen Temperaturen waren heftig, seit Wochen ächzte Deutschland unter einer Hitzewelle, wie es sie schon lange nicht mehr gegeben hatte. Der Sommer 2018 schickte sich an, sämtliche Rekorde zu brechen.

Karlo pumpte seinen Super Soaker auf und legte an. Svenja paddelte mit den Armen, um stromaufwärts zu entkommen. Als der Strahl auf sie prasselte, tauchte sie unter und strampelte halb schwimmend, halb laufend voran. Dabei stieß sie gegen etwas, das im Wasser schwamm. Erschrocken riss sie den Kopf hoch, bekam Wasser in den Hals und musste husten. Einen Wimpernschlag später zuckte sie voller Panik zurück und schrie gellend. Karlo ließ den Soaker fallen. Im Nu sprang er zu seiner Freundin und fing sie auf, als sie nach hinten stürzte.

»Was …«, fing er an, dann sprang er ebenfalls zurück. »Scheißescheiße«, presste er hervor und zog Svenja mit sich. Instinktiv suchte er Abstand von dem, was da im Wasser lag.

Vor ihnen trieb der Körper eines Menschen. Die Wellen spielten mit seiner Kleidung und ließen sie auf und nieder schwappen, der Kopf war weit nach hinten überstreckt. Rote Schlieren zogen sich um die Leiche wie ein feiner Schleier. Gespeist wurden sie aus Löchern und herausgerissenen Fleischteilen. Der Oberkörper und das verzerrte Gesicht waren regelrecht perforiert, sie sahen aus, als hätte ein Wahnsinniger mit einem Schraubendreher darauf eingestochen, immer und immer wieder.

Svenja ballte die Fäuste vor dem Mund und schrie in hohen, schrillen Tönen. Sie wollte nicht hinsehen und konnte gleichzeitig den Blick nicht abwenden von dem Toten mit den zerfetzten Gesichtszügen, der in einer blutigen Wolke im Flusswasser schwebte.

SONNTAG, 9. SEPTEMBER 2018

Tinne hatte das siebte Taschentuch vollgeheult. Sie lehnte schlaff an Laurents Schulter und blinzelte die Tränen aus den Augen. Am Küchentisch gegenüber saßen Bertie, Axl und Elvis mit besorgten Gesichtern.

»Und … und es ist irgendwie ganz komisch. Als würde etwas fehlen. Ich …«, Tinne suchte nach Worten. »Ich weiß ja noch nicht mal, was wir hier gemeinsam gemacht haben. Ich meine, haben wir gekocht und gequatscht? Oder ist was los gewesen, hatten wir Besuch? Wer hat eingekauft? Wie sind Joghurt und Karotten in mein Kühlfach gekommen? Habe ich die selbst geholt oder hat einer von euch die Sachen mitgebracht?«

Axl und Bertie schauten sich an.

»Öh, also … es ist nix Spannendes passiert«, meinte Axl behutsam. »Eine ganz normale Woche halt, wir haben hier ein paar Mal abends zusammengehockt, einmal mit dem Elvis, einmal mit der Brigade. Der Schornsteinfeger ist vorbeigekommen, und Bertie hat vergessen, den Papiermüll rauszustellen, jetzt quillt die Tonne über. Das war's im Großen und Ganzen.«

»Und du hast bei mir angerufen«, ergänzte Elvis. Der dicke Reporter musste sich anstrengen, um seine brummige Miene trotz der Sorge um Tinne beizubehalten. »Du hast mir das Ohr abgekaut wegen ein paar begriffsstutziger Studenten und einer Straßenbahn, die dir vor der Nase weggefahren ist, obwohl deine Uhr noch locker eine halbe Minute Zeit angezeigt hat. Alles in allem also nichts Weltbewegendes, würde ich sagen.«

Tinne biss die Zähne zusammen, um nicht sofort wieder loszuheulen. Na und? Selbst wenn es die langweiligste Woche im ganzen Jahr gewesen war – es war *ihre* Woche, *ihre* Zeit, und jemand hatte sie ihr gestohlen.

Der einwöchige Filmriss fühlte sich an, als habe sie einen blinden Fleck auf ihrer inneren Netzhaut. Sie hatte ein oder zwei Mal zu viel gebechert und einen Blackout bekommen. Klar war es im Nachhinein peinlich, wenn man sich von den anderen erzählen lassen musste, wie man es nach Hause geschafft hatte. Aber letztendlich hatte es immer etwas von einer Gaudi, ein Lacher eben. Hui, das letzte Glas gestern hat mich ganz schön umgehauen, haha.

Diesmal ging es aber nicht um eine durchzechte Nacht mit ein paar verlorenen Stunden. Nein, ihr Alltag, ihr normales Leben hatte ohne sie stattgefunden. Eine fremde Tinne war an die Uni gegangen und hatte Seminare gehalten. War abends und nachts mit Laurent zusammen gewesen. Hatte in der Kommune mit Bertie und Axl Zeit verbracht. Wer konnte sagen, was die fremde Tinne in dieser Woche noch alles getan hatte. Absprachen mit ihren Studenten getroffen? Bankgeschäfte getätigt? Etwas gekauft, etwas bestellt, eine Reise gebucht? Sich mit jemandem gestritten, einem Freund böse Worte an den Kopf geworfen, und die echte Tinne wusste nichts davon?

Schon wieder kamen die Tränen. Sie hatte das Gefühl, auf eine schräge Weise unvollständig zu sein. Laurent, der bis jetzt kaum etwas gesagt hatte, nahm sie sanft beim Arm und führte sie in ihr Zimmer. Tinne sackte auf die orangefarbene Couch.

»Was ist passiert bei dem Unfall?«, schluchzte sie. »Ich muss es ganz genau wissen.« Sie hatte alles schon zigmal erzählt bekommen, wollte es aber immer wieder hören. Vielleicht würden die Wiederholungen irgendwann ihre Erinnerung zurückbringen.

»Du bist vorgestern Nacht in ein Auto gelaufen. Auf der Großen Bleiche, Höhe Deutschhausplatz«, berichtete Laurent geduldig. Tinne schloss die Augen und konzentrierte sich auf seine tiefe, volle Stimme. Kamen die Bilder in ihren Kopf zurück?

»Es war spät, richtig spät, Viertel vor eins. Das Auto ist ein Toyota Corolla gewesen, die Fahrerin war eine ältere Frau, Marta Hinrichs, 64 Jahre. Sie hat ausgesagt, dass sie auf keinen Fall zu schnell gefahren ist und dass du ganz plötzlich da warst. Ohne zu schauen oder zumindest langsam zu machen, bist du auf die Straße gerannt, sie hat nicht mehr rechtzeitig bremsen können und dich mit dem rechten Kotflügel erwischt.«

Tinne wartete auf die Szenen, auf irgendeine Erinnerung. Nachts, die Große Bleiche. Ein Auto kam heran. Doch nein, ihr Kopf fühlte sich an wie ein schwarzes Loch.

»Frau Hinrichs hat den Unfall sofort gemeldet und auch direkt einem Alkohol- und Drogentest zugestimmt. Beides negativ. Und unsere Sachverständigen haben die Bremsspuren analysiert. Das Auto ist tatsächlich nicht zu schnell gewesen. Sie ist einfach nur eine harmlose alte Dame, die nachts über die Große Bleiche gefahren ist.«

Laurent schwieg. Mufti stromerte durch die Tür und sprang auf Tinnes Schoß. Der große Kater mit dem Garfield-Fell besaß eine untrügliche Antenne für die Stimmung in der Kommune. Wenn es jemandem schlecht ging, tauchte er mit großer Zuverlässigkeit auf und bot kätzischen Trost. Tinne war dankbar für das warme Bündel und zauste dem Kater das Fell.

»Du hattest nichts bei dir, keinen Ausweis, keinen Geldbeutel. Nur dein Handy. Über die Vertragsnummer hat der Notdienst dann deinen Namen und deine Adresse rausgekriegt.« Der Kommissar langte herüber und strich über Muftis Lieblingsstelle zwischen den Ohren. Als Antwort erhielt er ein zufriedenes Schnurren. »Du hast wahnsinniges Glück gehabt. Bei dem Aufprall hätte sonst was passieren können. Du bist so übers Auto gerutscht, dass du mit dem Kopf auf die Straße gedonnert bist, alles andere ist unverletzt geblieben.« Er versuchte ein kleines Lächeln. »Und dein Schädel ist ja bekanntermaßen so dick, dass ihm nichts etwas anhaben kann.«

Tinne lächelte dünn zurück, obwohl sie lieber losgeheult hätte. »Was hab ich da gemacht? Warum bin ich auf die Straße gerannt, ohne zu gucken? Mitten in der Nacht?« Die Fragen galten eher ihr selbst, denn ihr war klar, dass Laurent darauf keine Antwort wusste.

Dieser streichelte mechanisch weiter und wählte seine Worte sorgfältig aus. »Sie, also Frau Hinrichs, hat gemeint, du hättest irgendwie«, er zögerte, »ängstlich ausgesehen. Gehetzt. Als wärst du vor irgendwas weggelaufen oder so. Todesangst, das Wort hat sie benutzt. Du bist gerannt, als hättest du Todesangst.«

Tinne glitt tiefer in das schwarze Loch. Todesangst? Sie war vor etwas davongelaufen? Mitten in ihren Grübeleien wurde ihr bewusst, dass Laurent noch etwas zurückhielt.

»Was noch?«, fragte sie. Der Kommissar schob den Kiefer vor, als überlegte er, wie viel er ihr verraten könnte.

»Was noch?« Ihr Ton klang fordernd.

»Hm, also, du hast ein ordentliches Hämatom am Kopf, von dem Sturz. Es gibt aber noch Abschürfungen an den Händen und den Ellbogen, die sind im Krankenhaus auch behandelt und desinfiziert worden.«

Unwillkürlich strich Tinne über ihre Arme. Das rote Antiseptikum wusch sich allmählich ab, am Anfang hatte ihre Haut ausgesehen wie eine Fleckenlandschaft. Die wunden Stellen hatte sie für eine Folge des Aufprells auf der Straße gehalten. Bis jetzt.

»Diese Abschürfungen, die sind nicht vom Unfall«, fuhr Laurent langsam fort. »Es ist Abrieb an deiner Haut gewesen, Substratspuren. Und zwar von Backsteinen.«

»Backsteinen?«, wiederholte Tinne begriffsstutzig.

»Ja. Du musst irgendwo an einer Backsteinmauer oder so etwas entlanggeschliddert sein, mit ziemlichem Karacho. Und da ist noch was.«

Sie fragte sich, ob sie das alles eigentlich hören wollte. Was um alles in der Welt war ihr in dieser Nacht zugestoßen?

»Deine Kleider. Du hast Jeans angehabt und einen Longsleeve. Darüber einen Fleece. Und eine Windjacke.«

Tinne verstand, was er meinte. Die Temperaturen waren seit Wochen mörderisch, selbst nachts fiel das Thermometer selten unter 25 Grad. Die Hitze staute sich überall, kein Lufthauch ging. Niemand trug freiwillig Jeans und Fleece, erst recht keine Jacke.

»Was sind deine letzten Erinnerungen?«, fragte Laurent sanft. »Erzähl mir davon.«

Auch dieses Thema hatten sie inzwischen ein Dutzend Mal durchgekaut. Doch der Kommissar wusste, wie wichtig ihr die ständigen Wiederholungen waren, und er hörte ihr immer wieder aufs Neue zu. Dafür liebte sie ihn unendlich.

»Ich hab eine ganz normale Uniwoche gehabt, nicht viel los, es sind ja gerade Semesterferien.« Tinne schloss die Augen, um besser nachdenken zu können. »Am Donnerstag bin ich abends mit Carola und Eva weg gewesen, im Kamin. Wir haben Flammkuchen gegessen, lecker wie immer. Und dann, am nächsten Tag ...« Sie zögerte. Der Fluss der Erinnerungen wurde zum Rinnsal. »Am nächsten Tag, am Freitag, war ich zu Hause. Es gab dicke Luft, Axl und Bertie haben sich wegen irgendwas gestritten. Aber es hatte nichts mit mir zu tun, deshalb bin ich in meinem Zimmer geblieben. Ich hab am Schreibtisch gehockt und

Seminararbeiten korrigiert. Und dann kam dieser Telefonanruf. Von Jason.«

»Jason wer?« Laurents Stimme klang sanft wie Seide und half Tinne, die Szenen zu packen, die immer schemenhafter wurden.

»Jason Zwane. Ein Typ aus Südafrika, holländischer Abstammung, wohnt seit ein paar Jahren hier in Mainz. Fotograf, und ein ziemlich guter. Ich kenne ihn, weil er die Coverfotos für ›Steelram‹ gemacht hat.«

Sie spürte mehr, als dass sie sah, wie Laurent nickte. ›Steelram‹ war die Hardrock-Band ihres Mitbewohners Axl. Er und seine Mitmusiker hatten letztes Jahr im Keller der Kommune 47 ihre erste eigene CD aufgenommen.

»Seitdem ist Jason ein paar Mal hier gewesen«, fuhr sie fort. »Ein netter Kerl, ein bisschen schräg, seine Spezialität sind Fotos von ›Lost Places‹. Von verlassenen Gebäuden, von Kasernen, Krankenhäusern, Villen, Kirchen, Theatern, so was in der Art. Alles halb verfallen, aber irgendwie hat es schon seinen Zauber. Es gibt eine regelrechte Community im Netz, und Jason hat da echt einen guten Namen.«

»Okay, Lost Places und Coverfotos. Aber was hat er von dir gewollt, warum hat er angerufen?«

Tinne redete weiter und versuchte, den hauchfeinen Faden der Erinnerung nicht abreißen zu lassen.

»Das war irgendwie komisch. Er weiß, dass ich Historikerin bin, ›Historikwissenschaftlerin‹, so nennt er es immer, find' ich ziemlich ulkig. Er spricht gut Deutsch, das R klingt halt Englisch, und in der Satzmelodie hört man den Holländer, aber sonst richtig gut. Jedenfalls, er hat am Telefon erzählt, er wolle mir irgendetwas zeigen.« Sie runzelte die Stirn und bemühte sich, die blassen Gedanken zu erhaschen. Wie aus weiter Ferne hörte sie Jasons Stimme:

… muss ich dir zeigen. Wann können wir …?

Seine Worte wurden leiser.

Ein großes Ding für dich als Historikwissenschaftlerin. Und ich meine echt groß …

Der Rest verhallte im Nichts. Tinne merkte, dass sie halblaut mitgesprochen hatte.

»Ein großes Ding für dich«, wiederholte Laurent nachdenklich, als hätte er die Worte zum ersten Mal gehört. »Was hat er damit gemeint?«

Tinne schlug die Augen auf. Erneut versiegte ihre Erinnerung an dieser Stelle, danach kam nur noch Schwärze. Auch dieses Mal war der Faden gerissen. Mutlos hob sie die Schultern. »Ich weiß es nicht. Keine Ahnung. Ob er sich überhaupt noch mal gemeldet hat, ob wir uns getroffen haben – da ist nur ein riesiges Nichts.« Wieder stiegen ihr die Tränen in die Augen, sie schämte sich dafür.

»Hast du ihn denn inzwischen erreichen können, diesen Jason?«

Stumm schüttelte Tinne den Kopf. Schon im Krankenhaus hatte sie unendlich oft versucht, ihn anzurufen. Doch es ging immer nur die Telekomansage dran, und ihre Rückrufbitte hatte er bisher ignoriert.

Laurent wollte etwas sagen, da unterbrach ihn sein iPhone. Am Klingelton erkannte Tinne, dass es ein dienstlicher Anruf war. Er ging ran, hörte ein paar Sekunden zu und stand auf. Mufti nahm die Bewegung mit kritischem Blinzeln zur Kenntnis.

»Das ist Tara gewesen. Tut mir leid, ich muss los, zur Rechtsmedizin.«

Ein rascher Kuss, dann verschwand er, Tinne blieb allein im Zimmer zurück. Sie spürte, wie ihre Gedanken um das schwarze Loch kreisten, das ihre Erinnerungen verschluckt hatte.

⁕

Eine unpassende Mischung flutete in Laurents Nase. Es dauerte eine Sekunde, bis er die Gerüche unterscheiden konnte: Pizza Hawaii und Formaldehyd. Gewagte Kombination.

François, Taras Assistent, öffnete die Tür zum Hades für ihn. Der Lockenkopf kaute an einem Pizzaviertel und grinste den Kommissar an.

»Tach, Herr Pelizaeus. Auch ein Stück?«

Dieser schüttelte den Kopf. Man musste wohl hier arbeiten, um inmitten von Leichen eine mittägliche Pizza genießen zu können.

Der ›Hades‹, wie der Sektionskeller genannt wurde, lag im Tiefgeschoss des Instituts für Rechtsmedizin auf dem Kästrich. Herrin über die stählernen Seziertische war Dr. Tara Feh, eine gut aussehende Halbirin mit grünen Augen. Obwohl sie sich in aller Regel unter eher morbiden Umständen trafen, mochte Laurent die Rechtsmedizinerin. Meist flachsten die beiden und zogen sich auf, doch heute begrüßte Tara ihn nur knapp und führte ihn direkt zu einem der Tische. Ein Tuch bedeckte einen liegenden Körper, die Umrisse bildeten eine Berg-und-Tal-Landschaft. Der Kommissar merkte, wie sich sein Nacken verspannte. Taras Konzentriertheit verhieß nichts Gutes. Dazu kam, dass sie sogar heute, an einem Sonntag, arbeitete und ihn herbestellt hatte. Er ahnte, dass der Tote aus dem Rhein einige unliebsame Überraschungen für ihn bereithielt.

»Männlich, um die 30, gesunder Allgemeinzustand. Die Verletzungsgenese ist bemerkenswert.« Mit diesen Worten schlug sie das Tuch zurück.

Laurent rührte sich nicht. Das Zurückweichen vor den Spuren des Todes hatte er sich schon lange abgewöhnt. Wozu auch, der Schnitter hatte seinen eigenen Plan, ob man seine Existenz nun verdrängte oder nicht.

Er ließ die Augen über den Körper schweifen, der vor ihm lag. Bei der Bergung im Fluss war er gestern zwar dabei gewesen, doch dort hatten Blut und Wasser die Einzelheiten verwischt. Nun offenbarte die inzwischen klinisch saubere Haut zerfranste Löcher, die den Oberkörper und den Kopf perforierten. Gleichmäßig aneinandergereiht wie Perlen auf einer Schnur stanzten sie sich in Gewebe und Knochen. Der Geruch nach Ananas und Käse, der noch immer in der Luft lag, ließ das Ganze ins Groteske abgleiten.

Tara folgte seinen Blicken und nahm die Frage vorweg. »Tierbisse. Kegelförmige, einspitzige Zähne, alle homodont, also von gleicher Form. Erheblicher Beißdruck, ich würde sagen, bis zu einer Tonne.« Sie zögerte einen Augenblick, als wollte sie den Augenblick der Wahrheit hinauszögern. »Ich habe eine Weile recherchieren müssen, bin mir inzwischen aber ziemlich sicher. Dieser Mann ist von einem Krokodil getötet worden.«

Es dauerte eine Weile, bis das Wort bei Laurent sackte. Er merkte, wie sich alles in ihm dagegen sträubte. Ein Krokodil. Im Rhein. Unmöglich.

»Das ... das kann aber ...«, fing er lahm an, doch Tara unterbrach ihn.

»Pass auf, das ist noch nicht alles.« Er sah ihr an, wie sie ihre Erkenntnisse innerlich sortierte. »Weißt du, wie Krokodile und Alligatoren töten?«

Er riss seinen Blick von dem durchlöcherten Leichnam und überlegte. Im Fernsehen liefen zwar allenthalben Sendungen, die die exotische Wildnis samt gefährlicher Tiere ins heimische Wohnzimmer brachten. Doch meist beschäftigte er sich dabei mit Hausarbeiten oder schlief ein, sodass der Bildungsauftrag auf der Strecke blieb.

»Sie beißen ihre Beute tot?«, schlug er zaghaft vor.

»Nein. Sie schwimmen ans Ufer, schnappen ihr Opfer mit den Zähnen und ziehen es ins tiefere Wasser. Dort ertränken sie es.«

Laurent schaute zwischen dem toten Mann und Tara hin und her.

»So ist es auch hier gewesen? Er ist ertrunken?«

»Ja. Die Bissverletzungen wären zwar ebenfalls letal gewesen, aber die Todesursache ist Ertrinken, ganz eindeutig. Die Zahnbereihung an der Leiche lässt auf ein Tier von drei Meter Rumpflänge schließen, Minimum. Das reicht, um einen ausgewachsenen Mann zu packen und unter Wasser zu ziehen. Aber jetzt kommt etwas, das mir Kopfzerbrechen bereitet.«

Kopfzerbrechen? Eine Leiche mit Krokodilspuren machte dem Kommissar schon Kopfzerbrechen genug, er wollte gar nicht hören, was Tara noch auf Lager hatte. In einem Winkel seines Hirns war er schon damit beschäftigt, die Zusammenarbeit mit der Wasserschutzpolizei zu koordinieren. Der Rhein musste abgeriegelt werden für die Jagd nach einem Drei-Meter-Krokodil.

»Ich habe seine Lungen untersucht«, fuhr Tara fort. »Sie sind mit Flüssigkeit gefüllt gewesen, das ist nicht weiter verwunderlich. Aber jetzt kommt's: Sobald der Tod eintritt und die Atembewegung zum Stillstand kommt, verbleibt flüssiges Substrat dort ziemlich lange. Selbst wenn eine Leiche im Wasser treibt, gibt es kaum Austausch mit dem äußeren Medium.«

Laurent wusste nicht, worauf sie hinauswollte. »Ja und? Hatte er denn etwas anderes als Wasser in den Lungen?«

»Nein, Wasser ist schon richtig. Nur eben nicht aus dem Rhein. François hat die Analyse gemacht und jede Menge Begleitstoffe gefunden. Harnsäure, synthetische organische Substanzen, Salze, Fette. Ein paar Ölspuren und Faulschlamm. Dazu noch Bakterien und einen ganzen Cocktail an medizinischen Substanzen.«

»Und, äh … das ist was genau?«

»Abwasser. Kanalwasser. Die typischen Beimengungsstoffe in Siedlungsbrauchwasser. Mit anderen Worten: Die-

ser Mann ist irgendwo in der Kanalisation von einem Krokodil ertränkt worden und danach erst in den Rhein geraten.«

Laurents Gedanken rasten davon. Die alte Horrorge-
schichte von dem Krokodilbaby kam ihm in den Sinn, das
ins Klo gespült wurde und im Kanalsystem zu einem men-
schenfressenden Monster heranwuchs. Konnte es sein, dass
diese haarsträubende Geschichte tief unter den Straßen von
Mainz zur Wirklichkeit geworden war?

※

Tinne hockte an ihrem Schreibtisch und blies Trübsal. Je länger sie ihr Hirn zermarterte, um einen Eingang in das Labyrinth des Vergessens zu finden, umso wolkenhafter wurden
ihre Gedanken. Inzwischen konnte sie kaum mehr auseinan-
derhalten, was sich tatsächlich zugetragen hatte und was sie
sich einbildete. Fahrig wühlte sie auf der Tischplatte herum
und brachte Unordnung in die Papiere, die dort lagen. Der
Tisch besaß eine beachtliche Größe, kein Wunder, es handelte
sich ursprünglich um eine alte Wirtshaustafel. Die hatte sie in
ihrer Heimat Göttingen erstanden und seither in jede ihrer
Wohnungen gestopft, egal wie eng.

»Ich muss doch etwas gemacht haben«, murmelte sie. »Eine
ganze Woche lang, was hab ich denn getrieben?« Doch alles,
was sie auf dem Tisch fand, waren Uniunterlagen, altbekannte
Bücher, Ausdrucke, hingekritzelte Notizen von Seitenzah-
len und Quellenangaben. Zumindest über diesen Teil ihres
Lebens musste sie sich im Moment keine Sorgen machen –
Dick und Doof hatten sie bis auf Weiteres krankgeschrieben.

Mit zusammengekniffenen Augen versuchte sie zum hundertsten Mal, einen Erinnerungszipfel zu erwischen. Der
letzte blasse Fetzen war das Telefonat mit Jason, sein engli-
sches R, der leichte Singsang in seiner Intonation. *Ein großes*

Ding für dich als Historikwissenschaftlerin. Und ich meine echt groß.

Ihre Finger spielten mit den Papieren, da rutschte ein längliches Etwas heraus, sie erkannte das CineStar-Logo. Eine Kinokarte, ›Das Geheimnis von Neapel‹ mit Peppe Barra, richtig, den hatte sie im August mit Laurent gesehen. Am Rand stand etwas, sie erkannte ihre Handschrift und versuchte, das Wort zu entziffern.

Barilos? Basilog? Was sollte das bitte schön heißen? Plötzlich regte sich etwas in ihr … ein vager Hauch, fast durchsichtig. Telefon. Telefonieren. Ja, da war etwas. Ein weiterer Fetzen des Gesprächs mit Jason.

Auf eine merkwürdig entrückte Weise sieht sie sich selbst, wie sie am Tisch sitzt, das Handy ans Kinn geklemmt, mit der einen Hand hält sie Mufti auf ihrer Schulter im Gleichgewicht, mit der anderen will sie etwas notieren. Kein Zettel griffbereit, verflixt, sie findet die Kinokarte und versucht, darauf zu schreiben. Der Kater zappelt, die Karte rutscht weg, krampfhaft schiebt Tinne sie hin und her, doch der dünne Karton klebt an ihrem Handballen fest, sie kann kaum leserlich schreiben … das Wort, sie hört Jasons Stimme, es …

Ein Klopfen riss Tinne aus ihrer Konzentration. Der Hauch verblasste, die Erinnerung wurde wieder zu Nebel. Berties Karottenkopf erschien in der Tür, zwei Handbreit darüber Axls langer, dünner Schädel. »Stören wir?«, fragten die beiden wie aus einem Mund. Tinne seufzte und legte die Kinokarte auf ihr Notebook. »Nein, kein bisschen«, log sie. Rasch machte sie ein Handyfoto von dem B-Wort, um es immer parat zu haben. »Was gibt's?«

Die beiden kamen herein und stellten sich in Positur. Sie kamen Tinne vor wie die Blues Brothers vor der strengen Mutter Oberin im Waisenhaus.

»Und zwar«, Bertie zog eine wichtige Miene, »wir haben nachgedacht, der Axl und ich. Wegen deinem Zustand.«

Tinne fühlte sich zwar nicht nach einem ›Zustand‹, hielt aber die Klappe und ließ die zwei reden.

»Es gibt nämlich bestimmte Mechanismen, mit denen man diese Blockade lösen kann«, fuhr Axl fort. »Damit das Hirn wieder auf die Areale zugreifen kann, die vergessen sind.«

»Aha. Und woher habt ihr euer Fachwissen?«

»Recherchen.« Bertie hob stolz einen Stapel Blätter hoch. »Da gibt's viel im Netz drüber, und wir haben ein paar Ideen, die dir auf jeden Fall helfen werden.«

Tinne überlegte, wie sie die beiden bremsen konnte, ohne sie vor den Kopf zu stoßen. Die Hilfsbereitschaft ihrer Mitbewohner in allen Ehren, aber sie hatte keine Lust auf Küchenpsychologie aus dem Internet und auf Gedächtnisauffrischungstipps von YouTube.

»Also, danke erst mal, aber wisst ihr …«, fing sie an, doch die beiden winkten synchron ab.

»Du musste gar nichts machen, wir haben das alles durchgeplant«, verkündete Axl. »Alles baut aufeinander auf, und du wirst sehen, im Nu hast du deine Erinnerung wieder. Entspann dich und lass uns nur machen.«

Tinne musste sich bemühen, nicht die Augen zu rollen. Entspannen? Sie hatte die dunkle Vorahnung, dass die Pläne der beiden zu allem Möglichen führen würden, nur nicht zur Entspannung.

»Ach, übrigens«, Bertie zauberte eine Tüte hervor, »ich habe eine Krankenfahrt in die Uniklinik gemacht und bei der Gelegenheit nach deinen Klamotten gefragt. Hatten sie noch. Ist zwar alles ziemlich ruiniert, aber vielleicht willst du sie ja wiederhaben. Axl hat sie sogar gewaschen.«

Das wunderte Tinne nicht, denn Axl war Mister Tausendprozentig im Kommunenhaushalt. Die Dinge des täglichen Bedarfs übernahm er mit größter Selbstverständlichkeit, ein Bündel unfallverschmutzter Wäsche kam einer Kampfansage gleich.

Bertie drückte ihr die Kleider in die Hand, sie bedankte sich artig. Axls innerer Monk hatte sogar dafür gesorgt, dass der Stapel akkurat gefaltet und an den Kanten parallel ausgerichtet war. Tinne spürte einen Stich – tatsächlich, ihre robuste Jeans, treue Begleiterin aller Uni-Exkursionen. Der Fleece, den sie letztes Jahr gemeinsam mit Laurent gekauft hatte. Die Windjacke von Fjällräven, so alt, dass sie wohl noch aus Göttingen stammen musste. Alles aufgerissen oder vom Notarzt zerschnitten, hier und dort mit antiseptischem Mittel bekleckst, das sich sogar dem Waschmittel widersetzt hatte. Wieder glomm die Frage in ihr auf, warum sie im brütend heißen Sommer mit Fleece und Jacke unterwegs gewesen war.

Die Männer verzogen sich, Tinne blieb inmitten der Kleider sitzen. Sie wartete, dass eine Erinnerung kam wie vorhin bei der Kinokarte. Ein durchsichtiger Hauch in ihren Gedanken. Doch nichts passierte, die Klamotten lagen nur zerrissen da und erzählten keine Geschichte. Eher beiläufig tastete Tinne die Taschen der Hose ab – und spürte etwas Knittriges. Behutsam zog sie ein Stück Papier heraus, das fast zwischen ihren Fingern zerfiel. Die Maschinenwäsche hatte dem Material arg zugesetzt. Sie erkannte eine Skizze, eine symmetrische Struktur, hauchfein, fast ausgelöscht.

Was sollte das sein? Ein Grundriss? Das Kreuz symboli-
sierte wohl eine Kirche. Aber was mochte der schräge Kasten darüber darstellen? Tinne biss die Zähne zusammen. Aus-
nahmsweise verwünschte sie Axls Ordnungsliebe – hätte der
penible Altrocker die Kleider nicht sofort in die Waschma-
schine gestopft, hätte sie sicher mehr Details über ihre vergessene Woche erfahren. So blieben ihr nur eine ausgebleichte
Skizze und ein mysteriöses Wort auf einer Kinokarte.

Aber immerhin, es gab eine Spur. Tinne war bereit, den
Kampf gegen die Amnesie aufzunehmen.

❊

Nadja und Nadya hatten Spaß bei der ›Summer Nighz‹-Party.
Die Bässe dröhnten aus dem Gewölbe des Brückenkopfes,
über ihnen spannten sich die eleganten Bögen der Theodor-

Heuss-Brücke, die Dämmerung ließ den Rhein in dunklen Farben glühen. Hammer, die Location!

»Super Tipp von Jakob!«, rief Nadya und bemühte sich, das Wummern der Musik zu übertönen. »Wo ist der überhaupt?«

Nadja schaute sich um. Jakob, der Jungwinzer mit langem Pony und Vollbart, hatte ihnen von den ›Summer Nighz‹ erzählt, die dieses Wochenende am Brückenkopf stattfanden. Weil beide Mädels ihn süß fanden, folgten sie dem Tipp und hofften, ihm hier über den Weg zu laufen.

»Keine Ahnung. Wird schon kommen. Was willst 'n noch?« Sie nahm das leere Glas ihrer Freundin und kannte die Antwort schon, bevor Nadya den Mund aufmachte.

»'N Chardonnay.«

Nadja nickte zufrieden. Bingo. Ihre fast gleichen Vornamen waren nicht die einzige Ähnlichkeit – die beiden jungen Frauen teilten Essens- und Getränkevorlieben, Lieblingsmusik und Männergeschmack. Was andere Freundschaften auf eine harte Probe stellte, schweißte sie umso enger zusammen. Einen Chardonnay wollte Nadja für sich selbst holen. Logo, dass Nadya Lust auf dasselbe Getränk hatte.

Zwischen Stehtischen mit schwatzenden Menschen schlängelte sie sich zum Gebäude. Der gemauerte Brückenkopf ragte vor ihr auf wie eine Festung, ein halbrunder Eingang führte ins Innere. Dort erstreckte sich ein langes Gewölbe mit Barhockern rechts und links. Floorspots beleuchteten die Wände, Gäste drängten sich, die Bässe der Musik spürte man im Bauch. Coole Location, definitiv. Nadja stellte sich an der Bar an und brüllte dem Mann am Ausschank ihre Bestellung entgegen. Mit zwei gefüllten Gläsern ging sie wieder nach draußen. Normalerweise wäre ein altes steinernes Gewölbe eine willkommene Abkühlung gewesen, denn die hochsommerlichen Temperaturen draußen ließen die Kleider am Körper kleben. Doch durch die vielen Menschen hier unten war es stickig und schwül, Nadja freute sich über die frische, wenn auch warme Nachtluft.

»Und, gesehen?«, fragte sie Nadya und stellte die Weingläser auf den Tisch. Ihre Freundin schüttelte bedauernd den Kopf. Kein Jakob auf dem Radar. Nadja nahm einen Schluck und ließ die Musik auf sich wirken. Na gut, wenn der knusprige Winzer schon nicht auftauchen wollte, würden sie die Party einfach so genießen. Die Musik kam jedenfalls gut. Der DJ nannte sich ›SuperNatural‹, die Mädels hatten bei dem Namen die Nasen gerümpft. Inzwischen mussten sie aber zugeben, dass der Mann am Teller etwas konnte und jeder neue Song Spaß machte. Der ›Bella Ciao‹-Remix von El Profesor. Bushido gemeinsam mit Capital Bra. Schade, dass 6ix9ine so ein Aso war, sein ›Fefe‹ hatte was. Die Fanta 4 und Clueso mit ihrem ›Zusammen‹. Nadja musste an das irre komische Video denken, in dem der Produzent den Fantas die Zusammenarbeit mit Clueso schmackhaft machte und Thomas D. und die anderen sich anstellten wie Vollpfosten. Sie schloss die Augen und ließ die Klänge auf sich wirken … *Wir sind zusammen groß, wir sind zusammen alt …*

In diesem Augenblick wurde die Welt dunkel und still. Nadja schaute erschrocken auf. Die Musik war ausgegangen, die Spots leuchteten nicht mehr. Da erhoben sich auch schon die Stimmen der Umstehenden, halb spöttisch, halb entnervt. »Och nee, oder?« – »Was geht, Strom weg?« – »Haha, Rechnung nicht bezahlt.«

Auch Nadya zog ein überraschtes Gesicht. »Hey, was ist das denn? Hat die Stadt ein Problem, weil's zu laut ist?«

Die Menschen schwatzten und lachten im Licht der schwindenden Dämmerung, Handyblitze zuckten, das unerhörte Ereignis musste sofort im Netz geteilt werden. Nadja lief ein paar Dutzend Meter entlang des Fußwegs in Richtung Hilton, bis sie einen Überblick hatte. Wie vom Donner gerührt blieb sie stehen. Nein, die Stadt hatte kein Problem mit der Party am Brückenkopf, die Stadt hatte ein ganz anderes Problem. Der Bereich jenseits der Brücke, die Rheinstraße, das Hilton-Hotel, die Spielbank – überall herrschte Dunkelheit, nur die Scheinwerfer der Autos schnitten zaghaft durch die unerwartete Schwärze.

Eine halbe Stunde später stand ein T5 der Mainzer Netze auf Höhe der Brücke am Straßenrand. Pylonen und Blinklichter sperrten den Bereich ab, zusätzlich hielten Polizisten Wache und winkten die Neugierigen weiter. Im Hintergrund heulten Sirenen, Feuerwehrleute hatten alle Hände voll zu tun, um Leute aus feststeckenden Aufzügen zu befreien und blockierte Automatiktüren zu öffnen.

Das ›Summer Nighz‹-Partyvolk am Brückenkopf war längst auf und davon, der Inhaber ärgerte sich über die entgangenen Einnahmen und wischte missmutig die Tische blank. Für Nadja und Nadya hatte der Abend inzwischen eine glückliche Wendung genommen: Jungwinzer Jakob war aufgetaucht, sogar mit einem ebenso bärtigen und ebenso hippen Kumpel im Schlepptau. Die vier saßen inzwischen in der Mainzer Altstadt, wo es Licht und gute Musik gab.

Von solch einem Happy End konnten die Männer der Mainzer Netze nur träumen. Sie leuchteten ratlos in einen Schacht, in dem vier armdicke rote Kabel verliefen. Ein Verteilernetz mit 20 Kilovolt, das den gesamten städtischen Bereich nördlich der Brücke mit Strom versorgte. Doch nun waren die Betonröhren, die die Kabel umhüllten, zerborsten und in schrägem Winkel verschoben. Kupferlitzen quollen aus den zerrissenen Leitungen, es roch nach verkohltem Plastik und heißem Metall.

Die Männer hatten keine Erklärung für das, was sie sahen. Der Anblick ließ nur einen einzigen Schluss zu: Eine ungeheure Kraft musste das Betonfundament angehoben und die Kabel durchtrennt haben.

MONTAG, 10. SEPTEMBER 2018

Tinne tappte aus ihrem Zimmer in die Küche. Auf ihrem Nachthemd prangten die Maus, der Elefant und die gelbe Ente, aber sie musste sich vor niemandem genieren. Dank ihrer Krankschreibung konnte sie die Morgenstunden im Bett verdümpeln, während ihre beiden Mitbewohner längst bei der Arbeit waren. Bertie fuhr Taxi, gemeinsam mit seinen Kollegen vom Taxidienst Laurenzi zog er seine Kreise durch Mainz und die umliegenden Dörfer. Axl verdiente seine Brötchen als Metallkünstler. In seiner Werkstatt in Hechtsheim schuf er überlebensgroße Metallmonster mit Zähnen und Klauen. Einige der Skulpturen zierten den Innenhof der WG, die Nachbarschaft in der Bretzenheimer Wilhelmstraße wurde nicht müde, darüber die Köpfe zu schütteln.

Die Wohngemeinschaft, nach ihrer Hausnummer ›Kommune 47‹ genannt, hätte für Tinne eigentlich nur eine Übergangslösung sein sollen. Ihr damaliger Lebensgefährte Olaf hatte sie aus der gemeinsamen Wohnung geworfen, damit seine blutjunge Doktorandin Tinnes Platz einnehmen konnte. Tinne kroch in der erstbesten Bleibe unter, die sie auf dem Wohnungsmarkt fand, um nicht reihum bei ihren Freunden die Besuchercouch blockieren zu müssen. Die WG in Bretzenheim entpuppte sich dann allerdings als Glücksgriff, die beiden Männer hießen die neue Mitbewohnerin herzlich willkommen, und bald schon fühlte sie sich pudelwohl in dem alten, windschiefen Häuschen.

Müde ging sie nach unten zum Zeitungsrohr. Die Nacht war grässlich gewesen, ganz so, als hätten alle Erinnerungen der letzten Woche einen Ausgang gefunden. Doch leider waren sie rechtzeitig zum Morgengrauen wieder im schwarzen Loch verschwunden, Tinnes Gehirn fühlte sich so leer an wie zuvor. Vor lauter Schläfrigkeit brauchte sie ein paar Sekunden, bis sie merkte, dass unter dem Briefkasten ein Schuhkarton lag. Jemand hatte mit Textmarker ›Frau Professor‹ darauf geschrieben und einen Smiley gemalt. Das konnte doch nur von der Brigade sein!

Die Brigade – so nannten sich die Mitarbeiter vom Taxidienst Laurenzi, acht Leute inklusive Dietmar Laurenzi, dem Chef. Die Männer und Frauen arbeiteten nicht nur zusammen, sondern waren auch privat dicke Freunde. Wenn sie etwas unternahmen, ging es hoch her, meist floss dabei der Wein in Strömen. Bertie lud seine Kollegen oft und gerne in die Kommune ein, bei einer dieser Gelegenheiten hatten sie Tinne aufgrund ihres Uni-Jobs den Spitznamen ›Frau Professor‹ verpasst.

Neugierig trug sie das Paket nach oben und machte es auf. Darin lagen eine Packung Arzneitee für Gedächtnis und Konzentration, eine Flasche Rotbäckchen von Rabenhorst, einige Hefte mit Kreuzworträtsel und ein Rubiks Zauberwürfel aus den schrillen 1980ern. Eine Karte steckte darin, die ein kleines Männchen mit riesigem Einstein-Kopf zeigte. *Liebe Frau Professor, gute Besserung! Unsere Kiste soll deinem Hirn auf die Sprünge helfen, damit wir bald wieder mit dir (und über dich) lachen können.* Darunter hatten alle acht Brigadiere unterschrieben.

Tinne war gerührt und bekam ein Dauergrinsen ins Gesicht. Der Zauberwürfel – mein Gott, wie lange gab es den schon? In der Schule hatte jeder einen gehabt, und bald kannten die Nerds – die man freilich noch nicht so nannte – die Kniffe zum schnellen Lösen. Und Rotbäckchensaft, auch so eine Kindheitserinnerung! Gefühlt gab es ihn schon ewig, sie hatte ihn als kleines Mädchen immer dann bekommen, wenn sie krank im Bett lag. Aber auch nur dann, weil er so viel kostete. Sie nahm sich vor, die Brigade demnächst einzuladen und mit einem anständigen Chili con Carne zu bekochen, dem einzigen Gericht, das sie aus dem Effeff beherrschte.

Die Türklingel riss sie aus ihren Gedanken, gleich darauf klimperte ein Schlüssel im Schloss. Ohne großes Nachdenken wusste sie, dass es nur Laurent sein konnte. Bertie und Axl klingelten nicht, sonst hatte niemand einen Schlüssel. Na gut, das ältliche Vermieterehepaar aus dem Erdgeschoss natürlich, aber die beiden wären wahrscheinlich noch nicht einmal bei einem Atombombenalarm ins Reich ihrer Mieter eingedrungen.

»Morgen, Schlafmütze. Wie geht's dir?« Laurents Umarmung fühlte sich gut an, sein Duft nach Cool Water umspülte Tinne wie eine weiche Decke.

»Beschissen, danke der Nachfrage«, wisperte sie und kuschelte sich an ihn. »Was machst du hier, gibt's keine Verbrecher in Mainz, die du fangen musst?«

»Mehr als genug, glaub mir. Heute Vormittag habe ich sogar einen Ortstermin in der Kanalisation, die Gummistiefel liegen schon im Auto. Ich wollte aber noch mal kurz bei dir vorbeigucken, gestern Abend warst du ausgeknipst, als ich aus dem Präsidium gekommen bin.«

»Oh ja, um halb neun sind bei mir die Lichter ausgegangen.« Tinne gähnte und überlegte kurz, ob sie die Hand vor den Mund nehmen sollte. Dafür hätte sie sich allerdings aus Laurents Umarmung freimachen müssen, und dieser Preis erschien ihr für etwas Anstand entschieden zu hoch.

»Hat sich dieser Jason bei dir gemeldet, oder hast du ihn ans Telefon gekriegt?«

»Nö. Noch immer nur Mailbox. Bertie hat mir sogar den Gefallen getan und ist bei ihm daheim vorbeigefahren, er wohnt in Drais. Hat aber keiner aufgemacht.«

»Na, das scheint ja nicht ganz so der superzuverlässige Typ zu sein«, brummte der Kommissar und warf einen gierigen Blick auf die silberglänzende Siebträgermaschine, die in der Kommunenküche wirkte wie ein Ufo von einem fremden Gestirn. »Komm, lass uns noch schnell einen Espresso trinken, dann muss ich los.«

Die Bezzera Galatea gehörte Tinne, Olaf hatte ihr die Maschine seinerzeit in einer Anwandlung von Großzügigkeit geschenkt. Tinne war inzwischen der Überzeugung, dass die Galatea das mit Abstand beste Überbleibsel ihrer Beziehung darstellte. Während sie Bohnen mahlte und das Pulver festdrückte, fragte sie sich grimmig, warum die Amnesie nicht die vier Jahre mit Arschkeks Olaf aus ihrer Erinnerung getilgt hatte anstatt der letzten Woche. Andererseits – waren es nicht auch die schlechten Erfahrungen, die unseren Charakter formten? Ohne die Arschkeksjahre wüsste sie die schöne Zeit mit Laurent vielleicht nicht zu schätzen.

»Was ist gestern eigentlich los gewesen?«, fragte Tinne, während sie mechanisch Zucker in ihren Espresso rührte. Ihre Schaltkreise liefen noch immer in Zeitlupe vor lauter Müdigkeit. »Warum hat Tara dich sonntags angerufen?«

»Wir haben vorgestern einen Toten aus dem Rhein gezogen. Tara hat ihn am Wochenende obduziert, und er macht uns echt Kopfzerbrechen, weil er auf eine ziemlich merkwürdige Weise umgekommen ist. Aber das bleibt bitte erst mal unter uns. Auch Elvis erfährt kein Sterbenswörtchen, bevor die Pressestelle es offiziell rausgibt, hörst du?« Er nahm ihr Nicken als Bestätigung und fuhr fort. »So wie es aussieht, ist der Typ von einem Krokodil zerfleischt worden, und zwar irgendwo in der Mainzer Kanalisation.«

Tinne brauchte ein paar Sekunden, um seine Worte zu erfassen.

»Ein … Krokodil? In der Kanalisation?«

»Ich weiß, das klingt meschugge. Aber wenn du den Mann auf Taras Tisch gesehen hättest, würde dir das Lachen ganz schnell vergehen. Deswegen habe ich nachher den Unterweltstermin – wir haben die Mainzer Versorgungsbetriebe gebeten, mit ein paar Fachleuten runter in die Kanalisation zu gehen.« Er verzog das Gesicht und sah nicht wirklich glücklich aus. »Ich darf auch dabei sein.«

Einen Augenblick fragte sich Tinne, ob sie noch unter Krankenhaus-Schmerzmitteln stand oder ob die Welt gerade verrückt wurde. Krokodilalarm in Mainz?

»Vielleicht hatte der Mann ja beruflich mit Krokodilen zu tun gehabt, was weiß ich, im Zoo oder in der Forschung oder so«, schlug sie lahm vor.

»Das haben wir schon geprüft. Weder in Rheinland-Pfalz noch in Hessen gibt es Meldungen über einen Vorfall in einem Krokodilgehege. Und einen privaten Züchter können wir ausschließen – das Tier hat nach Taras Schätzung eine Länge von drei Metern, das hält kein Mensch zu Hause in seiner Badewanne.«

»Wisst ihr denn überhaupt, wer der Typ ist?«

Laurent hob die Hände. »Da tappen wir auch noch im Dunkeln. Keine Papiere, kein Ausweis, kein Handy, keine auffällige Kleidung. Und bis jetzt ist niemand vermisst gemeldet, dessen Beschreibung passen würde.« Er trank seinen Espresso aus und stand auf. »Aber zumindest das wird sich schnell lösen, sobald wir die Medien dazuholen. Es gibt ein ziemlich auffälliges Merkmal an dem Toten, eine Missbildung an seiner Hand. Die wird irgendjemand wiedererkennen, jede Wette.« Der Kommissar strich seine Hose glatt und zupfte ein paar Mufti-Haare vom Stoff. »Also, ich melde mich heute Mittag mal bei dir, und dann … eh, hallo? Alles klar?«

Tinne saß stocksteif auf dem Küchenstuhl. »Was für eine Missbildung?«, flüsterte sie.

»An seiner Hand, an der linken, hat er nur Daumen und Zeigefinger. Die sehen ganz normal aus, aber den Rest der Hand, den gibt es nicht. Hat mich an eine Krebsschere erinnert.«

Die Farbe wich aus Tinnes Gesicht. »Bring mich hin zu dem Toten. Jetzt sofort«, mehr brachte sie nicht heraus.

❖

Ein Beben ließ Elvis' Bett wanken, gleichzeitig erfüllte ein entsetzlicher Lärm seine Wohnung. Vibration und Krach ließen kurz nach, dann kamen sie wieder, schlimmer als zuvor.

Im Halbschlaf wälzte er sich umher, Realität und Traum vermengten sich. Vor seinem inneren Auge hetzte er als Indiana Jones durch einen engen, runden Tunnel, während eine gewaltige Kugel hinter ihm herrollte und ihn zu zermalmen drohte. Doch es war kein Fels wie im Originalfilm, sondern ein riesiger Batzen Fleischwurst, kreisrund und von vernichtender Gewalt. Elvis rannte wie der Teufel, die Fedora wurde ihm vom dicken Kopf geweht, aber egal, weiter, nur weiter. Sah so die Rache der Fleischwurst aus für all die Jahre, die er nun schon schadlos seine Zähne hineinhieb? Hatten sich alle von ihm vertilgten Ringe zu einem monströsen Batzen zusammengeschlossen mit dem festen Vorsatz, ihn totzuquetschen? Wieder bebte die Erde, wieder dröhnten die Wände …

… da wachte Elvis von seinem eigenen Schnarchen auf, dessen Lautstärke und Vibration es sogar in seinen Traum geschafft hatten. Leicht beschämt richtete er sich auf und blinzelte verschlafen zu seinem Wecker. Viertel vor sieben, na gut. Zeit, sich auf den Weg zur Arbeit zu machen.

Der zweite Blick ließ ihn hochfahren. Er hatte den großen und den kleinen Zeiger verwechselt – es war nicht Viertel vor sieben, sondern kurz nach halb neun!

»Verdamm… aaargh!« Sein Fluch verwandelte sich in einen Jammerlaut, als er ums Haar auf dem Bettvorleger ausgerutscht wäre. Innerhalb von Millisekunden erledigte er den Gang durchs Bad und warf sich Klamotten über. Verschlafen! Das hatte er in seiner langen Karriere bei der AZ bisher fast immer verhindern können, umso peinlicher war es ihm. Aber gestern Abend hatte er partout keine Ruhe gefunden und sich auf dem knackenden Lattenrost gewälzt. Tinnes Unfall und ihre Gedächtnislücke nahmen ihn mit, mehr, als er sich selbst oder irgendjemand anders eingestanden hätte. Am allerwenigsten Tinne.

Elvis rannte schwitzend durchs Treppenhaus zur Eingangstür. Mit der Hand tastete er in der Hosentasche nach seinem Rollerschlüssel, um die rote Vespa vor der Tür anwerfen zu können. Seine Finger packten ein kleines metallenes Ding. Nanu, was ging hier vor? War der Schlüssel über Nacht geschrumpft?

Es dauerte eine Sekunde, bis ihm einfiel, was es damit auf sich hatte. Prompt sank seine Laune noch weiter. Statt auf die Straße bog er zum Innenhof ab, dort parkte seine Vespa, fein säuberlich mit einer Plane abgedeckt. Daneben stand das Fortbewegungsmittel, mit dem Elvis sich im Moment notgedrungen durch Mainz bewegte: ein E-Scooter.

Das Ding sah aus wie ein peppiger Kinder-Tretroller, neonfarben, mit dicken Reifen. Im Gegensatz zu den Tretrollern, mit denen Elvis als kleiner Bub durch Mainz gebraust war, wurde hier allerdings das Vorderrad von einem Elektromotor angetrieben. Darüber erhob sich eine Stange mit Lenker, gebremst wurde vorne per Griff und hinten per Fußtritt. Beim Anfahren brauchte das Gefährt zwei, drei kräftige Fußschwünge, bis es rollte, dann schaltete sich der Motor zu.

Was einfach klang, hatte Elvis anfänglich Nerven gekostet und blaue Flecken beschert. Denn der Scooter war beileibe kein Spielzeug, er schoss davon wie ein Pfeil, machte 20 Kilometer pro Stunde und hatte in den Kurven Allüren wie ein wilder Gaul. Inzwischen beherrschte Elvis das Rollern einigermaßen gut, wenngleich er immer noch den einen oder anderen unfreiwilligen Schlenker einbaute.

Er schob den Scooter durch den Flur auf die Straße und zog seinen Topfdeckelhelm auf. Der Mini-Schlüssel aus der Hosentasche ließ die Elektronik erwachen. Vorsichtig hob der Reporter den rechten Fuß auf das Trittbrett und stieß sich mit dem linken ab, dann gab er Elektrogas. Der Roller wackelte, Elvis' Bauch ebenso, das Gefährt nahm zögerlich Fahrt auf. Nun drehte Elvis beherzt am Drehgriff und beschleunigte. Einige Passanten in der Klarastraße sprangen zur Seite, als Ross und Reiter den Gehsteig entlangschlingerten.

»Ei, Herr Wissmann, des übe mer aber nochemal, oder?«, rief ihm eine dicke Frau zu, die er flüchtig vom Markt kannte. Mit eiserner Miene rollerte er voran und tat, als habe er nichts gehört. Innerlich wünschte er seine Vespa herbei und verfluchte den Scooter. Aber egal – dieser stellte momentan die einzige Möglichkeit dar, motorisiert durch Mainz zu kommen. Und das Schlimmste daran: Es war einzig und allein Elvis' Schuld, dass seine geliebte Vespa vier Wochen lang ungenutzt herumstehen musste.

Es passierte vor einigen Wochen beim Kellerwegfest in Guntersblum. Das Fest zählte zu den schönsten in Rheinhessen, Kelterhäuser luden zu Verköstigungen in urigem Ambiente ein, Lichter und Stände säumten die schmalen Straßen. Dazu kam das konstante Hochdruckwetter, das wahrhaft königliche Abendtemperaturen bescherte. Elvis sollte für die AZ berichten und fasste den Entschluss, das Angenehme mit dem Nützlichen zu verbinden. Das tat er ausgiebig, die Speisen waren herzhaft, die Weine süffig und die Schnäpse bekömmlich. Am Ende stand er leicht schwankend vor seiner Vespa und überlegte, ob er nicht besser mit dem Zug heimfahren sollte. Doch die Bequemlichkeit siegte – ein Entschluss, den Elvis bitter bereute, als am Ortsausgang die rote Kelle hochging. Das Schicksal nahm seinen Lauf, er pustete und bekam auf der Wache Blut abgezapft: 1,07 Promille, 500 Euro, zwei Punkte und einen Monat Führerschein weg.

Elvis unternahm einen zaghaften Versuch, bei Laurent Pelizaeus vorzusprechen, um mit dessen Hilfe um ein Fahrverbot herumzukommen. Doch der Kommissar geigte ihm tüchtig die Meinung und machte mehr als deutlich, was er von Alkohol im Straßenverkehr hielt. Mit geknicktem Ego und ohne Führerschein schlich Elvis heim.

Nun war guter Rat teuer. Er musste oft auf schnellem Weg durch die Stadt, um von einem Termin zum nächsten zu kommen. Bus und Straßenbahn? Viel zu unflexibel. Taxi? Die AZ würde ihm den Vogel zeigen, wenn er stapelweise Rechnungen einreichen würde. Ein Fahrrad? Elvis besaß noch nicht einmal eins und hatte zudem wenig Lust, bei den mörderischen Sommertemperaturen durch die Gassen zu strampeln.

Hilfe kam von einem Bekannten, Marc, der als Eventmanager Segway-Touren durch Mainz anbot. Marc plante, auf den anrollenden E-Scooter-Zug aufzuspringen und ab nächstem Jahr die hippen Elektro-Tretroller in seinen Fuhrpark zu integrieren. Momentan bewegten sich die Gefährte noch in einer rechtlichen Grauzone, da die Straßenverkehrsordnung sie nicht so recht einzustufen wusste. Er besaß einen eigenen Scooter, mit dem er seine Idee austesten wollte.

Elvis hatte vor einiger Zeit im Auftrag der AZ über Marcs Segway-Touren berichtet, der Artikel kam gut an und brachte dem jungen Unternehmen eine Menge Kunden. Als Marc über ein paar Ecken von Elvis' misslicher Lage erfuhr, entschloss er sich, nun seinerseits den Reporter zu unterstützen. Wenig später stand er vor der Tür – mit seinem E-Scooter und einem breiten Grinsen. »Einen Monat freie Fahrt«, meinte er, »damit die AZ nicht auf ihren besten Schreiberling verzichten muss.«

Seither gondelte Elvis mit elektrischem Antrieb durch die Stadt und versuchte, so wenige Kollisionen wie möglich zu verursachen. Er war kein Kleingeist, was Geschwindigkeit betraf – wenn ein Gefährt 20 Sachen machte, wurde das auch ausgenutzt, Punkt.

Mit ebendiesem Tempo kurvte er jetzt durch die Stadthausstraße und versuchte, Zeit aufzuholen. Er kam nicht gerne zu spät in die Redaktion, denn bei der Zeitung ging es ein bisschen wie bei der Raubtierfütterung zu: Die besten Brocken wurden am Anfang verteilt, danach blieben nur noch Reste.

»Weg da, schleicht euch!«, rief er und umkurvte ein älteres Ehepaar, das sichtbar zusammenzuckte. Die Reaktion der beiden war nachvollziehbar, schließlich summte der Scooter durch eine Fußgängerzone. Genau wie auf seiner Vespa vertrat Elvis die Meinung, dass die schreibende Zunft stets den direktesten Weg wählen durfte. Verkehrsregeln sah er dabei als gut gemeinte Vorschläge an und nicht als Gebote.

Doch ausgerechnet heute hatte er das Pech gepachtet. An der Alten Universität stand eine Polizeistreife, sodass er sich nicht traute, wie üblich in die nächste Fußgängerzone einzubiegen. Auf dem Umweg über die Rheinstraße herrschte viel Verkehr, in der Mailandsgasse machte ihn eine Handvoll Wichtigtuer gestenreich auf das Durchfahrtverbot aufmerksam, auf seinem Stammplatz vor der Redaktion parkte ein Paketzusteller. Beim Absteigen bockte der Scooter und hätte ihn um ein Haar abgeworfen, schließlich stürzte er beim Eintreten in den halbdunklen Flur fast über einen Strick. Jemand hatte einen kleinen Hund angebunden, der japsend in der Ecke saß und seine Leine geschickt als Stolperfalle quer durch den Flur zog. Besuch in der Redaktion? Das hieß meist nichts

Gutes: eine Beschwerde oder, schlimmer noch, ein Gast mit einer in seinen Augen dermaßen packenden Geschichte, dass er sie unbedingt persönlich kundtun musste und mit einer sensationellen Veröffentlichung spätestens am nächsten Tag rechnete. Und weil Elvis heute spät dran war, konnte er an einer Hand abzählen, wen die lieben Kollegen für diese Aufgabe vorgesehen hatten.

Auf der Treppe in den ersten Stock hörte er Stimmen, ein Mann und eine Frau. Misstrauisch lugte er nach oben. Vor der Tür zur AZ-Redaktion standen zwei Leute, die in dem nüchternen Treppenhaus aussahen wie Paradiesvögel: schwarz gefärbte Haare, geschminkte Augen, Piercings und Lederklamotten. Sie diskutierten, wie sie sich gleich vorstellen und präsentieren sollten. Elvis zog sich leise zurück. Verflixt, auf zwei Gothic-Freaks hatte er beim besten Willen keine Lust. Wenn er die beiden aber jetzt mit hineinnehmen würde, hätte er die Story am Bein, keine Frage. Kurz entschlossen holte er sein Handy hervor und tippte eine SMS an Ferdi, seinen Neffen, zu dem er einen guten Draht hatte: *ruf mich in genau einer minute an.* Dann ging er polternd nach oben.

»Morgen. Kann ich Ihnen helfen, wollen Sie zur AZ, oder was?«

Die beiden fuhren herum wie ertappt. Sie waren jung, Mitte 20, mit blassem Teint und vielen Ringen im Gesicht. Die leicht piepsige Stimme des Mannes passte nicht zu seinem sinisteren Aussehen.

»Eh, hallo, ich, eh, wir sind der Torben und die Kathy. Wir, ja, wir würden gerne bei der Zeitung uns vorstellen, also, unser Kunstprojekt, das ist eine Reihe von rheinhessischen Impressionen, aber mit …«

»Ja, prima«, unterbrach Elvis das Gestammel. »Kommen Sie rein, das schaue ich mir gerne an. Klingt toll.« Er schloss die Tür auf und betrat die Redaktion. Der große Raum besaß eine Fensterfront zum Markt hin, der Dom erhob sich in ganzer Pracht und sah aus wie ein Schiff aus Sandstein, das mitten in Mainz vor Anker lag. Die Kolleginnen und Kollegen saßen an ihren Plätzen, tippten und telefonierten, kaum jemand nahm Notiz von den Neuankömmlingen.

»Bitte, hier, nehmen Sie Platz.« Einladend deutete Elvis auf einen Tisch mit mehreren Stühlen. Die beiden setzten sich und schauten sich scheu um, als wäre die Zeitungsredaktion der Vorhof zum Paradies. »So, dann schießen Sie mal los, um was geht es denn bei Ihrem Projekt?«

Eifrig holte die Frau eine Mappe hervor, gleichzeitig zückte ihr Begleiter ein Tablet. »Ja, und zwar …«, fing er an, da ertönte eine Piepsmelodie.

»Upps, 'tschuldigung.« Elvis holte mit großer Geste sein Uralttelefon aus der Tasche, dessen dudelnder Klingelton so old style war, dass man ihn inzwischen im AppStore als Retrosound herunterladen konnte. Er erkannte Ferdis Nummer und bedankte sich insgeheim bei seinem Neffen.

»Wissmann, Allgemeine Zeitung Mainz?«

»Na, Elvis, jetzt bin ich aber mal gespannt, aus welcher Klemme ich dich gerade rauspauke.« Ferdis Stimme in seinem Ohr klang amüsiert. Elvis riss die Augen auf und bemühte sich um etwas, was er für eine spannungsgeladene Körperhaltung hielt. »Nein! Wo und wann ist das passiert?«, rief er und griff mit viel Pathos zu Stift und Papier. Die jungen Leute beobachteten ihn und sahen aus, als würden sie gleich heulen wegen der Unterbrechung.

Ferdi lachte. »Na gut, ich leg mal auf, viel Spaß noch. Ich hab 'ne Schorle gut bei dir.«

Elvis presste das tote Handy aufgeregt ans Ohr. »Und das ist verifiziert? Großaufgebot? Militärische Präsenz?« Mit gesenkter Stimme legte er noch eine Schippe drauf. »Geheimdienst?« Er nickte bedeutungsschwer und schob den Kiefer vor. »Natürlich, das übernehme ich. Damit kommen die nicht durch, das muss an die Öffentlichkeit gelangen. Dafür gibt es uns Journalisten schließlich!« Das Handy verschwand in seiner Tasche, mit geballten Fäusten stützte er sich auf dem Tisch ab und bemühte sich, etwas außer Atem zu klingen.

»Tut mir wahnsinnig leid, gerade ist etwas reingekommen, da muss ich sofort aktiv werden. Ich …«, er tat so, als würde er innerlich mit einer Entscheidung ringen, »ich habe aber jemanden hier, der Ihr Projekt übernehmen kann. Warten Sie kurz.« Entschlossen marschierte er zu Jannik, einem aufstrebenden Jungreporter, den er nicht leiden konnte. Mit gesenkter Stimme machte er eine Kopfbewegung zu den Besuchern.

»Hier, horch, die beiden da, die wollen unbedingt zu dir.«

Jannik, die Frisur wie immer sorgfältig auf nachlässig getrimmt, schaute erstaunt zum Tisch.

»Wer ist das denn, kenn ich nicht. Und ich hab hier gerade …«

»Mach hinne, die zwei haben einen Draht zum VRM-Vorstand, ich an deiner Stelle würde sie nicht abwimmeln.« Ohne ein weiteres Wort drehte er sich um, klemmte an seinem Platz den Telefonhörer unters Kinn und fing an, mit verbissenem Gesicht unsinnige Buchstabenfolgen in den PC zu hämmern. Aus den Augenwinkeln sah er, wie Jannik zu dem Gothic-Pärchen ging und sofort zugetextet wurde. Schadenfreude machte sich in ihm breit. Gerade wollte er seinen getippten Unsinn löschen und einen echten Artikel aufrufen, da dudelte sein Handy erneut. Nanu, legte Ferdi sicherheitshalber nach? Nein, es handelte sich um eine Nummer, von der er selten Anrufe erhielt. Aber wenn, dann war etwas im Busch. Halblaut meldete er sich, auf einmal wurden seine Augen groß – diesmal ohne gespielte Überraschung.

»Wo? In der Kanalisation?«, wisperte er ungläubig. Unwillkürlich schüttelte er den Kopf. Elvis hatte ein

Netzwerk aus Freunden und Bekannten, das sich über ganz Mainz erstreckte. Ein komplizierter Mechanismus aus kleinen Gefälligkeiten und wohldosierten Informationshäppchen sorgte dafür, dass er von nahezu allem Wind bekam, was in der Gutenbergstadt geschah. Auch polizeiliche Geheimnisse landeten früher oder später bei ihm, Laurent Pelizaeus hatte ihm deshalb schon des Öfteren den Kopf gewaschen.

»Und das ist hundertprozentig sicher?«, fragte er nach. Mit der Zunge fuhr er über seine Lippen. Hört, hört! Gespannt lauschte er weiter. »Aha, ja, eine Begehung der Kanäle, soso. Hopfengarten, in einer halben Stunde, sagst du?« Er schaute auf seine Armbanduhr. »Okay, ja, da lass ich mir was einfallen. Danke.«

Er legte auf und blieb bewegungslos sitzen. Der Tote aus dem Rhein war keine echte Neuigkeit, da hatte es sogar schon spärliche Informationen von der Polizei gegeben. Doch was sein Kontakt darüber hinaus erzählt hatte, wäre für Elvis normalerweise ein typisches Sommerloch gewesen: ein Krokodil in der Kanalisation! Und gleich würden ein paar Fachleute zu einer Ortsbesichtigung nach unten steigen.

In seinem Kopf arbeitete es. Dann hatte er einen Plan gefasst und suchte im Rechner nach der Telefonnummer der Mainzer Wirtschaftsbetriebe. Den Drucker- und Kopierraum nebenan konnte man durch eine Schiebetür vom Redaktionsbüro abteilen. Elvis schloss die Tür sorgfältig, damit niemand zuhörte. Dann tippte er die Tastenkombination zur Rufnummernunterdrückung in sein Handy und rief bei den Wirtschaftsbetrieben an. Kaum meldete sich jemand, bellte er auch schon los.

»Polizeibehörde Mainz, der Polizeirat, verbinden Sie mich mit der Abteilung Entwässerung. Aber zackig!«

Pausenmusik dudelte, dann ging eine Frau dran. Sie schaffte es nicht, ihren Namen zu Ende zu sagen, als Elvis sie bereits unterbrach.

»Metternich, Polizeirat. Warum ist die Pressebestätigung noch nicht da?«

Verdutzt suchte die Dame nach Worten. »Eh, welche … welche …«

»Die Pressebestätigung!«, grollte er. »Sie machen doch gleich eine Kanalbegehung am Hopfengarten, in einer knappen halben Stunde.«

»J…ja, das macht unser Herr Lembke, richtig. Das ist aber ein inoffizieller Termin, bei dem …«

Grob fuhr er dazwischen. »Lembke, ja, genau so steht's hier. Da hat der Polizeipressedienst jemanden von der AZ angemeldet, einen Herrn Wissmann, Elmar Wissmann. Wo bleibt die Bestätigung von Ihrer Seite?«

Er hörte, wie eine Tastatur klackerte. »Oh, das … das tut mir leid, Herr Polizeirat«, zwitscherte die Frau schüchtern. »Bei den Anmeldungen sehe ich keinen Herrn Wissmann, da muss etwas schief…«

»Das ist mir schnurz!« Elvis brüllte fast. »Wenn Ihre Abteilung das verbockt hat, müssen Sie sehen, wie Sie es gradebiegen! Der Journalist wird auf jeden Fall dabei sein, sonst kriegen Sie mächtigen Ärger! Wir melden Pressevertreter doch nicht zum Spaß an. Ich mache Sie persönlich dafür verantwortlich, dass Wissmann auf der Liste steht!«

»Die Anmeldung ist aber schon abgezeichnet.« Die Frau klang, als würde sie gleich losheulen. »Ich … ich … ich könnte Herrn Lembke höchstens anrufen und ihm …«

»Machen Sie's einfach, und zwar jetzt«, schnauzte Elvis, legte auf und frohlockte innerlich. Draußen im Redaktionsbüro warf er Block und Stift in eine Tasche. Auf dem Weg nach draußen fing er einen Blick von Jannik auf, scharf wie

ein Dolch. Die Gothics hatten die redaktionseigene Magnet-
tafel an der hinteren Wand in Beschlag genommen und Fotos
daran befestigt, die Elvis fast auflachen ließen: Das Motiv war
stets das Pärchen selbst, in Lack und Leder in allerlei dra-
matischen Posen. Nur die Örtlichkeiten wechselten, die beiden standen im Wald, in einer verfallenen U-Bahn-Station,
auf einem Autofriedhof, vor einer Kirchenruine, so ging es
weiter. Elvis nickte Jannik einen freundlichen Gruß zu und
verzog sich. Der Hund im Treppenhaus begrüßte ihn wie
einen alten Freund, doch der Reporter hatte keinen Blick für
ihn und rannte fast zu seinem E-Scooter. Das, was ihm sein
Informant gerade verraten hatte, klang schier unglaublich. Er
konnte es nicht erwarten, zum Hopfengarten zu kommen.

✢

»Ja.« Tinne stand vor dem Edelstahltisch wie ein Häuflein
Elend. Am liebsten wäre sie in einem Mauseloch verschwunden. »Ja, das ist Jason.«

Laurent drückte sie an sich und schwieg. Dass Tinne hier
stand und die von Zähnen durchlöcherte Leiche sah, verstieß gegen mindestens zehn Vorschriften. François – diesmal
ohne Pizza – hatte sie hereingelassen, seinem Blick war anzusehen gewesen, dass er für den Kommissar eine Ausnahme
machte. Dieser fühlte sich zwar erleichtert, in dem merkwürdigen Todesfall einen Schritt weitergekommen zu sein, denn
zumindest wusste er nun, um wen es sich beim Opfer handelte. Andererseits bereitete ihm die Tatsache, dass Tinne mit
dem Mann zu tun gehabt hatte, Bauchweh. Er kannte ihre
Begabung, sich in die unmöglichsten Situationen zu bugsieren.

»Das da, das ist ein Krokodil gewesen?« Tinnes Augen
klebten an den Wunden, die den Körper des Toten perforierten. Jasons Gesicht sah aus wie Teig, dunkle Stoppeln

umkränzten das Kinn. Seine Hände lagen auf der grünen Decke, die Missbildung links hob sich blass und weiß von der kräftigen Farbe ab. Bei einem der ›Steelram‹-Treffen in der Kommune hatte sie ihn danach gefragt, den lateinischen Namen des seltenen Gendefekts aber gleich wieder vergessen. Er hatte gelacht und gemeint, er würde seine Krebsschere nie mehr hergeben wollen, so habe er sich an sie gewöhnt. Sogar seinen Künstlernamen in der Fotografenszene hatte er passend gewählt: ›The Crab‹, die Krabbe. Sie mochte Jason, ein interessanter Mann mit Witz und Charisma, er hatte als Fotograf tolle Arbeiten gestaltet. Warum lag er jetzt zerfleischt auf einem Tisch in der Pathologie?

Sie hörte Schritte hinter sich.

»Tinne!« Tara rannte fast auf sie zu und nahm sie in den Arm. Schon wieder flossen die Tränen bei Tinne, sie hätte sich niemals für eine solche Heulsuse gehalten, konnte aber nicht anders. Sie verkroch sich förmlich in Taras Armen. Die Rechtsmedizinerin war fast ebenso groß wie Tinne und hatte eine ähnlich schlanke, sportliche Figur.

»Tara, was … was ist los, was passiert hier gerade?« Ihre verzweifelte Handbewegung schloss den Raum, den Toten und ihre persönliche Situation ein.

Tara strich ihr mit einer fürsorglichen Geste die Haare aus der Stirn. Die beiden Frauen hatten sich vor einigen Jahren bei einem Tinne-und-Elvis-Abenteuer kennengelernt. Elvis und Tara waren vor vielen Jahrzehnten ein Paar gewesen, der Dicke hatte sich anfangs schwergetan, den Kontakt wieder aufzunehmen. Inzwischen verband die beiden eine Freundschaft, und auch Tinne hatte die Frau ins Herz geschlossen. Ihr fachliches Wissen hatte den beiden öfter bei ihren Fällen geholfen.

»Komm, lass uns erst mal hier rausgehen.« Tara führte Tinne in den Vorraum des Hades, weg von den Stahltischen und der klinischen Atmosphäre. Sie zauberte einen Espresso herbei, stark, schwarz und mit herrlicher Crema, genau so, wie Tinne ihn liebte. Derweilen brachte Laurent sie halblaut auf den neuesten Stand und berichtete von der nun geklärten Identität des Toten. Dann verabschiedete er sich, er musste zu seinem Kanalisationstermin. Tinne hielt die Espressotasse fest in ihren Händen, als wollte sie sie zerbrechen. Jasons Gesicht mit den ausgefransten Wundmalen beherrschte ihren Geist.

»Wie kann so etwas passieren? Tara, wir sind in Mainz und nicht am Amazonas. Oder?«

Statt einer Antwort führte Tara sie nach oben. Tinne folgte ihr willig wie einer großen Schwester und war dankbar, als sie vor dem Institut im Licht stand und frische Luft atmete. Die beiden Frauen schlenderten die baumbestandene Straße Am Pulverturm entlang, die Vormittagssonne glitzerte zwischen den Blättern. Nun endlich kam Tara aufs Thema zurück.

»Gestern habe ich ein bisschen recherchiert. Bis jetzt habe ich diese Krokodil-in-der-Kanalisation-Geschichte für eine Urban Legend gehalten, so was wie die Spinne in der Yuccapalme. Aber es hat tatsächlich belegte Fälle gegeben, ein paar in den USA, einen in Paris. Das größte Tier wurde in Beit Lahia im Gazastreifen gefangen, vor ein paar Jahren, es hatte eine Länge von immerhin zwei Metern. Aber dort gibt es tiefe Becken und Kanäle mit großem Durchschnitt. All das haben wir hier in Mainz nicht, ich habe deswegen mit den Leuten von den Wirtschaftsbetrieben telefoniert. Unser Abwassersystem hat zum Teil über 100 Jahre auf dem Buckel, die ältesten Teile sind sogar noch mit Backsteinen gemauert. Es ist eng, die Röhren liegen auf unterschiedlichem Niveau. Kein gutes Terrain für ein Drei-Meter-Krokodil.«

Es dauerte einige Sekunden, bis die letzten Sätze bei Tinne ankamen. Sie schaute auf wie in Zeitlupe. »Was hast du gerade gesagt?«

»Eng, unterschiedliches Höhenniveau. Es wäre schwierig für ein …«

»Nein, vorher. Das mit den 100 Jahren und so.«

»Dass das Mainzer Kanalsystem ziemlich alt ist. Besteht zum Teil noch aus Backsteinen. Warum?«

Tinne hörte Laurents Stimme: »*Es ist Abrieb an deiner Haut gewesen, Substratspuren. Und zwar von Backsteinen. Du musst irgendwo an einer Backsteinmauer oder so etwas entlanggeschliddert sein, mit ziemlichem Karacho.*«

Ein weiteres Puzzleteil schob sich an seinen Platz: ihre Kleidung. Die Exkursions-Hose, der Fleece, die alte Windjacke. Genau diese Sachen würde sie zu einer Tour in die Mainzer Unterwelt anziehen. Denn selbst wenn die Sommerhitze wochenlang knallte – unter der Erde herrschten immer kühle Temperaturen.

»Ich bin mit Jason dort unten gewesen«, flüsterte sie fast unhörbar. Wieder erschien sein Gesicht vor ihr, die zerfetzten Züge schienen sie höhnisch anzugrinsen. »Ich war mit ihm in der Kanalisation.«

Tara schwieg und lief langsam weiter. Die Sekunden wurden lang. Ihre Miene wirkte ernst, sie kniff die Augen zusammen, sodass sich eine Falte an ihrer Nasenwurzel bildete. Tinne kannte diesen Gesichtsausdruck: Die Forensikerin sortierte ihre Gedanken. Taras analytischer Verstand faszinierte sie, ein Problem wurde seziert, in unendlich viele Scheibchen zerteilt und diese nacheinander gelöst. So war Tara – ganz oder gar nicht. Eine Mittellösung gab es bei ihr nicht. Sie gehörte auch nicht zu den Menschen, die sich einen Lifestyle-SUV kauften, um damit zum Bäcker zu fahren und die Kinder von der Schule zu holen. Nein, Taras weißer Range Rover Evoque, den die beiden Frauen in dieser Sekunde am Straßenrand passierten, musste immer wieder zeigen, was er konnte. Am Wochenende warf sie gerne das Mountainbike in den Kofferraum und

ließ den Allrader über Stock und Stein auf abgelegene Wald-
parkplätze kraxeln. Dann strampelte sie sechs Stunden uphill
und downhill, bis sie klatschnass geschwitzt und von Dreck
gesprenkelt war. Tinne hatte sie einmal begleitet, mit einem
geliehenen MTB und den allerbesten Vorsätzen. Nach einer
Stunde hatte sie schlappgemacht und die nächsten vier Tage
Muskelkater gehabt.

Nun zog Tara hörbar die Luft ein. »Das Telefonat mit diesem Jason ist deine letzte Erinnerung, oder?« Tinne nickte.

»Vielleicht hast du dich schon gefragt, warum deine Amnesie ausgerechnet sieben Tage umfasst. Warum der Unfall nicht
mehr Zeit oder weniger gelöscht hat.«

Wieder nickte Tinne. Sie hatte keine Ahnung, worauf die
Rechtsmedizinerin hinauswollte.

»Ich habe eine Theorie, die das erklären könnte. Wohlge-
merkt, es ist nur eine Theorie, denn Neurologie ist beileibe
nicht mein Fachgebiet.« Ihr kleines Lächeln machte klar, dass
ihre Kunden in aller Regel keine Probleme mit mangelnder
Gedächtnisleistung hatten – sie befanden sich in verschiedenen Stadien der Verwesung.

»Die Antwort auf die Sieben-Tage-Frage liefert die Art und
Weise, wie unser Kopf seinen Speicher verwaltet, der Fach-
begriff dafür ist synaptische Plastizität. Wichtige Ereignisse
sorgen für Zäsuren in unserer Gedächtnisstruktur. Das können schöne, aber auch schlimme Erlebnisse sein. Mit ihrer
Hilfe gliedern wir die Zeit unserer Erinnerungen. Oft teilen
wir unser Leben in ein ›davor‹ und ein ›danach‹. Das kennst
du sicher auch von dir selbst.«

Automatisch ging Tinne in ihre Vergangenheit zurück. Ja,
jede wichtige Veränderung war wie ein Leuchtturm, der aus
dem Meer der Erinnerungen herausragte. Der Umzug von
Göttingen nach Mainz. Die Trennung von Olaf. Der herzliche Empfang von Bertie und Axl in der Kommune 47. Der

erste Kuss mit Laurent. Es gab immer ein ›vorher‹ und ein ›nachher‹.

»Der Mechanismus hinter der synaptischen Plastizität ist ziemlich kompliziert, eine wichtige Rolle spielt der präfrontale Cortex. Und genau hier kann es zu Störungen kommen, durch Krankheit, durch neurochemische Veränderungen, aber auch durch einen mechanischen Impakt. Das ist bei dir der Fall. Der Aufschlag auf dem Straßenpflaster hat die Signalkaskade unterbrochen, bestimmte Teile deines Erlebnishorizonts sind im bewussten Erinnerungsvermögen nicht mehr verfügbar.«

Sie wartete, bis Tinne die Worte eingeordnet und verinnerlicht hatte, dann fuhr sie fort.

»Wenn nun eine solche Störung auftritt und das Gehirn auf Notfall schaltet, orientiert es sich an diesen Zäsuren. Also an Erlebnissen, die wir als einschneidend wahrgenommen haben. In deinem Fall denke ich, dass Jasons Anruf eine solche Zäsur war – er hat sämtliche Ereignisse in der darauffolgenden Woche losgetreten.«

Tinne vergaß weiterzugehen und blieb an einem Fleck stehen, so faszinierten sie die Ausführungen der Rechtsmedizinerin.

»Diese Ereignisse müssen dich in irgendeiner Form tief bewegt haben. So tief, dass dein präfrontaler Cortex im Alarmzustand des Unfalls die Entscheidung getroffen hat, all diese Erinnerungen aus dem Bewusstsein herauszunehmen. Eine Art Selbstschutz: Dein Hirn blendet alles Belastende aus, um möglichst viel Energie für die Bewältigung der Unfallfolgen zur Verfügung zu haben.«

Tinne vergegenwärtigte sich all das, was Tara ausgeführt hatte. Alles lief auf eine Frage hinaus: Was hatte sie mit Jason unternommen, das einen so bleibenden Eindruck hinterlassen hatte? Sie traute sich kaum, die nächste Frage zu stellen:

64

»Habe ich gesehen, wie er von dem Krokodil ...?« Ihre Stimme versickerte.

Tara schaute sie an, kein Muskel rührte sich im Gesicht der Rechtsmedizinerin. »Möglich. Ja, durchaus möglich. Ein solch traumatisches Erlebnis kann in Zusammenhang mit einem mechanischen Impakt diese Form der retrograden Amnesie hervorrufen.«

Ihre nüchterne Medizinsprache half Tinne, eine Außenperspektive einzunehmen. Als ginge es um eine fremde Person, nicht um sie selbst. Die Theorie passte zu ihren Schürfwunden. Die Attacke eines Krokodils war ein guter Grund, um durch die dunkle Kanalisation zu hetzen, sich an den Backsteinwänden aufzuschürfen und am Ende kopflos vor ein Auto zu laufen. Danach hatte ihr Gehirn als Erste-Hilfe-Maßnahme alles aus der Erinnerung gestrichen, was zu diesem Ereignis geführt hatte, beginnend mit Jasons Anruf vor einer Woche.

Sie war Tara unendlich dankbar, all diese Details ruhig und klar erklärt zu bekommen. Dick und Doof hatten ihr im Krankenhaus nur jede Menge Fachvokabular um die Ohren gehauen und sie mit einem schrecklichen Gefühl der Hilflosigkeit zurückgelassen. Und das Schlimmste daran: Nachher stand ein weiterer Termin bei den beiden Granaten an, sie rechnete mit einer neuen Breitseite Medizinersprech.

Gleichzeitig fragte sie sich, warum Tara als Rechtsmedizinerin so viel über ein eigentlich fremdes Fachgebiet wusste. Tara schien ihre Gedanken lesen zu können und lächelte erneut ihr dünnes Lächeln. »Nachdem ich von deinem Unfall und der Diagnose erfahren hatte, habe ich mich in das Thema Amnesie und Gedächtnisfunktionen eingelesen. Ich wollte wissen, was mit dir los ist.« Fast unhörbar fügte sie hinzu: »Und wie ich dir vielleicht helfen kann.«

Tinne biss die Lippen aufeinander, um zu verhindern, dass sie zitterten. Die Situation kam ihr unwirklich vor, als würde sie in einem David-Lynch-Film feststecken, in dem Realität und Illusion unmerklich ineinander übergingen. »Kannst du das denn? Kannst du mir helfen? Komme ich wieder an meine Erinnerung dran?«

Taras Schultern hoben und senkten sich, als sie tief Atem holte.

»Vielleicht. Irgendwann. Das lässt sich leider nicht prognostizieren, dazu ist das System, das hinter unserer Merkfähigkeit steckt, viel zu komplex. Pass auf, ich versuche, es dir zu erklären.«

Wieder erschien die Falte an ihrer Nasenwurzel, sie knetete ihre Finger, als wolle sie die sperrigen medizinischen Fachbegriffe in ihrem Kopf weichdrücken.

»Es gibt einen Ausdruck, ›Chunking‹, der bezeichnet den Zugriff auf die weitverzweigte Informationsstruktur in unserem Gedächtnis. Dieses ›Chunking‹ merkst du immer dann, wenn du auf einen bestimmten Inhalt zugreifst und dir dein Hirn alle möglichen Zusatzinformationen aus demselben Kontext liefert. So, als würde es eine bestimmte Schublade aufmachen und darin viel, viel mehr finden als das, was eigentlich gefragt ist.« Tara überlegte eine Sekunde an einem Beispiel. »Angenommen, du denkst darüber nach, wie deine Klassenlehrerin in der dritten Klasse hieß. Dein Hirn geht auf die Suche und findet eine Schublade mit der Beschriftung ›Grundschule‹. Die macht es auf und schaut hinein, jawohl, da ist der Name der Lehrerin. Aber in der Schublade ist noch viel mehr drin, und plötzlich fallen dir jede Menge Einzelheiten aus der damaligen Zeit ein: die Adresse eurer Schule, die Farbe an der Wand eures Klassensaals, der Schulausflug, bei dem du hingefallen bist und dir das Knie aufgeschlagen hast.«

Tinne nickte. Das kannte sie tatsächlich – die Informationsflut, die das Gedächtnis losließ, wenn es auf einen bestimmten Sachverhalt konzentriert war.

»Dieses ›Chunking‹ kann Amnesiepatienten wie dir manchmal helfen. Ich bleibe mal bei dem Bild mit der Gedächtnisschublade, auch wenn es neurologisch nicht ganz stimmig ist. Also, bei dir gibt es eine Schublade, in die das Gedächtnis alles reingepackt hat, was in der letzten Woche passiert ist. Am Ende ist durch den Unfall aber die Beschriftung der Schublade verloren gegangen. Es kann also nicht mehr auf die Inhalte zugreifen, egal, wie sehr du dich bemühst.«

Vor Tinnes innerem Auge erschien ihr Gehirn, das aus einer unendlichen Menge weißer Fächer bestand, jedes fein säuberlich mit einem Stichwort beschriftet. Nur eines war klinisch rein.

»Wenn aber nun dein Gedächtnis durch einen äußeren Reiz eine Verbindung zu einem der Inhalte herstellt, dann geht die Schublade einen winzigen Spalt auf. Die Erinnerung kommt bruchstückweise wieder.«

Tinne hing an ihren Lippen. »Was für äußere Reize?«

»Da gibt es leider keine allgemeine Regel, es kann im Prinzip alles sein.« Tara zuckte mit den Schultern. »Geräusche, Gerüche. Eine Stimme, ein Geschmack. Etwas, was du siehst. Eine Berührung. Irgend so etwas.«

Die Kinokarte. Tinne spürte wieder den Hauch der Erinnerung, die das Stück Papier in ihr hervorgerufen hatte. Ebenso die frisch gewaschene Jeans, der Grundriss in der Tasche. Die Schublade war einen Spalt aufgegangen.

»Wie viel kommt zurück? Fügt sich mein Gedächtnis irgendwann komplett zusammen?«

»Auch das ist von Fall zu Fall verschieden. Es gibt Patienten, deren Erinnerung nach einer gewissen Zeitspanne wieder vollständig ist. Bei einigen kommen nur bestimmte Episoden zurück, andere finden überhaupt keinen Zugang mehr. Das lässt sich leider nicht vorhersagen.« Sie schwieg ein paar

Sekunden. »Tut mir leid, dass ich dir keine besseren Nachrichten geben kann.«

Tinne schaute die Straße entlang, ohne etwas zu sehen. Sie wusste nicht, welche Vorstellung schlimmer war: Den Rest des Lebens das schwarze Loch im Kopf zu haben oder sich irgendwann an das Schreckliche erinnern zu können, das dort unten in den Abwasserkanälen geschehen sein musste.

✻

Die Kunden von Oxfam an der Neutorstraße verfluchten den elektrischen Tretroller, den jemand mehr als ungeschickt im Fahrradständer festgesteckt hatte. Die Fußgänger wurden zu einem Umweg gezwungen, die Fahrradfahrer mussten ihre Zweiräder halb darüber wuchten und bedachten das neonfarbene Gefährt mit deftigen Schimpfworten.

Elvis stand ein paar Schritte entfernt und kümmerte sich nicht um den Aufruhr, den seine Parkkünste verursachten. Er schaute mit gerecktem Hals zum Hopfengarten, seine Aufmerksamkeit galt dem Geschehen vor dem Eiscafé Florenz. Dort parkte ein Bus der Mainzer Wirtschaftsbetriebe, zwei Männer in orangefarbener Arbeitskleidung öffneten mit Eisenhaken einen Kanaldeckel. Eine Handvoll Leute diskutierte daneben. Sieh an, sein Informant hatte nicht übertrieben, da sammelten sich einige wichtige Gesichter. Ein Vertreter der Stadt, eine Frau von der Gebäudewirtschaft, jemand von der Denkmalpflege, die Übrigen kannte er nicht. Doch das Entscheidende: Es war niemand von der Polizei dabei, der seinen Anmeldeschwindel hätte auffliegen lassen können.

Mit gezücktem Presseausweis gesellte Elvis sich dazu und schaute sich suchend um. Ein breitschultriger Mittfünfziger mit Gummistiefeln und Arbeitsweste trat auf ihn zu. Sein gezwirbelter Schnauzbart erinnerte an Horst Lichter.

»Herr Wissmann, richtig? Lembke mein Name, von den Wirtschaftsbetrieben, Abteilung Entwässerung. Sie sind eben noch telefonisch angemeldet worden, und zwar vom Polizeirat Metternich persönlich.«

Elvis jubelte innerlich, dass seine Finte funktioniert hatte, da spürte er eine Hand auf der Schulter. Eine tiefe Stimme, die nicht sehr amüsiert klang, knurrte in sein Ohr: »Vom Polizeirat persönlich, soso.«

Hinter ihm stand Hauptkommissar Laurent Pelizaeus mit Donnerwettermiene, er musste zwei Sekunden nach Elvis eingetroffen sein. Der Reporter schrumpfte. »Oh, öh, Laurent. Tja, da ist wohl irgendwie die Anmeldung verschwunden.«

»Die Anmeldung verschwunden? Ich kann dir sagen, was hier gleich verschwunden ist, nämlich du! Das ist kein offizieller Termin, und ich muss mir gut überlegen, ob ich dir nicht wegen Amtsanmaßung einen auf den Deckel gebe. Und jetzt zisch ab, du hast hier nichts zu suchen!«

Elvis entschied, dass Angriff manchmal die beste Verteidigung war. »Suchen, das ist ein gutes Stichwort.« Er warf einen interessierten Blick in den offenen Kanalschacht, wo rostige Handgriffe in der Dunkelheit verschwanden. »Ihr geht da unten ein Tierchen suchen, habe ich gehört.« Misstönend pfiff er die Melodie von Schni-Schna-Schnappi, dem kleinen Krokodil.

»Wo um alles in der Welt hast du das her?« Laurent regte sich noch mehr auf. »Von Tinne, oder? Ich hab ihr extra gesagt, sie soll die Klappe halten.«

Elvis ließ die Lider hängen und sah aus wie ein schläfriger Basset. »Nö, ich brauch keine Nachtigall, die mir was zwitschert. Ich kriege auch so mit, was in Mainz los ist.«

Der Kommissar warf einen Blick auf die Passanten, die Eis schleckten und sich neugierig um die offiziell aussehende Gruppe scharten. Er senkte die Stimme.

»Hör zu, das mit diesem verflixten ›Tierchen‹, das ist noch nicht für die Öffentlichkeit bestimmt, klar? Das gäbe eine Massenpanik, die sich gewaschen hat. Wir verschaffen uns da unten erstmal einen Überblick, um das weitere Vorgehen mit den Wirtschaftsbetrieben abzustimmen, und dann, ich sage: DANN, geht eine Info an die Presse raus.«

Elvis schaute wieder in den Schacht. »Tja, schreiben muss ich irgendwas. Der Leichenfund im Rhein hat schon viel zu viel Wallung gemacht, die Leute klingeln uns die Leitungen heiß.« Er knipste ein kleines, gemeines Lächeln an. »Du kannst es dir aussuchen: Entweder ich bleibe bei dem bisschen, was ich weiß, dann ist Schni-Schna-Schnappi aus dem Sack. Oder du nimmst mich mit auf eure Kanaltour, ich schreibe ein bisschen Wischi-Waschi und halte die Leser noch ein paar Tage hin.«

Laurent machte ein Gesicht, als wollte er den Reporter gleich eigenhändig in das Loch werfen. »Das ist Erpressung, das ist dir schon klar?«

Elvis zog ein betroffenes Gesicht. »Erpressung? Ich? I wo. Ein Vorschlag, einfach nur ein Vorschlag. Du weißt doch, wie sehr mir an einer fruchtbaren Zusammenarbeit zwischen Polizei und Presse gelegen ist.« Er machte eine Kopfbewegung zum Schachteinstieg. »Können wir dann?«

Der Kommissar biss die Zähne zusammen und knurrte etwas, das wie »Kanalratte« klang. Elvis hingegen hatte beste Laune. Wieder einmal gab es exklusive Informationen aus allererster Hand. In Augenblicken wie diesen liebte er seinen Job ganz besonders. Vor lauter selbstzufriedenem Grinsen fiel ihm nicht auf, dass ein weiterer Mann im Laufschritt dazukam. Erst als Laurent verhalten kicherte, wurde er aufmerksam. »Ich wusste gar nicht, dass dein Bruder auch vorbeikommt«, stichelte der Kommissar.

Elvis schaute genauer hin. Der Neuankömmling hatte eine

kleine, tonnenförmige Statur, auf seinem runden Kopf gab es nur noch eine Handvoll Haare, die er zurückgekämmt trug. Er war nachlässig rasiert, sodass der Bartschatten die Konturen von Koteletten erahnen ließ. Die rosigen Wangen wabbelten im Laufschritt, das Gesicht mit dem Vierfachkinn troff vor Schweiß. Er sah aus wie ein geschrumpftes Michelinmännchen.

Empört stemmte Elvis die Arme in die Seite. »Willst du mich veräppeln, oder was? Guck dir mal das Fass an, das hat ja wohl null Ähnlichkeit mit mir!«

Laurent sagte nichts und schaute nur stillvergnügt zwischen Elvis und dem Mann hin und her. Dieser eilte heran, die Schweißflecke unter seinen Achseln verbanden sich mit den durchgeschwitzten Stellen auf der Brust. Er wedelte sich Luft zu.

»'tschuldigung, 'tschuldigung, bin nicht aus dem Büro gekommen. Tut mir leid, dass Sie warten mussten.« Er hatte einen leichten süddeutschen Akzent, Elvis tippte auf die Oberpfalz. Mit einem Blick in die Runde nickte er begrüßend. »Haberkorn von der STEBA, tach.«

Laurent schüttelte ihm die Hand. »Hallo, Herr Haberkorn. Pelizaeus, Kripo Mainz. Kein Problem, ich bin selbst gerade angekommen. Schön, dass wir uns persönlich kennenlernen, bisher war's ja immer nur per Mail und am Telefon.«

Der Mann kam langsam wieder zu Atem, da blieben seine Augen an Elvis hängen. Er schaute genauer hin und schob dabei den Kopf vor wie eine Schildkröte. Laurent musste erneut schmunzeln – genau dieselbe Haltung kannte er von dem Reporter, wenn dieser sich über etwas wunderte.

»Sie sind doch Herr Wissmann von der AZ, oder?«

Elvis ließ ein Brummen ertönen, das alles und nichts heißen konnte.

»Aber klar! Ich kenne doch Ihr Bild aus der Zeitung! Weil nämlich, meine Frau lacht dann immer und zeigt es mir. Sie meint, wir beide würden aussehen wie Brüder. Und wissen Sie was: Jetzt seh' ich, dass sie tatsächlich recht hat!« Strahlend kam er heran und schüttelte Elvis' Hand wie einen Pumpenschlegel. »Hallo, hallo. Vitus Haberkorn. Das ist ja ein Ding, dass ich Sie endlich mal persönlich treffe. Das muss ich unbedingt meiner Frau erzählen, muss ich das!«

Elvis zwang sich zu einem gequälten Lächeln, als die Umstehenden zu glucksen anfingen. Zu seinem Glück begannen die Männer am Bus, Helme, Gummistiefel und Arbeitswesten in orangener Signalfarbe zu verteilen, die allgemeine Aufmerksamkeit wandte sich von ihm ab. Er schob sich an Laurent heran, während sich der Kommissar mit den Gummistiefeln abmühte. »Der kommt sich ja wahnsinnig komisch vor«, knurrte er. »Wer ist der Witzfink denn? Von der STEBA, hat er gesagt?«

»Genau, er ist einer der Gesellschafter. Die MVG hat unterirdisch alle möglichen Strom- und Zugangsleitungen liegen, deshalb haben wir jemanden von der STEBA zum Termin dazugebeten.«

Die STEBA war als Trassenbauunternehmen der Mainzer Verkehrsgesellschaft für sämtliche Baumaßnahmen im Bus- und Straßenbahnverkehr zuständig. Elvis hatte schon oft Zeitungstermine im Sitz der Firma in Mombach gehabt, diesen Vitus Haberkorn kannte er allerdings nicht. Missgelaunt schaute er zu, wie Haberkorn den Bauch in die Weste zwängte und sich bemühte, einen gelben Helm auf seinen Melonenkopf zu pressen. Eine halbe Minute später stellte Elvis fest, dass die Weste bei ihm ebenfalls kniff und der Helm selbst in der weitesten Stellung noch zu eng saß. Seine Stimmung sank noch tiefer.

Die Gruppe kletterte in den Schacht. Es roch nach Fäulnis,

die Luft fühlte sich feucht und kühl an. Der Abstieg endete in einem Tunnel von überraschender Größe. Er bestand aus Ziegeln, seine Form glich einem umgedrehten Ei: Die Rundung der Wände war unten schmaler als oben. Auf dem Boden floss ein träger Strom aus Flüssigkeit, Schwebstoffen, Papier und verklebten organischen Klumpen. Rechts und links erhoben sich gemauerte Fußwege. Das schwache Tageslicht, das durch den senkrechten Einstieg fiel, reichte nicht weit, jenseits davon herrschte Dunkelheit. Der Geruch kumulierte zu einer Melange aus Fäkalien, Schwefel und nassem Stein.

»Ja, dann erst mal Willkommen in der Kanalisation von Mainz.« Lembke zeigte ihnen, wie sie die Lampen an ihren Helmen anknipsten. Dann erklärte er die Funktion des Messgeräts, das jeder in der Weste stecken hatte und das vor gefährlichen Gasansammlungen warnte.

»So, jetzt kann's losgehen. Die Kripo hat uns, also die Mainzer Wirtschaftsbetriebe, gebeten, eine Begehung zu machen. Dabei soll es vor allem um die Frage gehen, ob ein, äh«, er überlegte an einer Formulierung, »ein Organismus von beachtlicher Größe hier unten lebensfähig wäre.«

Elvis amüsierte sich still über die verbalen Klimmzüge, die der Mann unternahm, um das Wort ›Krokodil‹ nicht in den Mund nehmen zu müssen, obwohl alle Anwesenden längst Bescheid wussten. Mit einer Handbewegung lotste Lembke die Gruppe hinter sich her, alle liefen im Gänsemarsch auf dem gemauerten Absatz entlang. Lichtfinger tasteten sich durch die Schwärze und ließen den öligen Film auf dem Wasser in allen Regenbogenfarben glitzern.

Sie erfuhren, dass das Kanalsystem die Gemeinden Mainz und Bodenheim umfasste und eine Länge von rund 850 Kilometern hatte. »Eine Strecke von hier bis Mittelitalien«, wie Lembke es plastisch ausdrückte. Er gab ihnen einen kurzen Abriss über die Geschichte: Die Abwasserentsorgung ging zurück bis ins Mittelalter, wo oberirdische Straßenrinnen für einen Ablauf zum Rhein sorgen sollten. Diese verstopften jedoch so oft, dass regelmäßig Krankheiten wie die Cholera grassierten. Später fing man an, Röhren zu verlegen, allerdings unsystematisch und ohne Fachkenntnisse, weshalb Fäkalien bei Hochwasser in die Kanäle zurückgedrückt wurden und die Häuser überschwemmten. Erst Stadtbaumeister Eduard Kreyßig sorgte ab 1875 für einen geregelten Ausbau, er orientierte sich dabei an der Technik, die in London Verwendung gefunden hatte. Sein System band einen Teil der bereits bestehenden Kanäle ein, es gab separate Abflüsse für die Altstadt und die Neustadt. Ein Pumpwerk leitete das Abwasser unterhalb des Zoll- und Binnenhafens in den Rhein. Der Kreyßig'sche Ausbau war auch heute noch Kernzelle der Mainzer Kanalisation, wenngleich sie sich inzwischen um ein Vielfaches ausgedehnt hatte und das Mombacher Klärwerk für eine Reinigung des Schmutzwassers sorgte.

»Das hier, das ist einer der ursprünglichen Kanäle, oder?«, fragte Laurent und ließ das Licht seiner Helmlampe über die Ziegelwände schweifen.

»Ja, richtig.« Lembke drehte sich halb um, während er weiterging. »Heute nutzen wir Spritzbeton oder fertige Röhrenelemente aus Vollbeton, aber früher wurden die Kanäle aus Ziegeln gemauert. Die ältesten sogar noch aus Backsteinen.«

Elvis' und Laurents Blicke trafen sich. Backsteine. Der Abrieb an Tinnes Haut.

»Wo sind denn diese Backsteinröhren zu finden?«, wollte Elvis wissen.

»Logischerweise im ursprünglichen Siedlungskern, also im Bereich der Altstadt, in etwa bis zum Schloss. Aber natürlich sind viele der ursprünglichen Röhren inzwischen überbaut. Unser Einstieg zum Beispiel, beim Hopfengarten – das ist ein alter Brunnenschacht aus dem 17. Jahrhundert, der ins Kanalsystem integriert wurde. Die Backsteine hat man im Zuge des Ausbaus dann durch Ziegel ersetzt.«

Die Gruppe ging weiter und erreichte eine Kreuzung, an der mehrere Röhren zusammenkamen. Der Schacht wuchs in die Höhe und in die Breite, mehrere Zuflüsse ließen Abwasser in den Hauptschacht plätschern. Die Umfassungen waren sorgfältig gearbeitet, Ziegelsteine bildeten Ornamente und geschwungene Linien.

»Sie sehen«, nahm Lembke den Faden wieder auf, »die Kanäle haben ganz unterschiedliche Durchmesser. Einige sind so schmal, dass man sie nicht begehen kann und sie mit Kameras überprüft werden müssen. Andere wiederum sind gewölbeartig ausgebaut, teilweise mit lichten Höhen von drei oder vier Metern. Gerade in der Frühzeit der Erschließung sind große, hallenartige Tunnel entstanden. Der Neobarock-Baustil des Herrn Kreyßig findet sich auch bei seinen Tiefbauprojekten wieder, und der momentane knappe Abwasserpegel zeigt viele dieser frühen Bauwerke in einer Pracht, die normalerweise gar nicht sichtbar ist.«

Elvis schaute sich um. Trotz seiner vielen Jahre als Lokalreporter hatte es ihn noch niemals in die Kanalisation verschlagen. Die Welt hier unten wirkte fremd und dunkel, die Mischung aus Funktionalität und alter, kunstvoll gestalteter Bausubstanz faszinierte ihn. Gleichzeitig musste er an den Mann denken, der hier unten auf grausame Weise umgekommen war.

Vitus Haberkorn meldete sich zu Wort. Schlagartig wurde Elvis' Miene wieder finster. Er hatte den Mann und dessen Ähnlichkeitsgerede erfolgreich verdrängt.

»Dieser Todesfall – wie hat das Opfer es überhaupt hier runter geschafft? Wir sind vorhin durch einen Schacht eingestiegen, aber da muss ja erst ein Kanaldeckel rausgehoben werden, das geht sicher nicht, ohne Aufmerksamkeit zu erregen. Wie ist er in den Kanal gekommen?«

Lembkes Helmlampe huschte über die Gruppe. »Ja, danke für die Frage, Herr Haberkorn. Klar, die Gullys kennt jeder, da haben wir über 1.500 Stück in Mainz. Es gibt aber mehr Eingänge in die Kanalisation, als die meisten glauben. Zum Beispiel hat jede Pumpstation eine Klappe oder eine Tür, und die meisten Versorgungsschächte der Strom-, Gas- und Wasserzuleitung sind mit dem Kanalsystem gekoppelt. Und viele ältere Bauwerke haben einen Zugang zu den Abwasserschächten im Kellerbereich.«

»Gibt es denn eine Karte oder einen Plan, auf dem alle Zugänge verzeichnet sind?« Die tiefe Stimme von Kommissar Pelizaeus band wie immer die Aufmerksamkeit aller Anwesenden. Lembke wiegte den Kopf, seine Lampe sah aus, als würde sie tanzen. »Ja und nein. Wir haben zwar eine punktgenaue Funktionsflächenkarte, aber das Problem ist, dass die Zu- und Abgänge je nach Wasserstand begehbar sind oder eben nicht. Schauen Sie, unser System hängt eng mit dem Grundwasserspiegel zusammen. In vielen Bereichen sinkt der Abwasserdurchlauf, wenn es wenig regnet. Hier zum Beispiel, hier fließt normalerweise die dreifache Menge durch.« Er ließ den Lichtschein auf den plätschernden Strom fallen. »Das ist aber nicht überall so. An anderen Stellen wiederum staut sich das Wasser in alten Auffangbehältern, in sogenannten Kavernen, weil Abläufe durch angetrocknete Feststoffe blockiert sind. Früher ist es vorgekommen, dass so eine Kaverne unkontrolliert abgeflutet ist. Dann kam das Kanalwasser mit ungeheurem Druck durch die Rohre geschossen und hat die Überläufe rausgeknallt. ›Schandflut‹ hat man das genannt, da gab es sogar immer mal wieder Todesfälle. Das passiert heute zwar nicht mehr, aber die Hitzewelle ändert trotzdem das gesamte Fließverhalten hier unten.« Lembke hob die Hände.

»Ich fürchte, keiner unserer Kanalpläne kann Ihnen da weiterhelfen, Herr Pelizaeus. Die Situation ändert sich momentan viel zu rasch, es ist unmöglich zu sagen, auf welchem Weg der Mann in die Kanalisation gekommen ist.«

Die Gruppe ging weiter, die Röhre wurde wieder enger. Im Kopf versuchte Elvis, ihren Weg nachzuvollziehen. Sie mussten sich jetzt irgendwo auf Höhe der Kapuzinerstraße befinden. Vielleicht unterquerten sie in diesem Augenblick den Weinkeller des Beichtstuhls? Da hätte er gerne einmal den Kopf herausgestreckt und sich eine kleine Flaschenauswahl mitgenommen.

Laurent holte ihn wieder in die Gegenwart zurück. »Tatsache ist: Er hat es irgendwie geschafft, hier herunterzukommen, und er ist nach Stand der medizinischen Untersuchung einem Krokodilangriff zum Opfer gefallen. Damit sind wir bei der zentralen Frage, die uns hier heruntergeführt hat: Kann in der Mainzer Kanalisation ein ausgewachsenes Krokodil oder ein ähnlich großer Alligator überleben?«

Eine Frau schaute in die Runde. Sie war klein und zierlich, in Gummistiefeln und zu großer Weste sah sie aus wie ein Schulmädchen. Doch ihre Körperhaltung strahlte Selbstbewusstsein aus.

»Dr. Friederike Wasenthal, Zoo Frankfurt, guten Tag an alle. Herr Pelizaeus hat unser Haus über Ihre, hm, aktuelle Situation unterrichtet. Das Wichtigste gleich zu Anfang: Die gerne erzählte Geschichte vom Babykrokodil, das in der Kanalisation heranwächst, ist in unseren Breiten unmöglich. Dazu ist das Kanalwasser im Herbst, Winter und Frühjahr zu kalt, ein wechselwarmes Reptil ist da schlicht nicht überlebensfähig.« Sie schwieg, als wartete sie auf Widerspruch. Niemand sagte etwas, zufrieden fuhr sie fort: »Als einziges Szenario bleibt also, dass ein ausgewachsenes Tier in das Kanalsystem gelangt ist. Das mag durch einen ungeheuerlichen Zufall geschehen sein, ich tippe allerdings eher auf eine vorsätzliche Handlung. Ein adultes Krokodil könnte bei den momentanen Temperaturen durchaus überleben, allerdings wären Wasserqualität und Nahrungsangebot bald schon die limitierenden Faktoren.«

Elvis und Laurent wechselten einen Blick, beide dachten dasselbe: ein ausgehungertes Krokodil, das jemand mit voller Absicht ins Mainzer Kanalsystem entlassen hatte. Kein gutes Timing für einen Besuch dort. Das hatte der Mann, der jetzt auf Taras Edelstahltisch lag, am eigenen Leib erfahren müssen. Unwillkürlich rückten sie von dem Abwasser in der Röhrenmitte ab, obwohl der Strom noch nicht einmal knietief war. Der Kommissar räusperte sich.

»Danke für Ihre Expertise, Frau Dr. Wasenthal. Dann steht nun also die Frage im Raum, auf welchem Weg jemand ein Drei-Meter-Krokodil in die Kanalisation geschafft hat. Könnte er es, ich sag's mal ganz einfach, könnte er es im Rhein aus einem Käfig gelassen haben, und es ist hier reingeschwommen?«

Lembke schüttelte bestimmt den Kopf. »Unmöglich. Es gibt keine direkte Verbindung zwischen dem Kanal und dem Fluss, nur bei Starkregenereignissen, wenn der Kanal die Wassermenge nicht fassen kann. Diese Überläufe sind aber alle mit engmaschigen Gittern verschlossen. Im Regelbetrieb durchlaufen sämtliche Abwässer die Mombacher Kläranlage, da kommt nichts durch, das größer ist als eine Stecknadel. Weder in die eine Richtung noch in die andere.« Er machte einen empörten Eindruck, als hätte Laurent den Wirtschaftsbetrieb verdächtigt, mit purer Absicht Krokodile in die Tunnel zu scheuchen.

Dieser runzelte die Stirn. »Dann ... dann kann also auch umgekehrt der Tote nicht durch die Kanalisation in den Fluss gespült worden sein?«

»Nein, auf keinen Fall. Nicht nur das Klärwerk ist vorge-schaltet, sondern eine Vielzahl von Pumpen, die das Abwas-ser zum Fließen bringen und nach Mombach leiten. Da gibt es Schnecken- und Kreiselpumpen, die zermahlen alles, was in ihnen landet. Einige haben sogar noch eine Art mechani-schen Reißwolf integriert. Eine Leiche, die es in einem Stück bis in den Rhein schafft – unmöglich.«

Die Gruppe schaute sich an, keiner sagte etwas. Ein myste-riöses Krokodil und ein Toter, der eigentlich nicht in den Rhein gelangt sein dürfte. Da trat ein Mann mit Kinnbart, hoher Stirn und kleiner runder Brille einen Schritt nach vorne. Elvis nickte ihm grüßend zu – Dr. Jens Dolata vom Landesamt für Denk-malpflege war ein gerne gesehener Interviewpartner der AZ.

»Eine Sache könnte Ihnen da vielleicht weiterhelfen, Kom-missar Pelizaeus.« Dolata kniff die Augen zusammen, als schöbe er einen Gedanken im Kopf hin und her. »Bei extre-mer Trockenheit verteilt sich das Abwasser im Kanalsystem auf recht ungewöhnliche Weise, das hat Herr Lembke vorhin ja schon geschildert. Manchmal werden dabei Durchgänge frei, die normalerweise unter Wasser liegen. Ich erinnere mich an den letzten ›Supersommer‹ im Jahr 2003, da hat die Denkmal-pflege ein paar interessante Entdeckungen gemacht. Auf ein-mal waren Gänge passierbar, von deren Existenz keiner etwas gewusst hatte. Es wäre – zumindest theoretisch – denkbar, dass bei den aktuellen heißen Temperaturen irgendwo im System ein Tunnel trockengefallen ist, der in keinem Plan steht. Wer weiß, vielleicht kam auf diesem Weg das Krokodil hinein und die Leiche heraus?« Er schaute die anderen an, seine Augen hinter der runden Brille blinzelten. »Möglicherweise hängen all diese Rätsel mit einem Tunnel zusammen, den es eigent-lich gar nicht geben dürfte.«

✳

Seit die Schule zu Ende war, hatten Karim, Max und Jette Langeweile. Die beiden Großen, Karim und Max, gingen in die sechste Klasse der Willigis-Realschule, Jette besuchte in der Leibnitz-Grundschule die dritte Klasse. Eine Drittklässlerin! Viel zu klein eigentlich. Weil sie aber Karims Schwester war und ihre Eltern ihm die Verantwortung aufs Auge gedrückt hatten, musste sie mitgeschleppt werden.

»Komm endlich, Jedi, penn nicht.« Jette hasste es, wenn Karim sie ›Jedi‹ nannte, deshalb tat er es mit großer Ausdauer. Max grinste. Er hatte auch keine Lust auf das Mädchen, doch wenn die beiden Großen sie nach der Schule nicht mitnahmen, musste Karim erst einen Riesenumweg nach Hause machen und sie daheim abliefern. Dann lieber den Zwerg ertragen.

»Ich hab heut in Mathe eine Zwei gekriegt«, lispelte Jette und himmelte Max an. Er tat, als habe er nichts gehört. »Hier«, rief er zu Karim, »komm, wir gehen zum Floß.« Sein Kumpel nickte.

Das ›Floß‹ war der erste große Schiffsanleger auf Höhe des Hilton Hotels. Sie rannten die Rheinpromenade entlang und legten absichtlich ein Tempo vor, bei dem Jette nicht mithalten konnte. Die Kleine ließ ihre Füße tapfer auf den Asphalt trommeln und gab keinen Pieps von sich. Schließlich wollte sie vor Max nicht als Pienzchen dastehen.

Die T-Shirts der Jungs klebten im Nu schweißnass auf der Haut. Die Luft flirrte wie in den Wochen zuvor, die Hitze wurde vom Boden reflektiert, die Bäume entlang des Ufers ließen kraftlos die Blätter hängen. Der Rasen auf den Grünflächen hatte längst seine Farbe verloren und bildete eine gelbe Steppenlandschaft. Die Nähe zum Fluss ließ wenigstens die Illusion einer kühlen Brise entstehen, wenngleich auch hier kein Lüftchen ging. Kaum jemand war unterwegs, die allermeisten Leute flüchteten über die Mittagsstunden aus der Sonne. Nur ein einsamer Jogger kämpfte sich an der

Promenade entlang, der Schweiß lief ihm in Strömen, sein Gesicht leuchtete knallrot.

Kaum hatten die beiden Jungs den Anleger erreicht, kletterten sie auch schon geschickt wie die Äffchen über die Uferbefestigung und umgingen so die zugesperrte Metalltür. Klar, hier durfte man nicht drauf, aber der Platz am äußersten Rand des Schwimmkörpers war ihre Lieblingsstelle am Rhein, sie hingen hier oft ab und hatten noch nie Ärger bekommen.

Der Steg führte in schrägem Winkel nach unten, weil der Ponton aufgrund des Niedrigwassers so tief lag. In der Schule hatten sie letztens eine ganze Stunde darüber geredet, sie wussten, dass der Schiffsverkehr eingeschränkt war und deshalb das Benzin in einigen Regionen teurer und teurer wurde. Max und Karim zogen ihren ganz eigenen Vorteil aus dem tiefen Flusspegel: Normalerweise lagen am ›Floß‹ fast täglich die langen, flachen Flusskreuzfahrtschiffe vor Anker, die sich in den letzten Jahren auf dem Rhein seuchenartig vermehrt hatten. Dann war der Steg für sie tabu, sie mussten sich einen anderen Platz suchen. Doch die Schiffe konnten in dem flachen Wasser nicht fahren, deshalb gehörte das ›Floß‹ schon seit Wochen ihnen.

Am Zugang zum Ponton tauchte Jette auf, ihr Gesicht glühte, sie strahlte Max an. »Bin da!«, ließ sie ihn wissen und drückte an die Gittertür. Natürlich war diese verschlossen, und der Weg über die Uferbefestigung erschien ihr zu steil. Sie rüttelte nochmals und verzog den Mund. »He, ich will rein!« Max wechselte einen kurzen Blick mit Karim und nickte unmerklich. Au ja, eine schöne Gelegenheit, die nervige Jedi zu ärgern.

Mit großer Geste zog Max sein Shirt über den Kopf. »Ich geh schwimmen. Von hier kann man super reinspringen.« Er machte sich dran, seine Schuhe von den Füßen zu ziehen. Jette bekam große Augen. »Aber ... aber das darfst du nicht!«, rief sie erschrocken. Ungerührt stopfe Max seine Socken in die Schuhe. Karim stand daneben und musste sich das Lachen verbeißen, während er Jette beobachtete. Seine Schwester ließ die Tür klappern. »Da stirbt man drin wegen den Strudeln und so. Das ist verboten, da kommt die Polizei!« Sie heulte fast. Die beiden Jungs glucksten. Natürlich wäre Max niemals auf die Schnapsidee gekommen, tatsächlich in den Fluss zu springen. Doch Jedis Gesicht war zu schön! Gerade wollte Karim ebenfalls sein T-Shirt ausziehen, als ein dumpfer, fast unterschwelliger Knall ertönte. Die Richtung des Geräuschs konnten sie nicht einordnen, das Hotelgebäude lag wie ein Klotz vor ihnen und verzerrte den Schall. Es folgten quietschende Autobremsen, Stimmen und etwas, das wie ein Prasseln klang. Wie schäumendes Wasser.

Mit wenigen Sprüngen waren die Jungs wieder am Ufer, Max hielt Schuhe und Shirt in der Hand und lief barfuß. »Da, da hinten, da ist's hergekommen!«, rief er und zeigte auf die Bäume, die sich nördlich des Hiltons gruppierten. Die Kinder mussten einen Umweg über den Mainzstrand machen, weil es auf ihrer Höhe keinen direkten Zugang zum Straßenniveau gab. Max rannte voran, der Asphalt unter seinen nackten Füßen fühlte sich an wie Lava. Dann blieb er wie angewurzelt stehen, der Schmerz war mit einem Mal vergessen. Auch Karims Mund blieb offen stehen, und als Jette schließlich angerannt kam, entfuhr ihr nur ein »Boah!«. Eine Sekunde später rannten die drei los und gesellten sich zu einigen anderen Kindern, die bereits juchzend umherhüpften und sich das kühle Nass auf die Leiber prasseln ließen. Ein Dutzend Erwachsene stand im Kreis um die Verkehrsinsel am Brückenplatz, die sich in einen gewaltigen Springbrunnen verwandelt hatte. In der Mitte der Freifläche steckte ein roter Hydrant schräg im Boden, aus seinem Anschlussrohr schoss ein Wasserstrahl in den Himmel, so dick wie ein menschliches Bein. Hoch oben in der Luft zerfiel er in tausend Kaskaden, die nach unten klatschten und die Straße vor dem Hilton in einen See verwandelten. Autos stauten sich, die Fahrer stiegen aus, um zu schauen, weitere Leute kamen rufend angelaufen, in der Ferne ertönte die Sirene eines Einsatzwagens. Über alldem lagen die Begeisterungsschreie der Kinder, die die unerwartete Erfrischung in vollen Zügen genossen.

Die Umstehenden lachten und machten Handyfotos, findige Geister hatten auf Instagram bald schon einen Namen für das nasse Spektakel gefunden: Oskar, la Fontaine.

Die allerwenigsten fragten sich allerdings, welche unterirdische Kraft dazu imstande war, einen eisernen Hydranten aus seiner Verankerung zu reißen und das darunter liegende Wasserrohr aufzubrechen.

✣

Tinne strampelte, dass ihre Beine schmerzten. Der Fahrtwind pfiff ihr um die Ohren, Schweiß durchtränkte sie. Klar, es war Mittag, die Sonne stand als gleißender Ball am Himmel, das Thermometer zeigte längst eine Temperatur jenseits der 35 Grad. Kein Mensch käme auf die Idee, in dieser Hitze auf dem Fahrrad Vollgas zu geben – außer, dieser Mensch wollte sich versichern, dass er im Hier und Jetzt lebte.

Genau das tat Tinne. Sie hatte gerade die Uniklinik besucht, ein blasser Assistenzarzt hatte endlose Tests mit ihr gemacht, zum Schluss waren Dick und Doof vorbeigekommen, um sie mit Fachausdrücken zuzuquatschen. Der Tenor des Ganzen: Tinne hatte keine organischen Schäden davongetragen, ihre Erinnerung würde nach medizinischem Ermessen aber wohl nicht zurückkehren. *In diesen sieben Tagen ist ein fremder Geist in Ihrem Körper unterwegs gewesen*, hatte Doof gesagt und meckernd gelacht. Tinne hätte ihn am liebsten an die Wand geklatscht.

Jetzt flog sie am Pariser Tor vorbei und kümmerte sich um keine einzige rote Ampel. Hauptsache, sie spürte ihre Muskeln und nahm jede einzelne Sekunde wahr. Die fehlende Woche verursachte ihr einen körperlichen Schmerz, ganz so, als habe jemand etwas Lebendiges aus ihr herausgerissen. Ihr Gedächtnis, ihre Erinnerung, ihr Verstand – darauf hatte sie sich immer verlassen können. Die prall gefüllten Schubladen in ihrem Kopf speicherten unendliches Wissen. Fachliches, Historisches. Es war ihr noch nie schwergefallen, sich Zahlen und komplexe Zusammenhänge zu merken. Wenn ihre Studenten und manchmal sogar ihre Kollegen mit den Fingern schnippten, weil ihnen eine Jahreszahl auf der Zunge lag, hatte Tinne diese längst parat. Aber auch Privates, Wichtiges und Nichtiges. In vielen Kleinigkeiten mochte sie zwar schludrig sein, das wusste sie selbst, oft bekam sie in der Kommune einen Rüffel, weil sie wieder einmal etwas vergessen hatte. Aber die großen Ereignisse, die starken Gefühle, die lagen wohlsortiert in ihren inneren Ablagen. Die Enge, die sie damals aus Göttingen und ihrer Ausbildung herausgetrieben hatte. Die unendliche Freiheit ihres ersten Studiensemesters in Mainz. Der Blitz, der beim ersten Zusammentreffen mit Olaf in sie gefahren war. Der Triumph, mit dem sie ihre Magistra-Artium-Urkunde in Empfang genommen hatte. Der Weltenbrand, als Olaf ihr kühl mitteilte, dass er schon seit Längerem in einer neuen Beziehung stecke und sie zu gehen habe. Die Zuneigung, die langsam zwischen ihr und Laurent wuchs, wie eine Pflanze, die ganz allmählich ihre Blätter ausrollte. Und natürlich die Abenteuer, die sie in den vergangenen Jahren mit Elvis bestanden hatte. Die Suche nach Hannahs ›Knaller‹ auf der Mainzer Zitadelle. Der Schatz, dem sie tief unter den Straßen von Oppenheim auf die Spur gekommen waren. Die Lebensgeschichte der Bodenheimer Hexe Merg Scholl, die fast Tinnes eigenes Schicksal geworden wäre. Die Geschehnisse rund um Napoleon und den Schinderhannes. Letztes Jahr schließlich die Heilige Hildegard von Bingen, deren gut verstecktes Geheimnis Tinne an die Grenze zwischen Leben und Tod gebracht hatte. Starke Erinnerungen, wuchtige Erinnerungen. Doch die vergangenen sieben Tage – Schwärze. Nichts.

Ein erboster Autofahrer hupte, weil Tinne bei Knallrot über die Kreuzung schoss. Egal, weiter, nur weiter. Jede Sekunde intensiv erleben, nie wieder etwas vergessen! Bohren im Kopf, bis die Erinnerung irgendwann hervorquellen würde. Hatte sich der Schleier nicht schon ein wenig gehoben, als ihr die Kinokarte in die Hände gefallen war? Ebenso bei dem verwaschenen Zettel aus ihrer Jeans? Tinnes Entschluss stand fest, dem schwarzen Loch entgegenzutreten, und Doofs Spruch hatte sie in ihren Vorhaben bestärkt. *Ein fremder Geist in Ihrem Körper.* Das wäre doch gelacht!

Ihr Ziel war die Akademie der Wissenschaft und Literatur in Hechtsheim. In dem flachen roten Klinkerbau an der Geschwister-Scholl-Straße trafen sich gelehrte Köpfe zum regelmäßigen Austausch, es gab Diskussionsrunden, Ausstellungen, Konzerte und Vorträge. Der offene Geist des Hauses ging auf Gottfried Wilhelm Leibniz zurück, der sich als Universalgelehrter schon im Jahre 1700 für eine schrankenlose Wissenschaft starkgemacht hatte. Tinne hatte schon öfter Veranstaltungen besucht und mochte die freie Atmosphäre, die die Räume hell machte.

Im Hof schloss sie ihr Rad ab, fuhr sinnloserweise mit den Fingern durch die verschwitzten Locken und ging zur Bibliothek. Der Zutritt kostete sie etwas Überredungskunst, weil Benutzer sich eigentlich vorher anmelden mussten. Nach zwei, drei hanebüchenen Ausreden erzählte sie der Frau am Pult schließlich die Wahrheit: dass sie versuchte, eine vergessene Woche wiederzufinden, und dass die Bibliothek ihr dabei vielleicht helfen könnte. Und wie so oft im Leben erwies sich der direkte Weg als der beste – die Dame ließ sie einen Zugangsschein ausfüllen und wünschte ihr viel Erfolg bei der Suche nach der eigenen Vergangenheit. Tinne sagte brav danke, klickte sich durch den Bibliothekskatalog und hatte bald schon gefunden, was sie suchte: den ›Pater Breuninger‹.

Die nächsten eineinhalb Stunden saß sie in der Leseecke und blätterte durch den Pater, einen Tausend-Seiten-Wälzer von geschätzten sieben Kilo. Das Buch listete sämtliche Details zur Mainzer Kirchengeschichte akribisch auf, jede Heiligenfigur, jede Fußbodenrenovierung und jeden Pfarrerswechsel. Der Autor, Professor Nepomuk Breuninger, war eigentlich gar kein Pater gewesen. Den Spitznamen hatten ihm Generationen von Studenten verpasst, die sich anhand seiner Beschreibungen durch die Geschichte der Mainzer Kurie ackerten. Auch Tinne musste während ihres Studiums immer wieder auf den Pater zurückgreifen, wenn es um Details ging, die sich sonst nirgendwo fanden. Die Auflistung begann zu den Zeiten von Bischof Willigis im zehnten Jahrhundert und endete mit Breuningers Tod im Jahr 1968. Seither hatte die Kirchenlandschaft in der Stadt keinen tiefgreifenden Wandel mehr erfahren. Und das, wonach Tinne suchte, hatte sich eh seit Jahrhunderten nicht verändert: die Grundrisse.

Neben ihr lag die Skizze aus ihrer Hosentasche, eingescannt, mit maximalem Kontrast bearbeitet und vergrößert ausgedruckt.

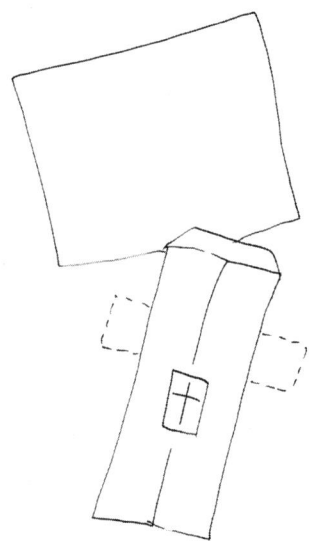

Die Striche hoben sich jetzt zwar deutlicher zwischen ange-grauten Flächen hervor, doch der Grundriss kam ihr noch immer rätselhaft vor. Keine der Mainzer Kirchen, mit der sie im Laufe ihres Studiums zu tun gehabt hatte, passte zu der Darstellung, da musste Tinne nicht lange nachden-ken. Allerdings gab es weitere Gotteshäuser, die man im Laufe der Jahrhunderte abgerissen hatte und von denen heute keine Spuren mehr im Stadtbild existierten. Über diese Gebäude wusste Tinne wenig, aber genau dafür gab es den Pater.

Den originalen Wälzer hatte sie nur mit Mühe finden kön-nen. Die Auszüge in der Bibliothek des Historischen Semi-nars, mit denen sie während ihrer Studienjahre an der Uni gearbeitet hatte, waren gekürzt und überarbeitet. Die Aka-demie der Wissenschaft, so fand Tinne schließlich heraus, besaß eine der wenigen kompletten Druckausgaben. Breu-ninger selbst hatte das Exemplar der Akademie vermacht, eine Widmung in seiner ordentlichen Handschrift zierte die Innenklappe.

Sie las und blätterte, bis ihr die Augen tränten. Der Pater hatte seinerzeit ein eigenes Kapitel über abgebrochene Kirchen verfasst. Tinne verschlang Seite um Seite und verglich ihre Skizze mit jeder einzelnen Zeichnung, die die wechselvolle Geschichte der Gotteshäuser illustrierte. Sie erfuhr vieles über die untergegangenen Mainzer Kirchen, über die Altmünsterkirche am Fuß des Kästrich, die Franziskanerkirche in der Schusterstraße, das Kloster St. Gangolf in der Nähe des Schlosses, die Liebfrauenkirche östlich des Doms und einige mehr. Alle waren einst Teil der Stadt gewesen und hatten irgendwann den Kampf gegen Kriegsschäden oder neue städteplanerische Ideen verloren. Doch so interessant Tinne diese Episoden als Historikerin fand – ihrer eigentlichen Fragestellung kam sie nicht näher, sosehr sie sich auch in die Details über die abgerissenen Kirchen vertiefte.

Bald schon erreichte sie das letzte Drittel des Kapitels. Ihr anfänglicher Enthusiasmus verpuffte, kein Grundriss passte zu ihrer Skizze. Die immergleichen Fragen drehten sich in ihrem Kopf: Warum bestanden die beiden Seitenschiffe aus gestrichelten Linien? Waren sie überbaut oder abgerissen worden? Wenn ja, was war dann mit dem Rest des Kirchenschiffes passiert? Und was sollte dieser merkwürdige eckige Kasten, der sich an das Gebäude anschloss?

Schließlich kam sie am Ende an, ohne eine Antwort gefunden zu haben. Folgte sie einem Hirngespinst? Doch nein, dieser Zettel in ihrer Jeans, der hatte etwas mit ihren Erlebnissen in der vergangenen Woche zu tun, das wusste sie einfach.

Wie sollte sie nun weitermachen? Über die Mainzer Kirchenarchitektur gab es keine ausführlichere Abhandlung als die des Paters. So wie es aussah, hatte sich ihre erste Spur auch gleichzeitig als die letzte erwiesen.

∗

»Autsch, verflucht!«

Elvis schaffte es gerade noch sich abzufangen, bevor ihn sein eigenes Gewicht zu Boden reißen konnte. Aus dem Block, den er unter den Arm geklemmt hatte, flatterte ein Dutzend Papiere, die Tüte in seiner Hand fiel zu Boden. Eine Leine hatte sich um seinen rechten Fuß geschlungen, sie spannte sich quer durch den Flur der Allgemeinen Zeitung. Am Ende der Leine japste derselbe kleine Hund, der ihm schon vormittags aufgefallen war. Das Tier saß in der Ecke, schaute ihn mit großen Augen an und versuchte, zu ihm hinzukriechen, so weit sein Spielraum es zuließ.

Fluchend rappelte Elvis sich auf und sammelte die Blätter ein. Um den Inhalt der Tüte musste er sich keine Sorgen machen, die Fleischwurst von Metzger Riechardt war bruchsicher, und ihrem Geschmack würde der Sturz sicher nicht abträglich sein. Da bereitete ihm der Hund mehr Gedanken. Denn dessen Anwesenheit bedeutete, dass das merkwürdige Gothic-Pärchen noch immer hier steckte. Seit acht Stunden?

Der Tag war wie im Flug vergangen. Nach der Tour durch die Kanalisation hatte Elvis einen Termin im Rathaus gehabt, danach eine Geschäftseröffnung in Kastel, eine Sitzung des Wirtschaftsausschusses und einen marokkanischen Blechkastagnetten-Workshop in der Neustadt. Der elektrische Tretroller brachte ihn ohne Blessuren durch die Straßen, von zwei Beinahe-Unfällen abgesehen. Wie von Geisterhand führte ihn sein Weg am Ende bei der Metzgerei vorbei, wo eine pralle Fleischwurst ihren Weg in seine Tüte fand. Jetzt ging es auf halb acht, er wollte rasch die allernötigsten Handgriffe in der Redaktion erledigen. Er hatte den Plan, danach zu Tinne zu rollern und ihr von den Neuigkeiten aus der Mainzer Unterwelt zu berichten.

Auf die Besitzer des Hundes, das Pärchen mit den sonderbaren Lack- und Lederfotos, hatte Elvis nun allerdings genauso wenig Lust wie heute Morgen. Vorsichtig lugte er in den Redaktionsraum. Nanu, was ging hier vor? Leere Tische und schwarze Bildschirme erwarteten ihn. Kein Mensch war mehr hier, weder jemand von den Kollegen noch die Gruftis.

Der dicke Reporter schaute sich um. Und was bitte schön hatte es jetzt mit dem Hund auf sich? Der gehörte wohl doch nicht zu dem Pärchen, saß aber schon den ganzen Tag dort im Flur. Er ging zurück nach unten. Das Tier erwartete ihn mit eingezogenem Kopf in der Ecke, es traute sich weder vor noch zurück.

»Sach ma, Wauzi, was machst du hier so verlassen? Zu wem gehörst du denn?«

Der Klang seiner Stimme brachte das Stummelschwänzchen zaghaft zum Wedeln. Ganz offensichtlich hatte der kleine Kerl die letzten Stunden hier allein verbracht und wirkte einsam und verängstigt. Eine gute Seele hatte zumindest eine Schüssel mit Wasser hingestellt, doch diese lag umgefallen daneben. Spuren auf dem Boden zeigten, dass der Hund wohl die allerletzten Tropfen vom Boden geschleckt haben musste. Er war ein hübscher Kerl, eine Promenadenmischung mit braunem Fell und weißen Pfoten, das linke Auge umgab ebenfalls ein weißer Kreis, der aussah, als hätte ein Maler mit seinem Pinsel gekleckst. Ein Ohr stand aufmerksam nach oben, das andere war heruntergeklappt. Elvis beugte sich nach unten und ließ ihn an seiner Hand schnuppern. »Na, da werden wir mal nach Herrchen oder Frauchen suchen und einen ordentlichen Arschtritt verteilen, oder?«

Er ging nach draußen und machte sich daran, die umliegenden Geschäfte und Restaurants abzuklappern. Viele Einzelhändler hatten schon zu, bei den Gastronomen hatte er ebenfalls kein Glück. Im MoschMosch, bei Wilma Wunder, im Extrablatt – niemand wusste etwas von einem Hund, der im Flur der AZ auf seinen Besitzer wartete.

Nach einer halben Stunde kam Elvis wieder zurück und kratzte sich am Kopf. So wie es aussah, hatte jemand den kleinen Kerl einfach angebunden und danach das Weite gesucht. Das konnte durchaus sein. Denn die Tür zum Gebäude stand zu Geschäftszeiten offen, im Eingangsbereich war meist nicht viel los, und der Markt lag mitten im quirligen Zentrum der Stadt.

Und nun? Er konnte mit Tieren nicht viel anfangen, noch niemals hatte er ein Haustier gehabt, nicht einmal als kleiner Bub. Deshalb stand sein Entschluss schnell fest: Um den Hund sollte sich jemand anders kümmern. Mit einer frischen Schale Wasser würde er es bis zum nächsten Morgen schaffen, dann würde irgendein Tierfreund den einsamen Wauzi sicher mitnehmen. Gesagt, getan. Im Nu hatte Elvis die Wasserschale aufgefüllt, tätschelte dem Hund den Kopf und warf seinen E-Scooter an.

Er kam bis zur Nordsee in der Schöfferstraße, dann legte er sich in eine gewagte Kurve und summte zurück zur AZ. Die traurigen Augen des Hundes gingen ihm nicht aus dem Kopf, der verlorene Blick, mit dem der Kleine ihm nachgeschaut hatte.

»Krieg ich jetzt meine sentimentalen fünf Minuten?«, knurrte Elvis zu sich selbst, während er die Tür aufschloss. Der Hund erwartete ihn mit derselben Gefühlsmischung wie vorhin: eine Hälfte Angst, die andere Hoffnung.

»Na gut, Knirps, dann schauen wir beide mal, wo wir dich unterkriegen.« Er machte die Leine los und führte den

Hund nach oben in die Redaktion. An seinem PC suchte er die Kontaktdaten des Tierheims, musste allerdings feststellen, dass es zu so später Stunde geschlossen hatte und es keine Rufbereitschaft gab. Anschließend telefonierte er mit drei Tierärzten, die er im Laufe seiner Zeitungsarbeit kennengelernt hatte. Sie sagten alle dasselbe: Solange kein medizinischer Notfall vorlag, konnten die Ärzte auf die Schnelle keine Lösung anbieten.

»So, Knirps, und was machen wir jetzt?« Der vertrauensvolle Blick des Hundes und sein Japsen waren Antwort genug, Elvis seufzte abgrundtief. »Na gut, na gut. Dann kommst du heute Nacht eben mit zu mir. Aber das war's dann auch, ab morgen früh gehen wir getrennte Wege, haben wir uns verstanden?«

Unten am E-Scooter stand Elvis vor dem nächsten Problem: Wie sollte er das Tier darauf transportieren? Auf der Vespa hätte der Vierbeiner Platz auf dem Fußblech gefunden, doch die Plattform des Tretrollers reichte gerade so für Elvis' Füße. So etwas wie eine Ablage oder einen Gepäckträger gab es bei dem Gefährt erst recht nicht. Nach einigen Grübeleien hatte er eine Idee und ging wieder hoch in die Redaktion. In einem der Wandschränke fand er, was er suchte: eine Weinkiste, das klassische Modell aus Holzlatten, bedruckt mit dem Schriftzug ›Wein aus deutschen Landen‹. Die Flaschen, die sich darin befanden, versteckte er unter Janniks Schreibtisch, dann kramte er im Druckerraum, bis er zwischen Werkzeugen eine Handvoll Expander entdeckte. Damit montierte er die Kiste an die Lenkstange des Scooters, hockte den Hund hinein und hielt dessen Leine straff am Handgelenk. Dergestalt rollerte er los, der ungewohnte Schwerpunkt ließ das Gefährt schlingern und bocken. Doch nach ein paar Kurven hatte Elvis den Bogen raus und schaffte es, einigermaßen stabil geradeaus zu fahren. Trotz offensichtlicher Lebensgefahr genoss sein Mitfahrer den wilden Ritt und ließ die Zunge im Wind schlackern.

In der Klarastraße brachte er den Hund in seine Wohnung im dritten Stock. Sein Zuhause bestand aus einem großen Wohn- und einem kleinen Schlafzimmer, dazu kamen Küche, Abstellraum und – als besonderer Luxus – eine Dachterrasse. Das Ensemble war für Elvis ein Ruhepol, hier konnte er vom oft hektischen Alltag als Reporter abschalten. Entsprechend klar und schnörkellos hatte er die Wohnung eingerichtet: Zwei rote Ledersessel bildeten einen farbigen Blickfang, während an den Wänden ausgesuchte Antiquitäten standen, an jeder Seite nur ein einziges Stück. Kunstdrucke, helle Holzdielen und kleine handgeknüpfte Teppiche gaben dem Raum eine behagliche Atmosphäre. In einer Ecke stand sein Cello, Elvis beherrschte das Instrument gut und wurde von Tinne regelmäßig genötigt, ihr etwas vorzuspielen.

»So, Zwerg, willkommen in deiner Hundehütte für heute Nacht.« Er holte eine Decke aus dem Schlafzimmer und faltete sie zwischen den Sesseln zu einem Quadrat. »Und mach bloß keinen Quatsch, sonst pennst du unten auf der Gasse, klar?« Der Kleine hechelte und zerrte an der Leine, Elvis machte ihn los und schaute argwöhnisch zu, wie die Schnüffelnase in allen möglichen Winkeln abtauchte. Dann waren die Reserven des Hundes wohl aufgebraucht, er rollte sich auf der Decke zusammen, drehte sich ein paarmal um die eigene Achse und ließ ein zufriedenes Schnaufen hören.

Elvis musste lächeln, ob er wollte oder nicht. Den Plan, heute noch bei Tinne vorbeizuschauen, hatte er längst aufgegeben, das musste bis morgen warten. Leise verstaute er seine Arbeitsmaterialien, schnitt sich in der Küche ein tüchtiges Stück Fleischwurst ab und goss einen Riesling ein. Hoppla, der Hund musste ja auch etwas trinken. Seine Keramikschüsseln waren ihm zu schade, um sie auf den Boden zu stellen, also trabte er in den Keller und suchte so lange im Regal, bis er eine Plastikschüssel aus uralten Zeiten gefunden hatte. »Deinetwegen mache ich sogar Sport, Knirps«, murmelte er auf der Treppe nach oben.

Der Hund erwartete ihn hellwach mit schief gelegtem Kopf und blanken Knopfaugen. Eine Spur zerkauter Fleischwurstreste zog sich aus der Küche quer durch das Zimmer, das Cello lag am Boden, einer der Ledersessel trug deutliche Knabberspuren, auf dem persischen Sumak-Kelim prangte ein Haufen von beachtlicher Größe. Hechelnd und mit wedelndem Schwänzchen schaute ihn sein Übernachtungsgast an, der Stolz auf die eigenen Leistungen war unübersehbar.

Elvis merkte, wie gewaltiger Groll in ihm aufstieg. »Du … du …«, holte er aus, bis ihm einfiel, dass das Tier noch nicht einmal einen Namen hatte. Der Hund ließ ein Quietschen hören und stupste ein Stück Fleischwurst an, als wollte er Elvis zum Spielen auffordern. Dann überlegte er es sich anders und verschlang die Wurst mit lautem Schmatzen, einen Ausdruck puren Glücks im Gesicht. Die Wut des Dicken verrauchte innerhalb von Sekunden. »Du Satansbraten!«, brummte er und strich dem Kleinen unbeholfen über den Kopf. »Gewöhn' dich gar nicht erst dran. Morgen früh geht's ab ins Tierheim, und zwar schnell wie der Blitz!«

✳

Das Licht von Jürgen Kolloks Helmlampe zuckte über die halbrunde Wand, die die Feuchtigkeit im Laufe von Jahrzehnten schwarz gefärbt hatte. Seine Füße steckten in Gummistiefeln, die Arbeitshose bestand aus wasserfestem PUL-Stoff. Mit sicherem Tritt bewegte er sich auf dem schmalen, steinernen Sims, der den Abwasserkanal rechts und links umschloss. In der Mitte plätscherte eine dunkle Brühe, die halb aufgelöste Papierstücke und allerlei organischen Unrat träge voranschob. Den besonderen Geruch hier unten hatte er schon so oft in der Nase gehabt, dass er ihn kaum noch wahrnahm. ›Eau de Kloak‹ nannten die Kanalarbeiter scherzhaft die Mischung aus Fäkalgestank, Ammoniak und feuchtem Stein, die in den Tunneln der Mainzer Kanalisation allgegenwärtig war.

»Pass auf, wo du hintrittst«, warnte sein Kollege Meik Fischer, der einige Schritte hinter ihm lief. »Nicht, dass dir das Krokodil in den Hintern beißt.« Er lachte.

»Keine Angst.« Jürgen drehte sich halb um und kniff ein Auge zu. »Krokodile kommen immer von hinten. Dein Arsch ist zuerst dran.«

Die gute Stimmung war nicht ganz echt. Seit es diese merkwürdige Warnung bei den Wirtschaftsbetrieben gegeben hatte, gingen die Mitarbeiter nicht allzu entspannt ihrer Arbeit nach. … *liegt eine Bedrohung durch in der normalen Kanalfauna nicht ansässige Tierarten im Bereich des Möglichen …* Was sollte das denn bitte schön heißen? Der Flurfunk wusste bald schon Bescheid und übersetzte das Beamtendeutsch in einen klaren Satz: Ein Krokodil sollte im Mainzer Abwasser sein Unwesen treiben. Was in der Kantine ungläubiges Gelächter hervorrief, hatte hier unten schon eine ganz andere Wirkung. Im Halbdunkel inmitten alter Mauern, umgeben von Wassergeplätscher, die Helmlampen als einzige Lichtkleckse – da erschien die Vorstellung eines hungrigen Krokodils nicht mehr ganz abwegig, vor allem jetzt, mitten in der Nacht.

Jürgen und Meik konzentrierten sich und verscheuchten ihre Reptiliengedanken. Krokoalarm hin oder her, sie hatten einen Job zu erledigen. Kurz nach Mitternacht war ein Alarmsignal in der Zentrale losgegangen, Pumpstation 25 zeigte eine Fehlfunktion an. Die beiden Männer hatten Notdienst, sie wurden beigeholt und sollten nun nach dem Rechten sehen.

»Was meinste, irgendwann wird's Roboter geben, die hier unten langlaufen und durch die Scheiße wühlen, oder?«, nahm Meik das Gespräch wieder auf. Sein Kollege nickte, während er im Vorübergehen Anschlussstücke und Bögen überprüfte.

»Ja, das wär was. Auf der Autobahn fahren die Teslas mit Autopilot, Flugzeuge und Schiffe brauchen auch schon keinen mehr, der sie steuert. Bloß hier unten ist noch immer Handarbeit angesagt.«

Tatsächlich waren die Zighundert Kilometer Kanalnetz zwar digital erschlossen und mit Prüfpunkten versehen. Doch wenn die Elektronik Alarm schlug und eine Störung meldete, wusste die Künstliche Intelligenz nicht weiter. Dann mussten Menschen mit Gummistiefeln in die Tiefe steigen, um das zu beheben, was dem Prüfprotokoll missfallen hatte. Wenn es dumm lief, eben auch mitten in der Nacht. Meist ging es um mechanische Probleme wie Verstopfungen oder Sperrgut, das in die Schächte geraten war. Momentan gab es zusätzliche Schwierigkeiten durch die Sommerhitze und den niedrigen Wasserstand: Pumpen liefen trocken, Kanalsiphons verschlammten, in engen Kanälen wurden die Feststoffe nicht weitergespült und verbackten zu steinharten Fäkalbrocken.

Vor den beiden Männern erweiterte sich der Schacht, das Licht ihrer Helmlampen verlor sich in einem größeren Raum. Jürgen drückte auf einen Feuchtraumschalter, Werkslampen mit trübem Schein gingen an. »Okay, los geht's. Dann schauen wir mal, ob das Krokodil hier feststeckt.« Er musste seine Stimme erheben, um gegen die Geräusche von technischen Aggregaten anzukommen.

Gemeinsam betraten sie die Schachtung. So wurden die unterirdischen Kammern genannt, in denen Kreiselpumpen das Abwasser auf ein höheres Niveau beförderten. Die Schachtung der Pumpstation 25 besaß die Ausmaße eines herrschaftlichen Weinkellers, dazu passte ihre halbrunde Backsteindecke. Statt edler Tropfen beherbergte der Raum allerdings zwei Kreiselpumpen von den Ausmaßen eines Mittelklassewagens.

Nummer 25 war eine der wichtigsten Pumpen im Mainzer System. Sie befand sich auf Höhe der Feuerwache 2 unter der Rheinallee, hier sammelten sich die Abwässer aus der Neustadt und weiten Teilen der Altstadt. Auf dem Grünstreifen neben der Fahrbahn verriet lediglich eine Metallklappe, dass unter der Erde etwas vorging, die allermeisten Passanten hatten keine Ahnung von den Kräften, die dort wirkten. Die beiden mächtigen KSB-Pumpen mit einem Durchlauf von je 500 Litern pro Sekunde sorgten dafür, dass das Abwasser um zweieinhalb Meter angehoben und in die Fortlaufkanäle gepresst wurde, wo es mit leichtem Gefälle seinen Weg bis zum Klärwerk in Mombach antrat. Der Prozess und die Pumpenleistung waren vollautomatisiert, doch nun hörten die Fachmänner an der hohen Drehzahl und am Pfeifen der Aggregate, dass die Schaufeln mehr Luft als Abwasser transportierten. Dieser Leistungsversatz hatte die allwissende Elektronik in Alarmzustand versetzt und menschliche Hilfe angefordert.

»Da ist was im Schredder«, stellte Meik mit einem Blick fest. Er und sein Kollege traten an den Pumpenzulauf heran. Dort ragte ein zwei Meter langer mechanischer Vorsatz in den Kanal hinein. Stählerne Reißzähne drehten sich darin, jeder so groß wie ein Unterarm. Die Maschine hieß offiziell Rotationsrechen, doch der interne Spitzname ›Schredder‹ passte viel besser zu den wirbelnden Stahlklauen. Ihre Aufgabe bestand darin, Fremdstoffe und Müllreste zu zerkleinern. Denn die Kreiselpumpen waren zwar leistungsfähig, aber störanfällig. Wenn ein größerer Gegenstand in die Schaufeln geriet, verkantete das System. Im günstigen Fall ging der

Pumpenmotor einfach aus, viel häufiger allerdings bildete sich eine Unwucht, die im rasenden Drehtempo innerhalb von Sekunden das komplette Gehäuse zerschlug. Deshalb rissen die Zähne des Schredders alles klein, was im Kanal trieb und nicht in die Pumpe geraten durfte: zu endlosen Schnüren verknotete Feuchttücher, verklumpte Fett- und Ölreste, Stofffetzen, Blechdosen, Plastiktüten und verendete Ratten.

Jürgen und Meik beugten sich über die Mechanik. Die linke Hälfte des Schredders ratterte in schnellem Tempo, doch rechts stimmte etwas nicht. Die Stahlklauen hingen bewegungslos im Abwasser, undefinierbare Abfälle hatten sich darin verklemmt und stauten das Abwasser. Lediglich ein Rinnsal schaffte es in die Pumpe.

»Ja, hast recht. Da hat sich was verhakt.« Jürgen ging in die Knie, um besser sehen zu können. Er stand auf der gemauerten Kanalumfassung, der Schredder befand sich schräg unter ihm. »Die Abschaltautomatik hat den Stecker gezogen.« Er deutete auf eine Steuereinheit, die in einem wasserdichten Chassis am Pumpenfuß angebracht war. Gummiüberzogene Knöpfe blinkten hektisch.

Die beiden Hälften des Schredders verfügten über eine automatische Abschaltung, sobald der Widerstand beim Zermahlen zu groß wurde. Dadurch verhinderte das System, dass sperrige oder sehr stabile Fremdkörper dem Gestänge Schaden zufügten. Dieser Fall kam nicht allzu oft vor, entsprechend konzentriert versuchte Jürgen, einen Grund für den Ausfall zu erspähen. Doch es hatten sich dermaßen viele Fremdkörper angesammelt, dass er keine Einzelheiten erkennen konnte.

»Wir müssen's auseinanderziehen«, stellte Meik fest. Mit dem großen roten Not-Aus-Knopf ließ er auch den linken Schredder auslaufen, die Motoren verstummten, die Klauen kamen zur Ruhe. Nun war nur noch das Pfeifen der Pumpen zu hören. Inzwischen hatte Jürgen aus dem Geräteschrank eine Stange mit gebogener Metallspitze geholt, ähnlich einem Bootshaken. Damit fing er an, zwischen den Stahlklauen in dem verklebten Abfallhaufen zu stochern. Aller Vernunft zum Trotz schlich sich die Furcht in seine Gedanken, urplötzlich könnte ein großes Maul mit Zähnen hervorschnellen. Das war natürlich Unsinn, schalt er sich selbst, die Kraft des stählernen Schredders würde sogar ein ausgewachsenes Krokodil in Stücke reißen. Nein, etwas anderes musste hier stecken und die Abschaltautomatik aktiviert haben. In diesem Augenblick stieß Metall auf Metall, sein Haken blieb an einen massiven Gegenstand hängen.

»Da. Da ist was«, meinte er unnötigerweise, denn den Klang hatte man nicht überhören können. Sein Kollege ließ sich vorsichtig in den Kanallauf hinab und versuchte zu erkennen, was in dem verklebten Klumpen stecken mochte. Jürgen riss an dem Haken und bemühte sich, die Schichten aus Zellstoff und organischem Material zu zerteilen.

»Ach nee, was ist das denn?« Meik beugte sich nach vorne. Ein rundes Ding kam zum Vorschein, es sah aus wie ein altertümlicher Blechteller von beachtlicher Größe, bestimmt einen Meter im Durchmesser. Das Blech war verbogen wie eine überdimensionale Acht und hatte den Schredder blockiert.

»Na gut, nix Krokodil«, lachte Jürgen und stellte erstaunt fest, wie sehr ihn das erleichterte. »Da muss deine Frau halt noch ein bisschen warten auf ihre Kroko-Handtasche, mindestens mal bis …«

Er verstummte erschrocken, als Meik einen Schrei ausstieß und zurückprallte. Panisch hechtete sein Kollege aus dem Kanal und rief unzusammenhängende Worte. Verdammt, was ging hier vor? Mit rasendem Puls ließ Jürgen den Lichtkegel seiner Helmlampe in den Schredder fallen, dorthin, wo er gerade die Klumpen um den Blechteller gelockert hatte. Einen Augenblick später sah er es auch und fuhr entsetzt zurück.

Dort unten, inmitten des Abfalls und des trüben Wassers, kauerte ein Wesen, wie er es noch nie zuvor gesehen hatte. Es war groß, bestimmt über einen Meter, auf einem verkrümmten Körper saß der Kopf mit einem grotesk vorgezogenen Maul, starrend vor Zähnen. Strähniges, nasses Fell umhüllte die Kreatur, ihre Extremitäten hingen in den stählernen Zacken des Schredders. Doch die Augen waren es, die Jürgens Angst ins Unermessliche steigerten. Im Licht der Lampe glitzerten sie gelb und voller Hass zu ihm hinauf.

ZWEITER TEIL

DIENSTAG, 11. SEPTEMBER 2018

Eine unbestimmte Wahrnehmung tastete sich in Tinnes Gehirn wie ein Parasit, der seine Fühler ausstreckte. Ihre Ohren nahmen etwas wahr, überall und nirgends, kaum zu hören und trotzdem vorhanden. Im Halbschlaf durchfuhr sie die Panik, wieder im Unterwassergefühl festzustecken, wieder im Krankenhaus zu liegen, gefangen in den Untiefen des Vergessens. Erleichterung durchflutete sie, als sie die Augen aufschlug und die Dinge um sich herum erkannte: ihren Schrank mit Geschichtsbüchern und Ordnern, ihre CD-Sammlung, die Harman-Kardon-Anlage daneben. Die Couch in quietschigem Orange. Fenster, Tür, das gerahmte Poster von Freddy Mercury an der Wand. Zu Hause, sie war zu Hause.

Tinne tappte in die Küche und bereitete mit mechanischen Bewegungen einen Espresso. Noch immer summten ihre Ohren, fast hätte sie die Zuckerdose umgeschüttet. Nach der Dusche fühlte sie sich besser, doch das merkwürdige Gefühl ließ nicht nach. Sie nahm ein Geräusch wahr, eine Art Pfeifen oder Quietschen, mal tief in ihrem Kopf, mal außerhalb, aber nie so deutlich, dass sie es packen konnte. Sie bekam Angst. War etwas in ihrem Hirn geplatzt, eine Ader vielleicht? Hatte sie eine Thrombose oder einen Hörsturz? Das medizinische Halbwissen stürzte auf sie ein, das sie sich im Internet zum Thema Unfalltrauma angelesen hatte. Dr. Google vertrat wie immer die feste Überzeugung, dass sie baldigst dem Tod geweiht sei. Sollten die Netz-Unken diesmal recht haben?

Sie hockte auf ihrer Couch und presste die Hände an die Ohren, eine Minute, zwei Minuten. Ihr Herzschlag dröhnte dumpf, sie hörte das Blut rauschen. Dann weg mit den Händen, Augen zu, konzentriertes Lauschen. Ja, da gab es etwas, fein und sphärisch. Die Lider einen Spalt geöffnet tastete Tinne sich in die Küche und versuchte, dem Geräusch zu folgen. Sie konnte es schwer orten, jede Wand reflektierte den Klang, jeder Schritt veränderte die Wahrnehmung.

Sie betrat Berties Zimmer. Das war ohne Weiteres möglich, die Türen der drei Kommunenbewohner standen stets offen. Hier sah es aus wie in einem Star-Wars-Museum, denn Bertie hatte ein ausgesprochenes Faible für die Sternensaga von George Lucas. Figuren und Raumschiffe nahmen jeden freien Platz ein, der Millennium Falke hing als 1,50-Meter-Modell von der Decke. Bertie war sogar Mitglied in einem Mainzer Star-Wars-Fanclub mit dem Namen R2PO – Tinne hatte dümmlich fragen müssen und man hatte sie aufgeklärt, dass der Name eine Mischung der beiden Droiden R2D2 und C3PO sei. Fan-Humor, super. Immerhin, am Bett stand R2D2 in Lebensgröße, sein halbrunder Kopf konnte aufgeklappt werden, darunter steckte ein Grillrost. Mit diesem BBQ-Droiden hatten die Kommunenbewohner schon so manche Sommerfete im Hof hinter sich gebracht. Doch das Geräusch klang hier nicht stärker als draußen in der Küche, also ließ Tinne sich weiter von ihren Ohren leiten.

Ihre Suche führte sie in Axls Zimmer. Tatsächlich, hier hörte sie das allgegenwärtige Pfeifen deutlicher. Es wechselte die Frequenz und flatterte umher wie ein Kolibri. Sie schaute sich um. Axls Reich war ganz der handgemachten Rockmusik gewidmet, Bandposter von Metallica und ZZ Top zierten die Wände, Noten und Songbooks lagen auf dem Bett drapiert. Seine schwarze Les Paul Custom und der mächtige Marshall-Verstärker machten klar, dass Synthiepop hier keine Chance hatte. Etwas fiel Tinne auf: Die Boxen von Axls Anlage waren in Richtung Tür gedreht, eine stand sogar auf dem Boden und zeigte zur Küche. Ahnungsvoll näherte sie sich dem Lautsprecher, und tatsächlich: Das flirrende Geräusch kam aus den Membranen, auf die kurze Distanz schmerzte es regelrecht im Ohr. Mit einem Schritt war sie bei Axls Anlage. Eine CD lief auf Repeat. Kaum hatte sie die Eject-Taste gedrückt, da brach das feine Pfeifen ab. Sie nahm die Scheibe heraus. ›Doktor Fisslers NeuroNoise®‹, stand da in dicken Lettern neben einer schematischen Hirnabbildung. Neuronale Aktivierung von Gedächtnisleitung und Erinnerungsvermögen. Unterstützt die Hirnaktivität und beugt altersbedingtem Abbau vor.‹

Tinne hätte die CD am liebsten an die Wand geknallt. Von wegen Hörsturz oder Thrombose – ihre Mitbewohner hatten in irgendeinem Quacksalber-Shop eine CD aufgetrieben, die ihre Erinnerung zurückbringen sollte! Die beiden mussten die Anlage heute früh vor der Arbeit angeschaltet haben. Ging's noch, bitte schön? Die Erleichterung, dass sie nicht an ihren Sinnen zweifeln musste, wurde von der Wut auf die zwei Kindsköpfe überlagert. Sie würde den beiden die Hammelbeine langziehen heute Nachmittag!

In der Küche ließ sie die Bezzera einen weiteren Espresso speien und ging zurück in ihr Zimmer. Nach all dem seltsamen Pfeifen sehnte sie sich nach einem guten Sound, sie ließ ihre Finger an den endlosen Reihen ihrer CD-Sammlung entlanggleiten. Im Zeitalter von Spotify stellte das riesige Regal einen echten Anachronismus dar, doch Tinne mochte CDs lieber als körperloses Streaming. Schon allein die Cover und die Inlays – da hatten Künstler unendlich viel Arbeit hineingesteckt, manchmal erzählten die Bilder darauf eine ganz eigene Geschichte. All das war passé, wenn die Musik per WLAN hereintröpfelte. Es gab ihr einen Stich, als sie an die Fotoarbeiten für das ›Steelram‹-Cover dachte. Jason hatte die Band in Mombach unter den gewaltigen Betonpfeilern der Schiersteiner Brücke fotografiert, die Musiker in Jeans und Lederkutten hatten grimmig in die Kamera geschaut, während Tinne und Bertie im Hintergrund vor Lachen herumkugelten. Abends in der Kommune war die Stimmung nochmals gestiegen, denn Jason ließ bei seinen Arbeiten stets eine GoPro mitlaufen, eine Mini-Videokamera. Er zeigte das ungeschnittene Making of am Küchentisch und sorgte damit für großes Gelächter. Nun war er tot, und er hatte kurz vorher mit Tinne ein Geheimnis geteilt, von dem sie nichts mehr wusste.

Automatisch blieben ihre Finger bei Marc Cohn stehen. Die Platte trug nur den Namen des Künstlers als Titel, das Artwork zeigte ihn nachdenklich von der Seite, rötlich-dunkle Farben dominierten. Cohns Musik hörte Tinne immer dann, wenn sie in sentimentaler oder trauriger Stimmung war. Auch diesmal legten sich seine Stimme und die sparsame Instrumentalisierung wie eine wärmende Decke um ihr Herz, melancholisch saß sie da und ließ ihre Gedanken treiben. *And she keeps on riding … Riding on the Ghost Train.*

Da passierte es. Wie ein schmerzhafter Peitschenschlag durchzuckte sie ein Erinnerungsgefühl, die Worte des Liedes kristallisierten sich zu einem harten Gefüge. *Riding on the Ghost Train*. Jason. Die Kanalisation. Da gab es etwas, sie konnte es nur nicht packen und ans Licht zerren. Taras Erklärung fiel ihr ein – ›Chunking‹, die Schublade im Kopf hatte sich einen Spalt geöffnet, weil ein Reiz dazugekommen war. Hektisch ließ sie den Song nochmals anlaufen, drehte die Lautstärke hoch, hielt die Augen geschlossen und konzentrierte sich auf die Musik. Doch nichts geschah, nur das vage Déjà-vu trieb in ihr wie ein Nebelfetzen. Nach drei Anläufen gab sie auf. Tinne wusste nicht, ob sie sich freuen oder ärgern sollte. Wieder war ein winziges Detail aus dem Meer des Vergessens aufgetaucht, doch es machte die Vergangenheit nicht klarer, sondern noch mysteriöser. *Riding on the Ghost Train* – was um alles in der Welt verband sie mit diesem Song?

Weiter konnte sie nicht darüber nachgrübeln, denn es klingelte an der Tür. Sie ging nach unten, Elvis stand vor dem Tor.

»Hey Elvis, hi, komm rein.«

Erst auf den zweiten Blick sah Tinne, dass er nicht allein war. An seiner Seite hechelte ein kleiner brauner Hund mit lustigem weißem Fleck am Auge. »Was ist denn das für ein niedlicher Kerl?« Sie ging in die Knie und ließ den Kleinen an ihrer Hand schnuppern, er überkugelte sich fast vor Begeisterung.

»Ach, das ist nix, das ist nur eine Zufallsbekanntschaft«, brummte Elvis. »Mach ma' Platz, oder soll ich hier Wurzeln schlagen?«

Oben in der Küche tollte der Hund umher und erkundete jede Ecke dermaßen quirlig, dass Tinne vom Zusehen fast schwindelig wurde. Zum Glück war Mufti nicht hier, der Kater wäre bestimmt nicht begeistert gewesen über den Besuch in seinem Reich.

Elvis ließ sich mit Espresso versorgen und berichtete ihr von dem unfreiwilligen Hundefund im AZ-Flur. »Und heute früh hat er den Rest von der Fleischwurst verputzt, ich hab kein einziges Stück davon abbekommen. Kein einziges!«, klagte er.

Tinne musste lachen, sie wusste, was für ein Drama ein solcher Wurstverlust für Elvis darstellte. »Und jetzt? Bringst du ihn runter in die Zwerchallee ins Tierheim?«

Der Dicke druckste herum. »Hm, ja, also, das ist eigentlich mein Plan gewesen. Ich bin eben hingefahren und wollte ihn abgeben, aber das, na ja …« Er nahm einen Schluck Espresso und suchte nach den richtigen Worten. »Da gibt es halt sehr viele Hunde, auch richtig große und so, da hat er schon bei dem Gekläffe Angst gekriegt. Und die Frau, mit der ich gesprochen habe, meinte, dass es momentan echt schwer ist mit der Vermittlung. Wenn's blöd läuft, würde er Wochen oder sogar Monate dortbleiben müssen.«

»Okay, ja, verstehe. Aber was machst du denn jetzt mit ihm?«

»Also, er … er bleibt erst mal bei mir. Kurz, nur ein paar Tage. Ich frag rum, überall, weißt du, ich kenne ja jede Menge Leute. Den Axl und den Bertie haue ich auch an, Bertie soll bei der Brigade fragen und Axl in der Band. Jedenfalls, ich bin sicher, dass ich da ganz schnell jemanden finde, der ihn zu sich nimmt. Sicher morgen oder übermorgen, und das ist's dann gewesen mit dem Hundezirkus.« Elvis bemühte sich um ein strenges Gesicht. »Der geht mir jetzt schon auf die Nerven, der Knirps.« Behutsam strich er dem Hund über das Fell, der sich zufrieden zu seinen Füßen eingerollt hatte. Tinne beobachtete die beiden grinsend, worauf Elvis wie ertappt die Hand zurückzog. Er straffte sich.

»Aber das ist es gar nicht, warum ich zu dir gekommen bin. Ich hab gestern nämlich ein paar interessante neue Fakten zu deinem vergessenen Kanalisationsbesuch erfahren. Pass auf …«

Er erzählte Tinne von dem, was er bei der Tour durch die Mainzer Unterwelt erfahren hatte. Sie hing an seinen Lippen. Abends hatte sie zwar mit Laurent telefoniert, der noch lange im Präsidium gearbeitet hatte. Ihren Fragen zum Stand der Krokodilermittlung war er allerdings ausgewichen. Das hatte sie nicht gewundert – Laurent vertrat die Meinung, sie habe bei der ganzen Sache genug Blessuren davongetragen, deshalb wollte er sie aus dem weiteren Verlauf heraushalten.

»So«, schloss Elvis, »und jetzt gib Acht, was ich mir überlegt habe. Und zwar: Dieser Jason, der war doch Fotograf. Und er hat viel zu diesem Lost-Places-Thema gemacht, zu verlassenen Orten, Ruinen, alten Gemäuern und so. Richtig?«

Tinne nickte, ohne zu wissen, worauf er hinauswollte.

»Gestern in der Kanalisation hat der Typ von den Wirtschaftsbetrieben erzählt, dass die Kanäle architektonisch ganz schön interessant sind. Da gibt es nicht nur nackige Betonröhren, sondern richtig kunstvolle Bauwerke. Der Kreyßig, der hat vor über 100 Jahren die Grundzüge des heutigen Kanalsystems legen lassen, und du als Historikerin weißt ja, dass damals auch Zweckbauten mit ziemlichem Aufwand ausgestaltet worden sind. Ein paar dieser alten Kanäle haben wir gesehen, und die waren schon beeindruckend.«

Er beugte sich vor und wedelte mit der Espressotasse. »Momentan herrscht da unten in vielen Bereichen ziemliche Trockenheit, und der Abwassermensch hat gemeint, dass dadurch einige dieser großen, alten Kanalbauwerke erst richtig zur Geltung kommen. Du kapierst, worauf ich hinauswill?«

Tinne bekam große Augen, der Groschen fiel. »Du meinst, Jason wollte Lost-Places-Fotos machen?« Es handelte sich mehr um eine Feststellung als eine Frage. »Hundert Jahre alte unterirdische Tunnel fotografieren, die bei Niedrigwasser so gut zu sehen sind wie sonst nie?«

»Genau das war mein Gedanke. Ich meine, hey, wenn ich Fotograf wäre und mir mit solchen ›verlorenen Plätzen‹ einen Namen gemacht hätte, dann würde ich doch diese einmalige Gelegenheit beim Schopf packen, oder? Mach mal dein Dings da an und gib ›Köln Kanalisation‹ ein.« Elvis deutete auf Tinnes Handy. Gehorsam öffnete sie Google. Die Bildersuche zeigte Fotos von gewaltigen Kanälen aus Ziegelstein, kunstvoll ausgeleuchtet, zahlreiche Zu- und Abflüsse, das Ganze erinnerte an die Kulisse eines Tim-Burton-Films.

»So, und jetzt stell dir eine solche Bilderserie aus Mainz vor. Das wäre für mich als Fotograf durchaus ein Grund, in die Kanalisation zu schleichen und dort unten auf Motivsuche zu gehen.« Elvis lehnte sich zufrieden zurück, als wollte er sagen: Fall gelöst.

Mit gerunzelter Stirn drehte Tinne die Idee hin und her. »Ja, gut, das könnte tatsächlich so gewesen sein. Aber warum hat er mich dann mit runtergenommen?«

Der Dicke zuckte die Achseln. »Er wollte dir eben die Architektur zeigen. Ist ja schon ein außergewöhnlicher Anblick. Wie ist deine letzte Erinnerung, was hat er am Telefon gesagt? *Ein großes Ding für dich als Historikwissenschaftlerin. Und ich meine echt groß.* Das klingt für mich nach einer perfekten Beschreibung von diesen unterirdischen Bauten.«

Tinne versuchte, eine Erinnerung in ihrem Kopf zu finden. Prachtvoll gemauerte Tunnel, Jason mit seiner Kameraausrüstung … doch es kam nichts, die Schublade blieb zu. Langsam schüttelte sie den Kopf. »Er hat mich aus einem anderen Grund mit runtergenommen. Klar, Kanäle im Kaiser-Wilhelm-Stil sind sicher toll, aber da hätte er nicht so ein Aufhebens gemacht, sondern mir später einfach die Fotos gezeigt. Nein, ich denke, es hat etwas hiermit zu tun.« Sie holte die Skizze hervor und erklärte Elvis, wie sie die verwaschenen Reste in ihren Jeans gefunden hatte. »Das hier, das löst das Rätsel, jede Wette. Wenn ich nur wüsste, was es ist!«

»Eine Kirche, würde ich sagen«, mutmaßte Elvis und deutete auf das Kreuz.

»Ja, das war auch mein erster Gedanke. Es gibt aber keine, die dazu passt, weder eine aktive noch eine abgerissene. Ich habe gestern Stunden mit dem Thema zugebracht, und ich hab keine Ahnung, wo ich noch suchen soll.«

»Hm, ein Kirchengrundriss, sagst du?« Der Reporter knetete sein imposantes Kinn und hielt die Augen halb geschlossen. »Da würde mir was einfallen, wie wir vielleicht einen Schritt weiterkommen.« Er stand auf. »Wir müssen zum

Bahnhof. Lust auf ein kleines Wettrennen? Mein Rollerdings gegen dein Fahrrad – wer zuerst dort ist!«

*

Etwas stimmte nicht. Tara Feh zog zum zehnten Mal eine Linie zwischen den Zahnabdrücken, die vergrößert auf dem Bildschirm vor ihr leuchteten. Das Schwarz-Weiß-Foto zeigte die Verletzungen, die der Tote aus dem Rhein davongetragen hatte, in jedem Detail. Mit der Maus schob sie die Darstellung nach oben und zog eine weitere Linie. Das Programm blendete die dazugehörige Länge ein, Tara notierte sorgfältig jeden einzelnen Wert.

Sie saß in ihrem Büro im oberen Stock der Rechtsmedizin. Der Raum war nüchtern eingerichtet, Tara legte Wert auf Funktionalität, wenn es um ihren Job ging. Arbeitsräume mit überladenen Pinnwänden und Kitschsouvenirs aus dem letzten Urlaub waren ihr ein Graus. Wie sollte Ordnung im Kopf sein, wenn der äußere Rahmen schon keine Struktur vorgab?

François' Lockenkopf erschien in der Tür. »Und? Weitergekommen?«

Tara seufzte und kniff die Augen zusammen, die vom genauen Hinsehen schmerzten. »Nein, noch nicht. Irgendwas passt nicht, aber ich weiß nicht, wie ich es packen soll.«

»Na gut, hier sind jedenfalls die Bücher aus dem Institut für Zoologie. Das Mädel in der Bib hat ein bisschen gezickt, aber ich hab's hinbekommen.« Er grinste jungenhaft und ließ seine weißen Zähne blitzen. François war ein hübscher Kerl, der sein gutes Aussehen durchaus einzusetzen wusste. Tara konnte sich lebhaft vorstellen, wie er die Bibliothekarin am Zoologischen Institut um den Finger gewickelt hatte, um die Bücher mitnehmen zu dürfen. Sie behandelten allesamt Amphibien und Reptilien, Tara legte sie auf einen Stapel zu demselben Thema, den sie bereits durchgearbeitet hatte. Ihr Assistent beugte sich zum Bildschirm. »Was ist denn los, wonach suchst du eigentlich?«

»Wenn ich das nur wüsste! Ich kriege die Bissspuren an der Leiche partout keiner bestimmten Art zugeordnet. Schau hier.« Sie deutete mit dem Mauszeiger auf die ausgefransten Löcher, die sich durch Haut und Fleisch gestanzt hatten. »Das sind Detailfotos von der linken Schulter, da hat das Tier mehrmals zugebissen. Die Abdrücke habe ich vermessen, sie zeigen, dass Ober- und Unterkiefer gleich breit sind. Das heißt, wir haben es mit einem Echten Krokodil zu tun, denn bei Alligatoren und Gavialen ist der Unterkiefer schmaler. Diese Echten Krokodile unterteilen sich wiederum in 15 Arten. Es kommen nur Tiere in Frage, die drei Meter Länge oder sogar noch mehr erreichen, und der Gebissradius schränkt unsere Suche weiter ein. Damit bleiben das Orinoko-Krokodil, das Nilkrokodil und das Leistenkrokodil übrig. So weit, so gut.«

Ihre Hand klopfte auf die Bücher, die ihren Schreibtisch füllten. Wissenschaftliche Zeichnungen von Krokodilköpfen mit einer Vielzahl von Beschriftungen lagen aufgeschlagen vor ihr.

»Aber jetzt fängt das Chaos an. Jede dieser Arten hat bestimmte phänotypische Merkmale wie basale Schnauzenbreite, die Stellung der Zahnreihen in der Sagittal- und in der Frontalebene, dazu die Anzahl und die Größe der einzelnen Zähne. Und genau hier komme ich nicht weiter.« Mit einer ungeduldigen Bewegung tippte Tara auf ihre Notizen, wo Stichworte, durchgestrichene Zahlen und Verbindungspfeile ein Muster ergaben, das François eher verwirrend als erhellend vorkam. »Wenn eines der Merkmale passt, stimmt ein anderes nicht. Hier, die Zahnstellung sieht nach Nilkrokodil aus, aber die Ebenen sind zu sehr angeschrägt. Die stimmen dann wiederum mit dem Leistenkrokodil überein, das hat aber größere Maxillarzähne. Und beim Orinoko-Krokodil passt alles, bis auf eine Kleinigkeit: Dessen Zahnzwischenräume entsprechen dem Faktor fünf des Zahndurchmessers. Das ist bei unserem Krokodilbiss leider nicht der Fall.« Sie drückte ihren Rücken durch. »Ich habe keine Ahnung, wo mein Denkfehler liegt.«

François beugte sich zum Bildschirm und betrachtete das Foto der Leiche genau. »Kann es sein, dass sich die Spurenlage durch die Aufschwemmzeit im Wasser verändert hat? Der Körper ist immerhin um die zwölf Stunden im Wasser getrieben, eher länger. Da führt die Osmose zu Dehnungs- und Schrumpfungsvorgängen, und schon haben Hautperforationen eine andere Positionierung.«

Tara lächelte schmal. Sie mochte es, wenn ihre Mitarbeiter selbstständig dachten und nicht nur schafsgleich ihre Routinen erledigten. »Guter Punkt. Ich habe eventuelle Scherkräfte und Dunsungen aber schon einberechnet, und zwar in verschiedenen Ausprägungen. Das Ergebnis ist trotzdem dasselbe: Es gibt immer einen oder zwei Faktoren, die nicht passen.«

Beide schwiegen, jeder grübelte über den Fall nach. Da sprang François so plötzlich auf, dass Tara zusammenzuckte.

»Wart mal einen Moment, ich hab da vielleicht was«, rief er über die Schulter und verschwand. Kurz darauf stürmte er wieder herein, eine Liste in der Hand. »Das ist eine Amtsmitteilung vom Präsidium, vom K1. Die sind gestern mit den Wirtschaftsbetrieben runtergestiegen in die Kanalisation für einen Ortstermin. Ein paar Fachleute waren dabei, hier habe ich die Teilnehmerliste.« Er legte das Blatt auf ihren Tisch und zeigte auf einen Eintrag. »Dr. Friederike Wasenthal vom Zoo Frankfurt. Fachgebiet: Süß- und Salzwasserkrokodile, Alligatoren und Gaviale. Wenn du Einzelheiten über unsere geheimnisvollen Bissspuren haben willst, kann sie dir bestimmt weiterhelfen.«

*

Der ICE raste ungebremst auf den Mainzer Hauptbahnhof zu. Triebkopf, zwölf Waggons, einer davon mit Bordbistro. Schon im Tunnel, aus Richtung Römisches Theater kommend, war seine Geschwindigkeit zu hoch gewesen, viel zu hoch. Jetzt schrumpfte sein Abstand zum Bahnhof rapide, doch dort, vor ihm auf demselben Gleis, stand die S-Bahn nach Wiesbaden. Der Bahnsteig quoll über, die S 8 hatte erst vor wenigen Sekunden angehalten. Noch immer leitete der ICE keinen Bremsvorgang ein, schon hatte er die Stelle überschritten, die die Eisenbahner ›Reißpunkt‹ nannten – ein Anhalten vor dem Aufprall war jetzt unmöglich. Jenseits des Reißpunkts kam es unausweichlich zur Kollision.

Einen Wimpernschlag später knallte die Schnauze des ICE in das Heck der S-Bahn. Die Wucht des Zusammenstoßes riss die Wagen aus den Gleisen, die Masse des ICE schob unerbittlich nach. Fahrgestelle und Wagenteile fegten über den Bahnsteig und rissen alles mit sich, was im Weg stand. Das Chaos war unbeschreiblich.

»Verflixt.« Der Mann schaute von seinem Tablet auf. »Die Kontaktschleife am Tunnelausgang funktioniert noch immer nicht.«

Tinne und Elvis schauten fasziniert zu, wie der winzige ICE zum Stillstand kam. Die Waggons, nur wenige Zentimeter groß, hingen kreuz und quer in einem Modell des Mainzer Bahnhofs und hatten Dutzende Plastikmännchen unter sich begraben. Die S 8, ebenfalls im Lilliputformat, stand zwei Handbreit vom Hauptgebäude entfernt, weit nach vorne geschoben.

Der Mann legte sein Tablet zur Seite und fuhr sich durch die Haare. »Eigentlich hätte die Steuerung den ICE spätestens hinter dem Tunnel stoppen sollen. Irgendwo ist noch ein Fehler in der Programmierung.« Durch eine Öffnung neben dem Bahnhofsgebäude ragte sein Oberkörper samt Kopf hervor, um ihn herum breitete sich Mainz im Miniaturformat aus. Auf eine surreale Weise wirkte er wie ein alttestamentarischer Gott, der Häuser, Straßen und Bäume überragte. Tinnes Augen waren überwältigt von der Detailfülle. Sie schätzte das Mini-Mainz auf mindestens drei mal sieben Meter, es kam ihr vor wie ein gewaltiges Wimmelbild in 3-D. Die Kaiserstraße mit der Christuskirche, die Große Bleiche, daneben die Landesbank, das Karstadt-Gebäude, die Alte Universität und die Fußgängerzone, weiter hinten erhob sich der Dom neben einer winzigen Heunensäule, es schlossen sich die engen Altstadtgassen an. Der Rhein bestand aus einem blaugrünen Material, das das Licht brach und auf eine verblüffende Art wie Wasser aussah. »Wow«, mehr brachte sie nicht heraus.

Gerade war sie hinter Elvis' E-Scooter zum Bahnhof gehetzt und hatte das Rennen knapp verloren. Der Dicke führte sie rechts vom Hauptgebäude durch eine Zufahrt auf die Gleisanlage. Am Ende von Gleis 13 stand ein langer, grüner Eisenbahnwaggon, der aussah, als wäre er aus der Zeit gefallen. Eine Rampe führte sie durch die Tür. Das Innere des Waggons hatte man komplett entkernt. Wo früher Sitze, Haltestangen und Gepäcknetze untergebracht waren, erstreckte sich nun Mainz im Zwergenformat.

»Das …«, Tinne suchte nach Worten, »das ist ja Hammer! Ich hab keinen Schimmer gehabt, dass so was überhaupt existiert!«

Elvis zog eine brummige Miene, um zu verstecken, dass er stolz auf seine Idee war. Er nahm den aufgeregten Hund auf seinen Arm und wandte sich an den Mann, der noch immer aus dem Loch inmitten der Stadt herausschaute. »Tach, Chris, schön, dich mal wiederzusehen. Der letzte Artikel über euer Wunderland ist ja schon eine Weile her, wir müssen bald mal wieder was einplanen.« Er machte eine nachlässige Kopfbewegung über seine Schulter hinweg. »Das da ist übrigens Tinne, die ist Historikerin und will was wissen über einen Kirchengrundriss.«

Tinne war so fasziniert von der Modellstadt, dass sie Elvis' Kratzbürstencharme glatt überhörte. Sie riss sich los und richtete ihre Aufmerksamkeit auf den Mann. Er hatte ungefähr ihr Alter, um die 40. Ein graumelierter Bartschatten, leuchtend grüne Augen und Wuschelhaare machten ihn auf eine verlebte Art attraktiv. Zerknittert, aber sexy.

»Hallo, ich bin Chris Thormann, grüß' dich. Tinne? Was ist das für ein Name? Norddeutsch oder so?«

Sie kannte die Reaktion auf ihren Rufnamen zur Genüge und schüttelte schmunzelnd den Kopf. »Nee, gar nicht. Es ist die Kurzform von Ernestine, also eigentlich Tine, aber das hat mein kleiner Bruder früher immer falsch ausgesprochen und ›Tinne‹ daraus gemacht. Tja, das hat dann erst meine Mutter übernommen, dann mein Vater, der komplette Freundeskreis, und irgendwann bin ich für alle Tinne gewesen. Dabei ist es geblieben. Aber sag mal, das hier«, sie zeigte auf das Modell, »das muss doch wahnsinnig viel Zeit gekostet haben, oder?«

Chris lachte und bekam dabei Grübchen in die Wangen. »Hat es. Aber glaub mir: Wenn ich etwas im Überfluss habe, dann Zeit.« Er bückte sich und verschwand nach unten in der Öffnung, ein Quietschen wie von Gummi ertönte, dann tauchte er am Rand der Modellstadt auf. Nun sah Tinne, dass er im Rollstuhl saß. Dort, wo die Beine sein sollten, sah sie nichts – sein Torso endete unterhalb des Beckens. Nun wusste sie, weshalb der Eingang des Waggons über eine Rampe führte.

Schlagartig wurde sie befangen. Wie die meisten Menschen fühlte sie sich unsicher, wenn sie mit jemandem zu tun hatte, der körperlich beeinträchtigt war. Sie wusste nicht, was sie sagen sollte. Ihn darauf ansprechen? Einfach weiterreden, als wenn nichts wäre? Vor lauter Ratlosigkeit klappte sie den Mund zu und schwieg.

An seinem Blick merkte Tinne, dass er diese Reaktion kannte, und schämte sich. Wieder erschienen die Grübchen, sein Lachen klang locker. Er ging mit der Situation offensichtlich entspannter um als sie. »Meine Beine habe ich eingetauscht gegen mein Interesse für die Eisenbahn. Wobei es schwer zu sagen ist, was zuerst kam: das Huhn oder das Ei.«

Tinne wusste nicht, wie sie seine rätselhaften Worte auffassen sollte. Sie rettete sich in ein nichtssagendes Lächeln und wünschte sich weit weg. Elvis war wie immer sehr direkt, der Dicke hielt sich nicht mit Befindlichkeiten auf. »Jetzt erzähl ihr deine Geschichte, Chris«, meinte er, »sonst kriegt sie heute keinen Pieps mehr raus.« Fast unhörbar fügte er hinzu: »Nicht, dass es schade darum wäre.«

»Ist schon eine gute Weile her.« Die grünen Augen fixierten Tinne. »Ich bin 24 gewesen und hab hier in Mainz studiert. Geschichte und Sport auf Lehramt. An einem Abend war ich mit ein paar Kumpels im Caveau, wir haben gebechert wie blöd. Weil wir alle ziemlich aktiv in der Sprayer-Szene waren, fanden wir es eine tolle Idee, aufs Bahnhofsgelände zu wanken und ein paar Waggons zu besprühen. Dann kam der ICE 510 Mannheim-Wiesbaden.«

Er schwieg, während Tinnes Kopfkino die passenden Bilder lieferte: Der Aufschlag, die grässlichen Schreie. Blaulicht, Not-OP. Dann, nach dem Aufwachen, die ernsten Blicke der Ärzte. Das Verkrampfen in die Krankenhausdecke, die geballten Fäuste, die Tränen. Ein Leben, das in einer einzigen Nacht aus den Fugen geriet.

Chris zuckte mit den Schultern. »Von dem Augenblick an hat mich die Eisenbahn nicht mehr losgelassen. Meine Nemesis ist meine Berufung geworden, sozusagen. Ich habe zwei Fachbücher über Eisenbahngeschichte geschrieben, und irgendwann bin ich auf den MCM 70 gestoßen, den Modellbauclub Mainz. Das war Liebe auf den ersten Blick. Schon allein das Clubhaus hier hat mich umgehauen, ein Reisezugwagen von 1934.« Sein Blick streichelte den Innenraum des alten Waggons. »Gemeinsam haben wir etwas ziemlich Einmaliges geschaffen. 120 Meter Gleise, 180 Loks, über 1.000 einzelne Miniaturhäuser.«

Tinne wandte sich wieder dem Modell zu. Es zeigte eine unglaubliche Detailfülle, Lichter brannten in den Häusern, die Ampeln leuchteten rot-gelb-grün, die Uhr am Dom zeigte die korrekte Zeit an. Nicht nur die Züge zogen ihre Kreise, überall bewegte sich etwas. Straßenbahnen huschten über den Schillerplatz und das Höfchen, Busse zuckelten die Große Bleiche entlang, sogar die Taxikolonne am Hauptbahnhof fuhr in endlosem Reigen vom ersten Warteplatz zum letzten. Chris folgte ihren Blicken, er freute sich sichtlich über ihre großen Augen.

»Wir haben Führungsdrähte in die Straßen eingelassen, die Busse und Autos werden mit einem elektromagnetischen Feld daran entlanggeführt. Der Schienenverkehr ist komplett computergesteuert, ein Nerd von der Uni hat uns eine eigene Software dafür geschrieben. 84 Programmschleifen koordinieren die Bewegungen, um Vorfahrten zu regeln und auf unvorhergesehene Ereignisse zu reagieren. Unfälle sind damit ausgeschlossen.« Er verzog das Gesicht und schaute schief zum Bahnhofsmodell, wo der ICE quer lag. »Na ja, so gut wie.« Sein Lachen klang jungenhaft, Tinne fühlte sich erleichtert. Ihre Unsicherheit löste sich in Luft auf.

Elvis kraulte dem Hund die Ohren. »Ich kenne Chris und den MCM über die Zeitung. Dieses Modell hier, das basiert auf 100 Prozent genauen Recherchen und Plänen. Jeder Straßenzug, jedes einzelne Haus. Chris ist der schlaue Kopf hinter der ganzen Stadtarchitektur, und deswegen habe ich mir gedacht: Hauen wir ihn doch mal an wegen deinem komischen Kirchengrundriss.«

Tinnes Blick lag weiter auf der Modellstadt, doch etwas passte nicht ins Bild. Zwischen modernen E-Loks fuhr ein Dampfzug, in Mombach standen vor der Alten Lokhalle keine SUVs von Veranstaltungsmanagern, sondern Lokomotiven in Reih und Glied. Westlich davon befand sich anstelle der heutigen Eventlocation ›Halle 45‹ die ursprüngliche Waggonfabrik, Dutzende Güterwaggons warteten auf den letzten Anstrich. Auch der Bahnhof besaß auf den zweiten Blick einige Merkwürdigkeiten, die Gleisüberdachung war viel zu lang und berührte fast die Alicenstraße.

»Den ersten Preis für Detailarbeit kriegt ihr auf jeden Fall«, meinte sie. »Aber an der einen oder anderen Stelle sind die Jahrzehnte ein bisschen durcheinandergeraten, oder?

Wieder lachte Chris. Seinem Gesicht sah man an, dass er oft und gerne lächelte – die Falten und Linien rasteten förmlich in dieser Position ein, als wäre seine Mimik genau darauf abgestimmt.

»Da hast du recht. Das ist eine der Freiheiten, wenn man ein solches Modell komplett selbst entwirft und umsetzt: Man kann sich die Sahnestücke der Eisenbahngeschichte herauspicken. Die Lokhalle haben wir in ihrer Form von 1906 nachgebaut, damals konnten darin acht Dampfloks gleichzeitig gewartet werden. Und hier, schau.« Er deutete auf das Bahnhofsmodell. »Unser HBF hat nicht die kurze Gleishalle von heute, sondern die von 1900. Damals war sie mit 300 Metern die längste Bahnhofshalle Europas.«

Tinne schaute sich die Miniatur genauer an. Die lang gezogene Überdachung wirkte prächtig in ihrer Jugendstilgestaltung, sie bot einen sehenswerten Kontrast zur Nachkriegsarchitektur der Neustadt. Mit den Augen verfolgte sie die einzelnen Zugtrassen, die die Stadt wie Adern umkränzten. Ein Gleis fiel ihr auf, das von Weisenau kommend am Rhein entlangführte und auf Höhe des Holzturms endete – an einer Stelle, an der es heute keine Eisenbahnstrecke gab.

»Was ist das für eine Strecke? Eine alte Stadtbahn?«

»Die Hessische Ludwigsbahn. Die erste Mainzer Eisenbahn von 1853, sie führte von hier nach Worms. 30 Jahre später ist sie aufgegeben worden, weil es den neuen Hauptbahnhof gab und den Tunnel unter der Zitadelle. Alle Strecken sind dann dort reinverlegt worden, die alten Gleise hat man nach und nach überbaut.« Er griff in seine Tasche und holte etwas hervor, das Tinne zuerst für einen Stift hielt. Erst als ein roter Leuchtpunkt über die Modellhäuser huschte, erkannte sie, dass es ein Laserpointer war. Sie schaute dem Punkt zu, der an der Ecke Rheinstraße-Holzhofstraße kreiste.

»Die damalige Reparaturhalle der Ludwigsbahn, die hat aber 150 Jahre überdauert und steht immer noch. Sie ist umgebaut worden, heute steckt das Schifffahrtsmuseum drin.« Der Laserpointer zeigte auf das ziegelgemauerte Gebäude neben dem Cinestar-Komplex. Dann wanderte er weiter zu einer Baustelle auf Höhe des Rathauses. Arbeiter und ein Bagger gruben sich dort in den Boden, der Autoverkehr wurde durch winzige Pylonen daran vorbeigelenkt. »Hier, das ist auch so ein vergessenes Stück Stadtgeschichte. Es gab in den 1980er-Jahren Pläne, eine U-Bahn zu bauen zwischen Mombach und der Innenstadt. Die Sache ist zwar nie übers Reißbrett rausgekommen, aber in unserem Modell haben wir der Mainzer U-Bahn, die es nie gab, dieses kleine

Denkmal gesetzt. Eine zweite Linie ist angedacht gewesen von Bretzenheim auf den Lerchenberg, und daraus ist heutzutage immerhin die Mainzelbahn geworden.«

Tinne hatte Spaß an dieser kleinen Geschichtsführung. Sie musste sich eingestehen, dass sie sich noch nie besonders um die Entwicklung des öffentlichen Nahverkehrs in Mainz gekümmert hatte. Und wie so oft merkte sie, dass nahezu jedes Thema seine spannenden Seiten hatte, sobald man sich näher damit befasste. Sie deutete auf die Theodor-Heuss-Brücke, auf der neben den Autospuren eine Straßenbahn entlangzuckelte. »Und hier auf der Brücke, da habt ihr schon mal in die Zukunft geguckt, oder? Die Linie nach Kastel ist doch noch Wunschdenken.«

»Na ja, wie man's nimmt. Man könnte auch sagen: Hier treffen sich die Vergangenheit und die Zukunft. Bis 1957 hat es nämlich eine Straßenbahnverbindung über die Theodor Heuß gegeben, dann hat man alles plattgemacht, und heute geht die Diskussion über die neue CityBahn wieder in genau dieselbe Richtung.« Er hob die Arme in gespielter Unschuld. »Scheint das Schicksal von Mainz zu sein: Erst alles doof finden und abreißen, dann drüber nachdenken, und am Ende alles für viel Geld wieder aufbauen.«

Chris' Enthusiasmus war ansteckend. Längst hatte Tinne vergessen, dass der Mann keine Beine hatte und im Rollstuhl saß. Sein Humor und seine Leidenschaft für die Stadtgeschichte begeisterten sie. Solche Dozenten bräuchte die Uni, dann würde das Historische Seminar endlich sein angestaubtes Image loswerden.

Elvis räusperte sich misstönend und riss sie dadurch aus ihren Gedanken. »Hört mal, ihr zwei Geschichtsfreaks, ich muss los in die Redaktion. Kannst mir ja Bescheid geben, Tinne, ob ihr weitergekommen seid mit dem Grundriss.« Er setzte den Hund auf den Boden.

»Wiederschaun, Elvis.« Chris nahm ein Faltblatt aus einer Box und gab es dem Reporter. »Hier, unser neuer Flyer, da ist auch meine Handynummer drauf. Guck mal wieder vorbei auf einen Kaffee, dann machen wir was für die Zeitung.« Er lockte den Vierbeiner mit seiner Hand an und ließ ihn schnuppern. »Übrigens, süßer Kerl. Wusste gar nicht, dass du einen Hund hast.«

»Hab ich auch nicht«, knurrte Elvis und zog das quirlige Tier behutsam zu sich. »Das ist nur, eh, also, nur vorübergehend. Und wenn du jemanden weißt, der einen Hund wie den hier sucht, gib Bescheid. Tschö.«

Schmunzelnd sah Tinne zu, wie Elvis in gebückter Watschelhaltung den Kleinen vor sich herscheuchte und den Waggon verließ. Sie fühlte sich an Obelix und Idefix erinnert.

Die Reifen des Rollstuhls quietschten, als Chris ein Stück auf sie zurollte. Er reichte ihr ebenfalls einen Flyer. »Darin findest du alle möglichen Infos über den Club und unser Modell hier. Ist für dich vielleicht auch interessant. Und wenn du willst, kannst du jederzeit bei mir anrufen. Ich freue mich über fachkundiges Publikum.« Sein schelmischer Blick faszinierte Tinne so, dass sie spontan ein weiteres Faltblatt nahm und ihre Handynummer darauf schrieb. Normalerweise gab sie ihre Kontakte nicht so leichtfertig heraus, aber sie spürte, dass die Nummer bei Chris gut aufgehoben war. Er steckte das Blatt in seine Hemdtasche und dankte ihr wortlos mit einer angedeuteten Verbeugung. Dann gingen seine Augenbrauen nach oben. »So, was hast du denn jetzt auf dem Herzen? Um welchen Grundriss geht es?«

Tinne fand es schade, dass der Exkurs in die Eisenbahngeschichte zu Ende ging. Sie hätte Chris gerne weiter zugehört. Aus ihrer Tasche zog sie die Skizze.

»Das hier, das kriege ich einfach nicht zugeordnet. Ich meine, schau, es ist wohl eine Kirche oder eine große Kapelle, aber ich komme nicht weiter. Der Grundriss passt zu keinem Sakralbau in Mainz, egal, ob noch als Kirche genutzt oder abgerissen. Wenn die Kästchen rechts und links Seitenschiffe darstellen, warum sind sie dann gestrichelt? Und dieses komische schräge Rechteck, da weiß ich gar nichts mit anzufangen.«

Chris schaute lange auf die Skizze und drehte sie in verschiedene Richtungen. Tinne sah förmlich, wie er im Geiste Jahrzehnte der Stadtentwicklung durchrattern ließ und alle Details mit seinen Modellbauten abglich. Schließlich schaute er zu ihr auf.

»Wie bist du an die Suche rangegangen?«

»Eh«, sie fühlte sich leicht überrumpelt, hatte sie doch mit einer Antwort und nicht mit einer Frage gerechnet. »Also, die Kirchen im Stadtgebiet, die heute noch genutzt werden, kenne ich vom Studium und von endlosen Stadtexkursionen. Die konnte ich also ziemlich schnell ausschließen. Und für die abgerissenen Gebäude hab ich den Pater Breuninger durchgeackert …« Sie blieb mit der Stimme oben, Chris deutete durch ein Nicken an, dass er den Wälzer kannte. »Der hat ja ein eigenes Kapitel über zerstörte und abgebrochene Kirchen. Nada, keine hat gepasst.«

Er schaute sie weiter an, ein leises Lächeln spielte um seine Mundwinkel. Tinne fragte sich, ob Chris gerade mit ihr flirtete. Und ob ihr das eigentlich unangenehm war. Sie legte den Kopf schief. »Hat der Herr Obereisenbahner denn eine Idee?«

Sein Lächeln wurde breiter, der Schalk blitzte aus seinen Augen. »Der Herr Obereisenbahner hat nicht nur eine Idee, sondern weiß sehr genau, welches Gebäude die Frau Chefhistorikerin sucht. Und wo es zu finden ist.«

Tinne spürte, wie Aufregung von ihr Besitz ergriff. Nicht nur Chris' grüne Augen irritierten sie, nein, endlich gab es eine Chance, ihrer vergessenen Woche einen Schritt näher zu kommen.

»Die Frau Chefhistorikerin hat nämlich nicht ganz korrekt geforscht«, fuhr er fort. »Es gibt Kirchen, die aktiv genutzt werden, klar. Dann haben wir welche, die abgerissen oder zerstört sind, auch klar. Eine dritte, zugegebenermaßen sehr kleine Gruppe existiert aber auch noch, und die ist für uns interessant.«

Die Erkenntnis traf Tinne wie ein Blitz aus heiterem Himmel. Natürlich! Warum hatte sie nicht gleich daran gedacht? »Umgewidmete Kirchen«, rief sie in einer Lautstärke, vor der sie fast selbst erschrak. »Gebäude, die früher mal ein Gotteshaus waren, inzwischen aber eine ganz andere Funktion haben!« Sie kannte Beispiele aus anderen Städten und aus den Niederlanden, wo man inzwischen viele Kirchengebäude zu Wohnungen oder Ateliers umgewandelt hatte. Doch in Mainz? Das Heilig Geist fiel ihr ein mit seinen hohen Decken und Säulen, aber nein, das war früher ein Spital gewesen. Wo gab es in Mainz eine umgewidmete Kirche?

Chris sah ihr zu und amüsierte sich still über ihre Gedankensprünge. Er knipste den Laserpointer wieder an und ließ den Punkt über den Bahnhof gleiten. An einem Gleisende blieb er stehen. Tinne erkannt eine winzige Miniatur des grünen Waggons, in dem sie und Chris sich gerade befanden.

»Die Chefhistorikerin und der Obereisenbahner machen sich auf den Weg, runter auf die Straße.« Während Chris sprach, wanderte der rote Klecks weiter. »Sie überqueren den Bahnhofsplatz und folgen den Straßenbahnschienen bis zum Münsterplatz. Hoppla, die 52 kommt!« Der Punkt wich einer Lilliput-Straßenbahn aus, die um die Kurve bog. »Das Gebäude, zu dem die beiden wollen, hat eine lange Geschichte. Es ist im 13. Jahrhundert erbaut worden, als Teil einer Klosteranlage. Das Kloster ist eine Stiftung gewesen, ein reicher Ratsherr hat sich damit ein Stück Seelenheil kaufen wollen.« Der Klecks hatte inzwischen die große Bleiche erreicht und passierte den Neubrunnenplatz. Tinne schaute fasziniert zu, das detailgenaue Modell und Chris' leise, aber präsente Stimme gaukelten ihr vor, tatsächlich inmitten der Stadt unterwegs zu sein.

»Um 1300 wurde die Kirche fertiggestellt. Gotisch angelegt, mit hohem Mittelschiff und dreiseitigem Chor. Das Kloster, ein Frauenkonvent, hat großen Zuwachs und ist bald schon sehr, sehr wohlhabend.«

Das rote Licht suchte seinen Weg am Landesmuseum vorbei, das Pferd auf seinem Dach reckte sich in die Höhe wie Pegasus.

»Ende des 18. Jahrhunderts ändert sich die Situation dann, der damalige Kurfürst löst das Kloster auf. Zähneknirschend müssen die Schwestern raus, die Gebäude werden danach als Mehlspeicher genutzt, als Magazin und unter den Franzosen als Militärbäckerei.«

An der Ampelkreuzung wartete der Punkt brav, bis die winzige Fußgängerampel grün zeigte, dann überquerte er die Große Bleiche und bog in die Flachsmarktstraße ein. Rechts erhoben sich die Gebäude der Landesbank, links lag das ›schon schön‹.

»Um 1830 wird das Kirchengebäude dann radikal umgestaltet. Die Seitenschiffe und der Turm werden abgerissen, im Inneren zieht man mehrere Geschosse ein. Das Klosteranwesen kommt in den Besitz der Stadt Mainz, die ein paar Jahrzehnte später sämtliche Bauten abreißen lässt bis auf den Kirchenkörper. Der wird nochmals umgebaut und bekommt ab 1906 eine neue Funktion. Eine Funktion, die er bis heute erfüllt.«

Der rote Klecks war inzwischen nach links abgebogen und passierte die Anne-Frank-Realschule. Tinnes Augen schweiften weiter und erkundeten die Straße, die auf den Deutschhausplatz zuführte. In diesem Augenblick erkannte sie endlich, von welchem Gebäude Chris sprach.

»Das Naturhistorische Museum«, flüsterte sie und schaute zu, wie der Leuchtpunkt vor dem Gebäude mit der charakteristischen Front stehen blieb. Der gläserne Turm, die kantige Fassade, die halbrunde Kuppel ganz oben. Die Sanduhr davor, die sich eigentlich drehen sollte und stattdessen ständig kaputt war. Das hohe, schmale Kirchenschiff, so in den Museumskomplex eingebunden, dass es kaum mehr an seine ursprüngliche Funktion erinnerte.

Tinne konnte ihren Blick nicht von dem Modell abwenden. Kein Zweifel, der Grundriss aus ihrer Jeanstasche zeigte den alten Baukörper des Naturhistorischen Museums. Die einzige Frage, die sie nicht beantworten konnte, lautete: warum?

✳

Wie ein Wüstenstrich lag der Rheinboden in der Sonne, der Fluss war auf ein Drittel seiner normalen Breite geschrumpft. Risse zogen sich durch ausgetrockneten Sand und Lehm, die helle Farbe strahlte zwischen dem dunklen Wasser und dem Ufergrün. Jenseits der Bäume lag Budenheim, der Betonanleger am östlichen Ortsrand führte schräg nach unten auf trockenen Grund. Wo normalerweise Boote schaukelten, saßen nun träge Nilgänse auf dem nackten Boden.

»Krass, wie das backt.« Laurin schlenkerte seine langen Arme, um möglichst viel Luft daran zu lassen. Sein T-Shirt hatte er lässig über die Schulter geworfen, seine Shorts hingen tief, ein Streifen der Boxershorts lugte hervor. Simon war ähnlich locker gekleidet, er hatte zudem noch seine Djinns an den Schnürsenkeln zusammengebunden und trug sie um den Hals. Das Bett des ausgetrockneten Flusses fühlte sich unter seinen nackten Füßen so heiß an, dass er hin und wieder einen Tippelschritt einlegen musste.

»Hammer«, bestätigte er. »Sahara, echt.« Die beiden machten einen Bogen um einen Autoreifen, eingebacken im harten Schlick. Eine feine Staubschicht puderte den Reifen hellbraun, dieselbe Farbe bedeckte die Beine der Jungs.

»Aber hey, gewöhn' dich dran.« Simon machte eine Handbewegung zur Sonne hin wie ein Zauberer. »In vier Wochen haben wir nur solches Wetter. Und Strand und Waves dazu.« Wieder wischte seine Hand durch die Luft, diesmal zeichnete sie Wellen nach.

»Waves«, wiederholte Laurin träumerisch. »Waves und Wind. Wir kommen.«

Die beiden 16-jährigen Kumpels besuchten die zehnte Klasse der IGS Kurt Schumacher in Ingelheim, und in den kommenden Herbstferien stand ihnen das größte Abenteuer ihres Lebens bevor: eine Woche No-Limit-Kiten in Tarifa. Die andalusische Stadt galt als europäischer Hotspot des Kite-Sports, zuverlässige Winde und hohe Wellen garantierten ein Erlebnis der Extraklasse. Bisher hatten die Jungs immer nur auf Fehmarn kiten können. Ihre Eltern, die gut befreundet waren, teilten sich seit undenklichen Zeiten dort jedes Jahr ein Ferienhaus. Simon und Laurin lernten auf Fehmarn gemeinsam schwimmen, bauten Sandburgen, erlebten Abenteuer im inseleigenen Zeltlager und wuchsen allmählich zu Teenagern heran. Um der elterlichen Routine zu entkommen, hatten sie sich vor zwei Jahren in den Anfängerkurs fürs Kiten eingetragen. Und es knallte sofort! Die reaktionsschnelle und kraftintensive Sportart begeisterte die beiden vom ersten Augenblick an, sie taten den Rest des Urlaubs nichts anderes, als am Lenkdrachen zu hängen und mit dem Board an den Füßen die Wellen zu zerschneiden.

»Hier, nimm mal und mach eins.« Laurin warf Simon sein T-Shirt zu. Sie hatten einen Platz erreicht, an dem das trockene

Rheinufer leicht anstieg und hinter der Uferböschung keine Häuser oder Strommasten zu sehen waren. Er zündete eine Zigarette an und hielt sie mit Daumen, Zeige- und Mittelfinger, die glühende Spitze zur Handinnenfläche gedreht. Dann ging er in die Russenhocke – die Beine leicht gespreizt, Waden und Oberschenkel aufeinandergepresst, die Füße flach auf dem Boden. Er achtete darauf, dass seine trainierten Bauchmuskeln gut zur Geltung kamen, fuhr sich durch die Haare und zupfte seinen langen Pony zurecht. Mit einem ernsten, leicht provokanten Gesichtsausdruck schaute er zu Simon. Dieser machte eine Reihe Fotos aus verschiedenen Blickwinkeln, anschließend schauten sie die Bilder gemeinsam durch. Die besten bearbeiteten sie mit dem Gingham-Filter nach, bevor sie sie auf Instagram hochluden. Dann kam Simon an die Reihe, Laurin schoss Bilder von ihm am Flusslauf mit der endlosen trockenen Leere im Hintergrund. Sorgfältig achtete er darauf, dass keine anderen Leute wie die unvermeidlichen Angler zu sehen waren, die sich vom geschrumpften Rhein nicht von ihrem Hobby abhalten ließen. Denn die Fotos mussten perfekt sein, cool und locker, nichts durfte auf provinziellen Mief hinweisen. Insta zeigte schließlich nicht die Welt, wie sie wirklich war, sondern wie sie in den Köpfen der Betrachter existierte. Deshalb machten die beiden heute Nachmittag einen Abstecher zu dem trockengefallenen Flussbett – hier gab es ungewöhnliche Motive in Hülle und Fülle, sie konnten ihre Körper und ihre Egos in Szene setzen. Schließlich wollten sie so viele Follower wie möglich haben, wenn sie Anfang Oktober nach Spanien abreisen würden.

Von dem Trip nach Tarifa träumten die beiden schon lange. Bisher war dieser Traum am schnöden Geld gescheitert, denn ihre Eltern tippten sich an die Stirn und dachten gar nicht daran, den Sprösslingen einen Kite-Trip nach Spanien zu finanzieren. Mit typischer Elternlogik argumentierten sie, dass die Jungs doch ihrer Sportleidenschaft beim gemeinsamen Urlaub auf Fehmarn nachgehen konnten. Dass zwischen biederem Ostseestrand und der hippen spanischen Küste ein himmelweiter Unterschied bestand, erschloss sich ihren Mamas und Papas leider nicht.

Während der vergangenen Sommerferien und der folgenden Wochenenden hatten Simon und Laurin deshalb in jeder freien Minute gearbeitet: als Küchenhilfe im Restaurant, in der Warenannahme bei REWE, bei Winzern in der Flaschenabfüllung. Simon hatte sogar zwei Wochen auf der Budenheimer Deponie gejobbt und mit einem Haken den Inhalt von Müllcontainern auseinandergezerrt. Egal, wie sehr die Jobs nervten und stanken – sie brachten Geld. Vor zwei Wochen hatten die beiden endlich die 1.300 Euro beisammengehabt, die der Aufenthalt pro Nase kostete. Das Geld hatten sie inzwischen an ihren Reiseanbieter überwiesen. Damit waren sie zwar blank bis auf die Knochen, doch der Herbst konnte kommen: Waves und Wind.

»Digga, guck dir den Downloop an!« Simon wedelte mit dem Handy vor Laurins Nase herum.

»Endgeil!«, meinte dieser bewundernd. »Und hier, krasser Mobe.«

Das Video auf dem Bildschirm zeigte eine Timewarp-Szene im Gegenlicht. Ein Kitesurfer schnellte im Zeitraffer aus dem Wasser, dann fror die Szene in Ultra Slow Motion ein, er drehte sich als Schattenriss um die vertikale Achse, von Tropfen umgeben. Im Augenblick der Landung nahm der Clip wieder Geschwindigkeit auf und ging in schnelle Schnitte über. Derydeel und die anderes Kite-Profis hatten's drauf, keine Frage. Ihre Instagram-Clips brachten die Augen der beiden Jungs zum Leuchten. So musste Kiten aussehen: 4K, 400 Frames pro Sekunde, fett!

»Ey, stell dir vor, so was von uns auf Insta!« Simon scrollte die Clips weiter durch und geriet ins Schwärmen. »Mit 'ner

Bodycam die Moves, und dann Gegenschnitt von unten rauf, freeze.« Mit der Hand führte er eine imaginäre Kamera. »Jeden Tag vier oder fünf Feeds, bäm, bäm, bäm, und Fotostorys von abends und so.«

Laurin nickte und verzog das Gesicht. Dieser Punkt stellte ein großes Manko ihres geplanten Andalusien-Trips dar: Sie hatten keine Möglichkeit, ihre Kite-Abenteuer vernünftig zu filmen und zu fotografieren. Ihre Handys taugten zwar für den alltäglichen Einsatz. Aber an Weitwinkel und Zeitlupe scheiterten sie bereits, und am schlimmsten: Die Dinger waren nicht einmal wasserdicht. Klar, es gab spezielle Plastikhüllen zum Baden und Schnorcheln, aber solche Pauschalurlauber-Lösungen lagen meilenweit entfernt von dem Instagram-Content, der den Jungs vorschwebte. Leider hatten sie geldmäßig das Ende der Fahnenstange erreicht. Eine gute Actioncam, die all das konnte, lag jenseits der 500-Euro-Grenze und damit weit außerhalb ihrer momentanen finanziellen Reichweite. Wohl oder übel würden sie sich mit den Handy-Plastikhüllen zufriedengeben müssen …

»He, was ist das denn?« Laurin war ein paar Schritte zum Wasser gegangen. Hier wurde der Boden allmählich feucht und bekam eine dunklere Färbung. Im Sand steckte etwas, halb festgebacken. Er pulte mit nackten Zehen, dann mit den Fingern. Das, was er aus dem Flussboden holte, ließ die beiden Jungs ungläubig schauen.

»Das … das gibt's doch wohl nicht.« Simon nahm das Ding näher in Augenschein. Konnte es sein, dass das Schicksal ihnen gerade einen Riesenbonus auszahlte?

✻

Mit Tesafilm befestigte Elvis den letzten Zettel an der Tür zum AZ-Gebäude. »Hund abzugeben«, stand da in großen Lettern,

»Anfragen an die Redaktion der Allgemeinen Zeitung.« Darunter prangte ein Bild des kleinen Kerls. Mit schief gelegtem Kopf schaute er neugierig in die Kamera. Gerade hatte Elvis das Foto mit einer der Zeitungskameras geschossen und die Blätter ausgedruckt. Nun hingen sie in den Läden und Restaurants am Markt und in der Ludwigstraße.

Zufrieden ging er nach oben ins Redaktionsbüro. Sein Vormittagstermin im Landtag war schnell vonstattengegangen, nun wollte er den dazugehörigen Artikel schreiben. Das Hündchen wurde von den Kollegen verwöhnt, Kirsten Strasser hatte sogar Hundecookies geholt und ließ den kleinen Kerl auf den Hinterbeinen balancieren. Einzig Jannik saß misslaunig hinter seinem Bildschirm, er trug Elvis wohl noch immer dessen Trickserei mit dem Gothic-Pärchen nach.

Elvis schaute dem Treiben zu. Der Hund bemerkte seine Rückkehr, galoppierte auf ihn zu und wedelte dermaßen wild mit seinem Stummelschwanz, dass der ganze Körper in Schwingung geriet.

»Langsam, langsam, Kleiner.« Lachend hob er den Vierbeiner hoch. Als er die grinsenden Gesichter seiner Kollegen sah, setzte er das Tier sofort zurück auf den Boden und zog eine finstere Miene. »Und untersteh dich, hier irgendwo hinzukacken«, knurrte er. »Sonst landest du gleich wieder im Flur.«

Im nächsten Augenblick fuhr er zu Tode erschrocken zusammen. Ein donnernder Schlag erklang, so laut, dass alle zurückprallten und Kirsten die Hundecookies fallen ließ.

Tinne starrte in ein halbes Dutzend erschrockene Gesichter. Sie hatte die Tür zur Redaktion dermaßen schwungvoll aufgerissen, dass sie ihr aus der Hand geglitten und mit Riesenkrach an die Wand geknallt war.

»Eh, öh«, stotterte sie in die Grabesstille hinein, »'schuldigung.« Sie spürte, dass ihr rotes, verschwitztes Gesicht noch tomatiger anlief. Behutsam schoss sie die Tür, als wäre diese eine Eierschale. »Ich, äh, also, hast du 'ne Sekunde?«, fragte sie Elvis.

Dieser massierte sein Herz und deutete entnervt zu seinem Arbeitsplatz. »Danke erst mal für den Infarkt. Und jetzt mach schnell, Nachtigallchen. Ich muss einen Artikel fertigkriegen.«

»Ich glaube, ich weiß, was los ist mit dem, äh …« Sie machte eine Handbewegung, als würde sie eine Zeichnung auf ein Blatt Papier machen. Aus den Augenwinkeln sah sie, wie die Ohren von Jannik wuchsen. Von Elvis wusste sie, dass der Jungreporter ein Aas war und keine Skrupel hatte, seinen Kollegen heiße Stories wegzuschnappen und sie unter seinem eigenen Namen groß herauszubringen.

Elvis folgte ihrem Blick und nickte knapp. »Okay, lass uns fünf Minuten rausgehen.« Er leinte den Hund an, gemeinsam verließen sie das Gebäude. Auf dem Markt hatte die Mittagshitze inzwischen den Zenit erreicht, wie in den Wochen zuvor knackte das Thermometer locker die 30-Grad-Marke. Die wenigen Passanten suchten Schatten, allseits beliebtes Accessoire war eine Eistüte in der Hand. Die Hitze ließ die Luft flirren und bleichte die Farben aus, der Dom wirkte fahl und das Pflaster ebenso. Elvis kramte in seiner Tasche und holte eine Sonnenbrille hervor, ein riesiges 80er-Jahre-Modell, verspiegelt und mit tropfenförmigen Gläsern. Tinne fühlte sich an Top Gun erinnert und schauderte innerlich angesichts seines Modegeschmacks.

»Pass auf, der Tipp mit Chris und der Modellstadt war ein Volltreffer«, sprudelte sie los. In Windeseile berichtete sie Elvis von dem wandernden Laserpunkt, während sie über den Markt gingen.

»Soso, das Naturhistorische Museum. Klar, das Kirchenschiff im Hauptgebäude, das könnte tatsächlich hinkommen.

Aber jetzt verrat mir mal, warum du bei deiner unterirdischen Expedition eine Zeichnung von dem alten Bau in deiner Tasche hattest.«

»Das ist es ja gerade. Da hab ich mir erst mal auch keinen Reim drauf machen können. Aber dann ist mir etwas eingefallen, was Chris gesagt hat, und ich bin hoch an die Uni gefahren, um es zu überprüfen. Und ich glaube, ich weiß, was Jason dort unten gefunden hat und was er mir zeigen wollte.«

Wenn Elvis Interesse an ihren Worten hatte, so überspielte er es meisterhaft. Ihre Schritte hatten sie automatisch zum Gutenbergplatz geführt, wo das Eiscafé Dolomiti das Geschäft des Jahres machte. Die Schlange schien endlos. Während Tinne ungeduldig danebenstand, inspizierte der Dicke die Auslage und entschied sich für Malaga, Zitrone, Amaretto, Stracciatella und Mango, nein, nicht in der Waffel, sondern im Becher, ja, eine Extrawaffel gerne, einen Klecks Sahne auch, das darf noch etwas mehr sein. Tinne holte Luft, da bremste er sie mit gestreckter Hand und fragte nach einer Wasserschüssel für den Hund, nein, nicht so kalt, da kriegt er vielleicht Bauchweh davon, ja, so ist's besser, danke. Erst als der Kleine geräuschvoll schlabberte und Elvis von allen fünf Eissorten gekostet hatte, nickte er gnädig. Tinne hätte ihn auf den Mond schießen können.

»Also, wenn ich dann endlich dein Ohr habe«, meinte sie spitz. »Und zwar: Die Kirche war ursprünglich Teil einer ganzen Klosteranlage, dem Reichklarakloster. Chris hat erwähnt, dass der Orden ziemlich wohlhabend gewesen ist, und ich habe oben im Institut gerade ein paar Quellen durchgeblättert. ›Wohlhabend‹ ist untertrieben, das Kloster ist stinkreich gewesen. Es hat zum Beispiel das komplette Dorf Zornheim besessen, mit allen Erträgen und Gewinnen. Dazu kamen massenweise Stiftungen, also Geld und Wertgegenstände.« Mit Daumen und Zeigefinger machte sie die typische Geldzähl-Bewegung. »Da kommt auch der Name des Ordens her. Die Klarissenschwestern haben sich nämlich aufgeteilt, ein Teil ist im ehemaligen Antoniterkloster untergekommen und hat bescheiden gelebt, das waren die Armklarissen. Der andere Teil hat ordentlich Kasse gemacht, die hat man dann entsprechend Reichklarissen genannt. Die Klosterkirche ist damals dermaßen verschwenderisch ausgestattet gewesen, dass die Leute sogar vom ›kleinen Dom‹ geredet haben. Auch architektonisch hatte sie einiges zu bieten, sie war eine der größten Kirchen in Mainz, mit zwei Seitenschiffen und einer Krypta quer darunter.«

Elvis zeigte keine Reaktion, er schaufelte sein Eis in den Mund und schmatzte zufrieden. Tinne mäßigte sich, um ihn nicht anzubrüllen.

»So, und jetzt kommt's«, fuhr sie beherrscht fort. »In der Mitte des 18. Jahrhunderts hatte hier in Mainz Kurfürst von Erthal das Sagen, ein großer Förderer von Wissenschaft und Forschung. 1781 hat er beim Kaiser und beim Papst durchgeboxt, dass er drei Mainzer Klöster auflösen und deren Besitztümer dem Universitätsfonds überschreiben durfte. Das sind Altmünster und Kartause gewesen … und Reichklara. Aber die Klarissenschwestern, die waren über diese Zwangsauflösung not amused. Ist ja auch nachvollziehbar, keiner gibt schließlich sein Eigentum einfach so raus, vor allem, wenn es sich um wertvolle Kirchenausstattung handelt. Ich hab eine Quelle dazu gefunden, pass auf.«

Während Elvis weiter gegen die Eisschmelze in seinem Becher anlöffelte, nahm sie ihren Rucksack von der Schulter. Darin steckten Blätter, kopierte Seiten aus alten Büchern, handschriftliche Notizen und bunte Post-its.

»Hier, hör zu. Ferdinand von Anspach, ein zeitgenössischer Chronist, schreibt folgendermaßen: *Die frommen Frauen des Convents der Hl. Clara zürnten der Entschei-*

dung des Kurfürsten undt Sr. Hoheit des Kaisers. Sie sannen,
um ihren Zierrath und geweihtes Kirchenguth zu verbergen
und auszuschaffen, jedoch wies Kurfürst Friedr. Karl v. Erthal
sein verbulltes Recht aus und obsiegte.«

Elvis' Interesse galt noch immer seinem schmelzenden Eis,
er versuchte, mit dem Löffel die verschiedenen Sorten aus-
einanderzuschieben, um Geschmacksverwirrungen zu vermeiden. Tinne war nahe daran, den Becher über seinem Kopf
auszukippen. Übertrieben tippte sie auf ihre Papiere. »Hallo,
Erde an Elvis! *Sie sannen, um ihren Zierrath und geweihtes*
Kirchenguth zu verbergen. Ein zwangsaufgelöster Orden,
ein Kirchenschatz und ein Gebäude aus ebenjener Zeit, das
heute noch steht. Klingelt da nichts bei dir?«

Ganz allmählich verlagerte sich Elvis' Interesse vom Eis zu
Tinnes Geschichte. Das Wort ›Kirchenschatz‹ drang offensichtlich zu ihm durch. »Moment. Du glaubst, dass die Bet-
schwestern damals ihre wertvollen Stücke irgendwo in der
Kirche versteckt haben, um zu verhindern, dass Erthal sie in
die Finger kriegt?«

Tinne hatte vor Eifer rote Ohren. »Könnte das nicht so
gewesen sein? Stell dir vor, also, nur mal ins Blaue gedacht:
Die Reichklarissen sind sauer, weil sie aus ihrem Kloster ausziehen und ihr Eigentum hergeben sollen. Offiziell können
sie nicht viel tun, weil eine Bulle vom Papst unanfechtbar ist.
Aber hinter den Kulissen werden sie heimlich, still und leise
aktiv. Sie suchen die schönsten Stücke ihrer Kirchenausstattung zusammen, um sie in ihrer Klosterkirche zu verbergen.
Und wo? Da müssen sie nicht lange grübeln, denn ihre Kirche hat eine außergewöhnlich große Krypta, die sich unterhalb der beiden Seitenschiffe erstreckt. Also bringen sie ihre
Schätze in einen Winkel der Krypta und mauern alles ein.
Zack, schon sind die Kostbarkeiten weg, und Erthal kann
sich nicht mehr darüber hermachen.«

»Aber wäre es dem Kurfürsten nicht komisch vorgekommen, wenn ein steinreicher Orden auf einmal eine leere Kirche gehabt hätte?«

»Die Nonnen waren ja nicht blöd, sie haben die allermeiste Ausstattung an Ort und Stelle gelassen. Nur die wertvollsten Stücke sind ins Versteck gewandert.«

Elvis war nicht überzeugt. »Also, komm. Es hat doch mit Sicherheit irgendwelche Unterlagen gegeben, Inventarlisten des Klosters, so was in der Art. Da hätte Erthal doch gleich gesehen, dass ein paar Bonbons fehlen.«

»Eben nicht! Die Klöster sind damals nämlich wirtschaftlich autark gewesen, sie haben ihren Besitz selbstständig verwaltet. Mit anderen Worten: Die Nonnen haben ihre Listen selbst geführt, und entsprechend wäre es für sie kein Problem gewesen, klammheimlich ein paar Änderungen vorzunehmen.«

»Aber wozu hätten sie den ganzen Zirkus denn veranstalten sollen? Sie mussten doch raus aus dem Kloster, und ihr Orden wurde aufgelöst. Also warum dann das Versteckspiel?«

»Richtig, den Mainzer Reichklaraorden gab's danach nicht mehr. Aber die Schwestern haben sich ja nicht in Luft aufgelöst, sondern sind in andere Klöster gegangen. Und genau dorthin wollten sie ihre Kirchenausstattung bringen. Sie haben sich gedacht: Lieber die Sachen in einem neuen Orden weiterverwenden, als sie dem Kurfürsten in den Rachen zu werfen.« Tinne beugte sich zu Elvis, als würde sie ihm ein Geheimnis verraten. »Aber etwas muss schiefgegangen sein. Vielleicht sind die Nonnen in ein weit entferntes Kloster ausgewichen und nie mehr nach Mainz zurückgekehrt. Vielleicht waren die unterirdischen Räume im Kirchengebäude nicht mehr zugänglich, nachdem man es als Lager und Militärmagazin und alles Mögliche genutzt hatte. Keine Ahnung, warum, aber ich vermute, dass der Schatz der Reichklarissen niemals aus seinem Versteck geholt worden ist. Bis heute.«

Das Eis war zu lange unbeachtet geblieben und hatte sich in eine bunte Soße verwandelt. Der Reporter schlürfte die Reste geräuschvoll aus dem Becher, die Hälfte ging daneben und kleckste auf sein Kinn. Zusammen mit der verspiegelten Sonnenbrille sah er aus wie eine Stubenfliege mit Clownsmund.

»Und du meinst allen Ernstes, das ist es, was dieser Jason entdeckt hat und dir zeigen wollte? Ein Kirchenschatz von anno Siebzehnhundertirgendwas, der irgendwo unter dem Naturhistorischen Museum versteckt ist?« Elvis wischte mit seinem Taschentuch am Mund herum und sah nicht so aus, als würde er Tinne ihre Geschichte abkaufen. Sie winkte ihm, ihr zu folgen, und machte sich auf den Weg in Richtung Höfchen.

»Ich weiß, es klingt ein bisschen wild, aber es wäre eine logische Erklärung für alles. Überleg mal, was die Fachleute in der Kanalisation gesagt haben, du hast es mir ja erzählt: dass im Moment viele Gänge und Schächte begehbar sind, die sonst unter Wasser stehen.«

»Und dass bei solchen Trockenphasen, wie wir sie gerade haben, immer wieder neue Tunnel auftauchen, die selbst das Denkmalamt überraschen«, murmelte Elvis. Seinem Gesicht war anzusehen, dass er sich für Tinnes Idee zu erwärmen begann.

»Ganz genau! Und was hat der Typ noch erzählt? Mit den Kellern in alten Gebäuden?«

»Viele historische Bauten haben unterirdische Zugänge zum Kanal- und Tunnelsystem, hat er gemeint. Das würde also auch passen.«

»Ja, eben.« Tinne deutete aufgeregt auf das Straßenpflaster, als könne sie mit Röntgenblick sehen, was darunter verborgen lag. Sie passierte die Alte Universität und marschierte weiter in die Schusterstraße, Elvis im Schlepptau. Dieser warf im Vorübergehen einen begehrlichen Blick auf die Metzgerei Graaf, deren gelbe Markisen leuchteten. Es wollte Tinne zwar nicht in den Kopf, wie man bei 30 Grad nach fünf Bällchen Eis Lust auf einen herzhaften Imbiss haben konnte. Doch sie wusste, dass Elvis die Fähigkeit besaß, in nahezu jeder Lebenslage ein Fleischkäsebrötchen niederzumachen. Oder auch zwei. Eilig ging sie weiter und nahm den Faden wieder auf.

»Also, ich denke mir die Sache so: Jason will ein paar ganz besondere Lost-Places-Fotos machen, und zwar von der Mainzer Kanalisation. Von den ältesten Teilen, den Kreyßigbauten, schöner Backstein, Neobarock. Diese Bereiche sind unter dem ursprünglichen Siedlungskern der Stadt zu finden, also Altstadt, Rheinufer, alles zwischen Holzturm und Schloss. Er schleicht sich rein und erkundet die Gänge. Sicher hat er einen Plan oder eine Karte, um sich zurechtzufinden. Dann stößt er aber auf einen Durchschlupf, der bei normalem Wasserstand nicht zu sehen ist und der deswegen in der Karte fehlt. Die Neugier packt ihn, er will wissen, wo der Gang hinführt. Kann ja sein, dass es dort ein weiteres Lost-Place-Motiv gibt, das noch niemals vor ihm jemand entdeckt hat. Also kriecht er rein.«

Elvis übernahm, während er Tinne über den Zebrastreifen zur Christofsstraße folgte. »Am Ende des Tunnels fallen ihm dann aber die Augen raus, denn auf einmal steht er in einer vergessenen Krypta, in der Kirchengeräte aus Klosterzeiten herumstehen. Seine Karte verrät ihm, dass er sich unterhalb des Naturhistorischen Museums befinden muss, in den Katakomben der alten Kirche. Er kratzt sich am Kopf – was jetzt? Ist das Zeug wertvoll? Wem gehört es überhaupt? Was soll er tun? Das Naheliegendste ist, dass jemand mit dem nötigen Fachwissen einen Blick darauf wirft, und zwar erst mal inoffiziell. Und wie es der Zufall so will, kennt er eine ›Historikwissenschaftlerin‹.«

Tinne war wieder an der Reihe. »Ganz genau, damit komme ich ins Spiel. Er ruft mich an und erzählt mir etwas von einem ›großen Ding‹, das ich mir anschauen müsse. Ich gehe mit ihm da runter, er skizziert für mich einen Grundriss der Reichklarakirche mit den abgerissenen Seitenschiffen, unter denen sich die Krypta befindet. Den stecke ich in die Hosentasche, und dann … tja, dann geschieht das Unglaubliche.« Sie wurde von einer merkwürdigen Scheu umfangen, das Wort ›Krokodil‹ auszusprechen. Leise fuhr sie fort: »Ich sehe, was mit ihm passiert, krieg Panik und renne den Weg zurück an die Oberfläche. Bis zum nächsten Auto, das mich voll erwischt.«

Schweigend liefen sie über den Karmeliterplatz, jeder hing den eigenen Gedanken nach. Rechts erhob sich die Ruine von St. Christof, deren zerborstene Mauern an die Schrecken des Zweiten Weltkriegs erinnerten. Schließlich ergriff Elvis das Wort. »Also, selbst wenn deine Geschichte auch nur ansatzweise wahr sein sollte – am allermeisten stört mich, dass das alte Kirchengebäude zigmal umgebaut worden ist. Schon allein für die Nutzung als Museum hat man alle möglichen Böden und Decken eingezogen, und vor ein paar Jahren ist es grundrenoviert worden. Da sind doch Vermessungen gemacht worden, Grundrisse, Architektenpläne, was weiß ich was alles. Und in all der Zeit soll kein Mensch über eine verborgene Krypta gestolpert sein?«

Wieder griff Tinne nach ihrem Rucksack und stellte ihn auf den Boden. »Genau das habe ich mich auch gefragt. Und bin deshalb am Institut auf die Suche gegangen.« Sie stöberte zwischen Papieren, Heften und Notizen. Der Hund streckte neugierig seinen Kopf in den Rucksack und half nach Kräften, das Chaos zu vergrößern. »Am liebsten wäre mir natürlich ein Grundriss aus der aktiven Klosterzeit gewesen, aber den gibt es leider nicht. Der älteste Plan, den ich habe finden können, ist dieser hier.« Sie zog ein kopiertes DIN-A3-Blatt hervor, das dünne Linien mit geschwungenen handschriftlichen Kommentaren zeigte. »Das ist ein Grundriss vom Umbau 1906. Damals ist das Kirchenschiff zum Museum umgestaltet worden, man hat Platz geschaffen für die Sammlung der Rheinischen Naturforschenden Gesellschaft. Das Tiefgeschoss haben die Architekten dabei auch vermessen, weil da unten Präparationsräume und Magazine eingerichtet worden sind. So, meine Hoffnung ist jetzt, dass es irgendwo im Museum noch ältere Pläne vom Kirchenkeller gibt. Die Bauleitung hat sich damals ja sicherlich auf bestehendes Material gestützt. Und wer weiß, vielleicht verstaubt das in einem Archiv oder einer Schriftensammlung.«

Elvis schob seine Sonnenbrille auf die Stirn und warf einen schrägen Blick auf den kopierten Grundriss. Aus seiner Hosentasche zog er einen alten Rotkreuzbeutel, in dem er sein Rauchwerk aufzubewahren pflegte. Während er sich eine Zigarette drehte und sie anzündete, meinte er zweifelnd: »Na ja, kann sein, kann nicht sein. Wie willst du's rauskriegen?«

Mit grimmigem Gesichtsausdruck winkte Tinne ihn hinter sich her und lief stramm die Mitternachtsgasse entlang. »Ganz einfach«, rief sie über die Schulter. »Wir beide gehen auf Spurensuche. Und zwar hier und jetzt.«

Vor ihnen tauchte das mächtige Gebäude des Naturhistorischen Museums auf, die gläserne Ostseite, dahinter das alte Kirchenschiff mit seinen winzigen Dachreitern. Elvis blieb stehen und vergaß, an seiner Zigarette zu ziehen. Er war so in Tinnes Geschichte vertieft gewesen, dass er den Weg vom Gutenbergplatz bis hierher überhaupt nicht realisiert hatte. Nun zog er spöttisch die Augenbrauen in die Höhe. »Aha. Und wie gedenkst du das zu tun? Willst du reinmarschieren und wie Lara Croft alle Gegner umhauen, die zwischen dir und dem Archiv stehen?«

Tinne stapfte voran wie ein eigensinniges Kind. »Keine Ahnung, wir werden uns was einfallen lassen müssen. Aber ich will wissen, was in dieser verflixten Woche passiert ist und warum Jason mich in die Kanalisation geführt hat. Und die Antwort darauf, die ist im Keller von diesem Gebäude versteckt, da wette ich mit dir um die nächsten fünf Eisbällchen!«

✳

»Rechtsmedizinisches Institut Mainz, François Morell, guten Tag.«

»Hallo, der Frankfurter Zoo hier, Dr. Wasenthal. Ich hatte eigentlich die Nummer von Frau Dr. Feh gewählt, Tara Feh. Ist sie denn zu sprechen?«

»Ah ja, Sie rufen bestimmt wegen des Vorfalls hier in unserer Kanalisation an. Ich bin an ihr Telefon gegangen, weil sie gerade nicht im Büro ist. Kann aber nicht weit sein, einen Augenblick bitte, ich schau mal.«

»Tara Feh, hallo?«

»Guten Tag, Frau Kollegin. Friederike Wasenthal hier vom Zoo Frankfurt.«

»Hallo, Frau Wasenthal. Schön, dass Sie sich melden, und danke für Ihre Zeit. Sie haben meine Mail erhalten?«

»Ja, das ist tatsächlich eine interessante Sache. Ich hatte das Vergnügen, mit der Kripo und einigen Fachleuten die Kanalbegehung zu machen … Ich muss schon sagen, so einen Fall hatte ich noch nie.«

»Ich auch nicht, und ganz ehrlich: Ich könnte darauf verzichten. Konnten Sie denn etwas anfangen mit meinen ergebnislosen Recherchen?«

»Durchaus, Frau Feh. Hut ab, für jemanden, der völlig fachfremd an die Materie herangegangen ist, haben Sie eine hervorragende Analyse angefertigt. Ich wäre froh, wenn unsere studentischen Kräfte nach acht oder zehn Semestern so professionell arbeiten würden.«

»Danke für die Blumen, gebracht hat's leider nichts. Ich bin die Taxonomie der Echten Krokodile rauf- und runtergegangen, aber die Spuren dieser Zähne passen zu keiner der bekannten Arten. Es gibt immer wieder irgendein Detail, das aus dem Raster fällt. Also, wo um alles in der Welt finde ich diese Krokodilart, die uns hier einen Toten beschert hat? Ich hoffe, Sie können mir sagen, was ich falsch gemacht habe.«

»Ich denke schon, Frau Kollegin. Ihr Fehler war, dass Sie die falsche Frage gestellt haben.«

»Die falsche Frage?«

»Ja, genau. Sie fragen nach dem *Wo*. Bei Ihrem Krokodil ist aber nicht das *Wo* interessant, sondern das *Wann*.«

✻

Es lagen kaum zwei Meter zwischen Marcus und dem sprungbereiten Wolf. Die Muskelstränge des Tieres zeichneten sich unter dem Fell ab, seine Lefzen waren zurückgezogen und offenbarten Fänge, lang und spitz wie Dolche. Marcus rührte sich nicht, seine Wahrnehmung konzentrierte sich auf die Kreatur vor ihm. In unendlicher Langsamkeit bewegte er den Finger, einen Zentimeter, noch einen, dann spürte er Metall. Behutsam drückte er den Knopf. Ein kaum hörbares Klicken ertönte, noch eins und noch eins.

»Hey, super. Sieht toll aus!« Annegret beugte sich über den kleinen Screen und beäugte das Foto, das Marcus von dem ausgestopften Tier gemacht hatte. Die gelben Glasaugen des Wolfs sahen aus, als wären sie lebendig, jedes Härchen und jede Wimper erschien gestochen scharf. Das Bokeh war gelungen, der Hintergrund verschwamm in warmen, weichen Farben und Formen.

»Danke«, antwortete Marcus geschmeichelt und trat vom Stativ zurück. Ja, mit seiner Sony α68 machte Fotografieren Spaß. Vor allem bei so ungewöhnlichen Motiven wie hier im Naturhistorischen Museum in Mainz.

Annegret, Marcus und zwölf weitere Hobbyfotografen nahmen an einem Kurs teil, den das Fotostudio Braunbeck in Kirchheimbolanden anbot. ›Licht und Raum‹ hieß das Programm, es war im Nu ausgebucht gewesen. Unter professioneller Anleitung übten die Hobbyfotografen die Arbeit mit Blende und Empfindlichkeit, es gab Tipps zu Beleuchtung, Schärfentiefe und Bildkomposition. Einige Kursstunden hatten im Atelier von Fotostudio Herrmann stattgefunden, einige in den Straßen von Kirchheimbolanden, einige draußen in der Natur. Am heutigen Nachmittag waren die Teilnehmer nach Mainz gefahren, um das Erlernte in den Räumen des Naturhistorischen Museums umzusetzen. Dort, so hatte Kursleiter Henning Fock erklärt, gäbe es jede Menge Übungsmaterial: Skelette und Fossilien, Pflanzen, Tierpräparate von winzig klein bis riesengroß, dazu noch eine spannende Gebäudearchitektur. Er kannte das Museum gut und hatte hier schon oft fotografiert. Seine Kontakte hatten eine Sondergenehmigung möglich gemacht, die es ihnen erlaubte, Fotos mit Stativ zu machen. Sie durften sogar hinter die Absperrungen treten, um besondere Perspektiven zu finden.

»Warst du schon bei den Bären?«, fragte Annegret mit geschultertem Stativ. Ihre Leica M10 machte fantastische Fotos, nun ja, ihr Mann war Zahnarzt und konnte seinem Frauchen jedes noch so kostspielige Hobby finanzieren. Aber egal, bei ›Licht und Raum‹ ging es mehr um das gute Auge als um die Technik.

»Nee, ich bin viel zu lang beim Nashorn gewesen. Bei diesem Java-Nashorn.« Marcus hob die gestreckte Hand vors Gesicht und simulierte ein Horn. »Das ist ein echter Koloss, musst nachher auch mal gucken. Tolles Motiv!«

»Die Bären aber auch. Und da ist noch mehr, ganz hinten steht noch ein kleiner Elefant, der geht mir gerade bis zu den Schultern.«

An Motiven gab es hier beileibe keinen Mangel. Henning hatte den Kursteilnehmern erklärt, dass das Museum die geologische und biologische Entwicklung der Region aufzeigte. Über 300 Schauexponate auf drei Stockwerken erlaubten einen Streifzug durch die Erdzeitalter bis in die Gegenwart, das Quartär. Neben den Fossilien und Mineralien waren es vor allem die Tierpräparate, die es den Fotografen angetan hatten: Bären, Nilpferde, Elefanten, Kleintiere und natürlich die Quaggafamilie, einer der Schätze des Museums. Die ausgestorbenen Steppenzebras mit ihrem gestreiften Hals waren wie viele andere Exponate vor Dioramen ausgestellt, vor lebensechten Hintergrundbildern, die die jeweiligen Lebensräume zeigten. Mit geschickt gewählter Perspektive konnte man die Tiere absolut realistisch fotografieren. Genau das war Marcus gerade mit dem Wolf gelungen, er zeigte das Foto Henning.

»Ja, super, perfekte Schärfeebene. Und die Blickführung ist gut, richtig gut.« Henning war ein massiger Mann, dessen Schnauzbart sich bis zum Kinn herunterzog und den Mutter Natur mit einer grimmigen Physiognomie ausgestattet hatte. Wer ihn nicht kannte, mochte eher an einen Hell's Angel denken als an einen Berufsfotografen, dessen dicke Finger mit filigraner Leichtigkeit über Schärfering und Blendenvorwahl tanzen konnten. Er erhob seine Stimme, damit ihn die übrigen Teilnehmer hörten. »Und schaut auf jeden Fall mal im Erdgeschoss ins Refektorium. Da stehen die Terrarien der aktuellen Sonderausstellung ›Gifttiere‹ mit Schlangen, Skorpionen, Spinnen und so, alle lebendig. Nehmt einen Polfilter wegen der Reflexionen auf den Scheiben, und bitte ohne Blitz. Dann kriegt ihr da tolle Bilder hin.«

Marcus befolgte diesen Tipp und suchte die Ausstellung. An der Pferdesammlung vorbei führte der Weg ins Haupttreppenhaus und von dort einige Stufen nach unten. Der lange, große Raum war mit grünem Blattwerk zu einer Art Höhle umgestaltet worden, ein Holzschild im Jurassic-Park-Stil verkündete ›Achtung! Giftige Tiere!‹ und informierte über die Zusammenarbeit mit dem Gifttierhaus Eimsheim. An den Wänden gruppierten sich Terrarien in unterschiedlichen Größen, manche flach, manche groß wie ein Wandschrank. Ob Wüstenboden oder Regenwaldpflanzen, sämtliche Naturräume fanden sich wieder. Marcus brauchte eine Weile, bis er inmitten der verwirrenden Strukturen die kleinen, aber giftigen Bewohner entdeckte, doch dann kam er mit der Kamera kaum hinterher. Überall krabbelte, buddelte und lauerte etwas, vom Pfeilgiftfrosch bis zur grünen Mamba. Skorpione richteten angriffslustig ihre Stacheln auf, handgroße Taranteln waren auf Beute aus, flinke Wanderspinnen huschten umher, als wären sie Schatten. Die Glasscheiben zwischen ihm und den Tieren gaben Marcus ein ausgesprochen gutes Gefühl.

»Kommst du?« Annegret riss ihn aus seiner Konzentration, ihr Kopf ragte wie ein makabres Exponat in den blätterbestandenen Flur. »Henning sucht uns, wir treffen uns vorne am Eingang.«

Die beiden machten sich auf den Weg und wären zweimal ums Haar falsch abgebogen. Die Innenräume des Museums gingen auf verwirrende Art ineinander über. Die Decken bestanden teilweise aus Rundbögen, die Fenster waren schmal und hoch. Das lag daran, hatte Henning ihnen erklärt, dass das

Gebäude nach und nach gewachsen sei: Der älteste Kern, ein Kirchenschiff, stammte aus dem Mittelalter. Daran hatte man weitere Anbauten errichtet und vereinzelt wieder abgerissen. Heute teilte sich das Museum einen Teil der Gebäude mit der daneben liegenden Anne-Frank-Schule. All das machte die Orientierung schwer. Dazu kam, dass viele Exponate etwas altbacken präsentiert wurden. Marcus kannte andere Museen, in denen alles zum Anfassen und zum Ausprobieren war, mit Bildschirmen und digitalen Erläuterungen. Hier im Mainzer Museum herrschte der pädagogische Geist des letzten Jahrtausends – Anschauen, aber bloß nichts berühren.

Henning sprach über ebendieses Thema, als sie im Eingangsbereich ankamen. »Ich kann mir vorstellen, wie ihr das hier alles findet: Schon schön und interessant, aber ein bisschen verstaubt, gell? Das soll sich jetzt ändern. Sicher ist euch schon aufgefallen, dass einige Bereiche abgesperrt sind?« Die Übrigen nickten. Auch Marcus und Annegret hatten bemerkt, dass der Lichthof und der Elefantensaal geschlossen und hinter Bauzäunen verschwunden waren. Auch der Glasturm, der frühere Haupteingang des Museums, durfte nicht betreten werden.

»Das liegt daran, dass in sechs Wochen hier alles dichtgemacht wird für ein Dreivierteljahr. Es steht eine Umgestaltung an, und zwar von Grund auf«, erklärte Henning weiter. »Es wird einen Gang durch die Erdgeschichte geben, 400 Millionen Jahre, nur mit Fundstücken aus Rheinland-Pfalz. Im Keller kriegt die Museumspädagogik ein eigenes Reich, alles sehr zeitgemäß, mit Digitaltechnik, interaktiv, die Bauarbeiten da unten haben sogar schon begonnen. Ein Highlight ist für den Lichthof vorgesehen, da soll ein echter Koloss aufgestellt werden, ein Dinotherium. Kennt ihr?« Er beschrieb mit den Armen einen Halbkreis. »Eine prähistorische Elefantenart mit nach unten ragenden Stoßzähnen, vier Meter Schulterhöhe. Das Ding ist so groß wie ein halbes Haus. Wenn ihr davorsteht, werdet ihr froh sein, dass er und seine Kumpanen heute ausgestorben sind!« Er lachte. »Die Wiedereröffnung ist fürs Spätjahr 2019 geplant. Und warum erzähle ich euch das alles? Weil ich von Direktor Schmitz schon jetzt eine Fotogenehmigung für den nächsten ›Licht und Raum‹-Kurs gekriegt habe, und wenn ihr wollt, könnt ihr wieder mitmachen. Das neu gestaltete Museum wird der Hammer sein!«

Die Teilnehmer schwatzten durcheinander und freuten sich über die Aussicht, einen weiteren Kurs mit Henning absolvieren zu können. Dieser schaute auf die Uhr. »Okay, wir haben noch eine Viertelstunde, dann sollte Mister Bartroggen auftauchen. Also, nutzt die Zeit und sucht ein paar schöne Impressionen. Denkt dran: Das Bild soll eine Geschichte erzählen!« Gehorsam machten sich seine Schützlinge auf den Weg.

Henning packte Unterlagen zusammen. Sein Chef, der Inhaber des Fotostudios Braunbeck, hatte einen Freund ins Museum bestellt, einen Amerikaner, Aleister Bartroggen aus Chicago. Aleister, so hatte Braunbeck erklärt, sei ein Jahr lang in Frankfurt tätig und eine große Nummer in der Architekturfotografie. Er würde ihm, Braunbeck, einen persönlichen Gefallen tun und den Teilnehmern zeigen, welche perspektivischen Möglichkeiten ein umgestalteter Kirchenraum wie das Museumsgebäude bot. Das Mainzer Stadtmarketing wäre ganz begeistert von der Idee und hätte volle Unterstützung zugesichert. Weil Henning einen privaten Termin in Mainz zu erledigen hatte, freute er sich, den Kurs eine Stunde früher als geplant abgeben zu können.

Im Lichthof wartete er auf den amerikanischen Starfotografen. Er hatte Herrn Braunbeck nach dessen Aussehen gefragt. »Ganz einfach zu erkennen: Länge mal Breite«, das war sein Kommentar gewesen, dazu hatte er lachend die Hände über den Bauch gestreckt.

Nach und nach versammelten sich die Kursteilnehmer und zeigten sich gegenseitig ihre Fotoausbeute. Sonst herrschte nicht viel Betrieb im Museum, ein paar Kinder, ein paar Erwachsene, aber niemand, der Braunbecks Beschreibung entsprach. Da ging die Tür auf, zwei Leute kamen herein: eine große Frau mit Locken und sportlicher Figur, dahinter ein Mann, dessen Bauch sich als runde Trommel unter seinem durchgeschwitzten Hemd abzeichnete. Der Dicke hatte Schweißtropfen auf der Stirn, das Haupthaar war spärlich, eine völlig unmoderne Sonnenbrille steckte darin. Buschige Koteletten umrahmten sein Gesicht und machten es noch runder. Na, dachte Henning amüsiert, Braunbeck hätte einfach sagen müssen, dass wir nach dem *King* Ausschau halten sollen. Er trat auf den Mann zu und packte sein bestes Mittelstufenenglisch aus.

»Hello, eh, you must be Mr. Bartroggen, right? Good, that you made this, eh, appointment possible. I shall greet you from Mr. Braunbeck. Can we speak in German perhaps? Also, hm, ja, mein Name ist Henning Fock, ich leite den Kurs. Und das hier, das sind unsere Leute.«

Der Dicke schaute ihn verdattert an, als wüsste er nicht so recht, wovon Henning redete. Dieser trat unsicher zurück. Konnte es sein, dass der Typ kein Wort Deutsch sprach? Oder dass er am Ende die falsche Person anquatschte? »Äh, Sie … Sie sind doch Mr. Bartroggen, oder? Der Fotograf aus Chicago, mit dem unsere Kursteilnehmer hier eine Gebäudebegehung machen sollen?«

Die beiden Neuankömmlinge wechselten einen Blick, dann knipste der Mann ein breites Lächeln an. Mit einer raschen Bewegung nahm er seine Spiegelbrille vom Kopf und setzte sie auf. »Yeah, yes, of course, klar, der Fotograf.« Seine

Aussprache war ein gedehntes Deutsch mit knödeligem R, genauso, wie Amerikaner gerne in Filmen dargestellt wurden. »Hello, yes, da bin ich. Wie, eh, wie läuft denn der Kurs so?«

Henning fühlte sich unwillkürlich an Kennedy und dessen ›Ick bin ein Bööliinaa‹ erinnert. Dazu diese schrille Brille … meinte der Typ das wirklich ernst? Er schaute zwischen dem Dicken und den Teilnehmern hin und her. »Öh, gut, gut so weit. Wir haben jetzt zwei Stunden szenische Fotos von Ausstellungsmotiven gemacht, und jetzt, ja, jetzt sind die Leute natürlich gespannt auf das, was sie von Ihnen über Architekturfotografie lernen können.«

Wieder schauten sich der Mann und die Frau an. Wenn Henning es nicht besser wüsste, hätte er gesagt, dass dieser Bartroggen all das zum ersten Mal hörte. Komischer Vogel, schien wohl ein echter Künstler zu sein. Zumindest hatte er es nicht nötig, eine Kamera oder irgendeine andere Ausstattung mitzubringen. Und die große Frau, die ihn um zwei Köpfe überragte? War das am Ende seine Muse?

Anscheinend hatte der Dicke dieselbe Idee, er deutete auf seine Begleiterin. »By the way, das ist Miss, eh, Miss Lighthouse, meine Assistentin. Well, eigentlich die Vertretung der Assistentin.«

Henning nickte grüßend und musste ein Grinsen unterdrücken. Der Name Lighthouse, Leuchtturm, passte perfekt zu der langen Latte. Sie zog ein Gesicht, als hätte sie in eine Zitrone gebissen, und erwiderte sein Nicken verkrampft. Eilig schüttelte er dem Mann die Hand. »Ja, schön, Mr. Bartroggen, ich, hm, ich muss dann mal, ich hab noch einen anderen Termin, have another date. Viel Spaß, und ich bin gespannt auf die Ergebnisse! Bye, see you.« Er winkte den Teilnehmern zu, die etwas verdattert herumstanden, und schon war er verschwunden. Vor der Tür machte er einen Bogen um einen angeleinten Hund, der schwanzwedelnd in seine Richtung sprang. Was für ein beklopptes Pärchen! Er beneidete die Teilnehmer nicht um ihre Stunde mit dem schrägen Mr. Bartroggen.

Tinne musste an sich halten, um Elvis nicht eine zu langen. Miss Lighthouse, die Vertretung der Assistentin? Das würde ihn ein Abendessen kosten, keine Frage. Andererseits musste sie den Hut ziehen vor seiner Kaltschnäuzigkeit. Der Reporter stand inmitten einer Schar von Leuten, die allesamt mit Stativen und professionellen Kameras ausgerüstet waren, und kauderwelschte mit einer Selbstsicherheit, die an Größenwahn grenzte.

»You know, ick verrate der Geheimnis von Perspektive und Räumlichkeit«, knödelte er gerade in seinem grässlichen Pseudo-Amerikanisch samt falschem Artikel. »Sie hängen zusammen wie ein, wie sagt man? – ein Gummiband.« Er bewegte die Hände parallel zueinander. »Wenn einer geht weg, der andere rückt nach. Und umgekehrt.« Die Kameraträger nickten leicht benommen zu seinen unsinnigen Worten. Bevor jemand weiter darüber nachdenken konnte, klatschte Elvis in die Hände. »Well, wir fangen an mit die Praxis, und zwar in the basement, in die Keller von die Gebäude. Miss Lighthouse?« Er wandte sich an Tinne, lupfte seine Brille und warf ihr einen Blick zu, der vor Überheblichkeit nur so strotzte. Schon wieder bewegte er sich gefährlich nahe an der Ohrfeigengrenze. »Miss Lighthouse, wo ist die Abgang zum Basement, zum ältesten Teil von die Gebäude? Ick hatte Sie doch beauftragt, zu schauen nach die Pläne.« Er schnippte ungeduldig mit den Fingern.

Tinne lächelte dümmlich und biss die Zähne zusammen. Natürlich war ihr klar, dass Elvis die Chance nutzen wollte, seine Nase in den Keller zu stecken und dort nach alten Gebäudeplänen zu suchen. Und sie dankte dem Schicksal, dass die Gäste aus Kirchheimbolanden kamen. Denn dieses Husarenstück wäre mit einer Mainzer Gruppe unmöglich gewesen – jeder AZ-Leser kannte Elvis' Ballongesicht aus der Zeitung und hätte sich nicht dermaßen aufs Glatteis führen lassen, Top-Gun-Gedächtnisbrille hin oder her. Seine Kotzbrockenart brachte sie allerdings zur Weißglut. Und das Schlimmste: Er genoss jede Sekunde, das konnte sie ihm ansehen. Wieder schnippte er, sein freches Grinsen ließ die Koteletten zur Seite weichen.

Steif drehte sie sich um und verließ den Eingangsbereich. Vor undenklichen Zeiten war sie schon einmal im Naturhistorischen Museum gewesen, beim Ersti-Wochenende. Da hatte sich der Haupteingang allerdings noch im Glasturm befunden, jetzt betrat man das Gebäude an der Südwestfront. Sie drehte die Räume im Kopf. Wenn sie sich richtig erinnerte, führte der linke Durchgang in den Bereich des alten Kirchenschiffes, und dort gab es hoffentlich eine Treppe ins Untergeschoss. Tuschelnd folgte ihnen die Fotogruppe, sie hörte Elvis schwafeln und legte einen Zahn zu. Ausgestopfte Tiere mit gespenstischen Augen waren rechts und links an den Wänden gruppiert, dann sah sie auch schon einen Kellerabgang. Bingo! Eine Kette mit ›Kein Durchgang‹-Schild hing dort, Elvis hakte sie ganz selbstverständlich aus und winkte die Leute nach unten. Tinne folgte als Letzte, hängte die Kette wieder ein und schickte ein Stoßgebet in den Himmel, dass ihre tollkühne Aktion keinen Riesenärger heraufbeschwören würde.

Im Tiefgeschoss brannten Neonröhren, die Flure verliefen kerzengerade, Türen in Graubraun gruppierten sich in regelmäßigen Abständen. Der Geist der 1970er-Jahre wohnte hier. Tinne merkte, wie sich Enttäuschung in ihr breitmachte. Natürlich wusste sie, dass das Gebäude zigfach überprägt worden war. Doch hier unten erinnerte nichts, einfach gar nichts an die alte Krypta, die es einst gegeben hatte. Ihre Idee mit dem Kirchenschatz der Klarissen kam ihr plötzlich lächerlich vor.

Zögerlich ging sie ein paar Schritte nach rechts, dann nach links. Weitere Korridore schlossen sich an, Elektroleitungen und Versorgungsröhren liefen an der Decke entlang, Kartons und Reinigungsflaschen stapelten sich. Eine Glastür erlaubte den Blick in einen der Präparationsräume. Tierfelle mit leeren Augenhöhlen hingen an der Wand, ein Tisch mit mechanischen Klemmen hielt einen arg ramponierten Otter fest. Wollige Stopfmasse hing aus dem Leib des Präparats, Werkzeuge lagen daneben. Hier wurden wohl die Exponate des Museums ausgebessert und instand gehalten. Niemand hielt sich hier unten auf, Tinne hoffte inständig, dass das auch in nächster Zeit so blieb. Sie ging weiter und stieß auf einen quer laufenden Flur, der anders aussah als der Rest des Untergeschosses: Er war mit Folie abgeklebt, rot-weißes Baustellenband versperrte den Durchgang, technisches Gerät und eine riesenhafte Bohrmaschine standen bereit. Zwei Arbeiter mit gelben Helmen schnitten Linoleum vom Boden, es roch nach Steinstaub und Lösungsmitteln. Glücklicherweise nahmen die beiden keine Notiz von dem, was vor der Absperrung geschah.

»Miss Lighthouse, sind das die Bauarbeiten für den Museumsumbau?«, wollte einer der Teilnehmer wissen, der Tinne gefolgt war. »Die sollen ja im Keller losgehen, hat zumindest unser Kursleiter vorhin gesagt.« Er nahm offensichtlich an, die Vertretung der Assistentin wüsste über alles Bescheid, was im Museum vor sich ging. Tinne machte eine Kopfbewegung, die alles und nichts heißen konnte. Innerlich merkte sie aber auf: Aha, es stand ein Umbau des Museums an? Vielleicht ein weiteres Puzzleteil des Gesamtbildes, das sie zusammenzufügen versuchte?

Elvis klatschte wieder in die Hände und versammelte

seine Schäfchen um sich. Er hatte eine Tür ausfindig gemacht, auf der das Wort ›Archiv‹ prangte. Sie stand halb offen, im Halbdunkel glänzten Stahlschränke und die riesigen, flachen Schubladen, die von Architekten genutzt wurden.

»Well, now, here we are in the Keller of the Gebäude, in the Archiv.« Angesichts seines Deutsch-Englisch-Gemischs musste Tinne an Jockel Fuchs und dessen legendären Satz beim Besuch der Queen denken: ›Majesty, and now we go enunner in the Druckerwerkstatt.‹ Sie trat in den Raum und stellte ihren Rucksack auf einen kleinen runden Tisch in der Mitte. Ihr Rücken klebte vor Schweiß, sie war nervöser, als sie sich eingestehen wollte.

»Was ick will machen mit Ihnen heute, ist ein ganz spezielle Form von Fotografie. Die Basis von alle architectural Darstellung.« Mit großer Geste deutete Elvis in das Archiv hinein. »Hier wir haben viele Details über der Geschichte von die Gebäude. Sie sollen jetzt suchen hier alte Pläne, alte … wie sagt man? – Grundrisse. And then, wir fotografieren die Papiere so, als wäre es der Bauwerk itself. Wir zeigen der Metastruktur von die Gebäude, you know?« Seine hirnrissige Erklärung unterstrich er, indem er mit beiden Daumen und Zeigefingern ein Rechteck formte und vor sein Sonnenbrillengesicht hielt wie ein Regisseur, der den Bildausschnitt prüft. Die Teilnehmer schauten sich etwas ratlos an, doch bevor jemand eine Gegenfrage stellen konnte, trieb er sie auch schon an. »Let's go, wir fangen an, quick. Der Zeit rennt!« Er wedelte mit den Armen und trieb die Leute zu den Archivschränken. Zögernd fingen sie an, die Schubladen zu öffnen und Ordner aus den Regalen zu nehmen. Eine Frau schaute Elvis unsicher an. »Dürfen wir denn da einfach so dran? Wegen Datenschutz und so?« Der dicke Reporter winkte großspurig ab. »Oh well, klar, ick habe geklärt mit die Direktor. Wir haben permission von ihm.«

Bald schon hatten sich die Hobbyfotografen im Raum verteilt und blätterten durch die Archivmaterialien. Das allermeiste waren Akten, Listen und endlose Texte, hin und wieder fand jemand einen Grundriss oder einen Lageplan. Zwar wusste keiner so recht, was ›Mr. Bartroggen‹ eigentlich genau von ihnen erwartete, aber niemand wollte sich blamieren und nachfragen. Elvis sammelte alles, was einigermaßen brauchbar schien, auf dem runden Tisch.

Tinne stand daneben und konnte kaum glauben, was sie sah. Elvis war echt eine Granate! Er hatte es geschafft, ein Dutzend Leute dazu zu bringen, nach den alten Grundrissen des Kirchengebäudes zu suchen – freiwillig und hochmotiviert. Wenn sie hier keinen Erfolg hatten, dann gab es wohl tatsächlich keine Pläne über die alte Bausubstanz. Sie zählte die Sekunden und hoffte, dass ihre Undercoveraktion weiterhin so unauffällig verlaufen würde.

Nach 20 Minuten war der Stapel auf dem Tisch zwar nicht schwindelerregend hoch, aber es hatte sich doch eine Anzahl Pläne gefunden. Elvis blätterte durch die Papiere und kommentierte sie mit englisch-deutschem Gemurmel. Tinne machte einen langen Hals und versuchte, Einzelheiten zu erkennen. Gab es einen Grundriss, der nach mittelalterlicher oder frühneuzeitlicher Gestaltung aussah? Gerade wollte sie die Hand nach einem der Pläne ausstrecken, da verstummten die Hobbyfotografen, die noch immer in den Akten wühlten. Ahnungsvoll schaute Tinne auf. Ein grauhaariger Mann stand im Türrahmen, hatte die Hände in die Seiten gestemmt und machte einen nicht sehr amüsierten Eindruck.

»Was geht hier vor, wenn ich fragen darf?«

Er hatte ein eckiges Gesicht, sein Kinn, seine Wangen und seine Frisur bildeten rechte Winkel. Mund, Nase und Augen waren ebenfalls streng symmetrisch, die gerunzelte Stirn gab ihm den Anschein eines erzürnten Strichmännchens.

Tinne hatte ihn schon einige Male bei Vorträgen am Historischen Seminar getroffen: Dr. Manuel Anaraki, der Chefkurator des Naturhistorischen Museums. Ihr war sonnenklar, dass er Elvis kannte und dem dicken Reporter die Rolle des amerikanischen Starfotografen keine Sekunde abkaufen würde. Der Blick, den er Elvis zuwarf, ließ wenig Spielraum für Interpretation.

»Was auch immer Sie hier machen, Herr Wissmann.« Dr. Anarakis Stimme klang gefährlich ruhig. »Sicher haben Sie eine gute Erklärung dafür.«

Elvis ließ die Papiere los und schaute Tinne mit einer Mischung aus Bedauern und Panik an. Sie hob die Schultern. Das Spiel war aus, jetzt kam Badabumm auf sie zu. Mächtiger Badabumm.

※

Der grüne Waggon am Ende von Gleis 13 wurde von der Nachmittagssonne beschienen, sein gewölbtes Blechdach strahlte Hitze ab und ließ die Luft flimmern.

Im Inneren spürte Chris wenig von den drückenden Temperaturen, seine gesamte Aufmerksamkeit galt dem Bahnverkehr in der Miniaturstadt. Mit der Präzision eines Schweizer Uhrwerks bewegten sich die Züge, der ICE und die S8 kamen sich nicht mehr in die Quere, jedes Signal schaltete exakt nach Anforderung. Auch die übrigen Funktionen liefen einwandfrei: Schranken hoben und senkten sich, die Drehscheibe vor der Lokhalle rotierte, die Blaulichter bei einem Modellautounfall auf der Kaiserstraße blinkten.

Chris rollte ein Stück zurück, um einen besseren Überblick zu haben. Ja, die neuen Ablaufroutinen, die er den Strecken im Steuercomputer zugewiesen hatte, funktionierten besser. Eine tiefe Befriedigung erfüllte ihn. Er konnte nicht sagen, warum, aber das reibungslose Miteinander in der Modellstadt ließ ihn immer wieder ruhig und entspannt werden. Vielleicht, weil er die Unwägbarkeiten, die die reale Welt oft chaotisch machten, hier drin beherrschte und auf Knopfdruck ausschalten konnte. Unwägbarkeiten wie ein Nachtzug, der einen angetrunkenen Studenten voller Endorphine die Beine kostete.

In den letzten Jahren hatte sich der grüne Waggon mehr und mehr zu Chris' zweiter Heimat entwickelt. Er sah es als persönliche Herausforderung, dass die Miniaturwelt immer besser und detailreicher wurde. Eine wichtige Grundlage dazu bildeten die zeitgenössischen Aufzeichnungen, die er mit großem Enthusiasmus sammelte. Jede historische Stadtansicht, jedes Foto, jede Postkarte und jeder Zeitungsartikel lieferte ihm weitere Informationen zur Entwicklung des Mainzer Verkehrswesens und sorgte dafür, dass die künstliche Welt wieder ein Stück weit perfekter wurde.

Mit einem letzten stolzen Blick auf die pfeilschnellen Züge rollte Chris nach hinten, wo eine Tür zum ›Räumchen‹ führte. So nannten die Clubmitglieder die kleine Mehrzweckkammer, in der das Herz der Modelleisenbahn schlug. Nicht nur die Computer der Zug- und Elektroniksteuerung waren im Räumchen untergebracht, sondern auch Bastelutensilien wie Farben, Klebstoffe und Werkzeuge. Im hintersten Winkel kam das Starkstromkabel herein, das in einem Transformator mündete und die Anlage sowie die Waggontechnik mit Energie versorgte. Dazwischen stapelte sich eine schier unüberschaubare Menge an Kartons mit sorgfältiger Beschriftung. Diese Pappboxen betrachtete Chris als sein Heiligtum, darin befanden sich all die Unterlagen, die er und die übrigen Clubmitglieder im Laufe der Zeit zusammengetragen hatten. Die Sammlung über die Geschichte des Mainzer Nahverkehrs besaß einen solchen Umfang, dass sogar immer wieder Anfragen von der Uni oder dem Stadtarchiv kamen.

Er nahm einen Umschlag aus braunem Packpapier zur Hand und räumte etwas Bastelkram auf der Werkbank zur Seite. Der Umschlag war vorhin abgegeben worden. Chris kannte den Absender, er hatte oft und lange telefoniert, um das zu bekommen, was darin steckte. Mit zufriedenem Grinsen schnitt er die Lasche auf. Er konnte hartnäckig sein, wenn er sich etwas in den Kopf gesetzt hatte. Mit einer Mischung aus Freundlichkeit und Frechheit schaffte er es immer wieder, Quellen anzuzapfen, die nicht unbedingt für die Öffentlichkeit bestimmt waren. So auch in diesem Fall. Der Inhalt des Umschlags würde ihm helfen, einige Details der Miniaturstadt noch genauer auszugestalten.

Mit wachem Blick blätterte er durch Listen, Katasterpläne und Bedarfsanforderungen. Okay, so weit nichts Neues. Dann stutzte er. »Das gibt's doch wohl gar nicht«, murmelte er zu sich selbst und las weiter, um sicher zu sein. Ein Kribbeln machte sich in ihm breit, wie immer, wenn er auf etwas Überraschendes stieß. Und das hier, das war ein regelrechter Paukenschlag.

Während Chris noch überlegte, was er mit diesen neuen Erkenntnissen anfangen sollte, klopfte es vorne am Eingang. »Moment«, rief er und wendete den Rollstuhl im Räumchen. Der MCM hatte zwar reguläre Öffnungszeiten, es kam jedoch oft vor, dass Eisenbahnfreunde zwischendurch auf ein Schwätzchen vorbeikamen.

Den Mann vor der Tür kannte Chris aber nicht. »Guten Tag. Kann ich Ihnen helfen?«

»Hallo und Entschuldigung, dass ich hier so reinplatze. Eine Frage: Sie haben doch heute eine Sendung bekommen, Unterlagen, Pläne und so weiter.«

Chris nickte, obwohl es eigentlich keine echte Frage gewesen war.

»Ah ja, gut. Und, äh, hatten Sie schon Gelegenheit reinzuschauen?«

Wieder nickte er. »Ja, gerade eben hab ich damit angefangen.«

Der Mann schaute sich um, als würde er nach einem Bekannten suchen. Doch niemand war zu sehen. Bevor Chris sich darüber wundern konnte, machte der Fremde einen großen Schritt ins Innere des Waggons und zog den Rollstuhl mit nach hinten.

Chris ahnte, dass er gerade die falsche Antwort gegeben hatte.

✢

»Sagt mal, seid ihr total bescheuert, oder was?«

Laurent hatte sich vor Tinne und Elvis aufgebaut, der Kommissar schäumte. »Ich weiß gar nicht, wo ich anfangen soll … Hausfriedensbruch, Anstiftung zu einer Straftat in 14 Fällen, unerlaubte Einsichtnahme in nicht öffentliche Akten … Darf ich fragen, was in euren Köpfen vorgegangen ist?«

Die beiden saßen in der Kommunenküche wie zwei arme Sünder. Im Museum hatte Dr. Anaraki sie fast mit Gewalt aus dem Archiv gezerrt und einen Riesenaufstand gemacht, sie waren mit einem Polizeiwagen abgeholt und zum Präsidium am Valenciaplatz gefahren worden. Dort mussten sie ihre Personalien angeben, dann saßen sie eine halbe Stunde in einem nüchternen Raum, in dem es penetrant nach Mikrowellenessen roch. Elvis' Gesicht versteinerte, Tinne fühlte sich so mies wie selten in ihrem Leben. Schließlich erschien Laurents durchtrainierter Kollege Axel Börner, kein Mann großer Worte. »Frau Nachtigall, Herr Wissmann, hallo. Ich bringe Sie nach Bretzenheim, aber halten Sie sich bitte bedeckt, bis nachher Laurent bei Ihnen vorbeischaut«, war sein einziger Kommentar gewesen, dann hatte er sie in einem silbernen Insignia in die Kommune 47 gefahren. Zwei Stunden später war Pelizaeus erschienen, seither drehte er seine Runden wie ein Tiger im Käfig.

»Die vorläufige Festnahme habe ich gerade so wieder zurücknehmen können, aber es liegt ein Strafbefehl gegen euch vor. Wie kann man nur so bescheuert sein!« Er fuchtelte in der Luft herum. »Und eine offizielle Beschwerde vom Stadtmarketing gibt es auch noch, weil der echte Mr. Bartroggen wie ein Idiot vor der Museumstür gestanden hat und irgendwann stinksauer nach Frankfurt zurückgefahren ist.«

Der Hund hatte sich unter dem Küchentisch verkrochen, Laurents polternde Stimme machte ihm Angst. Tinne hätte ihm am liebsten da unten Gesellschaft geleistet. Warum hatte sie aber auch bei Elvis' verrückter Idee mitgespielt? Es war einfach so passiert, die Dinge hatten ihren Lauf genommen, und nun saßen sie in der Tinte.

Laurent zwang sich zur Ruhe. »Also, hört zu. Ich werde mit dem Museumsdirektor reden, Dr. Schmitz, den kenne ich zum Glück um zwei Ecken. Er ist eigentlich ein ganz vernünftiger Mann. Mit viel Glück schaffe ich es, dass er die Strafanzeige zurückzieht, dann kommt ihr vielleicht mit einem blauen Auge davon. Was weiß ich, mit einer Verwarnung oder so.« Er schnaufte durch. »Wenigstens habt ihr nichts mitgenommen von dem Kram dort. Denn dann wäre es ganz klar Diebstahl, damit wärt ihr strafrechtlich fällig.«

Elvis fiel auf einmal ein, dass er noch ganz dringend seinen AZ-Artikel vom Vormittag schreiben musste. Er sammelte den Hund ein, wollte noch ein Glas Wasser trinken, fand sein Handy nicht und verursachte einen Aufruhr, bis er endlich verschwunden war. Danach saßen Laurent und Tinne noch lange in der Küche, der Kommissar schluckte seinen Ärger und lauschte Tinnes Bericht über die Krypta und das

Kirchengold. An seiner gerunzelten Stirn konnte sie ablesen, dass er all das für ziemlichen Humbug hielt.

»Na gut«, meinte er und nahm ihre Hand. »Dass du einen Dickkopf hast und eh tust, was du willst, ist nicht wirklich was Neues. Und ich wünsche mir bei Gott, dass du deine verlorene Woche wieder zurückkriegst, mit allen Erinnerungen und allen Erlebnissen.« Seine Augen ruhten voller Wärme auf ihr, Tinne merkte einmal mehr, wie sehr sie an Laurent hing. »Aber bitte, bitte, tu mir den Gefallen und mach keinen Blödsinn. Eure Showeinlage im Museumskeller ist schon grenzwertig gewesen, aber das, was mit diesem Jason passiert ist, macht mir wirklich Angst. Ich habe keine Ahnung, was dort unten in der Kanalisation los ist, und ich bitte dich einfach, dich auf nichts Gefährliches einzulassen. Okay?« Mit ernstem Gesicht schaute er sie an, Tinne nickte zaghaft. »Okay?«, fragte er eindringlich.

»Okay«, flüsterte sie und spürte, wie ihr wieder einmal die Tränen kamen. In den letzten Tagen hatte sie sich für den großen Heulsusen-Award qualifiziert, keine Frage. Sie schniefte und versuchte ein Lächeln. Laurent nahm sie in den Arm, gab ihr einen Kuss und stand auf. »Ich muss noch mal ins Präsidium. Da liegen ein paar Akten wegen Hausfriedensbruch in einem Mainzer Museum. Die will ich heute noch wegarbeiten, bevor sie größere Kreise ziehen.«

Nachdem er verschwunden war, stand Tinne auf und machte sich mit mechanischen Bewegungen einen Espresso. Sie fühlte sich leer und wusste nicht, was sie denken sollte. Diese Sache mit dem Kirchenschatz der Klarissen … lag sie völlig daneben? Doch sosehr sie auch grübelte, die Ereignisse der letzten Tage ließen nur den Schluss zu, dass es ein Geheimnis in den Tiefen des Museumsbaus geben musste.

Sie entschloss sich, nochmals die historischen Details zur Reichklarakirche durchzublättern, die sie im Historischen

Seminar gesammelt hatte. Verwundert blickte sie sich um. Nanu, wo war denn ihr Rucksack? Auf der Bank, unter der Bank, unterm Tisch – nichts. Sicherheitshalber schaute sie in ihrem Zimmer nach, doch nein, sie erinnerte sich ganz genau, den Rucksack auf den Boden gestellt zu haben, halb unter die Küchenbank.

Schon wollte Tinne an ihrem Verstand zweifeln, da fiel ihr Elvis' merkwürdiges Verhalten ein. Seine übertriebene Unruhe, als er vorhin aufgebrochen war. Ein Glas Wasser trinken, das Handy suchen, mit großem Getue den Hund unterm Tisch hervorziehen. Sehr untypisch für ihn, fast ein wenig aufgesetzt. Sie kniff die Augen zusammen. Konnte es sein, dass der dicke Reporter all das inszeniert hatte, um ihren Rucksack zu stibitzen? Kurz entschlossen rief sie ihn an.

»Dein Rucksack«, knurrte er, »ja, der steht hier neben mir in der Redaktion.«

»Ach nee. Und würde es dir etwas ausmachen, mir zu sagen, warum du ihn heimlich, still und leise mitgenommen hast?«

»Das willst du erst mal nicht wissen, glaub mir. Ich schau morgen früh vorbei, dann erklär ich dir alles. Und ich nehm drei.«

»Eh … drei was?«

»Drei Brötchen, wenn du beim Bäcker Frühstück holst. Tschö.«

❋

Im Keller des Naturhistorischen Museums standen ein halbes Dutzend Leute zusammen und diskutierte. Neben Direktor Michael Schmitz waren Dr. Manuel Anaraki anwesend, ein Vertreter des Dezernats VI Bauen, Denkmalpflege und Kultur, zwei Sicherheitsmänner und die Verwaltungschefin des Museums, Cora Voss. Einer der Wachleute ließ die Augen nervös von einem zum anderen schweifen, er befeuchtete die Lippen mit der Zunge. »Ja, also, das war für uns nicht vorhersehbar, in keiner Weise.« Seine Stimme klang nach Verteidigung. »Diese Fotogruppe hatte eine Sondergenehmigung, um sich auch hinter den Absperrbändern aufzuhalten, deshalb haben wir keinen Anlass gesehen, die auf Schritt und Tritt, äh …« Hilfe suchend schaute er seinen Kollegen an.

Der Direktor machte eine beschwichtigende Handbewegung. »Keiner macht Ihnen einen Vorwurf, Herr Frontek. Wenn es jemand darauf anlegt, in den Kellerbereich vorzudringen, dann schafft er das auch. Für eine Komplettüberwachung ist unser Gebäude viel zu verwinkelt, das ist uns allen klar.«

Der Vertreter der Stadt trat einen Schritt nach vorne. »Ist denn inzwischen bekannt, ob überhaupt etwas entwendet worden ist?« Seine Frage galt Cora Voss. Die Verwaltungschefin trug ein enges Kostüm mit hohen Schuhen und war stark geschminkt. Ihr Outfit wirkte merkwürdig unpassend in dem nüchternen Keller.

»Das können wir noch nicht sagen«, antwortete sie. »Wir sind noch am Überprüfen. Das dauert leider, weil wir das komplette Aktenmaterial mit den Bestandslisten abgleichen müssen. Da reden wir über einige Papierjahrzehnte.«

»Ich frage mich eh, was für ein Sinn hinter dem Ganzen steckt.« Der Dezernent sprach zu niemand Bestimmtem. »Diese Sache ist in meinen Augen ein Dummejungenstreich gewesen. Ein Reporter und eine Historikerin, die amerikanische Fotografen mimen und eine Hobbytruppe aus Kibo im Keller durch die Museumsakten blättern lassen – herrje, das klingt eher nach schlechtem Regionalkrimi als nach Verbrechen mit Vorsatz, oder?«

Direktor Schmitz zuckte die Achseln. »Na ja, wirkliche Werte haben wir hier im Keller nicht. Es sei denn, jemand hat Spaß an jahrzehntealtem Schriftverkehr über alle möglichen Verwaltungsbelange. Da gibt es hier im Haus weiß Gott Wertvolleres. Einige der Exponate zum Beispiel oder zumindest die Kasse am Eingang.«

Manuel Anaraki, der bisher geschwiegen hatte, räusperte sich. »Ich stimme Herrn Schmitz zu. Diese Fotografenschar wirkte nicht gerade wie Ocean's Eleven, ich bin mir fast sicher, dass keine größere Planung dahintergesteckt hat. Und ja, was hätten ein AZ-Mann und eine Lehrbeauftragte von der Uni hier unten wohl suchen sollen?« Er lachte, es klang aber nicht echt.

Die Gruppe diskutierte weiter und ging in Richtung Kellertreppe. Nur Anaraki blieb stehen und wartete, bis die anderen hinter einer Ecke verschwunden waren. Dann trat er in den Archivraum und schloss rasch die Tür hinter sich. Schweiß stand auf seiner Stirn, während sein Blick über das Durcheinander aus Akten und Plänen glitt. Er hatte gelogen, denn er wusste nur allzu gut, was der Reporter und die Historikerin hier unten gesucht hatten. Seine Fäuste ballten sich, bis die Knöchel weiß hervortraten. Elmar Wissmann und Ernestine Nachtigall. Diese beiden Namen brannten in ihm wie Feuer.

MITTWOCH, 12. SEPTEMBER 2018

Tinne schlurfte zu Werner's Backstube im Bretzenheimer Ortskern, sie fühlte sich müde und zerschlagen. Die Nacht hatte sie bei Laurent in seinem Haus in Gonsenheim verbracht, ein schöner und harmonischer Pärchenabend. Wie auf geheime Absprache hin hatten sie weder Tinnes Amnesie noch die Geschehnisse im Museum erwähnt, sondern ein paar kuschelige Stunden genossen. In ihren Träumen war Tinne dann allerdings in einen Reigen aus Kirchenschätzen, amerikanischen Fotografen und hungrigen Krokodilen verstrickt gewesen, der sie zwischen Wachsein und Schlaf umhergeworfen hatte. Nun erledigte sie auf dem Weg zurück in die Kommune 47 einige Morgeneinkäufe, sie fieberte Elvis und seinen Neuigkeiten entgegen. Der Rucksackdieb hatte hoffentlich eine gute Geschichte parat.

Eingedenk seiner Bestellung kaufte sie drei Brötchen für ihn, nein, doch lieber vier. Sie selbst war keine Frühstückskönigin und nahm sich ein Hörnchen und ein Pain au Chocolat mit, die würden für den ganzen Tag reichen. Um Elvis bei Laune zu halten, machte sie einen Extrastopp beim Metzger Lumb und nahm einen halben Ring Fleischwurst mit.

Zu Hause packte sie die Einkäufe weg, machte Ordnung in der Küche und wechselte die Katzenstreu in Muftis Klo. Bertie und Axl hatten Tinnes Krankschreibung flugs zu ihrem Vorteil genutzt und ihr gestern Ausreden voller Fantasie aufgetischt, warum sie heute ganz schnell wegmussten und überhaupt keine Zeit für die Hausarbeit hatten.

Beim Aufräumen schnupperte sie. Nanu, was hing da für ein seltsamer Geruch in der Luft? Sie fragte sich, ob Mufti vielleicht eine tote Maus ins Haus geschleppt hatte, die jetzt in irgendeiner Ecke verschimmelte. Nein, es roch anders, eher nach verrottenden Pflanzen, gleichzeitig süßlich. Und der Geruch kam aus ihrem Zimmer, ganz eindeutig.

Mit gerümpfter Nase schnüffelte sie vor sich hin, bis sie unter ihrer Couch eine Packung mit chinesischen Schriftzeichen fand. Was sollte das denn sein, bitte schön? Mit zwei Bleistiften bugsierte sie das Ding heraus, anfassen wollte sie es nicht. Es handelte sich um eine Plastikbox, oben offen, mit einer stilisierten Lotusblüte als Deckel. Aus der Nähe war der Geruch nasenbetäubend, sie atmete durch den Mund. Die chinesischen Worte konnte sie nicht lesen, aber es gab auch einen englischen Text.

Tao-Ning for concentration and brain stimulation.

Ein fernöstliches Präparat zur Gehirnstimulation? Sofort wusste sie, woher der Wind wehte. Sie las weiter:

Just add water and enjoy the sweet smell, bringing back your memories from early childhood until today. Trust chinese wisdom and medical experience for more than 1.000 years.

Erbost riss sie das Fenster auf und trug die müffelnde Box in die Küche. Gerade rechtzeitig, denn eben kamen die beiden Männer die Treppe heraufgepoltert. Sie hielt ihnen die Schachtel hin, die auf den Fußboden tropfte und nach Komposthaufen stank.

»Was wird das, wenn's fertig ist?«, fragte sie mit einer Ruhe, die den Sturm schon erahnen ließ.

»Das, öh, also …«, stammelte Bertie und schaute Hilfe suchend zu Axl.

»Ja, also«, übernahm dieser, »das ist ein Tipp von Lelle, vom Schlagzeuger. Ein Arbeitskollege von ihm hat eine Cousine, und die wiederum ist befreundet mit einem Mädel beim

Landfrauenyoga, die denselben Friseur hat wie eine Frau aus China, eine echte Chinesin. Und die kennt sich total gut aus mit asiatischer Medizin und so, und deshalb hat Lelle sie angerufen und gefragt, was man da machen kann bei so einem Gedächtnisverlust.«

Bertie deutete auf die miefende Box. »Und das da, das ist ein absoluter Geheimtipp, original aus China, total schwer zu besorgen. Sie meinte zu Lelle, das hilft super bei Vergesslichkeit und Konzentrationsschwäche und so.«

»Das hilft bei Vergesslichkeit?« Tinne funkelte die beiden an. »Das hilft höchstens beim Kopfwehkriegen, so wie das Ding stinkt!«

Axl druckste herum. »Hm, na ja, vielleicht haben wir heute früh ein bisschen zu viel Wasser reingetan. Da stand was von einem Löffel, aber wir wollten, dass es schnell wirkt, und haben einen halben Liter genommen. Aber wenn wir's eine Weile auslüften lassen …«

Tinne donnerte den Karton auf den Küchentisch. »Ihr könnt die Pampe auslüften lassen, wo ihr wollt, aber nicht in diesem Haus. Und hört auf, an mir herumzudoktern.« Mit dem Finger wedelte sie den beiden Männern vor den Nasen herum. »Ich bin doch nicht euer Versuchskaninchen!« Sie ignorierte die betretenen Mienen der beiden, rauschte in ihr Zimmer und knallte die Tür zu. Der süßliche Geruch hing noch immer in der Luft, die im Raum gestaute Sommerhitze verstärkte ihn zusätzlich. Tinne ärgerte sich über ihre Mitbewohner, die es anscheinend lustig fanden, ihr allerlei Gedächtnistricks unterzujubeln. Nach einer Weile bekam sie aber ein schlechtes Gewissen. Die beiden meinten es ja nicht böse, sondern wollten nur helfen. Und sie setzten Himmel und Hölle in Bewegung, um Tinne beizustehen. Sogar die Landfrauenyoga-Connection wurde aktiviert.

Sie nahm sich vor, sich zu entschuldigen. Als sie in die

Küche zurückging, standen Bertie und Axl an ihrer heiligen Bezzera und waren gerade dabei, die Stinkeflüssigkeit aus der Box in den Wassertank zu gießen. Ertappt fuhren die beiden herum.

»Äh, öh … die Chinesin hat gemeint, es wirkt noch besser, wenn man es trinkt …«, lispelte Bertie und wurde so rot wie seine Haare.

»Tickt ihr noch richtig?«, fauchte Tinne. Sie erwischte eine Dose Katzenfutter und warf sie nach den beiden, die in Deckung gingen und ins Treppenhaus flüchteten. »Macht euch vom Acker! Und kommt mir nicht noch mal mit irgendeiner bescheuerten Gedächtnis-Idee, hört ihr?«

Wutentbrannt spülte sie den Wassertank ihrer Maschine zweimal durch. Dann nahm sie die Müffelbox, öffnete den Kühlschrank und schüttete die Hälfte der trüben Flüssigkeit in Berties Lieblingswein. Der Rest landete in Axls Leinsamenöl, das der Vegetarier gerne zum Anrichten seiner Salatkreationen nutzte. Danach war ihr Rachedurst gestillt, sie ließ sich erschöpft auf die Küchenbank plumpsen. Wann hatte sie sich eigentlich das letzte Mal nach einer hübschen Einzimmerwohnung gesehnt, zu der sie und nur sie allein den Schlüssel hatte?

Es rumpelte im Treppenhaus, sie hörte Schritte. Kamen die beiden Gedächtniskünstler zurück? Vorsichtshalber bewaffnete sie sich mit einer weiteren Dose Katzenfutter. Elvis' Quadratschädel lugte durch die Kommunentür.

»Dein Frühstück? Guten Appetit«, meinte er trocken mit Blick auf die Dose. Er trug Tinnes Rucksack über der Schulter und hatte den Hund im Schlepptau. Nach zwei Schritten rümpfte er die Nase. »Puuh, sach ma, hast du versucht zu kochen, oder was?«

»Pass auf, sonst kriegen wir heute noch Krach.« Tinne knallte Besteck und Teller auf den Tisch. Elvis murmelte einen Satz, in dem das Wort ›Zicke‹ vorkam, wurde dann aber vom Anblick der halben Fleischwurst abgelenkt. Im Hintergrund drückten sich Axl und Bertie möglichst unsichtbar durch die Tür. Bei Axls Körpergröße von fast zwei Metern und Berties Leibesumfang war das allerdings ein Ding der Unmöglichkeit. Tinne holte Luft für einen gepfefferten Anpfiff, da schoss der Hund heran. Mit gesenktem Kopf und aufgestelltem Hinterteil tänzelte er um die beiden Männer herum und gab kurze Kläfflaute von sich. Die zwei bückten sich in perfekter Choreografie und fingen an, den Kleinen zu knuddeln.

»Ach nee, ist der süß!« Axl wuschelte dem Tier über den Kopf. »Tinne hat uns erzählt, dass du einen Hund hast. Aber dass es so ein Wonneproppen ist, hat sie nicht verraten.«

»Ich habe keinen Hund!«, blaffte Elvis. »Ich … bin Hundehüter, vorübergehend, und demnächst ist das Viech wieder weg. In der Zeitung hängen schon überall Zettel. Und ihr zwei, ihr könntet auch mal die Ohren offen halten. Wenn es bei der Taxibrigade oder in der Band jemanden gibt, der einen Hund haben will, dann gebt Bescheid. Je eher, desto besser.«

»Jaja.« Bertie hörte ihm gar nicht zu. »Wie heißt er denn, der Kleine?«

Der Reporter brummte etwas Unverständliches.

»Was? Du musst schon die Zähne auseinandermachen beim Reden.«

»Riesling«, brüllte Elvis in Überlautstärke. Die anderen drei schauten sich an.

»Wie, Riesling«? Axl musste sich ein Lachen verkneifen. »Riesling als Hundename?«

»Ist kein Name«, knurrte der Dicke. »Der kriegt keinen Namen, weil er demnächst eh wieder weg ist. Riesling ist nur ein, öh, eine … naja, eine Bezeichnung.«

»Eine Bezeichnung«, wiederholte Tinne. »Dann hast du also einen Hund ohne Namen, aber dafür mit der Bezeichnung Riesling.«

»Ich habe keinen Hund, wie oft denn noch!« Elvis wurde lauter und stampfte mit dem Fuß auf wie ein trotziges Kind. »Ich bin bloß … oh.« Er verstummte, denn in diesem Augenblick schob sich ein Vierbeiner durch die Tür, der doppelt so groß war wie der Hund. Mufti betrat sein Reich.

Riesling sah den Neuankömmling, hechelte und hüpfte mit ulkigen Sprüngen auf der Stelle. Alle schauten gespannt zu Mufti. Der Kater reckte sich und schritt gemächlich in die Küche. Die Szene hatte etwas von ›Spiel mir das Lied vom Tod‹, es fehlten nur noch die Mundharmonika und die umhertreibenden Büsche. Japsend sprang der Hund vor und zurück, vor Aufregung überschlug er sich fast. Unbeeindruckt kam Mufti heran und schaute dem Gehopse einige Sekunden zu. Dann nahm er Maß, holte aus und hieb eine ausgestreckte Kralle quer über die Hundenase. Das Japsen verwandelte sich in ein schrilles Jaulen, Riesling stolperte nach hinten. Mit der Pfote rieb er über seine Nase und fiel über die eigenen Hinterbeine. Unter Klagelauten robbte er weiter. Mufti hingegen ging in aller Seelenruhe zu seinem Futternapf, gähnte und fing an, sich zu putzen.

Elvis schoss in die Höhe, blankes Entsetzen im Gesicht. »Riesling!« Der verängstigte Hund flüchtete in seine Arme wie ein kleines Kind und winselte.

»Ooo-key, gerade hat jemand klargemacht, wer hier der Babo ist«, meinte Axl anerkennend. Die Kommunenbewohner schauten zu, wie Elvis den Vierbeiner an sich drückte. Das Fellknäuel verschwand fast zwischen seinen Händen, seiner Brust und seinem Vierfachkinn. Der Reporter flüsterte in die Hundeohren, bald schon ließ das Winseln nach. Tinne konnte kaum glauben, was sie sah. Normalerweise war Elvis ein ungehobelter Klotz, doch gerade wirkte er wie ein Papa, der sein Kind an sich drückte.

Elvis spürte die Blicke, schaute auf und setzte Riesling hastig auf den Boden, als hätte er sich verbrannt. »Dann schau halt beim nächsten Mal, mit wem du dich anlegst, Hund!«, meinte er streng und wandte sich demonstrativ ab. »Hier, Miss Lighthouse, jetzt mal zum eigentlichen Grund, warum ich hier bin. Ich hab was mitgebracht, das wird dich interessieren.« Bedeutungsvoll schwenkte er den Rucksack. Tinne winkte ihn in ihr Zimmer, nicht ohne Axl und Bertie einen letzten grimmigen Blick zuzuwerfen. Die beiden plünderten gerade das Hörnchen und das Pain au Chocolat aus Tinnes Frühstückstüte und steckten dabei die Köpfe zusammen. Sie machten den Eindruck, als würden sie an der nächsten Erinnerungsstrategie feilen. Erbarmen!

In ihrem Zimmer krümelte Elvis die Couch beim Brötchenkauen voll und machte einen Senfklecks auf den Boden, bevor er endlich den Rucksack öffnete. »Und zwar«, fing er mit vollem Mund an, »Laurent hat gestern ja gemeint, es wäre unser Glück, dass wir nichts mitgenommen haben aus dem Museum. Weil es sonst irgendein Strafbestand wäre.«

Tinne überlegte, ob sie überhaupt hören wollte, was nun kam.

»Naja, deshalb dachte ich, es wäre besser, wenn er den Rucksack gar nicht zu Gesicht bekommt, geschweige denn reinguckt. Aus dem Grund habe ich das Teil mal lieber mitgehen lassen.«

Mit betont ruhiger Stimme fragte Tinne: »Und *warum* sollte er den Rucksack nicht zu Gesicht bekommen?«

»Weil«, Elvis griff hinein und förderte einen Wust an Blättern zutage, »weil ich gestern im Museum den allgemeinen Trubel genutzt habe, als dieser Anaraki in der Tür gestanden hat. Du erinnerst dich – du hattest deinen Rucksack auf dem

Tisch abgestellt, und genau dort lagen die ganzen Grundrisse und Pläne, die die Fotofuzzis aus den Schränken gezerrt hatten. Ja, und als auf einmal alle durcheinandergeredet haben, da hab ich zugegriffen und ein paar von den Plänen reingestopft.« Er zuckte die Schultern. »Keine Ahnung, ob etwas dabei ist, was deine Theorie mit der mittelalterlichen Krypta beweisen kann. Aber wir werden so schnell nicht wieder an Museumspläne rankommen, deshalb war ich mal so frei.«

»Elvis!« Tinne griff sich an den Kopf. »Ist dir klar, dass wir damit endgültig Gesetze gebrochen haben? Diebstahl behördlicher Unterlagen – das ist kein Pappenstiel, das gibt eine Verhandlung und eine Verurteilung. Wir sind dann vorbestraft! Schon mal so weit gedacht?«

Er winkte ab. »Ach komm. Da unten liegen eine Million Papiere, glaubst du allen Ernstes, dass jemand eine Handvoll davon vermisst?«

»Und ob ich das glaube!« Sie wurde laut. »Ich kenne das von der Uni: Sämtliche Archive sind in Apparate eingeteilt, und über jeden Apparat wird Buch geführt. Dieses Museum, das ist kein Larifari-Laden, sondern ein städtisches Unternehmen, die *müssen* sogar ganz genau Bescheid wissen über ihre Archivakten. Jede Wette, da sitzt jetzt gerade ein Praktikant oder ein Azubi und kontrolliert jedes Fitzelchen. Und wenn etwas fehlt, darfst du dreimal raten, wer am Pranger steht.« Sie sah Laurent vor sich, der ihr mit verkniffenem Mund ein Schreiben überreichte. Das Getuschel an der Uni, wenn sich herumsprach, dass sie Ärger mit der Polizei und der Staatsanwaltschaft hatte. Das Misstrauen, wann auch immer sie in Zukunft in der Institutsbibliothek nach einem Buch oder einer Handschrift fragen würde.

Elvis gönnte sich eine Scheibe Fleischwurst und sah unbekümmert aus. »Krieg dich ein, Nachtigallchen. Wenn ich mir in meinem Job wegen jedem halblegalen Stück Papier einen

Kopf machen würde, bräuchte ich jeden Tag zehn Aspirin.«
Er teilte die Scheibe brüderlich mit Riesling, der inzwischen
über den ärgsten Schrecken hinweg war. »Glaub mir: Sobald
bei einer solchen Sache am Ende eine gute Story rauskommt,
kräht kein Hahn mehr nach der Quelle.«

»Dein Wort in Gottes Ohr«, murmelte Tinne. »Dann können wir nur hoffen, dass wir tatsächlich einer guten Story auf
der Spur sind. Hast du denn schon reingeschaut in die Pläne?«

»Nö. Ich hab den Rucksack über Nacht in der Redaktion
im Safe eingeschlossen, sicher ist sicher. Außerdem bist du
die Fachfrau.« Er machte eine einladende Handbewegung.
»Your turn, Miss Lighthouse.«

Tinne nahm die Papiere an sich. Trotz des unguten Gefühls
kribbelte es in ihr – hatten sie das Glück, dass Elvis bei seiner Kurzschlussaktion einen historischen Grundriss erwischt
hatte? Schon nach ein paar Sekunden wusste sie, dass kein
Treffer dabei war. Die Pläne zeigten lediglich Gebäudede-
tails, Schemazeichnungen und Aufrisse. Elektroleitungen
waren eingezeichnet, statische Vorgaben, Brandschutzde-
tails. Enttäuschung machte sich in ihr breit. Alles modern,
die Jahresangaben in den Ecken verrieten, dass es sich um
Planungsunterlagen der großen Museumsrenovierung von
2006 handelte. Ein einziges Blatt zeigte den kompletten
Grundriss des Untergeschosses, doch auch dieses gehörte
zur Renovierung.

»Tja, schade, hätte klappen können«, murmelte sie und
ließ die Pläne sinken. Endstation, keine Spur der alten Kirchenarchitektur. Stattdessen: geklaute Unterlagen mit juris-
tischem Rattenschwanz. Der Tag fing ja blendend an.

Elvis zog den Rucksack zu sich, wühlte darin herum
und schaute, ob er vielleicht ein Blatt übersehen hatte. Tinnes Unterlagen vom Institut rutschten heraus, sie griff eilig
danach, bevor sie in Elvis' Senfklecksen landeten. Der Lage-

plan von 1906 lag obenauf, vom ursprünglichen Umbau der Kirche zum Museum. 1906 und 2006 – genau 100 Jahre waren zwischen der Gründung und der umfassenden Renovierung verstrichen. Mit mäßigem Interesse ließ Tinne ihre Blicke zwischen dem alten und dem neuen Grundriss schweifen. Die Einteilung der Räume im Kellergeschoss sah mehr oder weniger identisch aus, offensichtlich hatte sich in all den Jahrzehnten nichts geändert. Da stolperten ihre Augen über ein Detail …

»Verflixt!«, knurrte Elvis in dieser Sekunde und zog ihr die Pläne unter der Nase weg, um sie zurück in den Rucksack zu stopfen. »Der ganze Trubel für nichts und wieder nichts! Wenn wir wenigstens …«

»Stopp!«, unterbrach Tinne ihn. »Leg noch mal die beiden großen Grundrisse nebeneinander!«

Er tat wie geheißen und schaute verwirrt auf die filigranen Linien. »Und was soll das jetzt?«

»Siehst du es nicht?«, flüsterte Tinne. »Da!« Ihr Finger zeigte auf einen der Flure im Tiefgeschoss, in dem sich wie in den anderen Bereichen Rechteck an Rechteck reihte. Elvis reckte den Kopf nach vorne, dann sah er es auch. Seine Augen wurden groß. »Ein Raum fehlt! In dem neuen Plan ist ein Raum weniger eingezeichnet!«

»Ja, ganz genau.« Außer Atem fotografierte Tinne die entsprechenden Ausschnitte der Pläne mit ihrem Handy und zog die Fotos größer. Kein Zweifel: Der Plan von 1906 zeigte im östlichen Teil des Kellergeschosses einen großen Raum am Ende des Flures. Im Grundriss von 2006 fehlte dieser Eintrag. Der Raum war nicht etwa mit einem anderen kombiniert oder in den Gang integriert worden. Nein, in dem neuen Plan endete der Flur in einer glatten Wand.

»Es gibt eine geheime Kammer da unten im Museum.« Sie traute sich kaum, laut zu sprechen, als würden die Worte ihre Erkenntnis zunichtemachen. »Einen Raum, der beim ursprünglichen Umbau 1906 angelegt worden ist. 2006 gibt es ihn nicht mehr. Das heißt, er muss irgendwann in diesen 100 Jahren zugemauert und aus den Plänen getilgt worden sein.«

Enttäuschung und Aufregung vermischten sich zu einer wilden Achterbahnfahrt. Enttäuschung, weil sich ihre Theorie über die Kirchenschätze der Reichsklarissen soeben in Luft aufgelöst hatte. Denn wenn der gesuchte Raum im Jahr 1906 ganz regulärer Teil der Kelleranlagen gewesen war, würde heute wohl kaum noch geheimes Klostergold darin verborgen liegen. Doch die Entdeckung elektrisierte sie trotzdem, denn nun hatte sie einen Beweis, dass tief unter dem alten Gebäude ein Geheimnis steckte.

Elvis knetete sein Kinn. »Vielleicht … vielleicht ist das nur ein Kriegsschaden gewesen? Das Museum hat im Zweiten Weltkrieg ja ganz schön was abgekriegt, es ist erst zig Jahre später wiedereröffnet worden.«

Sie schüttelte den Kopf. »Die oberirdischen Gebäude sicher, aber nicht der Keller. Hätte es dort unten schwere Schäden gegeben, wären die Räume anders aufgeteilt und ein bisschen modernisiert worden. Der Grundriss ist aber derselbe geblieben, das bedeutet, dass die tragenden Elemente nicht zerstört worden sind. Nein, ich bin sicher, dass dieser Raum aus einem anderen Grund abgeteilt worden ist.«

»Und … aus welchem Grund?«

Ihre Augen blitzten. »Wenn wir das herausfinden, Elvis, haben wir das Rätsel gelöst und wissen endlich, was im Mainzer Untergrund vor sich geht. Und wir können …«

Die klimpernde Melodie von Wallace & Gromit unterbrach sie. Ihr Handy klingelte und zeigte Laurents Nummer an.

»Tinne, hör zu.« Seine Stimme klang ernst. »Kannst du in

die Rechtsmedizin kommen? Es gibt neue Erkenntnisse, von denen du wissen solltest.«

✳

Im Hades warteten Laurent und Tara. Tinne kam hereingestürmt, Elvis trabte hinter ihr her. Der Dicke hatte Laurents Anruf ganz selbstverständlich als Einladung gesehen, ebenfalls mitzukommen.

»Grüß dich, Schatz.« Laurent gab ihr einen Kuss, Tara nahm sie in den Arm. Auch Elvis bekam eine Umarmung von Tara, die Freude darüber versteckte er hinter einer brummigen Miene.

»Wir sind ein paar Schritte weitergekommen bei den Ermittlungen.« Der Kommissar machte den beiden Neuankömmlingen Zeichen, ihm in eines der Nachbarlabors zu folgen. »Dank Taras Hartnäckigkeit hat die Sache eine überraschende Wendung genommen. Dazu kommt ein Fund aus der Kanalisation, der erst mal für großen Schrecken und einen Polizeieinsatz gesorgt hat. Achtung, ist nichts für schwache Nerven.«

Mit diesen Worten öffnete er die Tür zum Labor. Tinne zog scharf die Luft ein, Elvis trat unwillkürlich einen Schritt zurück.

Auf einem Obduktionstisch aus Edelstahl lag ein Wesen, das einem Albtraum entsprungen sein musste. Es war so groß wie ein Kind, die Extremitäten knickten in merkwürdigem Winkel ab. Strähniges Fell bedeckte den Körper, der von daumendicken, weißlichen Maden wimmelte. Der Kopf blickte in Richtung Tür, Tinne sah gelb glitzernde Augen und ein in die Länge gezogenes Maul mit hervorstehenden Zähnen. Ein widerwärtiger Geruch ging von der Kreatur aus, der Raum stank nach Faulschlamm und Kloake.

»Was um alles in der Welt ist das denn?«, presste Tinne hervor. Tara trat an den Labortisch und knipste eine Untersuchungslampe an. Nun sah Tinne, dass das, was sie für Maden gehalten hatte, in Wirklichkeit kleine Rollen aus hellem Plastik waren.

»Eine Hyäne, *Crocuta crocuta*. Eine Fleckenhyäne, um genau zu sein. Ein präparierter Fellbalg mit Basisknochen, Schädel und künstlichen Augen. Ursprünglich haben Drähte die Läufe und den Rumpf in Form gehalten, ich vermute, dass das Tier in laufender oder springender Haltung auspräpariert worden ist.«

»Und … und das kommt jetzt woher genau?«

»Aus der Mainzer Kanalisation«, antwortete Laurent. »Vorgestern gab es eine Fehlfunktion in einem Pumpwerk unter der Rheinallee, ungefähr dort, wo die Feuerwehr ist. Zwei Männer sind runter, um nach dem Rechten zu schauen. Ein Zerkleinerungsmechanismus war blockiert, ein Stück Metall hatte sich darin festgesetzt. Als die beiden den Mechanismus säubern wollten, haben sie das hier entdeckt.« Er deutete auf den Labortisch. »Es muss durch die Kanalisation in die Pumpstation gespült worden sein. Das Metall, das den Reißwolf blockiert hat, war der Standfuß des Präparats. Die Fundsituation hat den Eindruck entstehen lassen, das Wesen sei lebendig und in Lauerstellung, deshalb haben die beiden erst mal einen Riesenschreck gekriegt und uns gerufen. Die Kollegen konnten dann Entwarnung geben. Sie haben ein paar Fotos der Auffindesituation gemacht.« Auf seinem Handy zeigte er ihnen Bilder, die ein halbdunkles Gewölbe zeigten mit zwei großen Maschinen. Davor ragten Metallzacken in einen offenen Kanalschacht. In den mechanischen Reißzähnen steckte der Kadaver, als wollte er jeden Augenblick hervorspringen. Die Glasaugen funkelten und sahen im schummrigen Licht gruselig aus.

Elvis beugte sich über den Kopf der Hyäne und rümpfte die Nase. »Und wie, bitte schön, kommt ein solches Ding in den Kanal? Es wird wohl kaum reingesprungen sein.«

»Jetzt wird die Sache richtig interessant.« Tara hatte inzwischen Untersuchungshandschuhe angezogen und deutete auf die weißlichen Röllchen, die aus dem Tierkörper quollen. »Das hier, das ist Polystyrol, eine frühe Form von Styropor. Ich habe mich bei einem Präparator erkundigt, er meint, das Material sei in den 1950er- und 60er-Jahren zum Füllen von Tierexponaten genutzt worden. Es ist leicht, formbeständig und altert kaum, sofern es keine UV-Strahlung abbekommt. Für damals eine Supersache.« Sie nahm einige der daumengroßen Chips in die Hand. »Das ist der Grund, weshalb die Hyäne überhaupt in das Pumpwerk geraten konnte – das Zeug schwimmt und saugt sich nicht mit Flüssigkeit voll. Im Prinzip ist ein solches Tierpräparat dasselbe wie eine Schwimmweste, es treibt obenauf und wird von der Strömung mitgenommen. Genau das ist hier passiert, nur eben nicht im Meer oder in einem Fluss, sondern in der Kanalisation.«

Elvis' Blick und seine geschäftsmäßige Stimme machten klar, dass sein Reporterehrgeiz erwacht war. »Kann man herausfinden, auf welchem Weg diese Hyäne ins Pumpwerk gespült worden ist? Also ihre Route durch die Kanäle zurückverfolgen bis zum Ausgangspunkt?«

»Nein, leider nicht. Die Fachleute haben gemeint, dazu gibt es da unten viel zu viele Abzweige und Kreuzungspunkte. Gerade jetzt, wo die Trockenheit für eine Ausnahmesituation in der Kanalisation sorgt, ist das ziemlich unmöglich.«

Bevor Tinne die Neuigkeiten verdaut hatte, gab Laurent Tara einen Wink. »Da ist noch eine zweite Sache. Fast noch interessanter.«

Die Rechtsmedizinerin schob ein aufgeklapptes Notebook heran. »Die Bissspuren an dem Toten aus dem Rhein haben mir keine Ruhe gelassen. Ich wollte wissen, nach welchem Tier wir eigentlich suchen, nach welcher Gattung, nach welcher Familie. Aber die Details haben einfach nicht gepasst. Ich habe mir dann Hilfe geholt bei einer Fachfrau vom Frankfurter Zoo, und die hat das Rätsel lösen können. Nicht das Wo wäre interessant, hat sie gesagt, sondern das Wann.« Sie drückte eine Taste, der Bildschirm des Notebooks wurde hell. Zu sehen war eine kolorierte Zeichnung, ein Krokodil mit spitzer Schnauze und merkwürdig flachen Beinen, das sich im Wasser wand und ein Beutetier hineinzerrte.

»*Dakosaurus andiniensis.* Ein Urkrokodil, das vor ungefähr 140 Millionen Jahren gelebt hat. Drei Meter lang, flossenähnliche Beinfortsätze, 80 Zentimeter Schnauzenlänge. Der Bissabdruck ähnelt den heutigen Echten Krokodilen verblüffend – bis auf ein paar kleine, aber feine Unterschiede.«

Elvis schaute Tara an, als wäre sie ein Marsmensch. »Der Typ ist von einem ausgestorbenen Krokodil angefallen worden?!«

»Wohl kaum«, antwortete Laurent. »Es sieht eher danach aus, als habe jemand den Mann in der Kanalisation ertränkt und die Leiche danach mit einem fossilen Krokodilschädel bearbeitet.«

»Dass die Bissverletzungen erst post mortem zugefügt worden sind, konnte ich leider nicht feststellen«, ergänzte Tara. »Normalerweise zeigt sich das sofort: Nach Eintritt des Todes gibt es keine Einblutungen mehr, weil der Kreislauf stillsteht. Durch die lange Verweildauer im Wasser sind die Bisskanäle aber ausgewaschen worden, deshalb bin ich auf diesen Trick hereingefallen.«

Der Kommissar übernahm wieder. »Das erklärt auch, wie der Tote aus der Kanalisation in den Rhein geraten ist. Im Abwasserstrom kann er nicht mitgetrieben sein, denn dann wäre er spätestens in Mombach im Klärwerk gelandet. Nein, sein Mörder muss ihn aus der Kanalisation herausgeholt und dann in den Fluss geworfen haben.«

»Eine Hyäne aus den 1960ern in laufender oder springender Haltung«, flüsterte Tinne. »Ein fossiler Krokodilschädel. Das sind beides typische Exponate eines Naturhistorischen Museums.«

Laurent hob entnervt die Hände. »Hör auf mit diesem Museum. Ihr beide habt da schon genug Ärger fabriziert.«

»Nein, nein, hör zu, wir haben da nämlich etwas herausgefunden.« In raschen Worten erläuterte Tinne, was sie in den Plänen entdeckt hatten. Dabei bemühte sie sich, die Herkunft des neuen Grundrisses möglichst schwammig darzustellen. Laurents gerunzelte Brauen verrieten, dass ihr das nicht wirklich gelang.

»Ich bin sicher, dass all diese Geschehnisse«, sie deutete auf die Hyäne und den Bildschirm, »mit diesem Raum zusammenhängen. Jason muss da auf irgendetwas gestoßen sein, auf dieses ›große Ding‹, das er mir zeigen wollte.«

Laurent tauschte einen Blick mit Tara. »Möglich, ja, vielleicht«, erwiderte er langsam, »aber nicht sehr wahrscheinlich. Das Museum hat nämlich eine lückenlose Dokumentation über seine Präparate, klar, die sind ja schließlich das Wertvollste, was sie besitzen. Ich habe beim Direktor nachgefragt, und er meinte, es wäre fast unmöglich, dass Exponate wie ein Krokodilschädel oder sogar eine komplette Hyäne aus dem Magazin verschwinden.«

»Aber vielleicht sind die Sachen gar nicht drin gewesen in der Dokumentation«, beharrte Tinne. »Wenn dieser Raum, den wir entdeckt haben, schon viel früher abgeteilt worden ist, dann kann da alles Mögliche drin sein. Das weiß doch heute kein Mensch mehr. Schau hier, das sind die Details der Grundrisse.« Eifrig blätterte sie in ihrem Handy und zeigte ihm Fotos der Pläne, die sie vorhin geschossen hatte.

»Na ja, gut, schick mir die Bilder mal.« Laurent schaute kritisch. »Ist aber arg hypothetisch. Und selbst wenn – warum sollte dann jemand ermordet, mit einem Krokodilschädel zerbissen und in den Rhein geschmissen werden? Was soll in einer alten Museumskammer dermaßen wertvoll sein, dass ein Mann dafür sterben muss?«

Darauf wusste Tinne keine Antwort. Sie sandte dem Kommissar die Fotos per WhatsApp, sah aber an seinem Blick, dass er noch etwas auf dem Herzen hatte. Nach einer Weile, in der keiner etwas sagte, holte er schließlich Luft.

»Horch, Tinne, eine Sache noch. Bis jetzt sind wir alle davon ausgegangen, dass das schreckliche Ereignis, das zu deiner Amnesie geführt hat, der Krokodilangriff in der Kanalisation gewesen ist. Dass du panisch davongelaufen bist, als auf einmal ein Drei-Meter-Tier herausgeschossen ist. Jetzt hat sich die Sachlage aber geändert.«

Er sprach nicht weiter, doch Tinne wusste, was er meinte. »Ich habe keinen Krokodilangriff beobachtet, sondern einen Mord«, wisperte sie. »Und ich bin nicht vor Angst davongelaufen. Nein, der Mörder hat mich durch die Kanalisation gejagt. Und …«, ihre Stimme stockte, als sie den Gedanken weiterverfolgte, »und er hat mein Gesicht gesehen. Er hält mich für eine Augenzeugin, weil er ja nicht wissen kann, dass ich mich an nichts erinnere.«

Laurent presste die Lippen zusammen und nickte knapp. »Ja, das ist realistisch. Leider.« Er holte Luft. »Das einzig Positive daran ist, dass der oder die Täter mit deinem Gesicht nicht allzu viel anfangen können. Schau, selbst wenn sie den Namen von diesem Jason kennen, gibt es keine Querverweise zu dir. Du hattest ja kaum etwas mit ihm zu tun, deshalb haben sie im Prinzip wenig Chancen, an deine Identität zu kommen.« Er versuchte ein Lächeln. Doch Tinne war klar, dass er sie nur beruhigen wollte. Denn wenn jemand sie aufspüren wollte, dann würde es ihm auch gelingen.

⁜

Ruhig bewegte sich die Maus. Die Hand, die sie führte, klickte hin und wieder. Wache Augen verfolgten die Bildersuche auf dem Monitor, der sich als winzig kleines Abbild in den Pupillen spiegelte. Die Fotos, die von unten nach oben durchzogen, zeigten allesamt ähnliche Motive: Gebäude und menschengemachte Strukturen in verschiedenen Stadien des Zerfalls. Der morbide Charme alter Villen und verlassener Vergnügungsparks wurde durch die perfekte Nachbearbeitung fast greifbar: starke Kontraste, reduzierte Farbsättigung. Schärfefilter ließen die Hauptelemente hervortreten.

Die Person am Rechner nickte kaum wahrnehmbar. Oh ja, dieser Jason Zwane hatte sein Handwerk verstanden. Sein Pseudonym ›The Crab‹, das er in der Fotografenszene nutzte, amüsierte die Person. Ein selbstironischer Bezug auf die merkwürdige Missbildung an Zwanes Hand. Passend dazu hatte er eine Bildsignatur ausgewählt, die wie eine geschlossene und eine offene Klammer aussah: ( ) – eine stilisierte Krabbenschere.

Die Arbeiten, die die Krabbenschere als Signatur trugen, waren von höchster Qualität. Gekonnte Inszenierungen von Verfall und Vernachlässigung zeigten, wie sich die Natur Stück für Stück zurückeroberte, was der Mensch ihr geraubt hatte. Einst prächtige Schlösser im Dornröschenschlaf, mit Bäumen in den Fensterhöhlen. Die rostigen Wagen einer alten Achterbahn in Reih und Glied, die aufgemalten Gesichter in ewigem Grinsen erstarrt. Ein verlassenes Sanatorium, unheimlich wie ein Gespensterort, ein Rollstuhl im riesigen, leeren Speisesaal.

Geduldig suchte die Hand weiter und zog die Maus über den Bildschirm. ›The Crab‹ war überaus aktiv gewesen im Netz, es gab Blogs, ein Instagramprofil, Facebookposts über seine Projektarbeiten, einen YouTube- und einen Vimeo-Channel, dazu Diskussionsforen mit Tipps zum Thema Fotografie. Immer tiefer ging die Reise in die digitale Persönlichkeit des Jason Zwane. Auf Pinterest blieb der Mauszeiger schließlich stehen – ›Home Story‹ lautete das Keyword, die Tags ›Coverfotos‹, ›Band‹, ›Steelram‹ und ›Mainz‹ schlossen sich an. Eines der Schwarz-Weiß-Fotos zeigte drei grimmig aussehende Männer in Lederklamotten, sie standen unter einer Autobahnbrücke. Auf weiteren Bildern waren sie in derselben Umgebung zu sehen, diesmal mit einer klassischen Harley Davidson, eine andere Fotoreihe setzte sie mit Bass, Schlagzeug und E-Gitarre in Szene. ›Shooting mit Steelram. Gonzo, Lelle und Axl zeigen sich von ihrer härtesten Seite ☺‹, lautete die Unterzeile. Die Maus ging auf Wanderschaft, tauchte weiter in die Session ein, neue Bilder erschienen, vergrößerten sich, verschwanden, dann endlich kam ein Foto, das die Person am Rechner innehalten ließ. Ein Schnappschuss beim Band-Shooting, die drei Musiker machten Faxen am Motorrad, im Hintergrund waren zwei weitere Personen zu sehen, ein Dicker mit Sommersprossen und eine große, schlanke Frau mit dunklen Locken. Beide lachten. ›Kein Respekt vor den harten Jungs: Tinne und Bertie crashen die Aufnahmen‹, stand darunter. Die Suchfunktion vergrößerte das Gesicht der Frau dermaßen, sodass man fast nur noch einzelne Pixel erkennen konnte. Ein winziges Lächeln kräuselte den Mund der Person, schaffte es aber nicht bis zu den Augen. Bingo.

Die Darstellung auf dem Bildschirm änderte sich, Google wurde geöffnet. Die Suchbegriffe ›Tinne‹ und ›Mainz‹ brachten eine Unzahl an Ergebnissen, das Allermeiste war Digitalmüll. Der Mauszeiger überprüfte eines nach dem anderen, folgte hier einem Link, schloss dort ein Fenster. Feiner und feiner wurde die Suche, bis schließlich ein Eintrag länger stehen blieb. Es war der Blog des Mainzer Star-Wars-Fanclubs R2PO, eine Bilderreihe zeigte Leute beim Feiern, alle passend kostümiert. In deutscher Gründlichkeit gab es daneben einen Kasten mit den dazugehörigen Informationen: Clubtreffen am 23.4.2017 in der Wilhelmstraße 47. Es folgte die Teilnehmerliste, ganz unten stand eine Bemerkung: ›Als WG-Mitbewohner natürlich ebenfalls dabei: Axl Mohr und Tinne Nachtigall.‹

Adresse und Nachname brachten bei telefonbuch.de einen Treffer. Ein Stift kratzte über Papier, das Geräusch klang schrill im Vergleich zum leisen Rauschen des Computers. ERNESTINE NACHTIGALL, stand auf dem Zettel, WILHELMSTR. 47, MAINZ-BRETZENHEIM.

⁎

Die Rückfahrt in die Kommune gestaltete sich abenteuerlich. Tinne radelte halb neben, halb hinter dem E-Scooter und versuchte, sich schreiend mit Elvis zu unterhalten. Der Dicke war derweilen beschäftigt, das Gleichgewicht zu halten und Riesling daran zu hindern, vor lauter Abenteuerlust aus der Weinkiste zu hopsen. Nach mehreren Hupkonzerten irritierter Autofahrer bogen sie endlich in die Wilhelmstraße ein.

»Laurent kann sagen, was er will«, brüllte Tinne gegen den Fahrtwind an. »Aber ich bin mir hundertprozentig sicher, dass alles mit diesem versteckten Raum im Museumskeller zusammenhängt. Überleg mal: Eine ausgestopfte Hyäne, ein Krokodilschädel – wo gibt's so was denn noch außer in einem Naturhistorischen Museum?«

Elvis versuchte ein Achselzucken, ohne die Kontrolle über den Tretroller zu verlieren. »Kann sein, kann nicht sein. Aber er hat schon recht, was kann es Wertvolles in diesem Keller geben? Ich meine: so wertvoll, dass jemand dafür ermordet wird?«

Tinne suchte nach einer Antwort und knallte fast in Elvis' breiten Rücken, als dieser abrupt stoppte. »Aua! Sag mal, hast du sie noch alle?« Dann sah sie, was Elvis zum Bremsen gebracht hatte. Vor dem Hof der Kommune parkte ein schwarzer VW Multivan mit abgedunkelten Scheiben. Sie kannte den Bus, das ›VIP-Gefährt‹ vom Taxidienst Laurenzi. Es wurde benutzt, um echte oder Möchtegernstars unerkannt durch das Rhein-Main-Gebiet zu chauffieren. Dietmar Laurenzi und Bertie standen neben dem Multivan zusammen mit der halben Brigade: Margarete war da, der kleine Micha, Uwe und Mäx. Auch Axl hatte sich dazugesellt. Kaum kam das Scooter-Fahrrad-Gespann in Sicht, da nahmen alle Habachtstellung ein und fingen an zu tuscheln. Tinne schwante, dass dieser Auflauf etwas mit ihr zu tun hatte. Und tatsächlich, kaum hatten sie angehalten, kamen die Brigadiere auch schon auf sie zumarschiert. Dietmar räusperte sich wichtig.

»Ja, also, hallo erst mal, Frau Professor. Ich spreche jetzt mal für alle hier. Wir, also, äh, der Taxidienst Laurenzi, wir sind sehr betroffen über deinen Unfall und deinen, äh, Hirnverlust.« Ein Knuff von Bertie brachte ihn aus dem Konzept, rasch verbesserte er sich. »Also, Gedächtnisverlust, meine ich. Deshalb haben wir uns zusammengetan und nach einem Weg gesucht, wie du deine verlorene Woche wiederkriegst. Und den haben wir gefunden.« Der Stolz in seinem Gesicht war nicht zu übersehen, die anderen nickten. Tinne schoss ihren beiden Mitbewohnern einen scharfen Blick zu – die Quacksalberei am Vormittag hatte sie noch längst nicht vergessen.

»Jedenfalls, deine Erinnerung wird bald schon zurück sein, und deshalb nehmen wir dich jetzt mit auf eine kleine Tour. Steig ein.«

Elvis wünschte ihr Glück für alles, was da kommen möge, und rollerte gemeinsam mit seinem Bezeichnungshund davon. Er musste in die Redaktion. Tinne hob die Hand zum Abschied und fühlte sich alleingelassen inmitten einer Hilfstruppe, die sie nicht bestellt hatte. Doch es war zu spät für Ausreden, Dietmar schob sie kurzerhand in den Bus, die anderen kletterten hinterher. Nur für Axl reichten die sieben Sitze nicht mehr, er warf seine Harley an und donnerte hinterher.

Von Bretzenheim fuhren sie über die Koblenzer den Berg hoch zum ZDF und weiter bis zum Essenheimer Fernsehturm, dort bogen Bus und Motorrad links ab nach Ober-Olm. Während der Fahrt blieb Dietmar stumm, sosehr Tinne auch bohrte. Schließlich ergab sie sich ihrem Schicksal, lehnte sich zurück und malte sich die kommenden Stunden in den schwärzesten Farben aus.

Der Multivan hielt vor einem Reihenendhaus, das mit Jägerzaun und einem Windfang aus bräunlichem Glas den Charme der 1970er versprühte. Alle stiegen aus. Als Nächstes bestand Bertie darauf, dass alle Handys ausgeschaltet wurden. Das sei wichtig wegen der Störstrahlung, erklärte er. Tinne befürchtete, er würde gleich Aluhüte austeilen. Margarete umfasste ihren Arm und flüsterte: »Des wird schon wern, wirst sehe.« Uwe, ein Riese mit wallendem Bart, presste sie an seine breite Brust, der kleine Micha ließ sein fränkisches R rollen: »Frau Professor, ich drück die Daumen!« Tinne fühlte sich wie vor ihrer eigenen Hinrichtung und wäre am liebsten schreiend davongelaufen. Was um alles in der Welt hatten die Taxileute ausgeheckt?

Die Brigade führte sie durch das Tor zum hinteren Teil des Grundstücks. Dort stand, eingewachsen zwischen Tannen und Büschen, ein Holzhäuschen, wohl ein ehemaliges Gartenhaus. Jemand hatte es rot angestrichen und seltsame Figuren darauf gemalt, die Fenster waren mit Tierhäuten vernagelt. Australische Traumfänger baumelten in der Brise, indianischer Federschmuck zierte den Giebel, buddhistische Gebetstücher hingen an Stangen. Eine Klangschale, eingewebt in Makramee, stieß mit hellem Geräusch an das Holz. Über alldem lag der Geruch von Räucherstäbchen und trockenen Blüten.

Tinnes schlimmste Befürchtungen nahmen Gestalt an. Konnte es sein, dass die Brigade sie zu einem Medium geschleppt hatte, zu einem Geistheiler oder einer Wahrsagerin oder was auch immer? Kaum hatte sie zu Ende gedacht, da öffnete sich auch schon die Tür der Hütte. Im dunklen Eingang stand eine Frau mittleren Alters, bunte Tücher und ein wallendes orientalisches Gewand verbargen ihre füllige Figur. Sie trug lilafarbenen Lidschatten, dicke Kajalstriche und hatte die Lippen blutrot geschminkt. Ein Turban umkränzte ihren Kopf, vor der Stirn baumelte ein Kettchen mit Amuletten. Sitarklänge wehten aus der offenen Tür, der süßliche Geruch vervielfachte sich.

»Du hast den Weg gefunden zu Madame Oona.« Ihre Stimme war dunkel und hatte einen harten, slawischen Akzent. »Nun wirst du auch den Weg in deine eigene Vergangenheit finden. Komm näher.«

✻

Elvis arbeitete sich im Rekordtempo durch den Stapel auf seinem Schreibtisch. Wie immer, wenn er mit Tinne an einem Fall knabberte, blieb die normale Zeitungsarbeit liegen. Ein Bericht über den Weinmarkt stand an, eine Glosse zum Rekordsommer, eine Buchbesprechung über einen Tierkrimi. ›SOKO Ente‹, mein Gott, wer las denn so was?

Nach einer Weile kam Kirsten Strasser heran. »Hier, da haben sich die Leute eingetragen. War eine ganze Menge los.«

Sie legte ein Blatt mit Namen und Telefonnummern auf seinen Tisch. Elvis schaute dümmlich und wusste nicht, was er damit anfangen sollte. Kirsten bückte sich und knuddelte Riesling. »Schade, dass er bald weg ist«, meinte sie, »ich hab mich echt an den Kleinen gewöhnt.«

Da fiel bei Elvis der Groschen. Seine ›Hund abzugeben‹-Aushänge in den umgebenden Straßen! »Öh, ja, danke«, murmelte er und nahm die Liste zur Hand. Der Hund beobachtete ihn mit blanken Augen, sein Stummelschwanz quirlte die Luft. ›Anfragen für Hundi‹, lautete die Überschrift, darunter stand mindestens ein Dutzend Einträge in unterschiedlichen Handschriften. Er legte das Blatt neben sich auf den Tisch und nickte Kirsten zu. »Ich, hm, ich muss hier ein paar dringende Sachen machen, dann melde ich mich gleich bei den ersten Leuten.« Mit einem geringschätzigen Blick unter den Tisch fügte er hinzu: »Wird eh langsam Zeit. Kostet Nerven und Geduld, so ein Tier. Keine Ahnung, warum sich jemand sowas freiwillig antut.«

Nach und nach arbeitete Elvis seine Artikel ab, erst die wichtigen, dann die nicht ganz so wichtigen, schließlich die, die eigentlich noch Zeit hatten. Anschließend schrieb er sieben E-Mails, die er schon Monate vor sich herschob, beantwortete eine Kundenzufriedenheitsumfrage seiner Hausratversicherung und informierte sich über die Pollenflugvorhersage, obwohl er keinen Heuschnupfen hatte. Schließlich blieb nichts mehr übrig, er hatte alles erledigt – außer der Hundi-Liste. Misslaunig griff er danach und linste auf den ersten Namen. Werner, nee, so hatte sein alter Deutschlehrer geheißen. Keine guten Erinnerungen. Sonk-Thörer, uiuiui, ganz komische Handschrift, bestimmt ein schwieriger Charakter. Und der nächste Eintrag hatte als Telefonvorwahl die 06138 angegeben, ach je, das lag draußen irgendwo im Rheinhessischen, da wurde der Hund am Ende noch von einem Traktor überfahren.

Mitten in seinen Grübeleien fiel Elvis etwas ein, was er noch tun konnte. Genau, er hatte sich vorgenommen, über das Museum zu recherchieren! Vielleicht war zu Tinnes fixer Idee mit dem vergessenen Kellerraum etwas in der Zeitung zu finden, schließlich berichtete die AZ immer wieder über das Naturhistorische Museum.

Er öffnete die Suchmaske der internen Datenbank. Das digitale Archiv ging leider nur bis ins Jahr 1997 zurück, alle vorherigen Zeitungsausgaben wurden im VRM-Gebäude auf dem Lerchenberg als Papierexemplare aufbewahrt. Aber mit etwas Glück ließ sich in diesen 21 Jahren schon etwas finden.

Elvis klickte, scrollte und machte sich Notizen. Das Museum war das größte seiner Art in Rheinland-Pfalz und bewahrte mehr als eineinhalb Millionen Objekte in seinen Beständen. 2006 erfolgte eine große Renovierung, weil sich Bauschäden an der mittelalterlichen Gebäudesubstanz des Kirchenkörpers gezeigt hatten. Aha, aus dieser Phase stammten die Grundrisse, die sie bei ihrer halblegalen Aktion im Archiv erbeutet hatten. Elvis schlackerte mit den Ohren, als er sah, wie viel Geld bei dieser Renovierung geflossen war. Dr. Manuel Anaraki hatte für die Planung und Umsetzung der Renovierungsarbeiten die Verantwortung getragen. Aha, kein Wunder, dass der Mann so ausgetickt war, als er die Fotografentruppe im Archiv entdeckt hatte. Ein Grinsen stahl sich in Elvis' Gesicht. Trotz des Ärgers hatte ihm die Aktion gefallen, sie entsprach ganz seinem Geschmack. Er suchte weiter. Spezielle Informationen zum Kellergeschoss gab es leider nicht, erst recht nicht über einen aufgegebenen Raum. Nun kamen Programmhinweise. Das Kükenschlüpfen, jedes Jahr aufs Neue ein Highlight für die Kinder. Sonderausstellungen in einem abgeteilten Bereich des Erdgeschosses, dem Refektorium, sorgten immer wieder für gute

Besucherzahlen. Surreale Tierwelten, Fährtenjäger, Wüsten aus Sand und Eis, all das hatte es schon gegeben. Aktuell lief eine Sonderausstellung über Gifttiere. Ein Bild zeigte das Refektorium, das für die Ausstellung zu einer grünen Blätterhöhle mit geschickt integrierten Terrarien umdekoriert worden war. Aber Moment, was stand da? Im Frühjahr hatte das Museum eine Pressemitteilung herausgegeben, die eine Schließung ab November 2018 ankündigte, und zwar für – Elvis musste zweimal hinschauen – für volle acht Monate! Ein Komplettumbau mit grundlegender Modernisierung sollte stattfinden. Die Baumaßnahmen im Untergeschoss, so hieß es, würden sogar schon im September anfangen, da der laufende Betrieb davon nicht betroffen sei.

In Elvis' Kopf fingen die Gedanken an zu rattern. Das Museum sollte im November geschlossen werden, und schon jetzt, im September, liefen Umbauten im Keller? Das veränderte die Sachlage gewaltig. Denn wenn es tatsächlich im Tiefgeschoss einen verborgenen Raum gab, würde er früher oder später im Rahmen der Bauarbeiten entdeckt werden, keine Frage. Und sollte jemand Bescheid wissen über dieses Geheimnis, dann war er in Zugzwang. Lag hier das Motiv für den Mord?

Elvis versuchte, Tinne auf dem Handy anzurufen. Nur die Mailbox sprang an, und auch der Festnetzanschluss der Kommune klingelte endlos. Ein Blick auf die Uhr ließ ihn hektisch werden, er musste los, gleich hatte er einen Termin im Rathaus. Beim Aufstehen stieß er so ungeschickt mit dem Ellbogen an die Telefonliste, dass sie vom Tisch fiel und im Papierkorb landete. Gleichzeitig machte sich ein unangenehmer Schmerz in Elvis' Lendenwirbelbereich bemerkbar, der beim Bücken bestimmt schlimmer werden würde. Vorsichtshalber ließ der dicke Reporter das Blatt dort, wo es war. In den nächsten Tagen würden sicher noch genügend Leute anfragen, dann konnte er den Hund noch immer hergeben. Zufrieden pfiff er Riesling herbei und verließ die Redaktion.

⁎

»Ein ungeklärter Todesfall in der Kanalisation?« Dr. Anarakis Gesicht blieb ausdruckslos. »Wo ist da der Zusammenhang zum Naturhistorischen Museum?«

Laurent Pelizaeus betrachtete mit vorgeblichem Interesse einige der Ausstellungsstücke, einen Hasen und einen Iltis. »Es gibt möglicherweise eine räumliche Übereinstimmung. Mehr kann ich Ihnen aufgrund der laufenden Ermittlungen nicht mitteilen«, sagte er, ohne den Blick von den Tierpräparaten zu nehmen. Er nutzte diesen kleinen psychologischen Trick gerne: mit jemandem reden, ohne ihn anzusehen. Das verunsicherte sein Gegenüber und gab ihm das Gefühl, der Sprecher wüsste mehr, als er sagte.

Dass Dr. Anaraki sich ebenso auf Spielchen zwischen den Zeilen verstand, war Laurent von Anfang an klar gewesen. Schon allein die Tatsache, dass der Chefkurator ihn nicht in sein Büro oder zumindest in einen separaten Raum bat, sprach Bände: Du bist für mich so unwichtig, dass ich dich im laufenden Museumsbetrieb zwischen all den Besuchern abfrühstücke.

Natürlich hätte der Kommissar auf eine ruhige Gesprächssituation bestehen können, doch er wollte so wenig Wellen wie möglich machen. Sein Besuch hier war eh nur halboffiziell, es gab neben Tinnes etwas wirrer Grundriss-Theorie keinen einzigen Anhaltspunkt, der das Museum mit dem Mord in Verbindung brachte. Weil er aber Tinnes Gespür für Zusammenhänge kannte und ihr außerdem einen Gefallen tun wollte, nutzte er eine Arbeitspause für diesen schnellen Abstecher.

»Und wie kann ich Ihnen dann weiterhelfen, Herr Pelizaeus?«

»Es geht um die Gebäudestruktur des Museums. Ich hatte telefonisch bei Direktor Schmitz angefragt, und er hat mich an Sie verwiesen. Sie seien, so meinte er, bei der 2006er-Renovierung stark eingebunden gewesen in die Um- und Neugestaltung.« Der Kommissar machte eine winzige Pause und behielt sein Gegenüber scharf im Auge. »Wir haben Grund zur Annahme, dass es im Museumskeller einen Raum gibt, der nicht in den offiziellen Grundplänen verzeichnet ist. Mich würde interessieren, ob Ihnen dazu etwas bekannt ist.«

Die Antwort kam schnell und gelassen: »Das ist ausgeschlossen. Völlig ausgeschlossen.« Anaraki rührte noch immer keinen Muskel im Gesicht, seine parallelen und rechtwinkligen Falten blieben ausdruckslos. Laurent war es gewohnt, aus den winzigen Reaktionen seiner Gesprächspartner mehr herauszulesen, als ihre Lippen sagten. Doch in diesem Fall hatte er das Gefühl, auf eine Maske zu schauen. Er hielt seine Stimme ebenfalls bewusst neutral. »Immerhin basiert das Hauptgebäude auf einem mittelalterlichen Kirchenkomplex mit bewegter Vergangenheit, und beim Umbau zum Museum vor über 100 Jahren ist nochmals tief in die Bausubstanz eingegriffen worden. Wäre es da nicht möglich, dass es gerade im Untergeschoss abgemauerte und verborgene Bereiche gibt?«

»Nein, wäre es nicht. Ich sage Ihnen auch, warum.«

Der überhebliche Tonfall des Chefkurators ärgerte Pelizaeus. Er beherrschte sich aber, schließlich hatten Tinne und Elvis bei ihrer Fotografenshow hier im Museum schon genug Porzellan zerschlagen.

»Wir haben bei der Renovierung 2006 nämlich eine gründliche Untersuchung der Fundamentstruktur unternommen. Das war nötig, weil es Schäden in der mittelalterlichen Bausubstanz des Kirchenkörpers gab. Leider sind keine Pläne der ursprünglichen Krypta erhalten, aus der 1906 die Kellerräume des Museums hervorgegangen sind. Deshalb haben wir uns zu einem kostspieligen Schritt entschlossen, mit dem wir hundertprozentige Genauigkeit über die Baustrukturen erlangt haben: einen Thermoscan.«

Anaraki wartete auf eine Reaktion des Kommissars, doch dieser schlug ihn mit seinen eigenen Waffen und zeigte keine Regung. Nach ein paar Sekunden fuhr Anaraki fort: »Dabei macht eine Infrarotkamera Bilder sämtlicher Bereiche des Gebäudes. Die Wärmeverteilung zeigt dann sehr genau, ob es hinter Wänden oder unter Böden Hohlräume gibt. Die Firma, die wir mit der Untersuchung beauftragt haben, kommt aus München. Sie hat einen weltweiten Ruf, ihre Mitarbeiter haben beispielsweise Thermoscans in Ägypten im Tal der Könige durchgeführt, um verborgene Grabkammern aufzuspüren. Die Ergebnisse sind also überaus belastbar, ich maile sie Ihnen gerne zu.«

»Und es wurde nichts gefunden?«

»Nichts, was auch nur annähernd als Raum oder Durchgang bezeichnet werden könnte. Einige alte Rohrschächte und Sickergruben sind zum Vorschein gekommen, das war alles. Unter unseren Füßen, Herr Pelizaeus, gibt es keine ›geheimen Kammern‹ wie in einem Regionalkrimi.« Seine Stimme triefte vor Sarkasmus. Laurent mochte ihn nicht, hatte aber gehört, was er hören wollte. Einen Augenblick überlegte er, Anaraki mit den Grundrissfotos zu konfrontieren, die Tinne ihm geschickt hatte. Dann wäre er allerdings in argen Erklärungsnöten gewesen, wie er an diese Grundrisse gekommen war. Er verabschiedete sich und gab Anaraki seine Karte, damit dieser ihm die Bilder des Thermoscans schicken konnte.

Beim Hinausgehen spürte er die Blicke des Chefkurators in seinem Rücken brennen. Anaraki war während des Gesprächs verschlossen gewesen wie eine Auster und hatte versucht, so wenig wie möglich preiszugeben. Doch Laurent konnte sich auf seine Intuition verlassen. Dieser Mann wusste mehr, als er sagte.

✳

Tinne stand im Eingang des umgestalteten Gartenhauses und kam sich bescheuert vor. Die Frau, die sich ›Madame Oona‹ nannte, wedelte mit einem Federbusch um sie herum, hielt die Augen geschlossen und summte ohne echte Melodie. »Du hast eine starke Aura, ich empfange Mut und Willen. Gut, das ist sehr gut«, murmelte sie mit ihrem slawischen Akzent.

Sie lotste Tinne ins Dämmerlicht des Raumes, in dem Räucherstäbchenschwaden die Luft schwängerten. Die Hütte war vollgestopft mit Esoterikplunder, in der Mitte stand ein niedriger Tisch, von Kissen umkränzt. Mit einer huldvollen Handbewegung deutete Madame Oona hin und nahm im Schneidersitz Platz. Tinnes Gelenkigkeit sorgte dafür, dass sie es ihr ohne Gefahr für die Knochen gleichtun konnte. Hinter ihr schlich die Brigade herein und ließ sich an der Wand nieder, knackende Knie und leises Stöhnen verrieten, dass es nicht allen so ging. Knarrend schloss sich die Tür. Nun war es fast dunkel, Staubkörner tanzten in den Lichtfingern zwischen den Tierfellen.

Die Madame schloss ihre Augen und fing wieder mit dem Singsang an, ihre Hände mit üppigen Ringen erhoben sich wie in Trance. Tinnes Blick schweifte über die Gegenstände um sie herum: trockene Kräuterbüschel, fratzenhafte Masken, Trommeln, allerlei Flaschen mit trüben Flüssigkeiten und etwas, das aussah wie ein Schrumpfkopf. Auf dem Tisch vor ihr lagen Tarotkarten, daneben stand – sie hätte fast laut gelacht – eine waschechte Glaskugel. Das Ganze sah derma-

193

ßen klischeehaft aus, dass Tinne am liebsten aufgestanden und gegangen wäre. Da öffnete Madame Oona ihre Augen, griff nach Tinnes Hand und flüsterte: »Wir werden jetzt eine Reise machen. Eine Reise in dich selbst. Mache deinen Geist frei.« Sie zog einen Stoffbeutel hervor und schwenkte ihn, begleitet von gemurmelten Worten in einer fremden Sprache. Da wurde die Tür aufgerissen, so plötzlich, dass alle erschraken. Ein Mädchen im Grundschulalter stand im Türrahmen, es hatte ein gelbes Hello-Kitty-Shirt an und trug ein Kaninchen von beachtlicher Größe im Arm.

»Mama, Mama, Bommel hat schon wieder Durchfall, ganz schlimm!« Ihr Mund samt Zahnlücke verzog sich und kündete von einer bevorstehenden Heulattacke.

Die Madame fuhr aus ihrem Singsang hoch. »Pam! Du sollst doch nicht stören, wenn die Mama arbeitet!« Ihr slawischer Akzent war verschwunden, stattdessen klang Rheinhessisch heraus. »Raus jetzt mit dir, und zwar schnell!«

»Aber … aber Bommel muss …«

»Raus und ab ins Haus, hab ich gesagt!«

Mit zitternder Unterlippe knallte das Mädchen die Tür zu. Draußen ertönten lang gezogenes Heulen und eine Litanei an den Papa, dass die Mama total ungerecht sei und Bommel nicht helfen wolle.

Madame Oona sammelte sich und rückte ihren Turban zurecht. Die Unterbrechung war ihr offensichtlich unangenehm, sie brauchte ein paar Anläufe, bis sie wieder zu ihrem schleppenden Akzent zurückfand. »Wir … äh, wir wollen beginnen.« Sie leerte den Inhalt des Beutels auf den Tisch. Steine, Vogelfedern, Ringe und eine Fischgräte, die sehr nach Plastik aussah, purzelten durcheinander. »Zuerst müssen wir die Schwingen der Ewigkeit rufen.«

Tinne wurde es zu bunt, sie wollte ihre Lebenszeit nicht länger für einen solchen Hokuspokus verplempern. Sie stand auf. »Hören Sie, Madame, eh, Oona, ich will nicht unhöflich sein, aber ich habe …«

Da geschah es. Der Satz fror in ihr fest, während ihr Blick unverwandt auf dem Tisch gerichtet war. Die weißliche Fischgräte zog sie magisch an, in ihrem Kopf wurde der Schleier zwischen Gegenwart und Vergangenheit durchsichtig. Fisch. Weiß. Wie damals in ihrem Zimmer schaute sie sich selbst zu, als würde sie in einer anderen Zeitebene neben einer zweiten Tinne stehen.

Sie befindet sich in einem Raum, es ist dunkel, Lichter zucken umher. Vor ihr erhebt sich etwas, es ist groß und weiß, gebogene Strukturen, leere Augenhöhlen, wieder schweift der Lichtschein darüber, groteske Schatten tanzen über die Wände …

»Ein Stift«, flüsterte sie, gefangen irgendwo zwischen Realität und Erinnerung, »ein Blatt, irgendwas, schnell.« Jemand reichte ihr ein Stück Papier, ein Bleistift wurde ihr zwischen die Finger geschoben. Automatisch fing ihre Hand an, Striche zu malen, während ihr inneres Auge noch immer in dem dunklen Raum war.

Neben ihr bewegt sich jemand, aber sie verspürt keine Angst. Ein Lachen ertönt, es ist Jason. Wieder das Licht, es beleuchtet dieses weiße Ding vor ihr. Es ist groß, wirklich groß …

Wie mit der Schere abgeschnitten endete die Erinnerung. Tinne blinzelte und war wieder im Hier und Jetzt, die Brigade hatte sich mit großen Augen um sie versammelt. Madame Oona schaute sie verdattert an. »Wir, äh, haben noch gar nicht angefangen«, meinte sie vorwurfsvoll und vergaß vor lauter Überraschung schon wieder ihren Akzent. Mit wirbelnden

Gedanken hob Tinne das Blatt in ihrer Hand hoch. ›Zahnpasta‹, stand dort, ›Brot‹, ›Gouda‹ und ›H-Milch‹, offensichtlich die Einkaufsliste von einem der Brigadiere. Quer darüber hatte sie mit festen Strichen etwas gezeichnet, das wie eine grobe Karikatur der Fischgräte auf dem Tisch aussah:

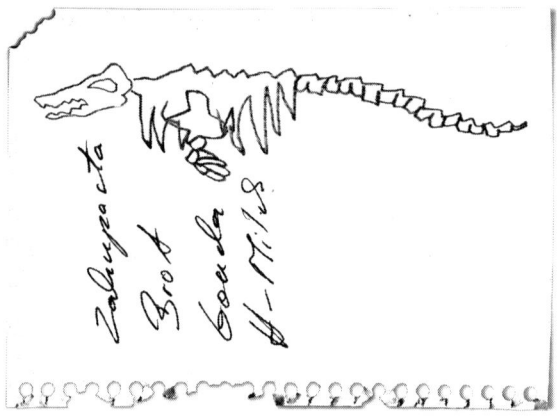

»Was ist das denn?« Dietmar schaute mit offenem Mund auf das Bild.

»Das habe ich gesehen«, flüsterte sie und konnte ihre Augen nicht von dem Blatt nehmen. »Ich bin dort gewesen, genau dort, wo dieses Ding war.«

Die Darstellung des Urzeit-Krokodils blitzte in ihr auf, die sie bei Tara im Hades gesehen hatte. Konnte es das Skelett eines solchen Wesens sein? Aber nein, da waren keine Beine gewesen, keine Krokodilschnauze.

»Das ist doch eine Art Fisch oder so.« Bertie reckte sich, um besser sehen zu können. »Hat das irgendwo gelegen, in der Kanalisation unten? Da gibt es sicher immer mal wieder Fischgräten.«

Sie schüttelte ungestüm den Kopf. »Keine Gräten, kein Küchenabfall. Es war groß, echt riesig, und ich hab direkt davorgestanden. Aufrecht, wie, ja, wie hingestellt.« Der Erinnerungsflash fühlte sich noch so real an, dass sie fast die Arme danach ausgestreckt hätte. Ihr war schwindelig. »Vier, fünf Meter groß bestimmt.«

»Es Monster von Loch Ness?«, hauchte Margarete halb im Scherz, halb im Ernst.

»Was ist, fangen wir jetzt an?« Madame Oona schaute leicht genervt von einem zum anderen. »Die Schwingen der Ewigkeit sind bereit.«

Tinne stand auf und schwankte, Mäx packte sie gerade noch am Arm, sonst wäre sie umgefallen. Sie fühlte sich matt, der durchdringende süßliche Geruch verursachte ihr Übelkeit. »Keine Schwingen. Keine Ewigkeit. Ich muss hier raus, sonst kotze ich auf die Glaskugel.«

Die Brigade führte sie in den Garten, wo sie die Luft trank, bis die Lungen schier platzten. In ihrer Hand hielt Tinne das Blatt Papier, so fest sie konnte. Ein dunkler Raum. Ein Fisch von monströser Größe. Sie war dem Geheimnis des Museums ein Stück nähergekommen, das spürte sie.

✳

»Pöck«, sagte Simon und hielt Laurin die Flasche hin.

»Pöck«, gab dieser zurück und stieß an. Beide gönnten sich ihr viertes Rothaus und zogen durch.

Die Jungs saßen bei Simon zusammen. Hier konnten sie besser abhängen als bei Laurin, denn einer der Vorteile von Simons Zimmer war, dass es sich eigentlich um eine kleine Einliegerwohnung handelte, mit eigenem Eingang und großem Fenster zur Straße hin. Einen weiteren Vorteil brachte die Lage im Souterrain mit sich, denn gegenüber, nur zwei Türen entfernt, lag der Vorratskeller. Simons Vater bunkerte ordentliche Bierreserven, weshalb sich die Jungs gerne bedienten.

Normalerweise surften sie im Netz, denn Simon hatte von seinem Onkel einen guten Rechner mit 35-Zoll-Bildschirm bekommen. Der Onkel wusste, dass sich Simon für Hard- und Software interessierte, und freute sich, dass er seinen Neffen unterstützen konnte. Was er allerdings nicht wusste, war, dass Simon inzwischen einige ziemlich ausgefuchste Hacker-Skills besaß und sich unter dem Namen ›Pavarotti‹ regelmäßig im Darknet herumtrieb. Letztes Jahr hatte Simon ein paar krumme Bitcoin-Geschäfte gedreht und war für kurze Zeit sogar richtig, richtig reich gewesen, bis ihm ein noch besserer Hacker alles wieder abgeluchst hatte. Über eine Aktion lachten die Jungs aber heute noch: der Tag, an dem er den elektrischen Orga- und Vertretungsplan der Schule gekapert hatte. Plötzlich waren sämtliche Einträge gelöscht gewesen, alle Lehrernamen hatten sich in Schimpfworte verwandelt, und auf dem Bildschirm in der Aula lief YouPorn. Trotz eines Riesendonnerwetters und einer Untersuchung der Schulaufsichtsbehörde war niemals ans Tageslicht gekommen, wer hinter ›Pavarotti‹ steckte.

Heute standen aber keine Hacks im Zentrum der Aufmerksamkeit, sondern ihr Fund aus dem Bett des Rheins. Gesäubert lag er auf dem Schreibtisch, Laurin näherte sich und konnte ihr Glück immer noch nicht fassen.

»Funktioniert? Echt? Sicher, ich meine, ganz sicher?«

»Ganz sicher. Ich hab alle Modi durchgedrückt und auch noch die Firmware gecheckt. Einwandfrei.«

»End – geil!« Laurin griff danach und ließ das Licht der Schreibtischlampe darauffallen. »Das ist, echt, also …« ihm fehlten die Worte.

»Fettes Karma«, vollendete Simon. »Aber pass mal auf, das ist noch nicht alles.« Er öffnete den Explorer am Rechner. »Da ist nämlich eine 64 Gig Micro drin gewesen, rappelvoll.« Er deutete auf den Bildschirm.

»Das ist alles drauf gewesen? Alter!« Laurin scrollte und scrollte, ohne an ein Ende zu gelangen. »Was issn das für krasses Zeug? Hau es weg, und wir haben 64 Gig für uns.«

»Nee, mach ich nicht. Ich weiß was Besseres. Ich bin nämlich alles durchgegangen, schräg, ja, ziemlich. Aber eine Sache hab ich weiterverfolgt im Netz und bin auf einen Kontakt gekommen.«

»Was für 'n Kontakt denn?«

»Typen, die damit was zu tun haben.« Sein Blick streifte den Bildschirm. »Und ich kann mir vorstellen, dass die das alles zurückhaben wollen.«

»Du willst es denen zurückgeben?! Bist du …«

»Ey, doch nicht in echt! Ich schicke ihnen was, zwei, drei Sachen, damit die sehen, dass wir keinen Scheiß reden. Und ein Foto davon.« Er deutete auf ihren Fund. »Das kostet die was. Und das war's dann.«

Es dauerte ein paar Sekunden, dann machte sich ein kleines, gemeines Lächeln auf Laurins Gesicht breit. »Du zockst sie ab! Wir bieten was und greifen die Kohle ab, und fertig.«

»Und fertig«, bestätigte Simon. »Gutes, schönes, kleines Geld für Spanien.«

Sein Kumpel fixierte den Bildschirm, als könnte er hindurchschauen.

»Und du schaffst es, denen was zu schicken, ohne dass die uns irgendwie auf den Schirm kriegen?«

Simon lehnte sich zurück und griff nach seinem Rothaus. »Alter, lass das mal den Pavarotti machen.«

✳

Tinne merkte erst, wie erschöpft sie war, als sie beim leisen Schaukeln des VW-Busses immer wieder einschlief. Der Tag hatte es in sich gehabt: die Museumsgrundrisse, die Neuigkeiten in der Rechtsmedizin, die Séance bei Madame Oona. Dazu kam, dass sich ein Winkel ihres Gehirns Tag und Nacht damit beschäftigte, gegen das schwarze Loch anzukämpfen. Es kam ihr vor, als gäbe es ein winziges Mühlrad in ihrem Kopf, das alle Gedanken, Ideen und Eindrücke wieder und wieder zermahlte, um irgendwann aus dem Substrat die fehlende Erinnerung zu bauen. Das kostete Kraft, sie fühlte sich erschlagen wie nach einem Marathonlauf. Müde räkelte sie sich in dem bequemen Ledersitz und genoss die Kühle der Klimaanlage. Selbst das Gejohle der Brigadiere nahm sie nur halb wahr – der Bus hatte die Ampel auf Höhe des Gutenberg-Centers bei Gelb genommen und brauste damit Axls Harley davon. Beim Wegdämmern lächelte sie. Ihre Freunde waren manchmal wie Kinder und konnten sich für Kleinigkeiten begeistern, die jeden anderen kalt gelassen hätten. Das machte sie zwar anstrengend, aber gleichzeitig sehr, sehr liebenswert.

Sie erwachte aus ihrem Halbschlaf, als der T5 in die Wilhelmstraße einbog. »Ui, schon da«, murmelte sie lahm. Ihretwegen hätte die klimatisierte Schaukelfahrt ewig weitergehen können.

»Ja, 'tschuldigung, Frau Professor.« Dietmar bremste vor dem Tor der Kommune. »Wir haben uns den Nachmittag für dich freigenommen, deshalb müssen wir jetzt gleich weiter und eine Abendschicht dranhängen. Alles zu deinem Besten.« Er zwinkerte ihr gut gelaunt zu, Tinne bekam prompt ein schlechtes Gewissen. So albern ihr die möchtegernslawische Mediumsdame auch vorgekommen war – die Taxileute hatten sich dafür extra freigeschaufelt und mussten nun Überstunden schieben. Gerührt bedankte sie sich, doch die

Brigadiere wollten nichts davon wissen und winkten ab. Sie stieg aus, da gab Dietmar auch schon Gas und eilte den Kundenaufträgen entgegen.

Tinne stand etwas verloren auf dem Gehsteig. Mit wildem Grimm fiel die Hitze über sie her, obwohl der Nachmittag bereits in den Abend überging. Die Straße wirkte ausgestorben, kein Mensch ging vor die Tür, wenn er nicht unbedingt musste. Ihr Kopf fühlte sich ebenso leer an, sie sehnte sich nach einem Espresso und ihrem Bett. Und nun? Weiterrecherchieren? Aber wie und wo? Die Fischzeichnung fiel ihr ein, und plötzlich war sie schockwach. Das Blatt, wo hatte sie es hingetan? Sie erinnerte sich, es im Bus irgendwo auf die Mittelkonsole gelegt zu haben. Hatte sie es dort vergessen? Fahrig tastete sie ihre Hose ab und fand das Papier in der hinteren Tasche.

Wieder schaute sie das Skelettgespenst an und spürte den Hauch der Erinnerung. Was hatte sie da gesehen? Im Keller eines Naturhistorischen Museums waren Knochenpräparate keine allzu große Überraschung. Aber warum in einem versteckten Raum? Und weshalb hatte Jason für diese Entdeckung sterben müssen? Sie musste an Margarete und deren halb scherzhaften Kommentar über das Monster von Loch Ness denken. Lag dort unten vielleicht wirklich ein Dinosaurierskelett oder ein prähistorischer Monsterfisch? Wie einen Schatz hielt sie das Blatt in der Hand. Ein dünner Faden, der sich durch das Meer des Vergessens zog.

Die Müdigkeit schwappte wieder über Tinne hinweg, sie brauchte zwei Anläufe, um den Schlüssel ins Hoftor zu stecken und es aufzudrücken. Beiläufig hörte sie einen Automotor, der anlief und beschleunigte, dann bremste der Wagen ab. Ohne weiter darüber nachzudenken, schlurfte sie auf den Hauseingang zu. Mitten im Hof schlug ihr siebter Sinn plötzlich Alarm, innerhalb eines Wimpernschlags war sie voll

Adrenalin. Sie hörte Schritte, die Präsenz eines fremden Menschen füllte ihre Wahrnehmung. Sie wollte herumfahren, doch zu spät, etwas Dunkles, Nachgiebiges wurde über ihren Kopf und ihren Oberkörper gestülpt. Die Welt verwandelte sich in Schwärze, Tinne schrie und strampelte, aber ihr war klar, dass der Sack, oder was auch immer, die Geräusche dämpfte. Kräftige Hände packten sie und zerrten sie davon in Richtung Straße, wo noch immer der Automotor lief. Das metallische Schleifen einer Schiebetür ertönte, Tinne brüllte und sträubte sich, doch vergebens. Ihre Arme steckten im Sack, ihre Tritte gingen ins Leere, unbarmherzig wurde sie vorangezogen. In grellen Farben sah sie Jasons Totengesicht vor sich, die grässlichen Wunden der Krokodilzähne, die seine Haut und sein Fleisch zerfetzt hatten. Laurents Stimme erklang in ihrem Kopf … *die Täter haben im Prinzip wenig Chancen, an deine Identität zu kommen …* Seine Worte klangen wie Hohn. Sie war dem Geheimnis, das tief unter der Stadt verborgen lag, einen Schritt zu nahe gekommen.

In diesem Augenblick hörte Tinne ein Geräusch, das sie seit Jahren kannte und das ihr nun vorkam wie die himmlischen Chöre: das Grollen einer 1953er Harley Davidson Panhead. Wilde Hoffnung packte sie, mit aller Kraft trat sie um sich und schrie, was die Lungen hergaben. Und das Unmögliche wurde wahr. Das Motorrad dröhnte heran, sie hörte Axls Stimme scharf und fordernd, plötzlich befand sie sich im freien Fall und landete auf dem Boden. Füße kratzten auf Asphalt, Autotüren knallten, ein Motor heulte auf, dann waren da nur noch Licht und Luft und Axls Schulter, an der sie sich festklammerte, als würde sie ertrinken.

»Die … die wollten …«, schluchzte sie.

Axl nahm sie in den Arm und wiegte sie wie ein kleines Kind. »Ich hab's gesehen. Die wollten dich kaschen, und das hätten sie ums Haar hinbekommen.« Er warf einen schrägen

Blick auf sein Motorrad. »Wenn ich jedes Mal zum Helden werde, sobald die Brigade mich an einer roten Ampel abhängt, dürfen die das ruhig öfter machen.« Unter Tränen musste Tinne lachen. Ihre Gefühle pendelten zwischen Todesangst und Erleichterung, es dauerte eine Weile, bis ihr Herzklopfen nachließ und sie sich vorsichtig an Axl hochzog.

Erst sehr viel später merkte sie, dass das Blatt mit der Zeichnung nicht mehr da war. Sie hatte es bei dem Überfall in der Hand gehalten, dabei musste es in den Sack gerutscht und mit ihm verschwunden sein. Ihr Erinnerungsfaden war erneut gekappt worden.

DRITTER TEIL

DONNERSTAG,
13. SEPTEMBER 2018

Der Zustand zwischen Schlaf und Wachsein fühlte sich herrlich an, er hielt die Wirklichkeit auf Distanz. Tinne rollte sich zusammen, stopfte das Kopfkissen fest und versuchte, ihren Kopf leer zu lassen. Weich und angenehm kühl fühlte sich das Bett an. Das Schlafzimmer in Laurents Haus lag im Erdgeschoss und war nicht von drückender Hitze angefüllt wie der erste Stock in der Wilhelmstraße, in dem die Kommune ihre Räume hatte. Laurent geisterte herum, sie hörte ihn rumoren, die Kaffeemaschine brummte, er telefonierte und lief durchs Haus. Die Geräusche lullten sie ein und gaben ihr das Gefühl, die gestrigen Geschehnisse wären nur ein Albtraum gewesen. Doch allmählich holte sie die Realität ein, sie streckte die Glieder und setzte sich auf. Das Schlafzimmer hatte bodentiefe Fenster und bot einen Blick in den Garten. Dort herrschte durch die Sommerhitze zwar eher Dürre als Grün, dennoch mochte Tinne es, beim Aufwachen in die Natur zu schauen.

»Moin, Schlafmütze. Na, hast du ein bisschen Ruhe finden können?« Laurent setzte sich zu ihr, in einer Hand hielt er einen Espresso, in der anderen einen Keks. Mr. Right, kein Zweifel!

»Hm, jein«, mümmelte sie zwischen Kekskrümeln. »Geht ganz schön viel rum im Kopf.« Der Espresso vertrieb ihre Schläfrigkeit, wenngleich Laurents Vollautomat nicht mit ihrer Bezzera mithalten konnte. Er nagte an seinen Lippen und schaute sie an. Tinne kannte diesen Blick – seine Gedanken kreisten darum, wie viel er ihr sagen konnte. Oder wollte.

»Also, ich habe heute früh schon mit allen möglichen Stellen telefoniert. Axl ist der einzige Zeuge, sonst hat keiner in der Straße etwas gesehen oder gehört. Ein weißer Lieferwagen, ein Ford, drei Männer sind es gewesen. Eine genauere Beschreibung hat Axl uns nicht geben können, weil die drei sofort bei seiner Ankunft abgerückt sind. Aber er hat sich die Nummer gemerkt.« Das wunderte Tinne kein bisschen, die pedantische Ader ihres Mitbewohners ließ ihn sogar in höchster Aufregung rational handeln. »Leider Fehlanzeige, das Kennzeichen gehört zu einem älteren Ehepaar in Gau-Odernheim, die weder einen Lieferwagen fahren noch etwas mit der ganzen Sache zu tun haben. Da ist jemand ziemlich planvoll vorgegangen.«

Tinne schaute ins Leere und versuchte, nicht an das zu denken, was die Männer mit ihr vorgehabt hatten.

»Die Gefahr besteht, dass sie es wieder versuchen werden.« Laurent war anzuhören, dass er sich bemühte, als Kommissar zu sprechen und nicht als Lebenspartner. »Deshalb denke ich, dass Polizeischutz das Beste sein wird. Ich könnte …«

»Nein!« Tinne fuhr auf. »Kommt nicht in Frage. Ich will keinen Aufpasser, der den ganzen Tag hinter mir herdackelt. Ich kann gut selbst auf mich aufpassen!«

An Laurents Gesicht konnte sie ablesen, was in ihm vorging: Ihr rabiater Widerspruch nervte ihn, gleichzeitig machte er sich Sorgen um ihre Sicherheit. Sie wusste selbst, wie überzogen ihre Reaktion war. Aber die Vorstellung, unter Polizeischutz zu stehen, schaltete einen Mechanismus in ihr an, den sie nicht kontrollieren konnte. Sich von jemandem überwachen lassen – unmöglich. Ihre Unabhängigkeit hatte sie schon immer mit Zähnen und Klauen verteidigt und von keinem Menschen Hilfe gewollt. Sich nicht frei bewegen zu können oder jemandem Rechenschaft ablegen zu müssen engte sie ein wie ein Korsett.

Vielleicht war das der Grund, weshalb sie und Laurent noch immer nicht zusammengezogen waren. Sicher, sie übernachteten oft in der Kommune oder in seinem Haus, sie verbrachten viel Zeit miteinander und unternahmen wunderschöne Wochenendtrips, die wie im Flug vergingen. Und klar, es wäre genug Platz hier bei Laurent, es gab Haus und Garten und Garage und nette Nachbarn. Doch es machte Tinne Angst, die Kommune 47 aufzugeben und vollends hierherzuziehen. Tief im Inneren hatte sie das Gefühl, damit auch ihre Selbstständigkeit und ihre Freiheit aufzugeben. Dass das Quatsch war, wusste ihr rationales Denken sehr wohl. Doch Vernunft und Unterbewusstsein verhielten sich manchmal wie zwei Pferde, die das Leben in unterschiedliche Richtungen ziehen wollten. Sie sehnte sich danach und hatte gleichzeitig Angst davor.

Dazu kam, dass vieles hier an Mona erinnerte, an Laurents verstorbene Frau. Sie war vor zehn Jahren bei einem Unfall ums Leben gekommen. Die beiden hatten das Haus gemeinsam gebaut, es kam Tinne vor, als würde Monas Persönlichkeit die Räume noch immer durchdringen. Manchmal strich Tinne durch die Zimmer, wenn Laurent nicht zu Hause war, und stellte sich vor, wie es damals gewesen sein mochte. Die tausend kleinen Geschichten, die in einem gemeinsamen Haus steckten. Das Bild zum Beispiel, das ein bisschen zu nah am Treppenaufgang hing. Hatte Mona gelacht und Laurent deswegen geneckt? Oder hatten die beiden deswegen Krach bekommen? Wie mochte der Alltag ausgesehen haben, in der Küche, vor dem Fernseher, im Schlafzimmer?

Laurent war ein Mann mit feinen Antennen, er hatte von Anfang an gespürt, wie sehr Tinne an diesem Erbe litt. Ohne es zu thematisieren, tauschte er nach und nach vieles aus, besorgte neue Schlafzimmermöbel, eine neue Couch, andere Stühle, frische Farben an den Wänden. Die Bilder, die kleinen

Accessoires, die Lampen, all das verwandelte sich allmählich. Tinne merkte daran, wie wichtig ihm ihre Beziehung geworden war, denn er gab mit jeder Neuanschaffung ein Stück der gemeinsamen Vergangenheit mit Mona auf. Doch sie spürte immer noch eine innere Distanz zu dem Haus. Wenn sie einen Lichtschalter betätigte oder eine Türklinke drückte, hatte sie das unbestimmte Gefühl, eine zweite Hand würde darauf liegen, sphärisch und leicht wie eine Feder.

Sie fragte sich, wie es in Zukunft weitergehen sollte. Immerhin waren sie und Laurent seit letztem Jahr verlobt, sie freute sich wahnsinnig darüber und wurde nicht müde, den Ring anzuschauen, den er ihr geschenkt hatte und den sie seither jeden Tag trug. Und natürlich fragten all ihre Freunde in gebetsmühlenartiger Wiederholung, wann es denn endlich so weit sei und sie mit einer Einladung zum Hochzeitsgelage rechnen durften. Tja, genau, wann eigentlich? Tinne und Laurent schlichen um dieses Thema herum wie die Katzen um den heißen Brei, keiner wollte es ansprechen, weil damit automatisch die Frage nach dem gemeinsamen Lebensmittelpunkt aufs Tapet käme.

Ihre Gedanken hatten Tinne davongetragen, sie merkte plötzlich, dass Laurent sie abwartend anschaute. Entschieden schüttelte sie den Kopf und wiederholte ihre Ablehnung. »Nein, keine Chance. Polizeischutz ist ein No-Go. Keine Leine für mich.«

Er schloss kurz die Augen, als wollte er sich selbst beruhigen. »Dann, bitte, bitte, sei wenigstens vernünftig und geh aus der Schusslinie, und das meine ich verdammt wörtlich. Keine Alleingänge, keine nächtlichen Strecken mit dem Rad. Wenn du irgendwo hinmusst, ruf mich an, oder lass dich von Bertie fahren oder hock dich in Gottes Namen bei Axl hinten aufs Motorrad.« Seine Stimme wurde eindringlich. »Und hör auf mit deinem Herumgestocher. Ich bin gestern extra noch mal im Museum gewesen und habe mit diesem Dr. Anaraki gesprochen, der hat die Renovierung 2006 mitorganisiert. Damals haben sie einen Thermoscan gemacht, um die Fundamente des mittelalterlichen Kirchenbaus aufzuspüren. So ein Scan zeigt alles, was hinter Wänden verborgen ist, und da war nichts Auffälliges. Er hat mir die Bilder geschickt mit den Vermessungsrastern, die die Profis von der Thermoscan-Firma darübergelegt haben. Keine Kammer, kein Raum, kein Durchgang, nichts. Deine Museumsidee ist eine Sackgasse, also lass bitte die Finger davon.« Er griff nach ihren Händen. »Die Ermittlungen in diesem Fall, die erledigen wir, und nicht du und Elvis, okay?«

Tinne hörte diese Worte nicht zum ersten Mal. Sie lächelte schwach. »Du kannst dich entspannen. Der einzige Hinweis, der uns vielleicht hätte weiterbringen können, ist gestern Abend verloren gegangen.« Laurent wusste Bescheid über ihren Flashback und die verlorene Fischzeichnung. Seinem Gesichtsausdruck nach zu urteilen bedauerte er diesen Ausgang nicht allzu sehr. Natürlich hatte Tinne versucht, die Skizze nochmals anzufertigen. Doch sosehr sie sich bemühte, die Erinnerung blieb schwarz. Das plastische Bild in ihrem Kopf, das sie bei Madame Oona gesehen hatte, wollte sich nicht mehr einstellen. Ihre neuerlichen Fischversuche sahen aus wie Gekritzel von Leonie. Nein, falsch, die Kleine hätte es besser gekonnt.

Laurent stand auf, nahm ihre Espressotasse und ging in die Küche. Tinne merkte, dass sie Nackenschmerzen von der unbefriedigenden Situation bekam. Es war, als hätte ihr jemand eine Menge Einzelteile hingeworfen ohne Anleitung, wie sich alles sinnvoll zusammenfügen ließ. Zum hundertsten Mal verfluchte sie die Sekunde, in der sie das Fischbild losgelassen hatte.

Ein Summen auf dem Nachttisch riss sie aus ihren Grübeleien. Ihr Handy vibrierte, eine WhatsApp war eingegangen.

Habe v Axl gehört was passiert ist. Au backe! Hoffe es geht dir einigermaßen. Sag Bescheid wenn du Hilfe brauchst!!! Hier ein Foto, haben wir gestern a d Heimfahrt im Bus gemacht. Vllt hilfts dir weiter. LG Bertie

Tinne scrollte weiter – und konnte kaum glauben, was sie sah. Der Handybildschirm zeigte in aller Deutlichkeit ein Foto ihrer Fischzeichnung! Die Brigadiere mussten das Bild während der Heimfahrt von Ober-Olm geschossen haben, als Tinne schlafend im Sitz gehangen und das Blatt in der Mittelkonsole gelegen hatte.

Laurent kam zurück, eilig drückte sie das Handy dunkel. Möglichst unverfänglich meinte sie: »Du, ich werd mich dann mal auf den Weg heim machen. Bin echt noch müde.« Ihr Gähnen war pures Overacting, doch der Kommissar nickte mit einem kleinen Lächeln. »Klar, komm, ich fahr dich schnell hin. Und dann erholst du dich von den Erlebnissen gestern.«

Sie schämte sich für ihre Flunkerei, aber sie wusste, dass Laurent sie eher auf dem Küchenstuhl fesseln als weiter ermitteln lassen würde. Und weiter ermitteln wollte sie auf jeden Fall. Dieser Thermoscan des Museumskellers bewies in ihren Augen gar nichts. Wenn jemand ein Geheimnis hüten wollte, dann würde er das auch irgendwie schaffen, keine Frage.

Also blieb ihr Erinnerungsflash bei Madame Oona als einzige Spur. Und sie hatte sogar schon eine Idee, wer ihr bei der Frage nach dieser merkwürdigen Fischgrätenzeichnung weiterhelfen konnte.

✳

Mit jedem Schritt nach unten wurde es kühler. Das fühlte sich bei der momentanen Sommerhitze zwar nicht unangenehm an, doch Hans-Peter Meurer konnte die Erfrischung nicht genießen. Er zog prüfend die Luft ein, atmete aus und schnupperte nochmals ganz bewusst. Es roch nach Gas, kaum wahrnehmbar zwar, aber es reichte, um seine innere Alarmglocke schrillen zu lassen. Etwas stimmte hier nicht im Keller. In ›seinem‹ Keller.

Meurer arbeitete als Hausmeister in der Rheinstraße 101, einem quadratischen Wohn- und Geschäftsgebäude, das fast auf Höhe der Theodor-Heuss-Brücke lag. Im Erdgeschoss hatte die Kunsthandlung Müller ihre Räume, die fünf Stockwerke darüber waren als Wohnungen vermietet. Vorne rollte der endlose Verkehrsstrom aus Autos und Bussen vorbei, der die Brücke als Verbindungsweg auf die hessische Seite nutzte. Hinten schlossen sich ein Parkplatz und ein Heizkraftwerk der Mainzer Fernwärme an, von den oberen Stockwerken konnte man zum Haus der Jugend und zum Deutschhausplatz schauen.

Das Haus konnte nicht gerade als Ausbund an Schönheit bezeichnet werden, eine schmucklose rötliche Fassade, typische Mainzer Nachkriegsarchitektur eben. Gebaut in einer Zeit, in der Wohnraum knapp war, es mussten schnell und billig Häuser hochgezogen werden. Inmitten einer zerbombten Stadt hatte architektonische Schönheit einen eher geringen Stellenwert gehabt.

Doch Hans-Peter Meurer lag das Gebäude trotzdem am Herzen. Seit 17 Jahren trug er hier als Hausmeister die Verantwortung, sein Perfektionismus hatte viel dazu beigetragen, dass alles gut in Schuss war. Bröckelnder Putz, marode Leitungen, undichte Dächer? Nicht mit ihm! Als gelernter Heizungsbauer konnte Meurer die Ärmel hochkrempeln und anpacken. Er sah es als Ehrensache, dass in ›seiner‹ Anlage alles tipptopp lief.

Deshalb hatte er sich nach dem Anruf von Frau Zabel aus dem vierten Stock sofort auf den Weg gemacht. »Herr Meurer, mit dem Gas stimmt etwas nicht«, das waren die Worte der alten Dame gewesen. »Die Kochflammen gehen immer wieder aus, die brennen nur für zwei, drei Minuten. Gestern hab ich schon ein paar Mal nachzünden müssen, aber heute funktioniert gar nichts mehr. Dabei will ich Gulasch kochen für heute Mittag, hab ich extra frisch geholt!« Von den anderen Mietern hatte er zwar noch nichts gehört, doch er wusste, dass Frau Zabel eine aufmerksame Beobachterin war. Das lag wahrscheinlich an ihrem ehemaligen Beruf: Als pensionierte Mathematiklehrerin legte sie Wert auf Exaktheit an der Grenze zur Pedanterie.

Nun stand Meurer vor der Kellertür und schnupperte. Der Gasgeruch kam ihm hier sehr viel stärker vor, sein Puls beschleunigte sich. Schon geringe Gaskonzentrationen in der Luft waren explosionsfähig, damit sollte man nicht spaßen. Aus seinen ehemaligen Berufsjahren kannte Meurer die Routine in solch einem Fall: das Gebäude räumen, den Notdienst des Anbieters alarmieren, den Gas-Haupthahn absperren und für gute Durchlüftung sorgen.

Eine Viertelstunde später standen alle Bewohner draußen auf dem Parkplatz des nebenanliegenden Europahauses und linsten unsicher zur Hausnummer 101. Zum Glück waren nicht allzu viele zu Hause gewesen, die meisten arbeiteten um diese Zeit. Frau Zabel sah unzufrieden aus, sie sorgte sich wohl mehr um ihr Gulasch als um das Haus.

Meurer beruhigte die Leute und schärfte ihnen ein, keinesfalls auf eigene Faust zurückzukehren. Dann machte er sich auf den Weg. Zwar hatte er den Notdienst des Gasversorgers bereits informiert, aber der Haupthahn musste trotzdem so schnell wie möglich zugedreht werden.

Im Abgang zum Keller ließ Meurer das Deckenlicht aus. Seit seiner Ausbildung zum Heizungsinstallateur wusste er, dass Glühlampen und Neonröhren beim Einschalten kleinste Funken erzeugten, die zur Explosion von Luft-Gas-Gemischen führen konnten. Stattdessen zog er sein Handy hervor und schaltete die Lichtfunktion an. Die Brandschutztür zum eigentlichen Kellertrakt klemmte und ließ sich erst öffnen, als er sich dagegenstemmte. Das war letzte Woche noch nicht gewesen. Mit der Routine eines Hausmeisters machte Meurer sich im Geist einen Vermerk – demnächst die Scharniere ölen.

Im Keller raubte ihm der Geruch nach Gas fast den Atem. Er wusste, dass der allerkleinste Funke hier zur Katastrophe führen würde. Lebensgefahr. Mit schweißnassen Achseln ging er an den Holzgittern und -türen der Mieterparzellen vorbei, das Handylicht zuckte unruhig hin und her. Sein Ziel war der Haustechnikraum im hinteren Bereich, dort lagen die zentralen Anschlüsse für Gas, Strom, Wasser und Abwasser. Die Mieter besaßen keinen Schlüssel für die Tür, den hatten nur er und der Eigentümer, die Mainzer Wohnbau.

Meurer nahm das Handy zwischen die Zähne und zog seinen Schlüsselbund hervor. Sorgfältig achtete er darauf, dass die Metallschlüssel am Bund nicht aneinanderrieben. Endlich hatte er den richtigen gefunden und schloss im Zeitlupentempo auf. Doch auch diese Stahltür ließ sich nicht bewegen, ebenso wie vorhin die Tür zum Treppenhaus. Er rüttelte an der Klinke, drückte die Schulter dagegen und versuchte, die Finger in den Rahmen zu schieben. Vergebens. Verbissen murmelte er einen Fluch. Was war denn hier nur los? Erst als er die Tür mit aller Kraft nach oben drückte und gleichzeitig an der Klinke riss, gab sie plötzlich nach. Panisch stoppte Meurer die Tür, um Reibung und Funkenschlag zu vermeiden. Dann zog er sie Zentimeter für Zentimeter auf. Die Scharniere gaben klagende Laute von sich, der Rahmen musste komplett verzogen sein.

Weiter konnte Meurer nicht darüber nachdenken, denn der Gasgestank in dem kleinen Raum überfiel ihn mit fast körperlicher Wucht. Er ließ das Handylicht hereinfallen und hatte mit zwei Schritten den Haupthahn erreicht. Zack, zu, die größte Gefahr war gebannt. Dann erst schaute er genauer hin. »Oh Kacke!« Unwillkürlich trat er einen Schritt zurück. Schlagartig wurde ihm klar, dass er das Problem nicht mit dem Haupthahn eindämmen konnte. Der Rohrschaden war nämlich direkt an der Kellerwand entstanden, ein gutes Stück vor der Absperrung. Dort, wo das Gasrohr aus der Wand kam, zeigte sich ein Riss im Metall, eine gezackte Scharte, als hätte eine riesige Kralle zugeschlagen.

Der Hausmeister starrte auf die Leitung. Vor vier Jahren war die komplette Heizungsinstallation neu gemacht worden. Solche Arbeiten gehörten lange Zeit zu seinem Beruf, er hatte den Handwerkern deshalb interessiert über die Schulter geschaut. Die Männer hatten V2A-Edelstahlrohre verbaut, Industriequalität, zweieinhalb Millimeter Wandstärke. Bestes Material. Und nun – zerfetzt wie Papier.

Hans-Peter Meurer nahm die Beine in die Hand und machte, dass er aus dem Keller herauskam. Da mussten die Profis ran, das war nicht mehr seine Sache. Das, was er gesehen hatte, ließ ihn nicht los. Eine gewaltige Kraft musste nicht nur die Kellertüren verzogen, sondern auch das massive Metallrohr entzweigerissen haben. Wer oder was konnte so etwas bewirken?

*

»Wohin?«, fragte Bertie anstelle einer Begrüßung. Tinne am anderen Ende der Leitung antwortete mit einer Gegenfrage: »Schnitzel oder Frikadellen?« Ihr Mitbewohner überlegte nicht lange. »Schnitzel. Pfannengroß. Also, wohin?«

»Von zu Hause nach Nierstein. Bist 'n Schatz.«

Diesem Telefonat lag eine ganz besondere Absprache zwischen ihnen zugrunde, die sich eingebürgert hatte, seit Tinne vor sieben Jahren in die Kommune gezogen war. Ihr schmales Unigehalt erlaubte kein eigenes Auto, sie hatte ihren Alltag mit dem Fahrrad und den öffentlichen Verkehrsmitteln gut im Griff. Manchmal brauchte sie aber trotz allem einen fahrbaren Untersatz, in diesen Fällen chauffierte Bertie sie in seinem Taxi, freilich ohne dass das Taxameter lief. Wenn sich genügend Gefälligkeitskilometer angesammelt hatten, revanchierte Tinne sich mit einem fürstlichen Abendessen in der Kommunenküche. Da Bertie ausgemachter Fleischliebhaber war, hatte sie mit ihrer Schnitzel-oder-Frikadellen-Frage genau ins Schwarze getroffen.

Die heutige Freundschaftsfahrt von Bretzenheim nach Nierstein hätte Tinne normalerweise spielend mit dem Zug erledigt. Doch obwohl sie Laurent gegenüber die starke Frau markiert hatte, musste sie sich eingestehen, dass ihr ganz schön mulmig zumute war. Die Leute, die sie auf dem Kieker hatten, ließen nicht mit sich spaßen, daran bestand kein Zweifel. Es war wohl im Moment keine besonders gute Idee, allein unterwegs zu sein, da hatte Laurent recht.

Tinnes erster Anruf hatte deshalb Elvis gegolten. Der Dicke fiel als Begleitschutz leider aus, er war bereits zu einem Morgentermin nach Oppenheim unterwegs. Von dort würde er direkt ins benachbarte Nierstein kommen, um Tinne zu treffen. Also musste Bertie herhalten.

20 Minuten später fuhr der Passat die B9 am Rhein entlang. Tinne drückte die Nase an der Scheibe platt, denn links der Straße sorgte das Niedrigwasser des Flusses für einen ungewöhnlichen Anblick. Die Boote am Nackenheimer Mühlarm lagen halb auf dem Trockenen wie gestrandete Wale, ein paar Kilometer weiter war die Fahrrinne hinter dem gelben, ausgetrockneten Flussbett kaum zu sehen. Die wenigen Schiffe vermittelten den Eindruck, durch eine Sandwüste zu fahren statt durch Wasser.

In Nierstein kurvte Bertie durch die Rheinstraße, Tinne lotste ihn nach rechts ins verwinkelte Zentrum. Wie immer empfand sie die Ortschaft als eine Stadt mit zwei Gesichtern. Die zum Fluss hingewandte Seite steckte irgendwo in den 1980ern fest, klassisch-altmodische Gasthäuser und Hotels mit geschwungenen Schildern buhlten um ein Publikum, das eher Tinnes Eltern entsprach. Doch wer sich davon nicht abschrecken ließ und sich weiterwagte in die Altstadt, der wurde mit Charme und einem frischen, lebendigen Geist belohnt. Straußwirtschaften mit pfiffigen Angeboten, schön renovierte Winzerhöfe und junge Gastronomie wechselten sich ab, knorrige Fachwerkhäuser und Prachtbauten von einst ergaben ein harmonisches Ensemble.

Auf dem Marktplatz wartete Tinne auf Elvis. Nach ein paar Minuten kam der Dicke auf dem E-Scooter angesummt, Riesling hockte in seiner Weinkiste und ließ die Zunge im Fahrtwind schlackern.

»Was machst 'n auch für Sachen, Nachtigallchen«, knurrte er zur Begrüßung und nahm sie in den Arm, dass ihre Rippen knackten. Tinne wusste, dass sie einen festen Platz in Elvis' großem Herzen hatte und er sich um sie sorgte, auch wenn er sich normalerweise wie eine Stacheldrahtrolle benahm. Die Beinaheentführung gestern musste ihm einen Riesenschreck eingejagt haben, sonst hätte er sich niemals zu einer solchen Gefühlswallung hinreißen lassen. Er trat ein paar Schritte zurück, als wäre ihm die Umarmung peinlich, und bemühte sich um seine übliche Ruppigkeit.

»Äh, ja, also, da bin ich. Was ist denn los, warum Nierstein? Willst du mich zum Essen einladen? Dann haste Glück. Hier im ›Plan B‹ wohnen die besten Burger weit und breit.« Mit einer Kopfbewegung deutete er auf ein Lokal, vor dem Sonnenschirme standen und in dem eine Bedienung gerade die Tische für die Mittagsgäste fertigmachte.

Tinne verdrehte die Augen. Manchmal hatte sie den Eindruck, dass Elvis seine Umwelt nicht über Straßen und Ortsnamen wahrnahm, sondern einzig über kulinarische Spezialitäten. Egal, wo sie gemeinsam unterwegs waren – der Dicke wusste stets Bescheid über die größten Portionen, die knusprigsten Bratkartoffeln und die beste Weinschorle.

»Nein, kein Burger heute. Ich hätte Fisch anzubieten.« Sie hielt ihm das Handyfoto ihrer Zeichnung unter die Nase und erzählte von ihrem Erinnerungsflash bei Madame Oona: der dunkle Raum, die weißlichen Knochenbögen. Der Schädel mit den leeren Augenhöhlen.

»Und dieses Ding«, schloss sie, »das ist keine Fischgräte gewesen wie, was weiß ich, wie eine Forelle. Das war viel größer, irgendwie …«, sie breitete die Arme aus, bekam die Spannweite aber trotzdem nicht hin, »ja, irgendwie riesig.«

»›Ein großes Ding für dich als Historikwissenschaftlerin‹«, zitierte Elvis Jasons Worte nachdenklich. Tinne nickte eifrig, genau dasselbe hatte sie gedacht. »Richtig. Und wenn ein solch ›großes Ding‹ irgendwo im Keller des Naturhistorischen Museums versteckt ist, dann brauchen wir jemanden, der sich mit diesem Thema auskennt. Ta-daa!« Sie drehte sich nach rechts und wedelte mit den Armen wie ein Zirkusdirektor, der die große Attraktion ankündigte.

Elvis schaute auf ein großes gelbes Haus mit roten Fensterlaibungen und rotem Säuleneingang. Das Wort ›Museum‹ stand in goldenen Lettern am Eingang, zwei Fahnen mit dem Niersteiner Stadtwappen hingen darüber.

»Oh, richtig«, murmelte er, »das Paläontologische Museum.«

Die privat betriebene Sammlung war im alten Rathaus untergebracht und genoss einen überregionalen Ruf. Gründer und Museumsleiter Arnulf Stapf hatte sich seit seiner Kindheit für Fossilien begeistert und im Laufe von Jahrzehnten

Hunderte und Aberhunderte Exponate zusammengetragen. Tinne kannte den Mann von Vorträgen an der Uni, er hatte inzwischen die 80 überschritten, steckte aber noch immer voller Enthusiasmus und erzählte über ›seine‹ Funde mit einer jungenhaften Begeisterung, die ansteckend war.

»Hier im Museum haben wir die besten Chancen, einen Schritt weiterzukommen.« Tinne schaute Elvis an, als erwarte sie tosenden Beifall für ihre Idee. »Wenn es irgendjemanden gibt, der uns mit dieser Fischzeichnung weiterhelfen kann, dann Herr Stapf. Und das Beste ist: Ich habe ihn heute früh angerufen, und er nimmt sich extra Zeit für uns. Auf geht's!«

Sie marschierte los. Zu ihrer Überraschung blieb der Reporter stehen und schob den Unterkiefer vor. Er sah aus wie ein Basset mit Zahnschmerzen.

»Was ist los?«

»Also …« Er zögerte. »Der Stapf und ich, wir sind nicht gerade die besten Freunde. Ich bin mir nicht so sicher, ob er sich wahnsinnig freut, wenn ich dich begleite.«

Tinne ließ entnervt die Schultern sacken. »Warum, was ist denn los mit euch beiden?«

»Hm, naja, das ist schon ein paar Jahre her, da hab ich einen Artikel über das Niersteiner Museumsfest geschrieben. Und dabei eine Formulierung gewählt, die war, na ja, vielleicht nicht ganz so gut gelungen.«

Sie wartete, doch Elvis hielt den Mund geschlossen.

»Darf ich fragen, was genau du geschrieben hast?«, fragte sie schließlich mit übertriebener Nachsicht.

Er druckste herum. »Ach, hm, ich … ich hab geschrieben, die Fossilien würden daliegen wie abgenagte Knochen in einem Hähnchengrill, und Stapf würde an den stolzen Koch erinnern, der ihnen allen persönlich den Hals umgedreht hat. War witzig gemeint, kam aber gar nicht so an. Stapf hat einen bitterbösen Brief an den VRM geschrieben, das gab einen Riesenstunk. Seitdem bin ich hier, ich sag mal, Persona non grata.«

Tinne schloss die Augen und zählte bis fünf. Hähnchengrill. Das konnte doch wohl nicht wahr sein. Da drang auch schon eine Stimme an ihr Ohr, die nicht sehr erfreut klang.

»Sie da, Wissmann, was haben Sie denn hier zu suchen?«

Im Museumseingang stand ein weißhaariger Mann mit gepflegtem Henriquatre, seine Miene sah finster aus.

»Tach auch«, brummte Elvis und sah ebenso missgelaunt aus. Tinne bemühte sich um gutes Wetter, rannte hin und schüttelte Stapf überschwänglich die Hand. »Ja, eh, hallo, Herr Stapf, Ernestine Nachtigall. Wir haben vorhin telefoniert, und wir kennen uns auch vom Historischen Seminar.«

»Wenn Sie gesagt hätten, dass der da mitkommt«, er deutete auf Elvis wie auf ein lästiges Insekt, »dann hätte ich niemals zugesagt. Der kann schauen, wo er seine Hähnchenknochen findet. Hier jedenfalls nicht.«

Tinne biss die Zähne zusammen. Herr Stapf gehörte wohl nicht zu den Leuten, die irgendwann über alte Geschichten schmunzeln konnten. Sie sah ihre Felle davonschwimmen und überlegte verzweifelt, wie sie die Sache zurechtbiegen konnte. Doch schließlich war es Riesling, der das Eis brach. Der Kleine schnupperte sich an Stapfs Füße heran, schneller, als Elvis an der Leine ziehen konnte. Der alte Herr bückte sich und wuschelte ihm über den Kopf, im Nu waren seine Hand und Riesling in ein Jagen-und-Fangen-Spiel vertieft. Der Hund hechelte und wuselte umher, Stapf feuerte ihn an. Als er sich schließlich wieder erhob, lachten seine Augen. Tinne konnte förmlich sehen, wie die schlechte Erinnerung an Elvis' Artikel und die Sympathie zu dem kleinen Kerl miteinander kämpften, doch schließlich stahl sich ein Lächeln in sein Gesicht.

»Na gut, na gut, dann kommen Sie mal rein, alle drei. Aber, Wissmann, heute kein Zeitungsartikel, klar?«

Elvis knurrte so etwas wie eine Bestätigung und tätschelte Riesling. Tinne wäre fast in das Museum hineingerannt, bevor Herr Stapf am Ende seine Meinung noch ändern würde.

Der Museumsleiter ging vor ihnen her. Im unteren Flur hingen versteinerte Fährten an den Wänden, riesige Schnecken und Farne säumten das Treppenhaus. Im oberen Stock führte ihr Weg durch mehrere Räume, in denen Ausstellungsstücke aller Größen von Scheinwerfern beleuchtet wurden: Haigebisse, Wirbelknochen, Stoßzähne sowie Mineralien in schillernden Farben. Tinne hatte das Gefühl, durch eine versteinerte Wunderwelt zu spazieren.

»Ja, erst mal vielen Dank«, sagte sie. »Toll, dass Sie sich überhaupt Zeit für uns nehmen.« Und den Hähnchenreporter erdulden, hätte sie fast hinzugefügt, hütete aber ihre Zunge. Sie wollte den brüchigen Frieden nicht aufs Spiel setzen.

»Nun, Frau Nachtigall, was kann ich denn überhaupt für Sie tun? Am Telefon haben Sie ja recht geheimnisvoll geklungen.«

»Hm, also, das ist so.« Tinne zog ihr Handy hervor und wechselte einen Blick mit Elvis. Sie wusste nicht, wie viel sie Stapf anvertrauen sollte. »Ich habe hier eine Zeichnung, da habe ich keine Ahnung, was sie darstellt. Vielleicht können Sie mir weiterhelfen.«

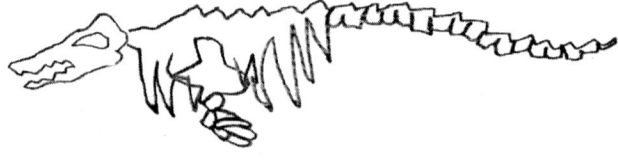

Stapf warf einen Blick auf das Foto. »Aha. Nun ja, die ist ziemlich ungenau, es lassen sich nicht allzu viele physiognomische Merkmale erkennen. Ist das aus einem Buch übernommen oder so?

»Nein, das, eh, ist eine Art Gedächtnisskizze, ich habe das Original leider nur kurz gesehen.«

Er schaute sich das Bild nochmals an, allerdings eher aus Höflichkeit als aus echtem Interesse. »Und wo haben Sie dieses Original gesehen? Da gab es doch sicher eine Erklärung oder eine Beschriftung dazu.«

»Nein, leider nicht. Das war in einem Museum, also, im Naturhistorischen Museum in Mainz. Es ist ziemlich groß gewesen, so vier, fünf Meter bestimmt, vielleicht sogar noch größer.« Sie merkte, wie doof das alles klang, und hoffte, dass Stapf sie nicht gleich wieder hinauswarf.

Der Museumsleiter runzelte die Stirn und gab ihr das Handy zurück. In seiner Stimme schwang Ärger mit. »Frau Nachtigall, ich habe mir Zeit genommen, um mich hier mit Ihnen zu treffen. Worauf ich allerdings keine Lust habe, ist, mich von Ihnen an der Nase herumführen zu lassen. Ein Präparat, das auch nur eine entfernte Ähnlichkeit hat mit diesem da«, er deutete auf ihr Telefon, »gibt es im Naturhistorischen Museum nicht. Und glauben Sie mir, ich kenne die Bestände ziemlich gut. Also, entweder Sie sagen mir jetzt, was Sie wirklich wollen, oder unser Treffen endet hier und jetzt.«

Tinne schaute zu Elvis. Der Dicke gab ihr einen Wink und bestätigte damit Tinnes Bauchgefühl. Sie spürte, dass die Wahrheit bei Arnulf Stapf gut aufgehoben war. Also holte sie tief Luft und fing an zu erzählen: ihre Amnesie, die Grundrisspläne des Museums, der Raum, den man irgendwann daraus getilgt hatte. Ihr Erinnerungsflash angesichts der Plastikgräte bei Madame Oona, der tranceähnliche Zustand, in dem sie die Zeichnung angefertigt hatte. Die dunkle Kammer, die gebogenen Knochen, der blicklose Schädel. Nur Jason und dessen grausamen Tod ließ sie außen vor – sie wollte den alten Herrn nicht beunruhigen oder ihm das Gefühl geben, in einen Kriminalfall verwickelt zu werden.

Stapf hörte zu, ohne eine Regung zu zeigen. So leise, dass sie ihn kaum verstehen konnte, fragte er nach: »Im Keller des Naturhistorischen Museums, sagen Sie? In einem verborgenen Raum?« Es war mehr eine Feststellung als eine Frage. Tinne nickte stumm. Mit gestreckter Hand forderte er ihr Handy, sie gab es ihm stillschweigend. Mit vorgerecktem Kopf studierte er die Skizze, nickte und murmelte zu sich selbst: »Ja, ja, durchaus. Ungenau, aber im Bereich des Möglichen.« Seine Augen wirkten nach innen gewandt, er hing Erinnerungen nach. Nach einer Weile blinzelte er versonnen. »Der alte Gauner«, flüsterte er, »er hat's wirklich hingekriegt. Und uns alle an der Nase herumgeführt.«

»Wer? Wer hat was hingekriegt?«, fragte Tinne atemlos. Ihre Hände wurden feucht vor Aufregung. Erfuhren Sie jetzt endlich die Lösung des Rätsels?

Der Museumsleiter bedeutete ihnen mit den Händen, Geduld zu haben. »Ich muss Ihnen etwas zeigen, damit Sie besser verstehen, worauf Sie gestoßen sind. Kommen Sie, kommen Sie mit. Es ist Zeit für eine Reise ... eine Reise in die Vergangenheit.«

Stapf führte sie in einen Raum mit ockerfarbenen Wänden. Flache Vitrinen standen rechts und links aufgereiht, auf Regalen lagen Exponate, Tinne erkannte Zähne, Muscheln und Knochen. Am Kopfende hing ein gewaltiges, in Stein gebettetes Fossil an der Wand.

»Frau Nachtigall, Herr Wissmann, dieser Teil des Museums befasst sich mit einer Epoche der hiesigen Region, die von unserem heutigen Rheinhessen nicht weiter entfernt sein könnte.« Sein Blick ging in die Ferne, als würde er die Zeiten durchdringen. »Wir drehen das Rad der Geschichte zurück, um mehr als 40 Millionen Jahre, bis ins Tertiär. Die Tier- und

Pflanzenwelt, wie wir sie heute kennen, entwickelt sich allmählich. Die Gegend hier hat ein ganz anderes Gesicht.« Mit einer Handbewegung wedelte er durch die Luft, als würde er das Museum, die Häuser, die Straßen und die Menschen wegwischen. Tinnes Kopfkino sprang sofort an, vor ihrem geistigen Auge wurde Rheinhessen zu einer urtümlichen Landschaft mit unendlichen grünen Flächen.

»Der Meeresspiegel ist höher, viel höher als heute. Die Wassermassen im Norden und im Süden, die in einer fernen Zukunft ›Nordsee‹ und ›Mittelmeer‹ heißen werden, sind durch einen Meeresarm verbunden, seine Wasser fluten auch hier ins Mainzer Becken. Zwischen Bingen und Bad Dürkheim erstreckt sich eine gewaltige Bucht.«

Reißendes Wasser strömte in Tinnes Fantasiebild, donnerte an die Ufer und füllte innerhalb weniger Augenblicke die gesamte Region. Sie sah sich selbst, Elvis und Herrn Stapf am Boden eines riesigen Urmeeres.

»Die Temperatur liegt deutlich über unserem Durchschnitt, es ist wärmer. 18 Grad statt den heutigen 10, das ist subtropisches Klima. Die Karibik, genauso können Sie sich das damalige Rheinhessen vorstellen: Sandstrände, Palmen, Sumpfgebiete. Affen kreischen in den Bäumen, Flamingos und Pelikane flattern auf. Eine Herde Elefanten ist am Ufer unterwegs, die Nilpferde schauen ihnen wachsam zu. Sie teilen sich die Uferbereiche mit Seekühen und Krokodilen, im tieferen Wasser ziehen Rochen, Haie und Wale ihre Bahnen.«

Schlagartig erwachte ihre Umgebung zum Leben, Tinne spürte die feuchte Wärme und hörte das Schnattern und Brüllen in den Bäumen, während im tiefen Wasser schwarze Schatten jagten. Stapf lächelte sie an.

»Schauen Sie, Frau Nachtigall – die Spuren solch vergangener Erdzeitalter sind allgegenwärtig.« Er deutete auf die Vitrinen, in denen die steingewordenen Überreste der damaligen bunten Welt lagen, sortiert und mit Kärtchen versehen. »Fossilien sind die Sprache, in der die Vergangenheit zu uns spricht.« Seine Handbewegung umfasste das Museum. »Das Eckelsheimer Brandungskliff, die Dinotheriensande in Eppelsheim, das Eckfelder Maar … all das sind Fenster, durch die wir in längst vergangene Zeiten schauen können. Wir müssen nur die Augen offen halten.«

Tinne kannte die Begriffe, es waren Ausgrabungsstätten in der Region. Zwar hatte sie als Historikerin nicht allzu viele Berührungspunkte mit der Paläontologie, bei Gesprächen mit Studenten oder Kollegen blieben solche Begriffe aber immer wieder hängen. Auch Elvis nickte, obwohl er sich bemühte, möglichst desinteressiert zu wirken. Als Reporter kannte er natürlich die ›Hot Spots‹ in der Region, an denen Ausgrabungen stattfanden. Er musste zugeben, dass Stapf ein großartiges Talent hatte, die Vergangenheit lebendig werden zu lassen. Die steinernen Relikte aus uralten Zeiten, die sie umgaben, hauchten seinen Erzählungen Leben ein.

»Ein Tier, dessen Überreste wir in der hiesigen Gegend häufig finden, ist die Seekuh.« Stapf ging durch den Raum bis zur hinteren Wand. Er deutete auf das Fossil im Stein, das dort hing. Die Menge an Knochen sah aus wie ein Puzzle, erst allmählich erkannte Tinne die Struktur darin. Rippenbögen, die Wirbelsäule, links der Schädel. Passte das zu ihrer Zeichnung? Nein, viel zu klein.

»Warum finden wir sie oft?«, fuhr Stapf fort. »Weil sie in Küstennähe heimisch waren. Die Tiere haben die flachen Uferbereiche nach Nahrung abgesucht, ebenso, wie es unsere heutigen Seekühe tun. Wenn eines gestorben ist, ist es auf den Grund gesunken und dort von Sedimentschichten zugedeckt worden. Über Jahrmillionen haben Druck und chemische Vorgänge ein Fossil daraus werden lassen, das wir heute finden können.«

Er machte eine Pause, während sein Blick weiter auf dem Knochenpuzzle ruhte. Tinne hing an seinen Lippen. »Es gab aber auch Tiere, deren Überreste nicht so leicht aufzuspüren sind. Spezies, die ihren Lebensraum in tieferen Meeresregionen hatten und deren Körper nach dem Tod durch Wasserdruck und Aasfresser großräumig verteilt wurden. Nicht nur hier im Mainzer Becken, sondern überall auf der Welt wird nach den Überresten dieser Tiere gesucht. Mit Glück, mit viel Glück finden wir einzelne Knochen. Einen Wirbel. Einen Zahn vielleicht. Selten mehr.« Wieder schwieg er ein paar Sekunden, seine Augen glänzten. »Manchmal aber passiert es, dass ein komplettes Skelett im anatomischen Verbund gefunden wird. Das große Los. Ein Sechser im Lotto für uns Paläontologen. Und genau diesen Lottogewinn hat das Naturhistorische Museum in Mainz gezogen, damals, in den 1960ern. Doch dieser Fund hat nie das Licht der Öffentlichkeit erblickt, er ist verschollen gewesen, all die Jahrzehnte. Bis heute.« Ein Lächeln stahl sich in Stapfs Gesicht, er sah mit einem Mal aus wie ein listiger Fuchs. »Ich weiß, was Ihr kleiner Bildschirm da zeigt, Frau Nachtigall. Es ist nicht mehr und nicht weniger als ein Jahrhundertfund. Und wenn Sie wollen, dann erzähle ich Ihnen, was damals passiert ist.«

✻

Bertie und Axl saßen im Hof der Kommune. Normalerweise gab es hier keinen Tisch, sondern nur eine Gartenbank. Die Hitze im ersten Stock war aber irgendwann so drückend geworden, dass die Bewohner Geld zusammengelegt und eine 4er-Sitzgarnitur samt Gartentisch beim Hornbach gekauft hatten. Axls Stahlmonster machten den Hof zwar zum wohl gruseligsten Picknickplatz der ganzen Stadt, aber immerhin spendeten die Kreaturen angenehmen Schatten.

Die beiden hatten sich zu einem kleinen Mittagessen verabredet, um über Tinne und ihre Amnesie zu sprechen. Ihrer jeweiligen Ernährungsphilosophie folgend war der Tisch für jeden anders gedeckt: Axl hatte einen Rucolasalat und eine Handvoll Käsewürfel vor sich, Bertie ertränkte drei Paar Wienerle in Senf und nutzte einen Kanten Brot als Schaufel. Weil er Frühschicht gehabt hatte und heute nicht mehr fahren musste, stand ein Weinglas daneben.

»Ist ja nicht so der Riesenhit gewesen bei der guten Madame Oona, oder?«, meinte Bertie kauend.

Axl zuckte die Schultern. »Hm, ja, ich hätte mir ein bisschen mehr versprochen. Die hatte ja noch nicht mal richtig losgelegt, da ist Tinne auf wie von der Tarantel gestochen.«

»Zum Glück hat die Madame dann auch nicht den vollen Preis haben wollen. Aber was glaubst du, war dieser Fisch Tinnes Durchbruch?«

Die Gabel schwebte über dem Salat, während Axl nachdachte. Dann schüttelte er den Kopf. »Nee, ich denke nicht. Die Blogs im Netz haben da eher von einer Explosion gesprochen, also bildlich. So, als würden alle Erinnerungen zugleich wiederkommen.«

»Explosion. Nein, das trifft's nicht, ganz sicher nicht. Ich hab sie vorhin nach Nierstein gefahren, weil sie irgendeine Spur mit diesem Fisch verfolgen will. Der Elvis ist auch dabei. Ich fürchte allerdings, dass es da auch keine große Erinnerungsexplosion geben wird.« Bertie seufzte. »Da werden wir wohl noch mal aktiv werden müssen, damit unser Küken seine vergessene Woche wiederkriegt.« Er nahm einen Schluck Wein, verzog das Gesicht und stand auf. »Komm, lass uns noch ein bisschen dazu recherchieren. Der Wein schmeckt heute irgendwie nicht, ich glaube, ich muss eine frische Flasche aufmachen.«

Axl schob seinen Teller zurück. »Der Salat ist auch nicht

in Ordnung. Komisch, dabei hab ich ihn angemacht wie immer. Na gut, mal schauen, ob wir das Erinnerungsei des Kolumbus finden.«

Bertie holte sein Notebook, eine Flasche Wein und Würstchennachschub. Er konnte im Garten bleiben, das WLAN reichte gerade bis hierher. Axl startete in seinem Zimmer den Desktop-Rechner. Das Gerät, ein betagter Dell, war mit Win XP zur Welt gekommen und hatte irgendwann von Ferdi ein Windows-7-Update aufgezwungen bekommen. Entsprechend langsam lief das System, allein der Start dauerte eine halbe Ewigkeit. Axl versüßte sich die Zeit mit seiner Akustikgitarre und dem wunderbaren Solo von Mr. Big's ›To Be with You‹. Er musste dreimal neu anfangen. Nun ja, hatte auch schon besser geklappt. Endlich zeigte der Rechner Bereitschaft, er startete Google. Da ertönte ein Gitarrenriff, grell übersteuert durch die kleinen PC-Boxen. Das war das Signal der Mailbox, die Axl für die Bandkontakte eingerichtet hatte. Er verwaltete die Geschäfte und die Buchungen von ›Steelram‹. Dabei musste er sich nicht überarbeiten – der kometenhafte Aufstieg der Band ließ beharrlich auf sich warten, auch die Verkaufszahlen ihrer CD waren überschaubar. Nun befand sich eine Mail im Postfach von rock@steelram.de. Vielleicht eine Anfrage für einen Gig?

Als er die Mail öffnete, stutzte Axl. Das Feld, in dem normalerweise der Absender der Mail stand, war leer. Er hatte gar nicht gewusst, dass das technisch überhaupt ging. ›Steelram: Privates Verkaufangebot‹, lautete der Betreff.

Normalerweise hätte Axl die E-Mail für Spam gehalten und gleich gelöscht. Allerdings klang der Betreff nicht nach automatisiertem Programm. Die Neugier siegte, er öffnete die Mail. Die Nachricht umfasste nur wenige Zeilen: ›Vermissen Sie das? Ich habe es. 400 Euro. Ich melde mich wieder.

Pavarotti.‹ Im Anhang steckten drei Bilddateien Er klickte sie auf … und schaute wie vom Donner gerührt darauf.

»Pavarotti, du hältst dich wohl für besonders schlau«, murmelte er. Ein böses Lächeln stahl sich in sein Gesicht. »Ich kenne aber jemanden, der noch schlauer ist, jede Wette.«

✳

Der Mittagsbetrieb füllte den Mainzer Hauptbahnhof, Heerscharen von Pendlern und Reisenden wurden von Zügen eingesaugt oder ausgespuckt. Karl Vierungs Schicht endete, er gähnte und kniff mit Daumen und Zeigefinger die Nasenwurzel zusammen. Sieben Stunden lang hatte der Stellwerksleiter auf Bildschirme und Diagramme gestarrt, während draußen die Dämmerung zum Morgen wurde und der Morgen zum Tag. In den letzten Jahren war seine Brillenstärke von einer Dioptrie über eineinhalb auf zweieinhalb angewachsen, allmählich musste er wieder zum Augenarzt. Aber egal, jetzt hatte er Feierabend oder vielmehr Feiermittag.

Vierung verabschiedete sich von seinen Kollegen, die ebenso wie er im Technischen Verwaltungsbau rechts vom Hauptgebäude ihren Dienst taten. Draußen auf dem Bahnhofsplatz knallte die Hitze auf ihn ein, die Temperaturen bewegten sich in denselben schwindelerregenden Höhen wie in den Wochen zuvor.

Bei Ditsch gönnte Vierung sich eine Brezel und wandte sich kauend nach links. Die Taxis standen in Reih und Glied, die Fahrer hielten ihr übliches Schwätzchen. Streng und grau erhoben sich die beiden Hochhäuser, die die Mainzer ›Zwillingstürme‹ genannt hatten, bevor der Begriff toxisch geworden war. Gegenüber der Aldi-Filiale führte eine Einfahrt auf das Bahngelände, einige Autos parkten hier, ein Unterstand beherbergte geschätzte 1.000 Fahrräder. Vierungs Ziel stand direkt daneben, ein grüner Eisenbahnwaggon älterer Bauart.

Als Kassenwart des MCM 70 fielen öffentliche Termine und Anfragen zwar nicht in seinen Bereich, heute gab es allerdings Klärungsbedarf. Für 15 Uhr hatten sich Modellbaukollegen aus Koblenz angemeldet. Normalerweise übernahm Christoph Thormann solche Termine, er liebte es, Leuten die Anlage vorzuführen und jedes Detail zu erklären. Doch Chris war seit gestern nicht zu erreichen, weder per Handy noch übers Festnetz. Das fand er ungewöhnlich, Chris galt bei den Clubmitgliedern als sehr verlässlich. Trotz allem musste die Anlage für den Besuch vorbereitet werden, deshalb hatte Vierung sich bereit erklärt, nach seiner Schicht am Gleis 13 vorbeizuschauen.

Er trat an den grünen Waggon heran und suchte in seiner Tasche nach dem Schlüssel. Eher beiläufig stieß er an die Tür, die lautlos aufschwang. Nanu?

»Hallo? Chris?«, rief er halblaut. »Bist du da?«

Im Inneren des Waggons brannte kein Licht, auch die Modelleisenbahn stand still, obwohl alle Züge auf Strecke waren. Vierung schnüffelte. Ein seltsamer Geruch hing in der Luft, als wäre etwas verbrannt. Schmorte die Elektronik? Aber nein, es roch eher nach verkohltem Grill.

Mit einem unguten Gefühl trat Vierung ein. »Hallo? Jemand hier?« Noch immer keine Antwort. Im Hauptraum sah alles normal aus, er näherte sich der Tür zum Räumchen. Der unangenehme Geruch wurde stärker, es stank nach verbranntem Fleisch. Dazu kam ein tiefes, fast unterschwelliges Brummen wie von einem starken Stromfluss. Vierung spürte, wie sich die Härchen auf seinen Armen aufstellten. Er schluckte trocken und stieß die Tür auf.

Das Ding im Rollstuhl war einmal ein Mensch gewesen. 400 Volt hatten eine Mumie daraus gemacht, die Haut verbrannt, die Haare wirr, die Hände zu Klauen verformt. Weiße Zähne ragten zwischen schwarzen Lippen hervor, die Augen waren zu Murmeln geschrumpft. Das Brummen füllte den Raum, noch immer floss Starkstrom in den verkohlten Körper, dort, wo eine der Klauenhände im Transformatorkasten festhing.

Vierung brauchte eine Sekunde, um all das zu erfassen. Dann fuhr er herum und rannte wie von Furien gehetzt aus dem grünen Waggon, seine Schreie hallten weit über das Bahngelände.

❊

Tinne schaute in ein Maul aus starrenden Zähnen. Das Wesen erinnerte an eine gewaltige Seeschlange mit Flossen, eine künstlerische Unterwasserdarstellung in aufgewühltem Meer mit blaugrauen Wogen. Arnulf Stapf hielt ein aufgeschlagenes Buch in die Höhe, sodass auch Elvis auf die farbige Abbildung schauen konnte.

»Basilosaurus. Die Königsechse, nach dem Altgriechischen *basiléōs*, der König, und *sauros*, die Echse. Ein Killerwal aus dem frühen Tertiär, damals die Spitze der Nahrungskette im Meer. Erwachsene Tiere erreichten 15 Meter Körperlänge oder mehr, ihre Beute sind kleinere Wale, Knochenfische und Haie gewesen. Es gab damals nichts, was dem Basilosaurus gefährlich werden konnte. Er trägt den Namen ›König‹ zu Recht.« Er machte eine Pause und ließ seine Worte wirken. »Das, was Sie dort im versteckten Keller gesehen haben, Frau Nachtigall, ist ein Jungtier dieser Gattung. Das einzige seiner Art, das je gefunden wurde.«

Die Darstellung des prähistorischen Killers ließ die Gedanken in Tinnes Kopf rasen. Da klingelte etwas in ihr, Stapfs Worte ließen sie an ein Erlebnis denken, das noch gar nicht so lange zurücklag. Genau, das B-Wort, mit dem sie nichts anfangen konnte! Vor lauter Kirchengrundriss und Museumsplänen hatte sie überhaupt nicht mehr an die Kinokarte gedacht, die ihr am Schreibtisch in die Hände gefallen war. Hatte sie die nicht abfotografiert? Fieberhaft ließ sie die Zeichnung verschwinden und wischte die Bilder auf ihrem Handy durch, tatsächlich, hier!

Basilos.

»Basilosaurus«, flüsterte sie. Das seltsame Wort, das sie beim Telefonat mit Jason flüchtig hingekritzelt hatte und das sie nicht mehr richtig entziffern konnte. *Basilos*, ihre eigene Kreation, eine flüchtige Abkürzung von Basilosaurus. Also musste Jason ihr von genau diesem Fund berichtet haben.

Tinne fühlte, wie das schwarze Loch weiter schrumpfte. Wieder hatte sie eine Erinnerung gefunden, die Schublade stand ein Stück weit offen. *Ein großes Ding für dich als Historikwissenschaftlerin*, das passte durchaus zum Skelett eines fossilen Wals. Sie schaute auf das Buch, das Stapf in den Händen hielt. Die Zähne. Das Maul. Oh ja, eine Königskreatur. Er blätterte um und zeigte ihr die Abbildung eines Skeletts. Die Proportionen waren verschoben, die Längen stimmten nicht, und doch … das sah nach ihrer Fischzeichnung aus!

Elvis räusperte sich misstönend. Zum ersten Mal seit ihrem Eintritt ins Museum erhob er die Stimme. »Na gut, ein urzeitlicher Killerwal also. Da stellt sich mir nur die Frage: Wie kommt so ein Biest in einen zugemauerten Museumskeller?«

Stapf schaute Elvis an, als hätte er ihn eben erst entdeckt. Die Geschehnisse um Tinnes Entdeckung gaben ihm anscheinend die Geduld, den ungeliebten Reporter zu ertragen.

»Um diesen Teil der Geschichte verstehen zu können, muss ich Sie ein zweites Mal in die Vergangenheit bringen. Diesmal allerdings nicht allzu weit zurück, nur bis in die Nachkriegsjahrzehnte. Denn wie überall sind auch hier in Mainz die 1960er eine schwierige Zeit gewesen für diejenigen, die sich für Paläontologie begeistert haben.«

Stapfs Augen schweiften in die Ferne, zurück zu den Geschehnissen, die sich einst zugetragen hatten. Tinne und Elvis machten sich bereit, ihm zu folgen.

»Der Krieg war seit 20 Jahren vorbei, vieles hatte man wiederaufgebaut, das Wirtschaftswunder lief auf vollen Touren. Aber für etwas, das die meisten Leute als ›Steineklopfen‹ bezeichneten, gab es nicht allzu viel Geld. Das wurde anderswo nötiger gebraucht. Ich bin damals ein Bursche gewesen, hatte schon seit meiner Kindheit immer die Augen auf dem Boden kleben und habe alles gesammelt, was mit der Vergangenheit unseres Planeten zu tun hatte. Das halbe Haus meiner Eltern habe ich damals damit vollgestopft, zum Glück haben die beiden mich und mein Hobby immer unterstützt.«

Er schmunzelte bei der Erinnerung an die alten Zeiten.

»Größeren Instituten ging es nicht viel besser. Das Mainzer Naturhistorische Museum ist in der Bombennacht im Februar '45 stark beschädigt worden, bis auf die Außenmauern und den Keller ist nicht viel übrig geblieben. Nahezu die komplette Sammlung wurde dabei zerstört, der Wiederaufbau hat volle 17 Jahre gedauert. Erst 1962 konnte das Museum zumindest teilweise wiedereröffnet werden, als mehr oder weniger nackter Kasten. Ohne finanzielle Ausstattung, ohne Personal und mit Ausstellungsstücken, die diesen Namen kaum verdienten. Keiner hätte ihm eine große Zukunft zugetraut – bis dieser Mann die Bühne betrat.«

Er zog ein weiteres Buch hervor, wie das erste entstammte es einem Fach unterhalb der Ausstellungsvitrinen. Darin blätterte er zu einem Schwarz-Weiß-Foto. Es zeigte einen Mann im Anzug, der am Schreibtisch saß, mit offenem Gesicht und einem leichten Lächeln. Die hohe Stirn verriet, dass er nicht mehr allzu jung war, eine eckige Brille mit schwarzem Rand und abgedunkelten Gläsern ließ ihn noch älter aussehen. Tinne fühlte sich an Fotos aus der Zeit ihrer Eltern erinnert.

»Professor Ewald Herschkel. Er übernahm ein paar Jahre später den Posten des Museumsdirektors. Und Ewald schaffte etwas, an das keiner geglaubt hatte: Er gab dem Naturhistorischen Museum seinen Glanz zurück, und mehr noch, er sorgte für wissenschaftliche Anerkennung und Bedeutung auch über die Stadtgrenzen hinaus. Eine Leistung, die eigentlich unvorstellbar ist angesichts der mehr als bescheidenen Rahmenbedingungen.«

Tinne versuchte, in Stapfs Blick zu lesen, der auf dem Foto ruhte. Sie sah Respekt, aber auch Sympathie, eine herzliche Zuneigung wie zu einem Freund.

»Wir kannten uns, gut sogar. Natürlich, alle kannten sich damals, die etwas mit Paläontologie zu tun hatten. Die Museumsleute, die Forscher an der Uni und wir, die Hobbysammler. Da gab es keinen Neid und keinen Dünkel, da war jeder froh über jede Art von Hilfe. Manchmal, Frau Nachtigall, Herr Wissmann, braucht es schlechte Zeiten, um das Gute in den Menschen sichtbar zu machen.«

Die beiden nickten. An diesem Grundsatz hatte sich seit damals nichts geändert. Stapf streckte sich, so, als würde er in seiner Erzählung nun ein neues Kapitel aufschlagen.

»Ich bin oft im Naturhistorischen Museum gewesen und habe mitgeholfen im Magazin, Stücke zuordnen, beschriften, solche Sachen. Ewald hat immer irgendwo gewuselt, war immer mit dabei, und, oh ja, er war ein Zauberer, was die Beschaffung von Drittmitteln und Exponaten betraf. Es verging kaum eine Woche, ohne dass neue Transportkisten angeliefert wurden mit Mineralien oder Tierpräparaten. Aber wissen Sie, es fehlte das richtige ... der richtige«, Stapf suchte nach Worten, »der richtige Kick, wie man heute sagen würde. Das eine, phänomenale Ausstellungsstück, das das Museum in die Schlagzeilen bringen würde. Das ist Ewalds Traum gewesen. Bis dieser Traum eines Tages Wirklichkeit wurde.«

Tinne und Elvis rückten näher heran. Es kam ihnen vor, als würden sie diese aufregenden Zeiten miterleben.

»Im Sommer 1966 ist es gewesen, da herrschte auf einmal eine merkwürdige Unruhe im Museum. Ewald war von früh bis spät beschäftigt mit einem Projekt, über das er uns gegenüber kein Wort verlor. Im Keller wurde in aller Eile einer der Arbeitsräume freigeräumt, keiner außer ihm und einigen wenigen Präparatoren durften dort hinein. Das Schloss hatten sie ausgetauscht, hinter der Tür war alles mit schwarzen Vorhängen verhüllt, damit niemand auch nur aus Versehen einen Blick hineinwerfen konnte. Viel Aufwand, viel Geheimniskrämerei. Aber nun ja, ich muss Ihnen ja nicht sagen, wie so etwas läuft.« Der alte Herr schmunzelte. »Die Buschtrommeln funktionierten bestens, jeder schnappte irgendwo einen halben Satz auf, und bald schon wussten wir Bescheid: Ein Sammler hatte im Mainzer Becken einen geradezu unglaublichen Fund gemacht, der unter größter Geheimhaltung ins Museum transportiert worden war: ein tertiärer Zahnwal, ein Basilosaurus. Es gab zwar damals schon einige Funde dieser Spezies, aber nirgendwo ein Jungtier, ein juveniles Exemplar. Und nun besaß Mainz plötzlich ein solches Fossil, vollständig erhalten, perfekt zum Auspräparieren. Der sprichwörtliche Sechser im Lotto, genau so, wie ich es Ihnen vorhin gesagt habe.«

Elvis hielt die Augen halb geschlossen, wie immer, wenn er nachdachte. Nun erhob er die Stimme, ohne seinen schläfrigen Gesichtsausdruck zu ändern. »Okay so weit. Aber wenn das ein so seltener und spektakulärer Fund war, warum hat der Direktor dann ein Geheimnis daraus gemacht? Ich meine, das wäre doch vom allerersten Augenblick an eine tolle Werbung für das Museum gewesen, selbst wenn es noch ewig gedauert hätte, die Knochen freizukratzen.«

Wenn Stapf seine flapsige Art missbilligte, so überspielte er es geschickt. »Richtig, Herr Wissmann, ein guter Einwand. Auch hier hat uns der Flurfunk mit Nachrichten versorgt: Ewald hatte schlicht und einfach Angst, die Stadtverwaltung könnte das Fossil weiterverkaufen. Denn der Wert dieses Fundes war erheblich, viele namhafte Museen hätten Interesse daran gehabt. Mit dem vereinnahmten Geld wäre der Stadt Mainz gut gedient gewesen.«

»Und ... wie ist die Sache weitergegangen? Was ist mit dem Fund passiert?«

Stapf holte tief Luft, hielt sie einen Augenblick in den Lungen und atmete dann mit einem pfeifenden Geräusch aus.

»Es gab recht überraschend einen Wechsel an der Museumsspitze. 1968 ist das gewesen, zwei Jahre nach dem Fund. Ewald hat eine Professur an der Uni übernommen, an seiner Stelle wurde Dr. Arno Wohlfarth zum Direktor ernannt. Kein sehr angenehmer Zeitgenosse, leider. Wohlfarth hatte, ich sage mal, eine andere Herangehensweise. Die Zusammenarbeit mit uns, den Hobbypaläontologen, wurde gestoppt, nahezu das gesamte wissenschaftliche Personal des Museums hat er ausgetauscht, seine Kontakte zur Stadtverwaltung waren eng, zu eng, fast schon Seilschaften. Um es kurz zu machen: Das Projekt Basilosaurus hatte sich von einem Tag auf den anderen in Luft aufgelöst.« Er hob die Hände in einer allumfassenden Geste der Ahnungslosigkeit. »Ich war bis heute der Überzeugung, Wohlfarth hätte das Fossil gewinnbringend verkauft und mit dem Geld seine eigene Position innerhalb des Mainzer Filzes ausgebaut.«

»So war es aber nicht, richtig?« Tinne bebte vor Anspannung. »Denn Ewald Herschkel ahnte, was diesem einmaligen Fund unter seinem Nachfolger blühen würde. Also hat er sich entschlossen, das Fossil wegzuzaubern: Der Präparationskeller wurde in Windeseile zugemauert und das Mauerstück dann verputzt oder tapeziert. Die wenigen Mitarbeiter, die offiziell Bescheid wussten, standen beim neuen Chef schon auf der Kündigungsliste, und aus den Akten hatte er sein Fossiliengeheimnis eh von vorneherein rausgehalten. Als Herschkel die Museumstür hinter sich zugemacht hat, war der Basilosaurus quasi vergessen.«

Stapfs verklärtes Lächeln zeigte, wie viel Freude es ihm bereitete, dieses jahrzehntealte Rätsel zu lösen. Er nickte in Zeitlupe. »In Wirklichkeit lag er da unten, die ganze Zeit. Aber keiner wusste mehr Bescheid darüber, der Raum im Keller war einfach nicht mehr existent. Sogar bei der Renovierung im Jahr 2006 kam kein Mensch auf die Idee, dass hinter einer der Mauern ein weiterer versteckter Raum liegen könnte.«

Elvis meldete sich wieder zu Wort. Er hatte wohl heimlichen Spaß daran, den Advocatus Diaboli zu spielen. »Na gut, na gut. Jetzt frage ich mich aber, warum Ihr Freund Herschkel nicht irgendwann später die Knochen aus der Versenkung geholt hat. Er wusste ja, dass dort unter dem Museum ein richtig wertvolles Fossil liegt, klar, er hat es ja selbst dort versteckt. Warum hat er nicht gewartet, bis sein Unsympathen-Nachfolger wieder weg war, um dem Museum dann das schöne kleine Geschenk zu machen?«

»Da gibt es eine ganz einfache Erklärung, Herr Wissmann: Ewald ist 1989 bei einem Skiunfall ums Leben gekommen, zu einer Zeit, in der sein ungeliebter Nachfolger noch immer Museumsdirektor war. Sicher hatte er vor, genau so zu verfahren, wie Sie es gerade geschildert haben. Dazu ist es leider nicht gekommen, er hat das Geheimnis des Museumskellers mit ins Grab genommen.«

Tinne schwieg. Die Formulierung ›ins Grab genommen‹ passte ebenso gut auf Jason. Sie konnte sich zusammenreimen, was geschehen war: Sein Fotoprojekt in der Kanalisation hatte ihn zu einem trockengefallenen Durchgang geführt, und plötzlich stand er vor dem Fünf-Meter-Skelett eines prähistorischen Killerwals. Er entschloss sich, Tinne als ›Historikwissenschaftlerin‹ dazuzuholen. Doch offensichtlich gab es noch jemand anderen, der seine Finger zur selben Zeit nach diesem seltenen Fund ausgestreckt hatte. Es blieb die Frage: Reichte das als Mordmotiv? Sie fing einen Blick von Elvis auf und ahnte, dass er sich dieselbe Frage stellte.

»Angenommen«, fing sie vorsichtig an, »nur mal angenommen, jemand wollte diesen Basilosaurus verkaufen. Was wäre er wert?«

Die Falten ins Stapfs Gesicht verzogen sich zu einem Schmunzeln. »Wenn Sie damit reich werden wollen, Frau Nachtigall, müssen Sie leider krumme Wege beschreiten. Denn kein Museum der Welt würde ein Objekt kaufen, dessen Fundhistorie nicht klipp und klar nachvollziehbar ist. Also bliebe Ihnen nur der illegale Markt der Privatsammler.«

Tinne wusste, wovon er sprach, das Thema war auch für Geschichtswissenschaftler ein Problem. Es gab steinreiche Sammler, die alles daransetzten, einzigartige Stücke zu besitzen. Ob mittelalterliche Handschrift, alte Meister oder eben Fossilien – sie kauften, was auch immer sie von Kunsträubern und Hehlern angeboten bekamen. Die Stücke verschwanden dann in streng gesicherten Bunkern, der neue Besitzer sonnte sich in dem Gefühl, etwas Einmaliges zu besitzen.

»Bei einem solchen illegalen Verkauf, was wäre drin?«, fragte Elvis. »Nur so als Größenordnung.«

Der Museumsleiter hob die Schultern. »Letztes Jahr ist eine Aktion aufgeflogen, da wollte ein indischer Sammler illegal einen *Arctocyon* erwerben, ein bärenartiges Säugetier, ebenfalls aus dem Tertiär und ebenfalls mit sehr schwacher Fundsituation. Drei Millionen Dollar standen im Raum, aber da gab es noch Luft nach oben. Ich denke, dass dieser Basilosaurus als weltweit einziges juveniles Exemplar durchaus in dieser Liga mitspielt.«

Tinne und Elvis schauten sich an. Drei Millionen Dollar. Wenn sie einen Grund für Jasons Tod suchten, hatten sie ihn wohl gerade gefunden.

※

Vinzenz schrak auf, als die Tür zum Archiv geöffnet wurde. Das kantige Gesicht von Dr. Manuel Anaraki schaute durch den Türspalt.

»Hallo, Herr Kaiser. Kommen Sie voran?«

»Ja, ja, schon, aber halt langsam.« Vinzenz machte eine Handbewegung zu dem Wust an Papieren vor ihm. Zusätzlich zu dem runden Tisch, der im Archivraum gestanden hatte, war ein langer Arbeitstisch dazugekommen. Auf beiden stapelten sich die Blätter und Unterlagen aus den Schränken. »Die Listen sind manchmal ein bisschen schwierig zu lesen. Und viele Fachausdrücke. Da muss ich oft suchen.«

Der 21-Jährige war einer von zwei FSJlern im Museum. Gemeinsam mit seiner Kollegin Annkathrin hatte er von Direktor Schmitz die undankbare Aufgabe aufs Auge gedrückt bekommen, die Archivmaterialien im Kellerraum mit den Bestandslisten abzugleichen. Vinzenz und Annkathrin hockten seit gestern früh in dem nüchternen Archivraum und wälzten Papiere, bis ihnen die Augen tränten. Und das alles nur wegen dieses AZ-Reporters und der Historike-

rin! Annkathrin hatte sich heute entschuldigt und mit Kopf-
schmerzen früher nach Hause verzogen. Sie wollte zwar wiederkommen, doch das hielt Vinzenz für Blabla. Er war sauer,
weil er nun allein inmitten des Blätterwaldes sitzen musste.

Dr. Anaraki trat ein. »Haben Sie denn schon etwas gefunden, irgendeine Unstimmigkeit?«

»Na ja.« Vinzenz wackelte unsicher mit dem Kopf, weil er
aus den Listen manchmal nicht schlau wurde. Viele der hoch-
wissenschaftlichen Bezeichnungen waren böhmische Dörfer
für ihn. »Es könnte sein, dass von den Grundplänen welche
fehlen. Da bin ich mir aber nicht so sicher, weil die zum Teil
an verschiedenen Stellen abgelegt sind. Das … ja, das muss
ich noch mal separat prüfen.«

»Gut, gut, sehr gut.« Der Chefkurator nickte gönnerhaft.
Vinzenz wunderte sich, denn bisher hatte Anaraki kaum ein
Wort mit ihm oder Annkathrin gewechselt. Die beiden FSJler
waren zu der Überzeugung gekommen, sie wären in seinen
Augen viel zu kleine Lichter im Museumsbetrieb. Noch mehr
wunderte er sich allerdings, als Anaraki nun auf die Uhr schaute.

»Wissen Sie was, Herr Kaiser? Lassen Sie's gut sein für heute.
Ich muss eh ein paar Sachen im Archiv nachschauen, und dabei
kann ich schnell den verbleibenden Abgleich machen. Sie sitzen ja schon wer weiß wie lange hier unten.« Er versuchte ein
Lächeln, das aber eher nach einer Grimasse aussah.

Vinzenz glaubte, sich verhört zu haben. »Was, ich, eh, Sie
machen hier weiter? Mit den Listen?«

»Ja, das geht ganz flott. Ich kenne mich gut aus mit all diesen Sachen, sicherlich um einiges besser als Sie.«

Schluss mit der Arbeit? Die Vorstellung, mit einem Bier am
Rhein zu sitzen, anstatt hier im Neonlicht Akten zu wälzen,
zog Vinzenz an wie ein Magnet. Er schoss so schnell hoch,
dass sein Stuhl fast umkippte.

»Ja, also, gerne, klar. Vielen Dank, Dr. Anaraki.«

Als er an der Tür war, richtete Anaraki nochmals das Wort an ihn.

»Herr Kaiser? Eins noch: Hängen Sie's nicht an die große Glocke.« Der Chefkurator zeigte wieder sein verunglücktes Lächeln. »Eigentlich ist es ja Ihre Arbeit. Und es wäre sicher nicht so gut, wenn der Direktor den Eindruck bekäme, Sie würden sich davor drücken.«

»Klar, das, ja, das wäre nicht so gut«, stotterte Vinzenz. Er wusste nicht so recht, was er von dem Angebot des Kurators halten sollte. Andererseits – wer lange fragte, bekam lange Antworten. Ohne sich weiter aufzuhalten, eilte er durchs Treppenhaus, ließ die Räume des Museums hinter sich und atmete durch, als er die Sommerhitze auf seiner Haut spürte. Rhein und Bier, ich komme!

Im Archivraum stand Dr. Anaraki, ohne sich zu rühren. Er horchte konzentriert, ob sich vor der Tür etwas tat. Stimmen und Schritte klangen durch die Gänge, jemand lachte, die Bauarbeiter im anderen Flur sägten irgendetwas. Doch niemand schien in diesem Teil des Kellers unterwegs zu sein. Gut so.

Leise schloss er die Tür und setzte sich. Die Akten auf den beiden Tischen lagen kreuz und quer, dazwischen hatten die FSJler Post-its geklebt mit allerlei Anmerkungen und Fragezeichen. Anaraki schloss die Augen, atmete ruhig und fokussierte seine Gedanken. Im Moment geschah zu viel in zu kurzer Zeit, das war nicht gut. Er musste planvoll vorgehen. Wenn er jetzt einen Fehler machte, könnte es sein, dass die ganze Sache gewaltig schiefging.

*

Von Nierstein zurück nach Mainz fuhren Tinne und Elvis mit dem Zug. Riesling war in seiner Kiste eingeschlafen und wurde selbst dann nicht wach, als der Reporter den E-Scooter mit Schwung und Hauruck in den Waggon schob. Die Fahrt verlief schweigend, jeder hing seinen Gedanken nach und versuchte, die neuen Informationen in ihre bisherigen Ermittlungen einzuordnen.

Im Hof der Kommune sahen sie Bertie im Schatten eines Stahlmonsters hocken, vor ihm standen ein Teller mit Würstchen und eine Flasche Wein. Mufti hockte unter dem Tisch. Mann und Kater sahen dermaßen satt und zufrieden aus, dass Tinne lachen musste. Zwar verbot sie ihren Mitbewohnern gebetsmühlenartig, Mufti mit ungesunden Leckereien zu füttern, die beiden setzten sich aber ebenso oft darüber hinweg. Tinne konnte allerdings nicht leugnen, dass der Kater trotz Fleischwurst, Frikadellen und Leberkäse vor Gesundheit nur so strotzte.

Elvis hielt sich nicht lange mit Vorreden auf, er setzte sich und griff nach Wurst und Brot. Hätte er einen dritten Arm gehabt, wäre dieser für die Weinflasche zuständig gewesen, das war sonnenklar. Nach fünf Bissen stockte er plötzlich, bekam große Augen und schaute hektisch unter den Tisch. Er hatte Riesling völlig vergessen, der sich in gefährlicher Nähe von Muftis Krallen befand. Zur allgemeinen Überraschung hockten Kater und Hund einträchtig nebeneinander und kauten an Wurststückchen, die auf geheimnisvolle Weise ihren Weg auf den Boden gefunden hatten.

Axl kam aus der Haustür, er hielt seinen Helm im Arm, trug Motorradkluft und schwitzte darin.

»Tach, ihr drei. Muss schnell noch mal weg.« Auf dem Weg zu seiner Maschine drehte er sich um und kam zurück. »Übrigens, Elvis, ich hab jemanden gefunden.«

Der Reporter schaute ihn fragend an. Sprechen konnte er nicht, weil er ein halbes Wiener Würstchen und einen Kanten Brot im Mund hatte.

»Jemanden für deinen Bezeichnungshund«, erklärte Axl. »Ich sollte mich doch umhören und hab in der Band gefragt. Gonzos Nachbarn, oder vielmehr deren zwei Töchter, wollen unbedingt einen Hund. Ich hab ihnen Handybilder gezeigt von deinem Riesling, und sie sind total happy.«

Ein röchelndes Husten kam als die Antwort. Elvis hatte sich an seinem Wienerle verschluckt und lief rot an. Tinne beugte sich herüber und hieb ihm auf den Rücken. Als er wieder atmen konnte, holte er Luft und suchte nach Worten. Lahm antwortete er: »Äh … ja, öh, gut. Prima. Danke.«

»Die Mädels wollen wissen, wann sie ihn abholen können«, fuhr Axl fort. »Am liebsten schon morgen. Ich hab ihnen das mal so weit zugesagt, weil du den Hund ja so schnell wie möglich loshaben willst. Stimmt doch, oder?«

Tinne und Bertie amüsierten sich köstlich. Sie vermuteten, dass Axl die Nachbarstöchter gerade aus dem Hut gezaubert hatte, um Elvis ein wenig leiden zu sehen. Und tatsächlich, der Dicke wand sich wie ein Aal. »Öh, ja, klar, so schnell wie möglich.« Der Blick, den er auf Riesling warf, war eine Mischung aus Verlegenheit und Panik. »Aber, eh, morgen ist schlecht, da hab ich viele Termine.«

Axl bohrte weiter. »Kein Problem, lass den kleinen Kläffer einfach hier, dann können sie ihn abholen. Wir passen auch auf, dass Mufti ihn nicht zum Frühstück verputzt.«

Elvis lachte gekünstelt und winkte ab. »Haha, nee, das geht nicht. Ich meine, ich muss den neuen Besitzern ja schließlich vieles erklären, mit Futter und so. Und Gassigehen.« Er holte Luft und beeilte sich hinzuzufügen: »Also, im Prinzip ist mir das ja alles egal, gell, aber man hat ja schon Verantwortung für so ein kleines Ding.«

Todernst nickte Axl. »Na klar, da hast du recht. Dann also übermorgen? Wann würd's dir passen? Die Mädels freuen sich total. Sie haben ihm sogar schon einen Namen gegeben.« Er beugte sich verschwörerisch nach vorne. »Keksnase.«

Tinne biss sich auf die Lippen, als sie Elvis' Miene sah. Sein ohnehin rundes Ballongesicht schwoll noch weiter an. Doch Axl spielte seine Karten voll aus. »Ist echt Glück, dass er bei dir keinen Namen gekriegt hat, sondern nur eine Bezeichnung. Stell dir vor, der Kleine müsste sich jetzt umgewöhnen.«

»Er … also, er hat sich ziemlich an seine Bezeichnung gewöhnt«, quetschte Elvis hervor. »Ich … er … er hört schon drauf. ›Komm her‹ und so. Und ›sitz‹. Vielleicht sollten sie ihn nicht umtaufen. Das würde er nicht so mögen, glaube ich … oh, aber da fällt mir ein, das geht übermorgen auch nicht. Und zwar, ich hab Riesling beim Tierarzt gehabt wegen einer Impfung. Und die braucht er noch ein zweites Mal. Muss gemacht werden.«

Axl tat interessiert. »Aha. Welche Impfung denn?«

Mit großer Geste nahm Elvis ein Blatt Küchenrolle und tupfte über seinen Mund, um Zeit zu gewinnen. »Gegen … Panmykoskopie«, erklärte er schließlich. »Das sind zwei Impfungen im Abstand von ein paar Wochen. Ist wichtig für Hunde.«

»Ah ja.« Bertie beugte sich herüber und zog ein interessiertes Gesicht. »Und warum können die neuen Besitzer dann nicht die zweite Impfung machen lassen?«

Tinne lehnte sich zurück und genoss das Schauspiel wie Kino ohne Eintritt. Sie hatte gar nicht gewusst, dass ihre beiden Mitbewohner solche Biester sein konnten.

»Weil, also …«, Elvis hatte Schweiß auf der Stirn. »Weil ich die Impfungen schon komplett bezahlt habe. Das gibt dann bloß ein blödes Geschacher ums Geld, und da hab ich keine Lust drauf. So lange müssen die Kinder sich noch gedulden.«

»Hm, na gut. Das geb ich mal so weiter.« Axl kniff die Augen zusammen wie Clint Eastwood in seinen besten Zeiten. »Gegen was war die Impfung doch gleich noch mal?«

»Gegen Pan…meriskopie«, stammelte der Dicke und merkte, dass er haarscharf daneben lag. »Also, Fellfäule. Total wichtig, gerade bei Kurzhaarhunden.«

»Panmeriskopie. Fellfäule«, murmelte Bertie und wechselte einen Blick mit Axl, der so viel hieß wie ›wir haben ihn wohl lange genug leiden lassen‹. Der Altrocker nickte mit schalkhaftem Grinsen, marschierte zu seiner Maschine und dreht sich nochmals um. »Na, dann auf bald, Keksnase!«, rief er in Richtung des Hundes. Mit mächtigem Getöse rollte die Harley vom Hof. Sichtbar erleichtert stopfte Elvis sich eine halbe Wurst in den Mund und ließ den Zipfel unter den Tisch fallen.

»Sagt mal, habt ihr eigentlich was rausgekriegt in Nierstein wegen dieser Fischgräte? Hat sich's gelohnt, Tinne, dass ich dich hingefahren habe?«, fragte Bertie und langte selbst nochmals zu. Gesellschaft machte schließlich hungrig. Tinne und Elvis nickten einträchtig. Der Dicke gab Tinne einen Wink, dass sie reden sollte. Sein Mund war zu voll. Also erzählte Tinne, was sie von Arnulf Stapf erfahren hatten.

»Ein Jurassic-Park-Killerwal, der drei Millionen wert ist.« Bertie pfiff leise. »Da kommt der eine oder andere schon mal auf dumme Gedanken.«

»Oh ja«, nickte Tinne. »Und wenn wir wüssten, wer dahintersteckt, wären wir einen gewaltigen Schritt weiter.

Elvis kaute mechanisch vor sich hin, sein Blick verriet, dass seine Gedanken weit weg waren. Nach einer Weile schluckte er den Bissen und spülte mit Wein nach.

»Hör mal, ich …«, er zögerte, »ich hätte da eine Idee, wer unser großer Unbekannter ist. Und zwar, pass auf.« Er setzte sich zurecht, als wollte er eine Rede halten. »Also, ich hab gestern ein bisschen in unserem AZ-Archiv herumgeklickt und nach Artikeln über das Museum gesucht. Es gibt eine Ankündigung, dass der ganze Laden im November dichtgemacht wird für ein Dreivierteljahr. Eine Renovierung steht an, und zwar eine richtig große. Im Keller zum Beispiel, da kriegt die Museumspädagogik viel mehr Platz als bisher, deshalb werden Mauern versetzt und neue Durchbrüche gemacht. Mit anderen Worten: Das Tiefgeschoss wird auf links gekrempelt. Und diese Bauarbeiten, die sind wohl schon losgegangen, weil sie den laufenden Betrieb im übrigen Museum nicht stören.«

Tinne sah das Bild vor Augen: Sie selbst im Keller, zusammen mit der Fotografentruppe. Sie geht durch die Gänge …

»Richtig«, nickte sie, »in einem der Flure sind Bauarbeiter am Werkeln gewesen.«

»So, die nächste Info ist aus einem anderen Artikel. Da ging es um die Renovierung 2006, die ja nicht ganz so groß war. Aber jetzt kommt's: Unser spezieller Freund Dr. Anaraki ist da beteiligt gewesen bei der Planung und der Durchführung dieser Renovierung, und ich frage mich …«

Tinne winkte hektisch ab und verhaspelte sich fast. »Anaraki! Da hat mir Laurent heute früh etwas erzählt. Wir beide, also du und ich, hatten Laurent von unserer Entdeckung in den Grundrissplänen berichtet, im Labor bei Tara. Ich hab ihm ja noch die Fotos geschickt. Deshalb ist er gestern zu diesem Anaraki gegangen und hat ihn ganz konkret nach einem versteckten Raum im Kellergeschoss gefragt. Und der hat ihm bereitwillig erzählt, dass sie damals bei der Renovierung einen Thermoscan haben machen lassen, um über die mittelalterliche Bausubstanz Bescheid zu wissen. So ein Scan ist sauteuer, das weiß ich von der Uni, er zeigt alle Strukturen und auch Hohlräume und verborgenen Öffnungen, selbst hinter Wänden und unter Böden. Und da war nichts, meinte Anaraki. Er hat Laurent sogar die Scans geschickt, zusammen mit den Rasterprofilen. Das sind die Auswertungen, also quasi die Interpretation der Bilder, die die Profis von der Durchleuchtungsfirma machen. Und nirgendwo hat es einen Hinweis auf einen verborgenen Raum gegeben.«

»Aber das passt doch haargenau!« Elvis erhob sich halb von seinem Stuhl und griff nach einem Würstchen, das er wie einen Zeigestab schwenkte. »Stell dir Folgendes vor: Anaraki hat um drei Ecken von dem alten Gerücht gehört, dass es irgendwo im Keller einen versteckten Raum mit einem superseltenen Fossil gibt. Als Chefkurator weiß er, was das Ding wert ist, und er kann auch die nötigen Kontakte zu halbseidenen Hehlern und Sammlern knüpfen. Was, wenn er, um es zu finden, diesen Gebäudescan veranlasst und die Ergebnisse anschließend vertuscht hat?«

Bertie hatte den beiden aufmerksam zugehört. So wie Elvis mit der Wurst wedelte, schwenkte er sein Weinglas.

»Euer Museumsmensch hat aber ein Problem, denn er kann ja nicht einfach eine Mauer im Keller einreißen und ein Fünf-Meter-Skelett raustragen. Also hockt er da und wartet auf seine zweite Chance. Und die kommt gerade jetzt: Bei der großen Renovierung wird das Untergeschoss umgebaut, es gibt Baulärm, Staub, Dreck und jede Menge Leute, die dort unten herumlaufen.«

Tinne hatte nichts, um ihre Worte zu unterstützen, weder Wurst noch Wein. Also begnügte sie sich damit, mit der Hand zu fuchteln.

»Anaraki kriegt es hin, einen Durchbruch zum versteckten Raum zu machen, ohne dass es jemand mitbekommt. Er findet diesen alten Präparationsraum, den Direktor Herschkel vor 50 Jahren hat zumauern lassen. Und tatsächlich, darin steht das Skelett eines Basilosaurus in voller Pracht. Er sieht das Geld lachen und wartet nur noch auf eine günstige Gelegenheit, um die Knochen nach und nach abzutransportieren.«

Elvis und seine Wurst waren wieder an der Reihe.

»Aber gleichzeitig entdeckt Fotomännchen Jason in der Kanalisation einen trockengefallenen Durchgang, der ihn in den Museumsraum führt. Er traut erst mal seinen Augen nicht, als er vor einem staubigen Walskelett steht. Dann ruft er bei Tinne an und macht sie neugierig mit ›einem großen Ding für Historikwissenschaftler‹. Sie kommt mit und … na ja, das Timing hätte nicht blöder sein können.«

»Denn auf einmal stehen nicht nur Tinne und Jason in dem Raum, sondern auch dieser Anaraki«, fuhr Bertie fort. »Der ist nicht gerade happy über zwei Mitwisser und sieht seine Millionen davonschwimmen. Er entschließt sich für die harte Tour und will die beiden zum Schweigen bringen. Bei Jason gelingt es ihm, aber Tinne kann abhauen, flieht durch die Kanalisation und knallt oben voller Panik in ein Auto. Jetzt hockt Anaraki da mit einer geflohenen Zeugin und einem toten Mann. Um Verwirrung zu stiften, nimmt er einen Krokodilschädel aus dem Museumsmagazin, bearbeitet damit die Leiche und schmeißt sie in den Rhein.«

»Aber ich bin für ihn ein Problem«, fuhr Tinne fort. »Mein Gesicht kennt er zwar, aber nicht meinen Namen. Es muss ihm wie ein Wunder vorgekommen sein, als er ein paar Tage später ins Archiv marschiert und zwischen einer Truppe Fotografen auf einmal mich entdeckt. Und jetzt wissen wir auch, warum er so ausgeflippt ist und uns fast eigenhändig aus dem Keller gezerrt hat: Er war sich sicher, ich wäre seinem kleinen Geheimnis auf die Spur gekommen. Dass meine Erinnerung futsch ist, konnte er ja nicht wissen.«

Elvis hatte inzwischen seine Wurst vertilgt und hatte nichts mehr zum Wedeln.

»Er ist aber einen entscheidenden Schritt weitergekommen: Durch den Polizeieinsatz und die ganzen offiziellen Dokumente hat er endlich deinen Namen und sicher auch deine

Adresse. Er organisiert ein paar schwere Jungs im weißen Transporter, die dich zu Hause abpassen. Damit wäre sein Problem gelöst gewesen.« Er klatschte mit einer Endgültigkeit in die Hände, die Tinne schaudern ließ. Sie schob den Kiefer vor und zog ein grimmiges Gesicht.

»Hat aber nicht geklappt, und damit ist unser sauberer Herr Anaraki in einer ganz blöden Situation. Denn erstens denkt er, dass ich nach wie vor über das Bescheid weiß, was dort unten passiert ist. Zweitens ist durch den Leichenfund alles in Wallung, sogar die Polizei kommt bei ihm vorbei und fragt explizit nach einem versteckten Kellerraum. Und drittens kann er mit dem Diebstahl der Knochen nicht mehr allzu lange warten, denn die Bauarbeiten im Untergeschoss gehen weiter. Theoretisch kann es jeden Tag passieren, dass der Raum entdeckt wird und sein Geheimnis keines mehr ist.«

Alle schwiegen, jeder drehte die Erkenntnisse hin und her. Nach einer Weile hob Bertie den Kopf. »Und jetzt, wie geht's weiter? Reicht das alles, damit Laurent einen Durchsuchungsbefehl fürs Museum klarmacht?«

Tinne und Elvis wechselten einen Blick. Jeder wusste, was der andere dachte, Tinne sprach es schließlich aus: »Laurent wird uns durch den Wolf drehen, wenn wir mit so einer wilden Theorie ankommen. Nein, wir werden heute Nacht im Museum in den Keller steigen und versuchen, ein 50 Jahre altes Rätsel zu lösen.«

※

Elli Härtling packte mit beiden Händen fester zu, als der lange, dünne Mann hinter ihr in den Hausflur trat. Rechts hielt sie ihre Einkaufstasche umklammert, links die Leine von Poldi, ihrem Rauhaardackel. Ängstlich schielte sie nach hinten, bemühte sich aber gleichzeitig, aufrecht und furchtlos zu wirken. Man las ja immer wieder, dass man seine Angst auf keinen Fall zeigen sollte vor solchen Leuten!

Draußen vor der Tür hatte sie ganz genau gesehen, dass der Mann mit einem Motorrad die Adam-Karrillon-Straße entlanggefahren war. Nun gab es in der Mainzer Neustadt Motorräder in Hülle und Fülle, aber dieses Ding sah komisch aus und dröhnte ausgesprochen laut. Dann hatte er vor ihrer Tür gehalten, und während Elli mit dem Schlüssel im Schloss gestochert hatte, war er lautlos an sie herangetreten. Dass er ihr und Poldi die Tür aufgehalten hatte, sah sie als billigen Trick, um in den Flur zu gelangen. Da stand er nun, sie konnte aus den Augenwinkeln seine langen Haare sehen. Ein Rocker? Ein Drogensüchtiger? Ein leiser Schrei entfuhr Elli, als er sich herabbeugte und ihr mit sanftem Druck die Einkaufstasche abnahm.

»Die ist doch viel zu schwer für Sie. Kommen Sie, ich helfe Ihnen, wo müssen Sie denn hin?«

Obwohl er freundlich klang, schaute Elli noch immer misstrauisch. »Und Sie, wo wolle Sie hin?«, schnappte sie zurück. Er schmunzelte. »Zu Fricks ins Zweite. Ich bin ein Freund von Ferdinand und Claudia.«

Das beruhigte sie einigermaßen. Der dünne Mann trug ihr tatsächlich die schwere Tasche bis in den vierten Stock, bis dahin hatte er Freundschaft mit Poldi geschlossen und ließ sich geduldig von dem betagten Dackel beschnuppern. Weil er gerade da war, bat Elli ihn, das störrische Rotkrautglas zu öffnen, an dem sie schon den ganzen Nachmittag verzweifelte, und das ausgehängte Badfenster reparierte er auch gleich mit einem kräftigen Ruck.

»Ei, so en nette Mann«, meinte sie zu Poldi, nachdem ihr Helfer sich winkend verabschiedet hatte. »Nur für en anständiche Friseur hat's noch nit gereicht.«

Zwei Stockwerke weiter unten nahm Axl Claudi in den Arm. »Eurer Nachbarin in der Vier hab ich den Schreck des Tages versetzt«, schmunzelte er und ging in die Knie, um die kleine Leonie zu schnappen. »Die hat wohl gedacht, ich wäre der Schwarze Mann.«

»Exl, Exl! Wann spielt ihr wieder?«, quietschte die Kleine. Sie sprach seinen Spitznamen mit E aus und wollte, wann immer die Band zusammenkam, alle Instrumente gleichzeitig spielen und dazu noch singen.

»Na, mal schauen. Übernächste Woche, da haben wir einen Auftritt im Alten E-Werk in Nierstein. Ich geb der Mama den Termin durch, und wenn ihr früh genug kommt, kannst du bestimmt mal reinhauen.« Er zwinkerte Claudi zu, die verschmitzt nickte. Leonie jubelte und rannte zum Papa, um ihm von ihrer bevorstehenden Rockröhren-Karriere zu berichten.

Ferdi kam und begrüßte Axl. Seit sein Onkel Elvis in der Kommune ein und aus ging, hatten er, Claudi und die Kleine einen guten Draht zu den WG-Bewohnern. Leonie liebte es, dort zu sein und Unruhe zu stiften. Im Gegenzug half Ferdi als Computercrack, wann immer es ein digitales Problem gab. Genau deshalb hatte Axl ihn heute aufgesucht.

»Horch, ich hab eine ziemlich merkwürdige E-Mail bekommen, und ich würde da gerne Bescheid wissen.« In kurzen Worten beschrieb er, was ›Pavarotti‹ ihm geschickt hatte. Ferdi nickte, ließ sich die Zugangsdaten zum Account geben und holte die Mail auf seinen Bildschirm. Mit zusammengezogenen Brauen gab er eine Reihe von Befehlen ein.

»Also, was ich jetzt mache, ist der allererste Schritt: Ich lese die IP-Adresse des Absenders aus, und zwar zu dem Zeitpunkt, als die Mail verschickt worden ist«, erklärte er und tippte, ohne auf die Tasten zu schauen. »Die ist ans Gerät gebunden, und der Provider hat die Informationen dazu, wo es zu diesem Zeitpunkt ins Netz gegangen ist.«

»Ist das denn legal? So jetzt mit der DSGVO und so …?«

Das lange Schweigen war Antwort genug, Axl hielt den Mund und ließ Ferdi arbeiten. Nach einer Weile hob dieser den Kopf. »Hast du Freunde auf den Philippinen, in Tagbilaran?«

Axl schaute ihn an, als wäre er nicht ganz dicht. »Nee, ganz sicher nicht.«

»Laut IP-Adresse kommt Pavarotti aber von dort. Wenn du in Tagbilaran keine längst vergessenen Saufkumpanen hast, dann hat er wohl seine Spuren verwischt, und gar nicht mal so schlecht.«

Interessiert schaute Axl zu, wie Kontrollzeilen auf dem Monitor erschienen und verschwanden. Das Tastaturklappern erreichte eine Geschwindigkeit, bei der ihm fast schwindelig wurde.

»Kriegst du's raus?«, fragte er vorsichtig.

»Ist Wasser nass?«, murmelte Ferdi als Antwort und schaute konzentriert auf den Bildschirm. Axl verzog sich, um ihn nicht weiter zu stören. Mit Leonie spielte er Verstecken, wobei die Versteckmöglichkeiten für seine lange, dünne Gestalt arg begrenzt waren. Nach einer Viertelstunde stand es 6:0 für Leonie, da erscholl Ferdis Stimme: »Hab ihn!«

»Super – au!« Axl krabbelte aus dem unteren Teil der Besenkammer hervor und rieb sich den Kopf, den er gerade gegen den Zwischenboden gedonnert hatte. »Und, wo, was?«

»Dein unbekannter Absender ist gut, echt, er hat eine Parys-Routine genutzt, wohl Xalaax oder so, mit einem Spreading auf ein gutes Dutzend Bots.«

»Aha.« Axls Gesicht war anzusehen, dass er null Komma null verstanden hatte. »Und, eh, kannst du sagen, wo er hockt?«

Ferdi lehnte sich zurück und gönnte sich ein breites Grinsen. »Aber freilich. Ist nicht ganz so weit weg wie die Philip-

pinen. Sogar ziemlich in der Nähe. Ich würd's mal in Budenheim versuchen, in der Hermann-Löns-Straße 72.«

»Super, danke, du bist echt der King! Da haste was gut
bei mir!«

Mit einem Augenzwinkern meinte Ferdi: »Ooch, du
kannst dich mit dem Elvis zusammentun, der schuldet mir
noch eine Weinschorle für 'nen Geisteranruf, mit dem ich ihm
letztens aus irgendeiner Bredouille geholt habe.«

»Dann leg ich Weck und Worscht drauf.«

»Aber keine vegetarische, hörst du?« Beide lachten, Axl
machte sich zum Aufbruch bereit. Er hatte die Rechnung
allerdings ohne Leonie gemacht. Die Kleine stellte sich in
die Tür, die Arme in die Seite gestemmt, und schaute streng
an ihm hoch. »Wir sind noch nicht fertig mit Verstecken! Du
bist dran, Exl!« Sie presste die Augen zusammen und fing
lauthals an zu zählen: »Zehn … neun … acht …«

Mit gespielter Verzweiflung schaute Axl zu Ferdi, der ein
Kichern unterdrücken musste. Dann eilte der langhaarige Altrocker in Richtung Gästeklo, um sich hinter dem Wäsche-
korb zusammenzufalten.

*

Riesling marschierte mit erhobenem Kopf durch Elvis' Wohnung. Gewissenhaft überprüfte er jeden Winkel, schnupperte
am Cello, drehte eine Runde durch die Küche und rollte sich
schließlich auf seinem Platz zusammen. Er schlief auf Elvis'
Lieblingskissen, es hatte eine ovale Form und zeigte auf ganzer Länge den Schwellkopp Hannebambel samt aufgenähter
roter Mütze. Riesling war vom ersten Augenblick in das Kissen verschossen gewesen, Elvis brachte es nicht übers Herz,
ihm etwas anderes unterzuschieben. Damit der Hund nicht
herunterrutschte, hatte er das Kissen mit einer überdimen-

sionalen Stoff-Fleischwurst umschlungen, die er vor Jahren als Werbegeschenk bekommen hatte.

Der dicke Reporter stand im Eingang und schaute zufrieden zu, wie sich der Hund an Kissen und Wurst schmiegte. Er hängte die Leine an die Garderobe, es handelte sich um eine Neuanschaffung aus speziellem synthetischem Material, das eine leichte Nachgiebigkeit besaß und verhinderte, dass Hundehalswirbel beim abrupten Stopp überdehnt wurden. Richtig teuer, aber nun ja, bei einem so jungen Hund war die Halsmuskulatur eben noch nicht stark genug ausgeprägt, da wurde im Netz immer wieder gewarnt.

In der Küche maß er 145 Gramm Welpen-Mischfutter ab. Das Futter mit Ente und Süßkartoffel hatte in mehreren Tests sehr gut abgeschnitten, die exakte Menge ließ sich über eine Formel aus Größe und Gewicht des Hundes errechnen. Dazu gab es ein getrocknetes Schweinsohr zum Kauen, aber kein Fertigprodukt, o nein. Elvis hatte sich erkundigt und wusste, dass Metzger Harth in der Lotharstraße die Ohren aus eigener Schlachtung bezog und schonend bei 90 Grad trocknete.

Endlich schmatzte der Hund glücklich, sodass er sich um seine eigenen Belange kümmern konnte. Richtigen Hunger hatte er keinen, dazu war der Imbiss im Kommunenhof zu mächtig gewesen. Doch ein kleiner Snack wäre jetzt genau das Richtige, und Elvis wusste auch schon, wonach ihm der Sinn stand. Mit einem Glas Wein neben sich schnitt er einen Weck auf, strich Spundekäs auf die eine und Senf auf die andere Hälfte. Dazwischen kamen Zwiebelringe, saure Gurken und dicke Scheiben Fleischwurst, verziert mit einem Klecks Meerrettich. Der Clou waren drei Handkäs obenauf, übergossen mit Musik und üppig bestreut mit Kümmel. Das alles wurde zusammengeklappt und festgedrückt, damit es in den Mund passte. Diese Kombination hatte Elvis vor undenklichen Zeiten nach einem trinkfreudigen Abend ersonnen, er nannte sie

›MäcWeck‹ und wollte damit eines Tages groß ins Mainzer Gastrogeschäft einsteigen. Bis dahin ließ er sich seine Kreation selbst schmecken.

Beim Kauen schaute er dem Hund zu, der mit dem Schweinsohr im Maul eingeschlafen war und im Traum mit den Pfötchen trat. Elvis lächelte. Wahrscheinlich jagte der kleine Kerl gerade den allergrößten Hasen.

Nach einer Weile warf er einen schiefen Blick zur Seite und nickte widerwillig. »Ja, Freddy, du hast recht. Er ist schon verdammt süß, aber was soll ich bitte schön mit einem Hund? So oft, wie ich auf Job unterwegs bin?«

Nichts war zu hören außer dem leisen Schnarchen von Riesling. Unwirsch schüttelte Elvis den Kopf. »Was heißt da mitnehmen! Sicher gibt's den einen oder anderen Termin, wo ein Hund mitdarf. Aber ich kann ihn ja schlecht bei so etwas wie einer Stadtratssitzung reinnehmen. Am Ende macht er dem Ebling ein Häufchen vor die Füße, und dann?«

Wieder kam keine Antwort von Freddy. Das wunderte Elvis nicht, denn bei seinem Gesprächspartner handelte es sich um einen kleinen, verschrumpelten Kaktus, der auf seiner Fensterbank ein Mumiendasein fristete. Elvis hatte das Gewächs vor ewiger Zeit bei einer Tombola als Trostpreis gewonnen und sich im Laufe der Jahre angewöhnt, Zwiegespräche mit ihm zu halten. Inzwischen war Freddy so etwas wie sein Alter Ego und gab ihm gerne und oft Widerworte.

Nun schnaufte der Reporter und winkte ab. »Ist okay, Freddy, wo ein Wille ist und so. Und ja, ich wäre nicht der erste Journalist, der einen Hund bei seinen Terminen dabeihat.« Er lauschte, nahm einen Schluck Wein und wedelte mit den Händen. »Danke, danke, ich weiß, dass ich bei diesem Fossilien-Stapf hochkant rausgeflogen wäre ohne den Kleinen, das musst du nicht extra breittreten.«

Kopfschüttelnd ging er in die Küche und machte sich einen

zweiten MäcWeck. »Und angenommen«, keifte er ins Wohnzimmer, »nur mal angenommen, ich würde den Hund ein bisschen länger behalten wollen – wie soll ich aus der Nummer rauskommen? Die Leute schreiben in der Redaktion die Namensliste voll, und Axl hat den Nachbarstöchtern schon zugesagt. Da kann ich ja wohl schlecht …« Er unterbrach sich, schwieg einen Augenblick und stemmte dann die Arme in die Seite. »Was soll das heißen: Um Ausreden bin ich sonst auch nicht verlegen?! Das ist ganz schön frech, mein Freund und Kupferstecher, weißt du das?« Brummend ging er im Zimmer umher, blieb schließlich vor dem Kaktus stehen und wedelte mit seinem Zeigefinger. »Nee, nee, der Hund kommt weg, das ist gar keine Frage. Vielleicht nicht heute, vielleicht nicht morgen, aber irgendwann. Pfff, ich und ein Hund, wo kämen wir denn da hin?« Entschlossen goss er den Inhalt seines Weinglases in Freddys Erde – die einzige Art an Pflege, die er dem Gewächs angedeihen ließ. »So, und jetzt will ich nichts mehr hören zu dem Thema. Ich muss noch ein paar Telefonate führen und meinen Kleiderschrank auf den Kopf stellen.« Er beugte sich verschwörerisch zum Kaktus. »Das Nachtigallchen hat nämlich große Pläne, und ich kann nur hoffen, dass bei den großen Plänen nicht noch größerer Ärger rauskommt.«

✳

»Huhu, Oberchefkommissar.«

»Hallo, Schatz, lieb, dass du anrufst. Wie geht's, bist du wieder ein bisschen fitter?«

»Ooch, geht so. Ich bin heute unterwegs gewesen, mit Elvis, und vorhin haben wir noch mit dem Bertie im Hof gehockt. Also kein Riesenprogramm, aber ich fühl mich noch immer total gerädert.«

»Tja, wenn ich fies wäre, würde ich sagen: Das ist das Alter. Zum Glück bin ich nicht fies.«

»Hallo? Hallo, Laurent? Gerade ist hier ganz schlechter Empfang, ich hör dich kaum. Ich leg wohl besser auf.«

»Jaja, is klar. Nee, aber jetzt mal im Ernst, dann hau dich doch einfach hin. Hast ja nix zu versäumen, und nach dem Schreck gestern Abend braucht dein Körper sicher auch mal 'ne Extramütze Schlaf.«

»Das werd ich vielleicht sogar machen. Ist zwar schade um so einen schönen Sommerabend, aber irgendwie häng ich durch.«

»Soll ich nach dem Dienst noch mal vorbeigucken? Wollen wir was kochen? Oder ich bring was aus der Stadt mit, vielleicht vom Hoa Mai.«

»Du, das … das ist 'ne liebe Idee, aber heute eher mal nicht. Wahrscheinlich penne ich nachher schon und hab eh nichts davon. Und von dir auch nicht.«

»Okay, na gut, schade. Ich glaub, dann bleib ich hier auch noch ein bisschen länger. Mein Tisch biegt sich vor lauter unbearbeitetem Zeug.«

»Wenn *ich* fies wäre, würde ich sagen: jeder wie er's verdient.«

»Du hast recht, der Empfang ist im Moment wirklich ganz mies.«

*

Annkathrin ärgerte sich. Sie wäre besser zu Hause geblieben, stattdessen hatte sie eine Kopfschmerztablette eingeworfen und war zwei Stunden später wieder ins Museum zurückgekommen. Doch das Archiv fand sie abgeschlossen vor, von Vinzenz keine Spur. Wahrscheinlich hockte er entspannt am Rhein und zischte ein Bierchen. Annkathrin hingegen wurde dazu verdonnert, die letzte Schicht an der Kasse zu übernehmen. Na großartig! Wenigstens kamen so kurz vor Schluss eh keine Besucher mehr.

Umso erstaunter schaute sie, als eine Dreiviertelstunde vor Museumsschließung zwei Leute durch den Eingang kamen, ein Mann und eine Frau.

»Sie wissen, dass wir in 45 Minuten zumachen?«, fragte Annkathrin freundlich. »Das ist arg kurz für unsere Ausstellung. Ich würde Ihnen raten, vielleicht eher einen anderen Besuchstag zu wählen, da haben Sie mehr davon.«

Die Frau nickte ihr zu. »Ja, das ist uns klar. Wir wollen aber eigentlich nur einen Blick auf die Quaggas werfen. Die sind ja *das* Highlight schlechthin hier.«

»Oh ja, da haben Sie recht. Unsere Quaggafamilie mit Hengst, Stute und Fohlen ist weltweit einmalig.« Sie gab den beiden die Eintrittskarten. »Links geht's zum Ausstellungsraum, die Quaggas sind im Erdgeschoss.«

»Ja, prima«, meinte die Frau. »Dann werden wir mal einen Zahn zulegen.«

Das würde euch beiden tatsächlich guttun, dachte Annkathrin und musste ein Grinsen verkneifen. Die Frau trug ein Kleid im pseudomittelalterlichen Stil, das sich über ihre Leibesmitte spannte und nach unten hin in Schnüren auslief. Ihr Bauch sah auf den ersten Blick nach Schwangerschaft aus, doch nein, er wölbte sich zu unförmig. Auch ihr Begleiter hatte einige Kilo zu viel, er war kleiner und so dick, dass er beim Gehen watschelte wie ein Erpel. Eine Baseballkappe mit mächtigem Schirm verdeckte sein Gesicht, während der ganzen Zeit schaute er kein einziges Mal auf. Trotz der Hitze hatte er ein langärmeliges Hemd an, sein linker Arm war offensichtlich steif, zumindest hielt er ihn unnatürlich gerade und bewegte ihn kaum.

Annkathrin beobachtete die beiden, wie sie im Bereich der

Sammlung verschwanden, und schüttelte den Kopf. Was für ein schräges Pärchen!

In den nächsten 45 Minuten ordnete sie Papierkram, zählte die Kasse und verabschiedete die Besucher, die nach und nach das Haus verließen. Als schließlich der Sicherheitsdienst die Tür schloss und die Museumsmitarbeiter schwatzend zum Hinterausgang liefen, fiel ihr ein, dass sie die merkwürdigen Spätankömmlinge gar nicht wiedergesehen hatte. Die beiden mussten gegangen sein, während sie gerade ihre Unterlagen durchblätterte. Na, hoffentlich hatten sie die Quaggas angemessen bestaunen können.

Annkathrin wechselte ein paar Scherzworte mit dem Wachmann und verließ das Museum. Es war längst noch nicht leer, die Kuratoren blieben in aller Regel länger, manchmal auch der Direktor. Um 22 Uhr würden die Sicherheitsleute schließlich ihre letzten Rundgänge machen und die Alarmanlagen an den Türen aktivieren. Danach würde das Gebäude in einen Dämmerschlaf fallen, bis morgen früh die Sonne wieder aufging.

»Pst!«, zischte Tinne, »da kommt noch mal einer.«

Sie lugte aus ihrem Versteck hervor und sah einen Wachmann, der durch die Gänge lief und dabei unglaublich schräg ›Galway Girl‹ pfiff.

»Hoffentlich der Letzte.« Elvis kauerte verkrampft hinter ihr. »Meine Beine sind ein einziger Ameisenhaufen.«

Seit fünf Stunden hockten sie in einer Nische in der Vogelausstellung. Der abgesperrte Bereich wurde wohl schon für die anstehenden Umbauten vorbereitet. Viel Platz gab es hinter dem Bauzaun nicht, der mit einer bedruckten Folie bezogen war und eine Visualisierung der geplanten Räumlichkeiten zeigte. Auf ihrem Weg durchs Museum hatten sie diesen versteckten Bereich gefunden, nachdem sie von Ecke zu Ecke gehuscht waren, immer auf der Hut vor Dr. Anaraki. Allmählich hatte der Besucherbetrieb nachgelassen, der zweite Stock verwaiste. Um 18 Uhr hatte man die Lampen ausgeschaltet. Seither saßen sie im Halbdunkel und hatten das Gefühl, die Minuten würden immer zäher dahinkriechen.

Tinne riskierte einen weiteren Blick und sah, dass der Wachmann zum Treppenhaus ging. Seine Schritte und ›Galway Girl‹ verhallten auf dem Weg nach unten. Dreimal waren die Sicherheitsleute nun schon durch den Raum gegangen. Sie atmete durch den Mund. Auf dem Weg zum Museum hatte Elvis seine Kleidung tüchtig durchgeschwitzt, entsprechend streng roch die Luft in der engen Nische. Auch sie selbst spürte die Hitze, kein Wunder, schließlich wölbten sich fünf Stoffschichten vor ihrem Bauch und gaben ihr den Umfang einer XXL-Dampfnudel. Sie trauten sich aber nicht, ihre Ausrüstung abzulegen, denn dann wären ihre Absichten im Fall einer Entdeckung mehr als klar gewesen.

Zur Hitze und der stickigen Luft kam das schlechte Gewissen, das Tinne plagte, weil sie Laurent am Telefon angeflunkert hatte. Wenn er wüsste, dass sie sich ins Museum geschlichen hatte, statt zu Hause selig zu schlummern, würde er sie wahrscheinlich in Schutzhaft nehmen oder wie auch immer das hieß, nur um sie aus dem Gefahrenbereich zu halten. Seine Sorge rührte sie einerseits und machte ihr ein warmes Gefühl ums Herz. Andererseits war sie dermaßen auf dieses Museumsrätsel fixiert, dass sie es um jeden Preis lösen wollte. Sogar ihr Handy hatte sie beim Eintreten ins Gebäude ausgeschaltet, damit es nicht geortet werden konnte. Sie nahm sich vor, Laurent bei nächster Gelegenheit von ihren Alleingängen zu berichten und das verdiente Donnerwetter mit gesenktem Kopf hinzunehmen.

Sie schaute auf die Armbanduhr. Viertel nach zehn. Elvis hatte nachmittags mit seinen AZ-Kollegen telefoniert und unauffällig die Fühler ausgestreckt, deshalb wussten sie über die wichtigsten Punkte Bescheid: Um 22 Uhr schloss das Sicherheitspersonal das Gebäude ab, es gab keine Kameras und keine Bewegungsmelder, die einzigen Alarmanlagen befanden sich an den Eingangstüren. Perfekt für ihre Pläne! Tinne entschied, dass die Wachleute nun wohl aus dem Museum verschwunden waren.

»Okay, los geht's!« zischte sie und schlüpfte aus der Nische. Elvis tat es ihr nach, beide wären fast hingefallen, als sie nach den verkrampften Stunden endlich ihre Muskeln dehnen konnten.

»Aaaargh!«, stöhnte Elvis, seine Gelenke klangen nach Streckbank. »Da sind wieder zwei Termine beim Osteopathen fällig, mindestens.« Tinne murmelte etwas, das nach ›abspecken und mehr Bewegung‹ klang, hielt die Lautstärke aber gedämpft. Sie wollte keinen Krach mit dem Dicken anfangen, ihre Mission war schon schwierig genug.

Im Zwielicht der Fenster entledigte sie sich ihrer Ausrüstung und fühlte sich sofort um die Hälfte leichter. Elvis zerrte an seinem Arm, löste zwei Lagen Malerkrepp und holte eine Brechstange unter dem Hemdsärmel hervor, die seinen Ellbogen während der ganzen Zeit versteift hatte. Tinne zog das grässliche Kleid aus, eine Fassenachtsklamotte von Bertie, die ›mittelalterliche Schankmaid‹. Ihr dicker Bauch entpuppte sich als Rucksack, den sie vorne trug. Darin steckten lange Hosen und Oberteile für sie beide, Handschuhe und gefährlich aussehende Sturmmasken, die die Gesichter bis auf die Augen verdeckten. Alles war komplett schwarz, auch der Rucksack. Das meiste hatten sie zu Hause in ihren jeweiligen Kleiderschränken gefunden, nur die Sturmmasken hatte Elvis noch rasch bei Deiters gekauft. Sie zogen sich um und betrachteten ihr neues Outfit. Trotz der angespannten Situation musste Tinne kichern – der Reporter sah aus wie ein kleinwüchsiger Ninja mit Übergewicht. Doch die Klamotten und auch die Masken mussten sein. Denn sie wussten, dass sie bei ihrer Aktion handfest gegen das Gesetz verstießen. Sollten sie entdeckt werden, konnten sie zumindest ihr Heil in der Flucht suchen, ohne gleich erkannt zu werden.

»So, ab nach unten«, bestimmte Tinne. Ihre Stimme klang undeutlich hinter dem Stoff der Maske. Sie machten sich auf den Weg zum Treppenhaus. Das Tageslicht reichte gerade noch, um den Weg zu finden. Rechts und links reihten sich Exponate auf, Adler mit riesigen Schwingen, die Rekonstruktion eines Archaeopteryx, dessen scharfe Krallen zum Angriff gestreckt waren. Die bewegungslosen Tiere sorgten für eine gruselige Atmosphäre, in Tinnes Fantasie erwachten sie zum Leben und stürzten sich mit schrillen Schreien auf die Eindringlinge. Ein Film mit Ben Stiller kam ihr in den Kopf, ›Nachts im Museum‹, in dem sämtliche Ausstellungsstücke bei Sonnenuntergang zum Leben erwachten. Im Kinosessel ließ sich darüber gut schmunzeln, aber hier im dunklen Museum sah die Sache schon ganz anders aus.

»Kommst du oder träumst du?«, knurrte Elvis zwei Stufen weiter unten. Der Dicke stand wie immer mit beiden Beinen in der Realität und ließ sich von der gespenstischen Umgebung kein bisschen beeindrucken.

Gemeinsam durchquerten sie das Erdgeschoss und betraten die Treppe zum Keller. Dort herrschte Dunkelheit, lediglich die Notausgangsschilder glommen grün. Tinne ließ das Licht ihres Handys aufflammen. Elvis' Uralt-Siemens war weit entfernt von solcherlei neumodischen Funktionen, er hatte eine Taschenlampe eingepackt.

»Gut, jetzt sind wir hier.« Tinne holte den Grundriss der 2006er-Renovierung hervor und zeigte auf die entsprechende Stelle. »Und da hinten, am Ende von diesem Flur, da muss der versteckte Raum sein.« Sie gingen los, bogen zweimal ab und standen schließlich vor dem Bereich, den Tinne schon bei ihrem ersten Kellerbesuch gesehen hatte: Baufolie überzog Boden und Decke, Säcke mit Mörtel stapelten sich, Werkzeuge und ein Presslufthammer standen bereit.

»Volltreffer«, wisperte Tinne, obwohl es keinen Grund zum Flüstern gab. »Da hinten irgendwo muss ein Durchschlupf sein, oder der Weg führt durch einen der angrenzenden Räume.«

Vorsichtig betraten sie den Baustellenbereich, kleine Steine knirschten unten ihren Füßen. Die Luft roch nach Zement und feuchtem Sand. Am Ende des Flures hingen Leitungen aus der Decke und der Wand, grobe Steinblöcke waren herausgebrochen, einen Teil des Bodens hatte man aufgestemmt.

Elvis leuchtete in jede Ecke und setzte die Brechstange probeweise an zwei, drei Stellen an. »Na ja, wenn hier ein Durchgang in diese zugemauerte Kammer sein soll, dann hätten die Bauarbeiter den längst schon entdeckt«, meinte er zweifelnd und schob die Brechstange in bester Bob-der-Baumeister-Manier in seinen Gürtel.

»Hm, ja.« Tinne merkte, wie sich Ernüchterung in ihr ausbreitete. In der Theorie hatte alles schlüssig geklungen: eine Passage, versteckt zwischen Mauerstücken, vielleicht mit einigen Bruchsteinen verschlossen. Die Realität machte ihr klar, dass es so einfach wohl nicht war. Hier gab es keine unübersichtlichen Winkel und halb verfallenen Durchschlüpfe. »Dann vielleicht doch eher in einem der Nachbarräume, oder?«

Elvis ging voran. Die Baustelle schloss zwei Türen ein, ebenfalls mit Folie verhängt. Sie ließen sich öffnen, doch dahinter erstreckten sich nur Lager mit leeren Metallregalen. Auch hier hingen Kabel aus der Decke, aufgesprühte Markierungen zeigten, wo demnächst weitergearbeitet werden sollte.

Tinne ließ die Schultern hängen. »So viel zu unserem großartigen Plan.«

Elvis drehte den Grundriss in den Händen. Es war seltsam, hinter der Maske sein Gesicht nicht zu sehen, keine Mimik, nur die Augen, die in der Dunkelheit fast schwarz erschienen. »Vielleicht hat der Durchgang ja gar nichts mit der Baustelle zu tun. Guck mal, hier führen alle möglichen Leitungsschächte entlang, und das da, das sieht aus wie der Heizungskeller oder alte Öltanks oder so was. Theoretisch kann auch dort irgendwo eine Verbindung sein. Die wäre dann auch nicht so auffällig, weil nicht jeden Tag gewerkelt wird.«

Mit neuem Eifer folgte Tinne seinem Finger auf dem Papier. »Ja, das kann sein, warum nicht. Los, wir schauen.«

Sie ließen den Baustellenbereich hinter sich und wandten sich nach links.

»Vielleicht können wir …«, fing Tinne an, in diesem Augenblick flammte ein unglaublich grelles Licht vor ihren Augen auf, das einen stechenden Schmerz ins Hirn hämmerte. Sofort verschwand das Licht wieder, nur das Geisterbild des Flures gleißte in ihrer Wahrnehmung nach. Sie schrie auf, riss die Hände hoch und prallte zurück, doch schon knallte das Licht wieder los. Und wieder. Und wieder.

Sie hörte Elvis neben sich aufstöhnen, er stolperte und fiel fast zu Boden. Im Abstand von Millisekunden wechselten sich weiße Helligkeit und tiefe Schwärze ab, Tinnes überreizte Wahrnehmung sah jede Bewegung abgehackt wie in einem kaputten Film. Die Quelle des Lichts konnte sie nicht ausmachen, es schlug von überall und nirgends auf sie ein. Schmerzimpulse zuckten durch ihren Kopf. Panisch fuhr sie herum, die Arme vor dem Gesicht, Elvis war ihr dicht auf den Fersen.

»Raus, raus hier …«, keuchte Tinne, mehr brachte sie nicht hervor. Weg von dem Licht! Sie hetzten zurück, sahen aber kaum etwas. Hörte sie Schritte? Da, die Treppe! Hoch, Elvis geriet aus dem Tritt, Tinne zerrte ihn mit, weiter, nur weiter! Die Blitze hatten aufgehört, doch plötzlich kamen sie zurück, näher und greller als je zuvor. Wieder hörte Tinne Schritte, jemand verfolgte sie. Wohin, wohin?

»Zum Hinterausgang«, keuchte Elvis und zerrte sie mit sich. Doch schon knallte das Licht wieder auf sie ein, ihr unbekannter Gegner musste sie überholt haben, instinktiv rannten sie in die Gegenrichtung. Panik und Adrenalin verdrängten jede Vernunft, die gleißenden Lichtimpulse stanzten wirre Augenblickseindrücke in Tinnes Wahrnehmung … schräge Bögen, krumme Stufen, dämonische Tierfratzen … weiter, immer weiter.

Kopflos stolperte sie in einen anderen Bereich des Museums, Elvis dicht auf den Fersen. Sie nahm Blätter wahr, grüne Dekoration, Holzpfosten, und überall Glas, spiegelnde Flächen, senkrecht, waagrecht, egal, nur weiter.

Dann endete der Gang mit einem Mal, die beiden stoppten an einer Wand. Sie fuhren herum, die Augen zugekniffen, doch das Licht war weg. Vorsichtig blinzelten sie, Tinne ließ die Arme sinken, Dunkelheit umgab sie, hier und dort reflektierte Glas, ein grünes Notausgangsschild leuchtete in der Ferne.

»Ist das dieser Anaraki gewesen?«, krächzte Tinne. Noch immer pulste ihr Herzschlag in den Ohren. »Ist er auch im Keller gewesen und hat uns entdeckt? Und wo zum Teufel sind wir hier gelandet?«

Elvis blieb die Antwort schuldig, er schaute sich vorsichtig um und ließ das Licht seiner Taschenlampe kreisen. Sie standen am Ende eines Ausstellungsbereiches, der mit wuchernden Grünpflanzen und Holzbohlen dekoriert war. Glaskästen in allen Größen standen dazwischen, ganz am anderen Ende lag die Tür, durch die sie hereingerannt waren. Dabei handelte es sich gleichzeitig um den Ausgang, einige Treppenstufen führten nach oben in den Hauptteil des Museums.

Es dauerte eine Sekunde, bis die Erinnerung sein Hirn flutete. Seine Recherche über das Museum. Das Bild des begrünten Flures. Die gläsernen Würfel.

»Scheiße«, flüsterte er, »wir sind im Refektorium, in der Sonderausstellung ›Gifttiere‹. In den Kästen hocken die giftigsten Viecher aus allen Kontinenten!«

In dieser Sekunde barst Glas, laut wie ein Donnerschlag. Wieder riss Tinne die Arme hoch, um ihr Gesicht zu schützen, sie konnte nicht sagen, ob das Geräusch nah oder fern war. Ihr Schrei suchte seinen Weg durch die Blätter und die Ranken, Elvis riss sie ein Stück zurück, bis sie schmerzhaft an die Wand stieß. Wieder und wieder erklangen Schläge, gefolgt von prasselnden Scherben. Mit verkniffenen Lidern wagte Tinne einen Blick. Eine Gestalt stand inmitten der Terrarien und schwang zwei Stangen wie ein bösartiger Meister, der einen Choral des Todes dirigierte. Das Gesicht konnte sie nicht erkennen, alles war dunkel, um die Silhouette herum flogen funkelnde Splitter. Mit grausamer Präzision zerschlug die Gestalt Glas für Glas, Scheibe für Scheibe, während sie rückwärts zum Ausgang ging. Wieder schrie Tinne, nochmals und nochmals, ohne Zeitgefühl, die Angst brauchte einen Weg nach draußen.

Irgendwann spürte sie eine Berührung. Bebend hob sie den Kopf, zwischen Tränenschlieren sah sie Elvis' Gesicht. Er hatte die Maske abgenommen und hielt seine Lampe so, dass die Finger den Lichtkegel dimmten. Mit einer Geste zu den Lippen deutete er an, still zu sein. Tinne gehorchte und richtete sich langsam auf.

»Wir sitzen ganz schön in der Tinte«, wisperte Elvis und schwenkte das abgedeckte Licht in den Raum vor ihnen.

Der Bereich sah aus wie nach einem Erdbeben. Gläserne Bruchstücke reflektierten den Lampenschein, die Terrarien

waren zerschlagen und zum Teil umgestürzt. Sand und Holz-
stücke hatten sich auf den Boden ergossen, über alldem lagen
die Ranken und Blätter, die zur Dekoration gehörten, ebenfalls losgerissen.

Elvis rührte sich nicht, auch Tinne fühlte sich wie festgefro-
ren. Zuerst passierte nichts, der dunkle Raum lag da wie eine
tote Kulisse. Doch plötzlich ging es los: Ein feines Knistern
ertönte, ein Rascheln, von links, von rechts, von überall, hier
bewegte sich ein Blatt, dort huschte ein vielbeiniger Schatten über den Sand. Es sah aus, als sei das gesamte Buschwerk
zum Leben erwacht.

Tinnes Angst vervielfachte sich und drückte ihr die Luft-
röhre zu. Sie spürte mehr als sie sah, wie die giftigsten
Geschöpfe der Welt die Jagd aufnahmen. Es gehörte nicht
viel Fantasie dazu, um zu wissen, wer ihre Opfer waren.

*

Empfänger: Kriminalhauptkommissar Laurent Pelizaeus,
Kriminalinspektion K 1, Mainz
<laurent.pelizaeus@polizei.rlp.de>

Absender: Dr. Tara Feh, Leiterin Institut für Rechtsmedizin,
Universität Mainz
<tara.feh@rechtsmedizin.uni-mainz.de>

Betreff: Leichenfund Bahnhof MZ

Hallo Laurent,

gerade bin ich mit der Autopsie von Thormann fertig. Aus-
führlicher Bericht folgt morgen, ebenso die KTU. Die Ergeb-

nisse sind aber ziemlich überraschend, deshalb schon jetzt mal in aller Kürze:

Der erste Augenschein hat getäuscht, die Spannungszufuhr war nicht todesursächlich. Thormann ist erstickt worden, klassische oronasale Okklusion. Einblutungen in die Mundschleimhaut, Stauungsblutung an Brust und Hals, trotz drittgradiger Verbrennungen klar erkennbar. Keine Strangulationsspuren, Tatwerkzeug also wahrscheinlich ein Kissen oder eine Decke, evtl. mit zusätzlichem Aufsitzen auf den Kopf des Opfers. Die Starkstromzufuhr ist dann wohl zur Tatverschleierung inszeniert worden, die KTU hat Überbrückungsdrähte im Trafokasten ergeben. Das erklärt auch, warum die Zulaufsicherung nicht ausgelöst hat. Die Kollegen vermuten, dass die rechte Hand post mortem an einem leitenden Element festgeklemmt worden ist. Dadurch konnte der Stromfluss mehrere Stunden auf die Leiche einwirken und die außergewöhnlichen Verbrennungen und Schrumpfungen hervorrufen. Wir haben es definitiv nicht mit einem Unfall durch unsachgemäße Bastelei an der Stromzufuhr zu tun, sondern mit einem Tötungsdelikt. Wenn Fragen dazu sind, melde dich.

Eine Sache noch: Bei der Kleiderdurchsicht hat François in der Hemdtasche ein Faltblatt gefunden, Infos über den Modellbauclub, im Waggon gibt es einen Stapel davon. Auf diesem ist allerdings mit Kugelschreiber eine Telefonnummer notiert. Es ist Tinnes Mobilnummer, und ich bin mir recht sicher, dass ich auch ihre Handschrift erkannt habe.

Gute Nacht + Gruß
Tara

*

»Wie kommen wir hier raus?«

Tinne drehte den Kopf und leuchtete mit ihrem Handy umher. Der Schein reichte nur zwei, drei Meter, der Rest des Raumes blieb dunkel. Elvis' Taschenlampe kam weiter, ihr Lichtkreis zuckte über Wände, Ecken und Rundbögen. Doch es war kein weiterer Ausgang zu sehen, keine Tür, kein Fenster.

»Mist, das da vorne ist die einzige Tür!«, keuchte Elvis und richtete die Lampe in die Richtung, wo in schier unendlicher Entfernung das grüne Notausgangszeichen leuchtete. Dazwischen lagen zehn Meter, übersät mit Blattwerk, zerschmetterten Terrarien und umherliegenden Holzstämmen. Tinne zuckte zusammen – das Licht hatte einen Skorpion erfasst, mit sandfarbenen Gliederbeinen und hoch aufgerichtetem Giftstachel. Kaum fiel der Schein auf ihn, da huschte er zwischen die Ranken und war verschwunden.

»Notruf«, hauchte sie, ihre bebenden Lippen konnten kaum die Worte formen. »Wir müssen jemanden holen, Feuerwehr, Polizei, Laurent, jemand muss uns hier rausholen.«

Elvis biss auf seine Lippen und rückte näher an sie heran. »Das … das wird nicht reichen. Die brauchen eine Viertelstunde, mindestens. So viel Zeit haben wir nicht.« Wie zum Beweis geriet das Blattwerk vor ihnen in Bewegung, grelle Farben waren zwischen den Grüntönen zu erahnen, Beine, Stachel, Schuppen. Die Wesen rückten im Verborgenen heran, ihre Sinnesorgane führten sie zielsicher.

Tinne spürte Elvis' Hand auf ihrer Schulter und war dankbar für die Nähe des Dicken. Es dauerte ein paar Sekunden, bis sie realisierte, dass Elvis die Taschenlampe mit beiden Händen hielt. Mit einem grässlichen Gefühl drehte sie den Kopf … auf ihrer Schulter hockte eine haarige Spinne von der Größe einer Kinderfaust, ihre aggressiv hochgereckten vorderen Beine waren keine Handbreit von Tinnes Gesicht entfernt. Tinne prallte zurück, ihr Schrei erstickte in der Kehle, die Spinne fiel zu Boden und verschwand in der Dunkelheit. Wie von Sinnen schlug Tinne immer und immer wieder auf ihre Schulter, sie nahm kaum wahr, dass Elvis sie festhielt und schüttelte.

»Ich … ich …«, keuchte sie panisch, bis der Dicke ihren Kopf packte und nach links drehte. Im unsteten Licht der Lampe sah sie, wie grell gefärbte Tausendfüßler aus dem Gewirr krochen und sich schlängelnd auf sie zubewegten. Ein gelber Frosch mit schwarzen Ringen hüpfte an der Seite hervor, die Signalfarbe ließ keinen Zweifel an seiner Giftigkeit aufkommen. Langbeinige Spinnen mit dürren Körpern schossen umher, sie saßen keine Sekunde still, sondern kamen immer näher.

»Bleib verdammt noch mal ruhig, hörst du?« Sie spürte Elvis' Mund ganz nah an ihrem Ohr. »Wir müssen uns ganz schnell etwas einfallen lassen, bevor die Viecher den kompletten Raum einnehmen. Also los, schalt dein Hirn ein.«

Tinne nickte verkrampft und kämpfte ihre Panik nieder. Im Schein ihres Handys inspizierte sie den Bereich, der ihnen als Rückzugsort blieb. Sie entdeckte eine Fuge in der Wand, die ihr vorher nicht aufgefallen war. »Da, was ist das?«

Elvis' helle Lampe zeigte, dass eine Tür bündig in die Wand eingepasst war, sie trug dieselbe Farbe und fiel deshalb kaum auf. Mit einem Schritt hatte Tinne sie erreicht. Ein Ausgang? Ein Weg in einen anderen Teil des Museums? Sie suchte nach einem Knauf oder einem Riegel, doch sie spürte nichts. Elvis schob seine Fingernägel in die Fugen, bis er schließlich kräftig dagegenstieß. Die Tür klickte, sie war mit einem Druckmechanismus verschlossen gewesen. Tinne riss sie auf – und starrte auf eine hölzerne Rückwand. Es war nicht viel mehr als ein kleiner Abstellraum, eher ein tiefer Wandschrank. Hektisch wühlte sie in den Regalen. Farbdosen, Nägel, Drähte, Krimskrams. Nichts Brauchbares. Da langte Elvis an ihr vorbei und griff nach einem hölzernen Stil. Ein alter Besen kam zum Vorschein, dessen Borsten in alle Himmelsrichtungen zeigten. Der Dicke reckte ihn nach oben wie eine Trophäe.

»Zeit für den großen Kehraus, würde ich sagen!«

Vorsichtig ging er einige Schritte voran, Glasscherben knirschten unter seinen Sohlen. Tinne folgte ihm dicht auf den Fersen und leuchtete mit ihrem Handy auf den Boden vor ihnen. Elvis schwang den Besen und fegte das Blattwerk zur Seite, hier und dort huschte etwas, eine Schlange wand sich, Gliederfüßler nahmen mit wirbelnden Beinen Reißaus. Wie Don Quijote und Sancho Pansa bewegten sie sich Schritt für Schritt in Richtung Ausgang.

»Es klappt! Es klappt tatsächlich!« Tinne lief der Schweiß übers Gesicht. Sie bemühte sich, ihre Füße genau dorthin zu setzen, wo seine gewesen waren. Der Reporter antwortete nicht, sondern hielt ihren Weg scharf im Auge, während er mit dem Besen heruntergerissene Äste zur Seite schob. Auf diese Weise kamen sie voran, im Zeitlupentempo zwar, doch ohne näheren Kontakt zu den Gifttieren.

Ihre Glückssträhne endete im letzten Drittel des Raums. Der Lichtschein des Handys zeigte kreuz und quer liegende Holzbalken vor ihnen, ein zerschmettertes Terrarium war halb umgekippt. Spinnen mit blassen Beinen und roten Körpern kauerten überall, die Kauwerkzeuge mit schwarzen Zangen hingen wie Bluttropfen nach unten. Sie bebten in einem wahnsinnigen Stakkato, als würden sie unter Strom stehen. Jede Faser von Tinnes Körper weigerte sich, auch nur einen Schritt nach vorne zu tun.

»Scheiße, und jetzt?«, zischte Elvis. Es war klar, dass er dieses Hindernis nicht mit seinem Besen weghebeln konnte. Tinne blieb die Antwort schuldig, ihre Vernunft schrumpfte auf Erbsengröße und machte blanker Panik Platz. Plötzlich fing sie an zu schlottern, ihre Zähne knallten aufeinander. Der Gedanke, inmitten der allergiftigsten Tiere des Erdballs gefangen zu sein, brandete in ihrem Hirn und ließ keine andere Wahrnehmung zu.

Da übernahm Elvis das Regiment. Mit einer schnellen Bewegung griff er nach Tinnes schwarzem Rucksack. »'tschuldigungichdarfmal«, knurrte er. Die Brechstange hatte er noch immer am Gürtel hängen, er legte sie in den Rucksack und warf ihn nach vorne mitten in das Chaos. Das schwere Gewicht brachte das Terrarium noch mehr in Schräglage, Metall quietschte, Glas klirrte. Doch die plötzliche Bewegung ließ alles flüchten, was im Umkreis kreuchte und fleuchte. Elvis machte einen großen Schritt nach vorne, seine Füße landeten zielsicher auf den Rucksack. Dann griff er Tinne am Schlafittchen und riss sie mit sich zum Ausgang, sie torkelte unkontrolliert hinter ihm her.

Tinne ließ alles mit sich geschehen, sie hatte sich innerlich zusammengerollt. Pure Todesangst durchflutete sie, die Wände und Bögen des Museums zogen an ihr vorüber, ohne dass sie Einfluss darauf nahm. Weiter, weiter, immer nur weiter, nicht stehenbleiben! Da geschah es – plötzlich stoppte ihre Wahrnehmung, sie reiste rückwärts in Raum und Zeit.

Sie sieht sich, sie rennt durch ein unterirdisches Gewölbe, nein, kein Gewölbe, ein Tunnel, zementiert und in Segmente geteilt. Groß, sehr groß. Alles ist alt und marode, Sand rieselt, Stein bröckelt. Eine Plattform, ihre Füße laufen auf einer Plattform, daneben ist der Boden abgesenkt. Brackiges Wasser steht auf der unteren Ebene, es reflektiert das Licht der Lampe. Ein Bahnsteig? Ja, es ist ein Bahnsteig, aber unter der Erde. Vorne ist etwas, das wie ein Wartehäuschen aussieht, ebenfalls alt und zerfallen. Jemand ist hinter ihr her, mehrere Leute, sie

*hört Stimmen, rau und laut, Angst erfüllt sie, denn gerade
ist etwas Schreckliches passiert, so schrecklich, dass es keinen
Platz in ihrer Erinnerung hat.*

*Abrupt kippt die Zeit ein zweites Mal, sie ist an derselben
Stelle, aber diesmal entspannt und neugierig. Eine Stimme
erklingt neben ihr, es ist Jason … ›hier fahren nur Geisterzüge‹ … er lacht … ›nur Geisterzüge … nur Geisterzüge.‹ Und
auf einmal ist Marc Cohn zu hören, seine sanfte Stimme …
›Riding on the Ghost Train‹ …*

Ein Knall brachte Tinne zurück in die Wirklichkeit. Elvis
hatte die Sicherheitsglastür zugehauen, die das Refektorium
mit dem übrigen Museum verband. »Komm endlich«, rief er
und zerrte sie hinter sich her.

»Elvis! Elvis, ich … ich war in einem … da ist so was gewesen wie ein …«

»Klappe und laufen!« Seine Stimme ließ keinen Raum für
Diskussionen. »Hier wird ziemlich bald die Hölle los sein,
und ich glaube nicht, dass ich dann noch hier sein will!«

Widerstandslos ließ Tinne sich mitziehen, sie rannten in
den Verwaltungsbereich im Erdgeschoss. Elvis rüttelte an
einem halben Dutzend Fenstergriffe, alle abgeschlossen, er
nahm einen Feuerlöscher und donnerte ihn durch eine der
Scheiben, zerrte Tinne mit sich, plötzlich waren sie in der
Reichklarastraße und rannten in Richtung Flachsmarkt.

Tinne kam sich vor wie in einem Albtraum. Es gab nur
eine Frage, die jeden Platz in ihrem Bewusstsein füllte: Welche verfallene unterirdische Welt war gerade in ihre Erinnerung zurückgekehrt?

VIERTER TEIL

FREITAG, 14. SEPTEMBER 2018

»Das kann doch wohl nicht sein!«

Laurent Pelizaeus hieb auf seinen Schreibtisch, dass die Stifte tanzten. Entnervt warf er das Telefon hin. »Zum zehnten Mal nur die Mailbox. Und auf der Festnetzleitung geht auch keiner ran. Ich bin mir sicher, die ganze Bande hat sich wieder mal abgesprochen!«

Axel Börner saß ihm gegenüber am zweiten Tisch und schwieg. Nicht, dass Laurent mit einer Antwort gerechnet hätte – sein Kollege war kein Mann großer Worte. Vor ihrer Bürotür herrschte morgendliche Betriebsamkeit, auf den Fluren des Polizeipräsidiums am Valenciaplatz brummte es wie in einem Bienenstock.

Seit dem frühen Morgen versuchte Laurent, Tinne zu erreichen. Doch er bekam weder sie noch Elvis ans Handy, in der Kommune ging auch keiner ans Telefon.

»Das sind alles Spitzbuben, alle miteinander!«, knurrte der Kommissar und verbog eine Büroklammer. Viel zu viele Fragezeichen türmten sich in seinem Kopf. Erst dieser Krokodilangriff, der sich als Mord entpuppt hatte und zu dem die Faktenlage bisher mehr als dürftig war. Tinnes Amnesie hing damit zusammen, aber auf welche Art? Was hatte sie dort in der Kanalisation gesucht? Was steckte hinter ihrer kruden Theorie mit dem verborgenen Raum im Museumskeller? Dass sie irgendjemandem empfindlich auf die Füße getreten war, zeigte die versuchte Entführung. Und nun fand sich ihre Telefonnummer auch noch in der Tasche eines toten Rollifahrers, den jemand auf geradezu makabre Weise an den Starkstrom gehängt hatte.

Börner hatte nach dem Fund der Leiche und den außergewöhnlichen Todesumständen routinemäßig eine Personenrecherche durchgeführt, die Papiere lagen auf Laurents Tisch. Herrje, dieser Christoph Thormann war der harmloseste Mensch auf Gottes Erde gewesen. Ein Mann ohne jeden Kontakt zur Halb- und Unterwelt, mit blütenreinem Strafregister, sein Lebensinhalt hatte aus dem Bauen von Modelleisenbahnen bestanden. Wer brachte so jemanden um? Und – für Laurent ebenso wichtig – warum hatte er Tinnes Nummer bei sich?

Er erinnerte sich dunkel, dass sie ihm etwas von einem Besuch beim Modellbauclub erzählt hatte. Allerdings: Tinne neigte dazu, beim Erzählen abzuschweifen und von einem Detail zum nächsten zu kommen. Nach und nach entfernte sie sich von der ursprünglichen Geschichte und berichtete mit Inbrunst von etwas völlig anderem. Das machte es schwer, ihren Gedankensprüngen zu folgen. Es kam vor, dass Laurent dann die Ohren auf Durchzug stellte, sie reden ließ und nur noch mechanisch nickte. Das war bei ihrer Modelleisenbahn-Geschichte wohl so gewesen. Nun ärgerte er sich, dass er bei diesem Thema nicht besser zugehört hatte.

Börner riss ihn aus seinen Gedanken. »Hier, du bist doch letztens im Naturhistorischen Museum gewesen. Schau mal im DEPP, da ist gerade was reingekommen.«

Das System, das sein Kollege meinte, hieß offiziell Dienststellen-Einsatz-Programm der Polizeikräfte und verknüpfte die Arbeitsbereiche der rheinland-pfälzischen Polizeibehörden. Leider war den Entwicklern entgangen, dass die Anfangsbuchstaben das wenig schmeichelhafte DEPP ergaben, doch zu spät, seit dem ersten Tag hatte sich diese Bezeichnung inoffiziell durchgesetzt.

Laurent ließ DEPP nach dem Stichwort ›Naturhistorisches Museum Mainz‹ suchen und las die Meldung. In den frühen Morgenstunden hatte der Sicherheitsdienst beim Aufschließen entdeckt, dass im Bereich der Sonderausstellung ein schwerer Fall von Vandalismus verübt worden war. Die Terrarien der Gifttiere waren zerschmettert und die Dekoration des Raumes heruntergerissen worden. Glücklicherweise, so hieß es, hätten der oder die Täter die Verbindungstür beim Verlassen des Bereichs geschlossen, sodass keines der giftigen Tiere ins Hauptgebäude entweichen konnte. Ein Motiv aus den Bereichen Tierschutz oder Gesellschaftskritik sei naheliegend. Im Tatbereich liege ein Rucksack, der wahrscheinlich von den Verursachern zurückgelassen wurde. Das Betreten des Raumes sei momentan allerdings noch nicht möglich, da zuerst die Gifttiere eingefangen werden mussten. Die Fachleute rechneten mit einer Freigabe in den späten Vormittagsstunden.

Laurent schloss die Augen. Sein Bauchgefühl sagte ihm, dass Tinne bis zum Hals in dieser Sache drinsteckte. Eine Mischung aus Groll und Angst wuchs in ihm, er griff erneut zum Telefon. Wieder nur Tinnes Mailbox. Einen kurzen Augenblick überlegte er, die Kollegen vom Dezernat 47 zu bitten, ihr Handy orten zu lassen. Doch das wäre ein arger Vertrauensbruch gewesen, den Tinne ihm zu Recht lange vorwerfen würde. Er stand auf. »Axel, ich bin mal weg, schauen, ob ich Tinne finde. Ich glaube, da stimmt irgendwas ganz und gar nicht.«

✳

Die blonde Weinfee kicherte und zwinkerte Elvis zu. Sie trug ein Kleid, das nur aus Trauben und Rebenblättern bestand, es bedeckte ihren schön gerundeten weiblichen Körper knapp. Auch in den Haaren hingen einzelne Trauben wie Perlen, ihr Lächeln strahlte, ihre Wangen schimmerten rot. Neckisch strich sie mit einer Scheibe Fleischwurst über Elvis' Gesicht, als wollte sie ihn anlocken. Elvis schnupperte und versuchte, den appetitlichen Happen zu erwischen, doch sie war schneller. Wieder und wieder ließ sie die Wurstscheibe über Mund und Nase wandern, ihr Kichern klang hell und aufgeregt, fast wie ein Quietschen … und wieder die Fleischwurst …

Elvis fuhr mit einem Grunzen hoch. Die Weinfee verblasste, stattdessen hockte Riesling auf seiner Brust, schleckte ihm hingebungsvoll übers Gesicht und japste glücklich.

»Buah, bäh, weg da, pfui Teufel!« Mit beiden Armen wischte Elvis seine Wangen ab und scheuchte den Hund davon, der das neue Spiel vergnügt aufnahm und versuchte, wieder auf ihn zu springen. Erst allmählich kam der Dicke zu sich. Er lag in seinem Wohnzimmer auf der Gartenliege, die er gestern Nacht vom Balkon hereingezerrt hatte. Aber warum?

Bevor er weiter darüber nachdenken konnte, piepte sein Telefon eine dünne Melodie. Er meldete sich nuschelig, am anderen Ende war seine Chefin.

»Elvis, kannst du schnell ins Naturhistorische? Gerade kam eine Info von der Polizei, da ist heute Nacht eingebrochen worden. In der Sonderausstellung ›Gifttiere‹ haben sie alle Terrarien zerschlagen, jetzt sind die Fachleute drin und sammeln das ganze giftige Getier ein.«

Mit der Wucht einer Lawine kam die Erinnerung wieder. Der Keller. Das Blitzlicht. Das Refektorium. Die wilde Flucht.

Seine Chefin nahm sein Schweigen als Interesse und fuhr fort: »Die Polizei ist da mit einem Dutzend Leute, die stellen alles auf den Kopf, um rauszufinden, wer dahintersteckt. Vielleicht Tierschützer oder so. Heute ist das Museum zu, sie durchsuchen die Ausstellungsräume. Morgen ist wieder regulärer Betrieb, dann geht die Polizei in die übrigen Bereiche, in den Keller und die Magazine. Was ist, kannst du das schnell machen?«

Elvis murmelte eine spontane Ausrede und drückte das Gespräch weg. Mit den Fäusten massierte er seine Augen, allmählich setzte sein Verstand wieder ein.

Gestern Nacht waren sie aus dem Museum geflohen und hatten drei Minuten später die Klarastraße erreicht, Elvis' Zuhause. Ihre Pläne waren durchkreuzt, Tinne wollte auf keinen Fall allein zurück nach Bretzenheim, also hatte Elvis ihr sein Bett überlassen und sich auf die Gartenliege verzogen. Während der ganzen Zeit schien Tinne wie besessen von ihrer Tunnelerinnerung. Ein unterirdischer Bahnsteig, eine verlassene Station, dazu Jason, ›hier fahren nur Geisterzüge‹. Ihr Flashback bei dem Song ›Riding on the Ghost Train‹. Elvis hatte sie reden lassen. Eine U-Bahn in Mainz? Nonsens. Ihm war klar, dass ihre Amnesie ihr einen Streich spielte.

Wie auf Stichwort polterte es, die Schlafzimmertür ging auf und offenbarte eine übernächtigte Tinne, deren Haare wie Antennen in die Höhe standen. Sie trug Elvis' allerlängstes T-Shirt, Größe XXL, es reichte ihr gerade so über die Hüfte. Zwischen Gähnen und Blinzeln murmelte sie etwas, das ›Kaffee‹ heißen konnte, Elvis trottete gehorsam in die Küche. Verflixt, schon halb zehn, er hatte ordentlich verschlafen. Mal wieder. Das wurde ja fast zur Gewohnheit! Mit einer Tasse in der Hand kam er zurück ins Wohnzimmer. Tinne hatte sich wie ein kleines Mädchen auf einem der Sessel zusammengekauert, die Füße unter den Körper gezogen, die Arme um sich geschlungen. In ihrem Gesicht konnte Elvis lesen, dass sie die Geschehnisse der letzten Nacht ebenso beschäftigten wie ihn.

»War er das?«, fragte sie halblaut. »Ist das gestern dieser Anaraki gewesen?«

Elvis ließ sich auf den zweiten Sessel fallen. »Möglich. Ja, wahrscheinlich sogar. Er wird, denke ich, dort unten im Keller zugange gewesen sein, und dann sind wir aufgekreuzt. Leise waren wir ja nicht gerade, klar, wir haben ja auch gedacht, es wäre keiner mehr da.«

Tinne zog Riesling auf ihren Schoß, als bräuchte sie Wärme und Nähe. Der Hund ließ es gerne geschehen und paddelte mit den Pfoten, um eine bequeme Position zu finden. »Er muss ziemlich weit sein mit seinem Plan dort im Keller. Vielleicht hat er sogar schon angefangen, die Knochen rauszuholen. Dann geistern wir auf einmal herum mit unseren Lampen und einer Brechstange. Da müssen bei ihm die Sicherungen durchgeknallt sein.«

Elvis dachte an den Telefonanruf gerade eben. »Und es sieht so aus, als hätten wir ihn noch mehr in Zugzwang gebracht.« Er berichtete von dem, was seine Chefin ihm erzählt hatte: Heute wurden die Ausstellungsräume durchsucht, für morgen war der Keller anberaumt.

Tinnes Hand, die Riesling streichelte, stoppte. Sie wusste sofort, worauf der Reporter anspielte. »Der Keller. Eine polizeiliche Suchaktion dort unten.« Unwillkürlich stand sie auf, der Hund rutschte herunter und schaute irritiert. »Das ist ein verdammt großes Risiko für ihn, es kann nämlich gut sein, dass dabei jemand über sein Geheimnis stolpert!«

»Und deshalb«, nahm Elvis ihren Gedanken auf und erhob sich ebenfalls, »wird er heute Nacht das große Programm durchziehen. Auf Biegen und Brechen. Er wird alles rausholen aus dieser Kammer, was mit diesem Urzeitkillerwal zu tun hat, und wenn er bis zum Morgengrauen dafür schwitzt.«

Die beiden standen sich gegenüber, als wollten sie sofort losrennen. Aber wohin? Was tun? Im Geist ging Elvis ihre Möglichkeiten durch: Die Polizei oder die Museumsleitung informieren? Nein, nach den Vorfällen im Refektorium würden sie schneller Handschellen anhaben, als sie Piep sagen konnten. In der Nacht wiederkommen und Anaraki auf frischer Tat ertappen? Auch keine gute Idee, das Museum war momentan bestimmt doppelt und dreifach gesichert.

Tinne unterbrach seine Grübelei. »Wir müssen Jasons Weg finden und durch die Kanalisation kommen.« Sie stellte ihre Kaffeetasse mit einem Knall ab. »Von hinten durch die Brust ins Auge, quasi. Nur so können wir ihm zuvorkommen und beweisen, dass dort unten ein Drei-Millionen-Exponat versteckt ist.«

Elvis schaute sie mit einem zweifelnden Blick an. »Na klar. Macht ja nichts, dass wir keine Ahnung haben, wo dein Jason überhaupt reingegangen ist in die Kanalisation. Und dass es dort unten ein Labyrinth an Kanälen gibt, die durch die Hitze an den unmöglichsten Stellen ausgetrocknet oder geflutet sind. Er kann tausend Wege genommen haben, bevor er den Abzweig zum Museumskeller gefunden hat, den übrigens keiner kennt außer ihm. Verrat mir, wie wir seiner Spur folgen können, dann zieh' ich sofort die Gummistiefel.«

Tinne schloss die Augen und schüttelte den Kopf wie ein widerspenstiges Kind. »Nein, nein, keine tausend Wege. Es hat mit diesem Tunnel zu tun, mit diesem Schacht, an den ich mich gestern Nacht erinnert habe. Der …«

Elvis hob die Hand und stoppte ihren Redeschwall. »Stopp, fang nicht wieder mit deiner fixen Idee an. Das Thema haben wir schon durchgekaut, und was auch immer du da unten gesehen hast, es war *kein* U-Bahn-Tunnel. Comprende?«

Bockig stand Tinne auf und ging ins Bad. Elvis machte sich eilig daran, umherliegendes Hundespielzeug einzusammeln. Eine große, bunte Schachtel schob er unter die Gartenliege. Das von Fachleuten hochgelobte Hunde-Intelligenzspiel ›Smart Fido‹ musste Tinne nicht unbedingt sehen. Ging sie ja auch nichts an. Hauptsache, sie fing nicht wieder mit ihren Spinnereien über einen U-Bahn-Tunnel an.

Keine halbe Minute später schoss sie aus dem Bad, die Zahnbürste in der Hand. »Elvis, dieser Tunnel, die Erinnerung daran – mir ist gerade noch was dazu eingefallen.«

Der Dicke verdrehte die Augen. »Nachtigallchen, ich wiederhole mich ungern, aber wir haben hier in Mainz keine U-Bahn. Es gibt keine, und es hat noch nie eine gegeben. Was auch immer du …«

»Genau das ist es!«, unterbrach sie ihn. »Es hat noch nie eine gegeben, aber es gab Pläne dazu! Und zwar: Erinnerst du dich an unseren Besuch bei Chris im Eisenbahnwaggon? Da war nämlich ein Detail in der Modellstadt, Bauarbeiter und ein Bagger und so, auf Höhe des Hiltons. Und Chris hat gesagt, das wäre ein vergessenes Stück Stadtgeschichte. Er meinte, es hätte mal Pläne gegeben, eine U-Bahn zu bauen, irgendwann in den 1980ern. Und in dem Stadtmodell hätten sie der Mainzer U-Bahn, die es nie gab, ein Denkmal gesetzt.« Tinnes Locken wippten, während sie auf Elvis einredete. »Woher hat Chris diese Informationen? Wir müssen ihn anrufen, sofort. Ich hab den Flyer mit seiner Nummer blöderweise zu Hause, aber er hat dir doch auch einen gegeben, oder?«

Elvis runzelte die Stirn. »Also hör mal, eine Modelleisenbahn hat doch nichts mit der Stadtgeschichte …«

»Ich weiß, was ich gesehen habe!« Tinne schrie fast. »Jason stand neben mir, einen Schritt entfernt. ›Hier fahren nur Geisterzüge‹ hat er gesagt und gelacht und sich einmal um sich selbst gedreht, als wenn er tanzen wollte. Es ist ein verfallener U-Bahn-Tunnel gewesen, da gab es eine Haltestelle mit Plattform nebendran, unten auf der Gleisebene hat Wasser gestanden.«

Ihre Worte irritierten Elvis, als würden sie als Echo in ihm nachklingen. Eine Haltestelle, eine Plattform. Wasser auf der Gleisebene …

Tinne riss ihn aus seinen Gedanken. »Ich *weiß* es, Elvis, ich bin dort gewesen! Hast du diese Nummer, ja oder nein?«

Elvis stand widerwillig auf und suchte im Arbeitszimmer den Flyer heraus, den Chris ihm gegeben hatte. Die automatische Ansage ging ran, es gab noch nicht einmal die Möglichkeit, eine Nachricht aufzusprechen. Entweder war Chris im Funkloch oder er hatte das Telefon nicht angeschaltet. »Nichts, sein Handy ist aus.«

Tinne machte einen resoluten Schritt nach vorne. »Dann fahren wir hin zum Bahnhof. Vielleicht haben wir Glück und er ist im Waggon.« Ihr Gesichtsausdruck machte klar, dass sie nicht darüber zu diskutieren gedachte. Elvis bremste sie mit einer Handbewegung.

»Mach langsam. Ich hab irgendwo seine Festnetznummer, lass uns die mal probieren.« Er zog einen Schuhkarton hervor, der überquoll vor Zetteln, Notizen und Post-its. Wäre Tinne nicht so hibbelig gewesen, hätte sie geschmunzelt. Ein solcher Karton passte zu Elvis, der in manchen Dingen herrlich altmodisch war und kein Händchen für die moderne Technik hatte. Immerhin, er fand, was er suchte und wählte die Nummer. Nachdem er sich gemeldet hatte, brach er plötzlich ab, seine Kinnlade fiel nach unten. Schweigend hörte er zu, murmelte eine Verabschiedung und legte das Handy auf den Tisch, als wäre es giftig.

»Chris …« Seine Stimme klang schwach. »Das war sein Bruder, er ist gerade bei ihm in der Wohnung. Weil … Chris ist tot.«

Tinnes Miene versteinerte. »W…was?!«

Elvis fuhr sich mit den Händen übers Gesicht. »Ich hab schon gestern in der Redaktion mitgekriegt, dass am Bahnhof ein Toter gefunden worden ist. Näheres wusste keiner, die Polizei hat gemauert, und ich bin ja fast die ganze Zeit mit dir unterwegs gewesen. Jetzt ist es raus: Der Tote, das ist Chris gewesen. Sein Bruder meint, er hat wohl an der Elektrik im Waggon gebastelt und dabei einen tödlichen Schlag gekriegt.«

Tinnes Gedanken schossen quer. Sie wusste nicht, warum, aber sie glaubte keine Sekunden an diese Erklärung. »Nein, nein, niemals. Da … da ist etwas, Elvis. Dieser Tunnel, in dem ich gewesen bin … den gibt es, der existiert, und Chris hat etwas darüber gewusst. Und deswegen hat er sterben müssen!«

Elvis schwieg. Er spürte selbst, dass etwas nicht passte. Das waren zu viele Vorfälle, die miteinander in Verbindung standen. Kurzentschlossen nahm er sein Telefon und verzog sich in eine Ecke des Zimmers. Von Riesling neugierig umtänzelt telefonierte er leise, dann kam er mit ernstem Gesicht zurück.

»Offiziell gibt es noch keine Infos von der Staatsanwaltschaft, aber eine meiner Quellen hat was läuten hören. Du könntest recht haben, es sieht wohl eher nach Mord aus als nach einem Unfall.«

Tinne konnte nicht mehr stillstehen, sie fing an, wie eine Gefangene umherzulaufen. »Das ist es, Elvis, genau das ist es! Dieser Tunnel, dieser U-Bahn-Schacht – der ist das Bindeglied, das uns gefehlt hat. Jason wollte keine alten Kanalschächte fotografieren, sondern eine verlassene U-Bahn-Station! Das passt hundertprozentig zu seinen Lost-Places-Themen, so etwas ist haargenau sein Ding. Und Chris, der hatte städtebauliche Informationen darüber. Deshalb musste er sterben!«

Elvis knetete sein Kinn. Eine U-Bahn unter den Straßen von Mainz, die es eigentlich nicht geben dürfte? Wieder bekam er das Gefühl, etwas darüber zu wissen, ohne diese Ahnung packen zu können. Das bekannte Zitat von Sherlock Holmes kam ihm in den Sinn: ›Wenn man das Unmögliche ausgeschlossen hat, muss das, was übrig bleibt, die Wahrheit sein, so unwahrscheinlich sie auch klingen mag.‹ Entschlossen stand er auf.

»Ich glaube kein Wort von dem, was du da fabulierst. Aber ich hab letztens jemanden kennengelernt, der uns weiterhelfen kann. Kämm dich, so nehme ich dich nicht mit raus.« Er telefonierte ein drittes Mal, bis dahin hatte Tinne sich einigermaßen wiederhergestellt. Ihre schwarzen Klamotten trugen zwar sichtbare Spuren des Museumsabenteuers, doch als Alternative gab es nur den Inhalt von Elvis' Kleiderschrank, und der war eindeutig die schlechtere Wahl.

Zwei Minuten später schob Elvis seinen E-Scooter auf den Gehsteig, er hielt Riesling an der Leine, Tinne trat gerade hinter ihm aus der Tür. Da kam ein silberner A4 die Klarastraße entlanggefahren. Elvis brauchte keinen zweiten Blick – Laurent! Schnell wie der Blitz gab er Tinne einen Wink. Sie reagierte ebenso rasch, huschte in den Flur zurück und knallte die Tür zu. Dummerweise hatte Riesling in diesem Moment an ihren Füßen geschnuppert und wurde mit ihr in den Flur gesperrt. Seine Leine führte nach draußen und war in der geschlossenen Tür eingeklemmt, draußen hielt Elvis das andere Ende in der Hand. Bevor er etwas unternehmen konnte, hielt das Auto bereits, die Scheibe ging herunter, Laurent beugte sich über den Beifahrersitz.

»Elvis, sag mal, weißt du, wo Tinne steckt? Ich bin gerade bei ihr daheim gewesen, da ist sie nicht, und ans Handy geht sie auch nicht. Ich mach mir ziemliche Sorgen.«

»Die Tinne? Hm, nö, keine Ahnung, die hab ich seit gestern nicht gesehen.«

Laurent schaute mehr als kritisch. »Mit der Sache im Museum habt ihr nichts zu tun, oder? Das mit den Gifttieren?«

Der Reporter zog ein Gesicht wie ein neugeborenes Baby, das zum ersten Mal die Welt erblickt. »Museum? Gifttiere? Keine Ahnung, wovon du redest.«

Der Blick des Kommissars verfinsterte sich, während Elvis sein Unschuldsgesicht beibehielt. Dann wurde Laurent abgelenkt von der Leine, die in der Haustür verschwand.

»Und was wird das, wenn's fertig ist? Spielst du Verstecken mit deinem Bezeichnungshund?«

»Öh …«, Elvis' Hirn rotierte, »n…nee, Riesling muss, eh, er muss Geduld lernen. Er kläfft immer, wenn ich weggehe, und ein Hundeschulentipp von YouTube war, mit einer verschlossenen Tür das Alleinsein zu üben.«

»Und warum muss er dabei an der Leine sein?«

»Weil, eh, weil dadurch das positive Leinengefühl, also Gassi und Spaziergang und so, auf das Alleinsein übertragen wird. Ist ziemlich komplex, so ein Hundehirn.« Er lächelte bemüht.

Laurent betrachtete die Leine, seine Miene zeigte, dass ihn das Gestammel in keiner Weise überzeugte. Elvis pries innerlich das Auto, das hinter dem Audi anhielt und hupte, weil die Klarastraße zu eng war für zwei Wagen.

»Du musst. Der kommt nicht vorbei«, erklärte er unnötigerweise und deutete nach hinten.

»Na, dann mal noch viel Spaß bei der Hundeerziehung. Und wenn du Tinne siehst oder sie sich meldet, sag ihr, sie soll dringend, wirklich dringend bei mir anrufen!«

Der Kommissar gab Gas. Elvis hielt die Luft an und ließ sie ausströmen, als der Audi links in der Synagogenstraße verschwand. Er wartete ein paar Sekunden, dann machte er die Haustür auf. Riesling hüpfte heraus, Tinne war im Kellerabgang in Deckung gegangen.

»Puh, Glück gehabt«, meinte der Dicke. »Übrigens, du sollst dringend bei Laurent …«

»Ich weiß!«, blaffte Tinne, »ich hab's gehört. Laut und deutlich.« Das schlechte Gewissen stand ihr ins Gesicht geschrieben, doch Elvis wusste, dass sie sich weiter bedeckt halten musste. Sie hatte sich viel zu weit aus dem Fenster gelehnt, allein die Geschehnisse gestern im Museum brachten sie in arge Erklärungsnot. Er hatte inzwischen ebenfalls Blut geleckt – genau wie Tinne wollte er um jeden Preis herausfinden, welches Geheimnis unter den Straßen von Mainz verborgen lag.

Doch nun standen sie etwas ratlos neben dem Tretroller. Tinnes Fahrrad war in Bretzenheim, gestern Abend hatte Bertie sie zum Museum gefahren. Schließlich zuckte Elvis die Schultern. »Na gut, was mit dem Hund geht, geht auch mit einem Sozius«, meinte er, hob Riesling in dessen Kiste und stellte sich an den vorderen Rand des Trittbretts. Das Gefährt wackelte bedenklich, er machte trotzdem eine auffordernde Geste zu Tinne. Diese bat sämtliche Götter des Gleichgewichts um Beistand, stieg auf und klemmte sich hinter ihn. Elvis schob den Scooter mit einem Fuß an, Tinne krallte sich krampfhaft in seinen Rettungsring, endlich hatte der Dicke die Balance gefunden. Im Schneckentempo und dann immer schneller ging die Fahrt voran. Tinne schwitzte Wasser und Blut. In der Adolf-Kolping-Straße schlängelten sie sich um empörte Fußgänger und erreichten die Große Langgasse. Rot-weiße Warnbaken und Absperrungen aus Betonelementen empfingen sie. Die Baustelle, die die Straße in einen Hindernisparcours verwandelte, war schon seit Jahren fester Teil der städtischen Verkehrsführung, die Mainzer hatten sich inzwischen daran gewöhnt und nahmen sie mit rheinhessischer Gelassenheit hin. Elvis ließ den E-Scooter in den Baustellenbereich hoppeln, Tinne wäre fast heruntergefallen und stieg freiwillig ab.

»Was wollen wir denn hier?«, brüllte sie, um eine Asphaltsäge zu übertönen, die neben ihr eine Wolke aus Staub aufwallen ließ. Elvis ignorierte ihre Frage, tippte einem der Bauarbeiter auf die Schulter und ließ sich von ihm gestenreich einen Weg erklären. Tinne stapfte hinter ihm her, sie bemühte sich, auf dem unbefestigten Boden nicht mit dem Fuß umzuknicken. Riesling hatte Angst vor den Maschinen, er wich Elvis nicht von der Seite.

Sie erreichten eine Gruppe Männer mit Warnwesten und gelben Helmen. Tinnes Blick wurde von dem Mann in der Mitte gefangen genommen, sie musste zweimal hinschauen. Dann knuffte sie den Dicken in die Seite. »Sag mal, ist das dein Zwillingsbruder, oder was?«

Elvis gab keine Antwort, trat auf den Mann zu und schüttelte ihm die Hand.

»Tach, Herr Haberkorn, danke, dass Sie sich Zeit für uns nehmen. Mein Anruf gerade eben kam ja ziemlich kurzfristig.«

»Ja, hallo, Herr Wissmann. Ist ja lustig, dass wir uns so schnell wiedersehen. Meine Frau ist ganz aus dem Häuschen gewesen, als ich ihr von unserem Treffen erzählt habe. Sie meint, wir müssen unbedingt mal ein gemeinsames Foto machen.«

Elvis tat, als habe sein Gegenüber nichts gesagt. »Ich hab noch jemanden mitgebracht, Frau Nachtigall von der Uni, als Historikerin unterstützt sie unser Zeitungsprojekt.«

Tinne hatte zwar keinen blassen Schimmer, von welchem Zeitungsprojekt Elvis sprach. Es interessierte sie aber auch nicht, sie war viel zu sehr damit beschäftigt, diesen Herrn Haberkorn zu beäugen. Die Fassfigur, das Bassetgesicht, die spärlichen Haare, sogar die Koteletten zeichneten sich als Bartschatten ab – Elvis im Doppelformat!

Haberkorn wiederum schaute sie an, als sähe er zum ersten Mal im Leben eine Frau. »Hallo, Frau Nachtigall, nett, Sie kennenzulernen. Vitus Haberkorn von der STEBA. Soso, Sie untersuchen also die geschichtliche Entwicklung des Mainzer Nahverkehrs?«

Etwas überrumpelt nickte Tinne. Das musste wohl Elvis' ominöses Zeitungsprojekt sein, das er sich wahrscheinlich vorhin aus den Fingern gesaugt hatte. »Öh, ja, genau. Da … da habe ich meine Magisterarbeit drüber geschrieben, und jetzt helfe ich der AZ bei dem Thema.«

»Wir planen nämlich eine Sonderbeilage dazu«, beeilte sich Elvis zu sagen. »Ich hatte es ja kurz am Telefon erwähnt. Und tja, da sind Sie mir als Fachmann eingefallen, Herr Haberkorn. Schließlich ist die STEBA ja schon seit Jahrzehnten für sämtliche Bauprojekte der Mainzer Verkehrsgesellschaft zuständig.«

»Seit 1971, um genau zu sein. Das Jahr unserer Gründung. Es gibt also nicht viel, was wir über die Trassen des Nahverkehrs nicht wissen.« Haberkorn klang stolz, als hätte er persönlich bei jedem einzelnen Projekt die Schaufel geschwungen.

»Aha, interessant.« Tinne verstand, warum Elvis dieses Treffen vereinbart hatte: Wenn es in den 1980er-Jahren tatsächlich Pläne für eine U-Bahn-Linie gegeben hatte, dann war die STEBA als Bauunternehmen unter Garantie einbezogen gewesen.

Elvis trat nach vorne. Die joviale Art dieses STEBA-Typen ging ihm auf die Nerven, die Kommentare über ihre angebliche Ähnlichkeit sowieso. »Bei unseren Recherchen zur Zeitungsbeilage gibt es einen Punkt, bei dem wir nicht weiterkommen. Und zwar: Frau Nachtigall ist auf einen Hinweis gestoßen, dass in Mainz mal eine U-Bahn geplant war. Viel ist darüber allerdings nicht zu finden, deshalb bin ich auf die Idee gekommen, direkt bei Ihnen nachzufragen.«

Haberkorn zog ein Gesicht, als hätte er Zahnweh. »Ach je, die alte U-Bahn-Geschichte! Eines der Lieblingsprojekte von Jockel Fuchs!«

Elvis wechselte einen raschen Blick mit Tinne. »Aha, was hat's damit auf sich?«

»Ich sag's mal so: Beim Neubau des Rathauses hat sich der gute Jockel durchgesetzt, bei der U-Bahn zum Glück nicht«, erklärte Haberkorn grimmig. »Denn die Idee war von vornerherein hirnrissig, das wäre ein Millionengrab geworden, genau dasselbe wie der Fuchsbau heute. Also, ja, es gab da mal Pläne, Anfang der 1980er muss das gewesen sein. Damals war schon abzusehen, dass der Pendlerverkehr zwischen der Innenstadt und der Mombacher Industrie massiv ansteigen würde. Statt die Rheinallee vernünftig auszubauen, hieß es auf einmal: Wir bauen eine U-Bahn. Weil damals, da galt eine U-Bahn als schick, damit war man eine ›echte‹ Großstadt, und in dieser Liga wollte der Jockel halt mitspielen.« Er schüttelte den Kopf, als wollte er der damaligen Stadtfraktion die Meinung geigen. »Es hat dann eine Planungskommission gegeben und ein ewiges Hin und Her, aber am Ende ist das Projekt eingestampft worden. Die Probleme waren einfach zu groß. Schon allein der Untergrund in direkter Nähe des Rheins: immer feucht, chronisch instabil. Ein Horror! Am Ende hat der Jockel es eingesehen, und die Pläne sind in der Schublade verschwunden. Und dort dürfen sie auch bis ans Ende aller Tage bleiben, wenn's nach mir geht.«

Tinne versuchte, einen möglichst beiläufigen Tonfall anzuschlagen, obwohl sie sich wie unter Strom fühlte. »Ich habe gelesen, dass sogar schon ein Teilstück dieser U-Bahn gebaut worden sein soll. Wissen Sie da was drüber?«

Haberkorn streckte den Kopf vor, eine Bewegung, die Tinne von Elvis kannte. »Wo steht denn so was?«

Sie zuckte die Achseln und versuchte gleichzeitig eine wegwerfende Handbewegung. »Ooch, irgendwo, weiß nicht mehr genau, wo. Wahrscheinlich in einer Quelle in der Unibib.«

»Na, dieser Quelle sollten Sie eher nicht trauen. Das U-Bahn-Projekt ist nie übers Reißbrett herausgekommen, da hat es keinen einzigen Spatenstich gegeben.«

»Und … das ist sicher? Also, das wissen Sie ganz genau? Ich meine, ist ja schon 30 Jahre her. Können damals nicht irgendwelche Probebohrungen gemacht worden sein oder ein kleines Teilstück oder so?« Tinne fragte sich, ob sie zu aufdringlich wirkte und zu offensichtlich auf diesem Thema herumhackte. Doch Haberkorns Gesichtsausdruck war eher amüsiert als genervt.

»Frau Nachtigall, es ist mein Job, so etwas ganz genau zu wissen! Wir von der STEBA bieten schließlich Gewährleistung für das, was wir für die MVG bauen. Jede Straßenbahntrasse, jede Busspur, alles, was mit der Mainzer Mobilität zu tun hat – da steht überall unser Karl-Otto drunter, und wenn es ein Problem gibt, halten wir dafür den Kopf hin. Deshalb ist unser Archiv tipptopp, jedes Projekt ist dort fein säuberlich abgelegt. Hätte die STEBA je auch nur einen Fingerhut voll Erde für das U-Bahn-Projekt bewegt, wäre es dort vermerkt. Außerdem …«, er tippte sich vielsagend an die Stirn, »wie bekloppt wären wir denn gewesen, ohne einen städtischen Beschluss quasi auf gut Glück mit einer Tunnelgrabung anzufangen? Diese U-Bahn hatte von Anfang an so viele Fragezeichen, dass kein Mensch auf die Idee gekommen wäre, im Voraus mit dem Buddeln anzufangen. Zumindest keiner bei der STEBA.«

Elvis beobachtete Tinnes Gesicht. Sie versuchte, ihre Enttäuschung hinter einer interessierten Miene zu verbergen. Er kannte sie aber gut genug, um zu erkennen, dass ihr Haberkorns Antwort einen Tiefschlag verpasste. Erst im Nachhinein fiel ihm der merkwürdige letzte Satz auf.

»Was meinen Sie mit ›zumindest keiner bei der STEBA‹?«

Haberkorn blies die Backen auf. »Na ja, in den 80ern hat es ein paar Fremdfirmen gegeben, die Aufträge für die MVG erledigt haben. Damals war die MVG ja noch Teil der Stadtwerke, da gab es einen ziemlichen Kostendruck, und ein paar Firmen sind eben billiger als wir gewesen. Eine Handvoll Projekte ist extern vergeben worden, aber die MVG ist ziemlich schnell wieder zu uns zurückgekommen. Wer billig kauft, kauft zweimal, und genauso war's: Es gab Baumängel, Nachbesserungen, noch mal Nachbesserungen, und das hat am Ende mehr Geld und Nerven gekostet, als wenn sie es direkt an uns gegeben hätten. Es könnte«, er betonte das Wort mit zwei erhobenen Zeigefingern, »*könnte* also höchstens sein, dass eine dieser Fremdfirmen beim U-Bahn-Projekt tätig geworden ist. Ist aber in meinen Augen höchst unwahrscheinlich, weil es, wie gesagt, niemals einen offiziellen Auftrag gegeben hat.«

»Diese Fremdfirmen, wie heißen die denn?«, fragte Tinne atemlos. Ihr enttäuschter Gesichtsausdruck war purem Jagdfieber gewichen.

Haberkorn ließ ein Geräusch hören, das irgendwo zwischen Grunzen und abfälligem Schnaufen lag. »Da sind Sie ein paar Jahrzehnte zu spät, Frau Nachtigall. Die Bagage hat das gemacht, was schlechte Baufirmen auch heute noch gerne machen: eine Pleite hinlegen, den Chef und den Namen ändern und weiterpfuschen. Und nach ein paar Jahren wieder dasselbe. Ich fürchte, Sie werden da nicht mehr allzu viel aufstöbern können.«

Er wurde abgelenkt, weil ein Kollege nach ihm rief und wild gestikulierend auf Vermessungspfähle mit bunten Kordeln zeigte. Sie ließen die Umrisse einer Bushaltebucht erahnen, die wohl in die Verantwortlichkeit der STEBA fiel. Mit einer bedauernden Kopfbewegung deutete Haberkorn hinüber.

»Sorry, Sie sehen's ja, ich muss. Tut mir leid, dass ich Ihnen nicht mehr zu dem Thema sagen kann.«

Er verabschiedete sich mit wohlerzogenem Handschlag und machte sich auf den Weg zu seinem Mitarbeiter. Doch nach zwei Metern drehte er sich nochmals um. »Stopp, eine Sache noch!«

Tinne und Elvis machten gleichzeitig einen Schritt auf ihn zu. »Ja?«, fragte Tinne atemlos.

Er zog sein Handy hervor und reichte es ihr. »Das Foto.« Sein Lächeln wirkte fast schüchtern, als er auf Elvis zeigte. »Ich hab meiner Frau doch ein Foto versprochen, wenn ich den Herrn Wissmann das nächste Mal sehe.« Hastig fügte er hinzu: »Also, natürlich nur, wenn es Ihnen recht ist, Herr Wissmann. Ist rein privat.«

Mit griesgrämiger Miene posierte Elvis neben Herrn Haberkorn, der dabei grinste wie ein Honigkuchenpferd.

»Tja, Ende Gelände«, meinte Tinne verzagt und schaute Haberkorn nach. »Die Chance geht gegen null, dass irgendjemand irgendwann irgendwas da unten gebaut hat.« Sie ließ die Schultern hängen. »Ich wüsste nicht, wie wir jetzt noch weitermachen sollen.«

Elvis hörte nur halb zu. Er hatte seinen Rotkreuzbeutel hervorgeholt und drehte mit mechanischen Bewegungen eine Zigarette, während sein Geist noch immer Karussell fuhr … eine unterirdische Haltestelle … die tiefer liegende Gleisebene überflutet … alles alt und verfallen … Woher zum Teufel kam die konkrete Vorstellung, die ihn immer wieder überfiel? Auf eine seltsame Art fühlte er sich wie Tinne, die um ihre Erinnerung kämpfte und immer wieder im Nebel landete.

Ungeduldig zerrte er an Rieslings Leine. Der Hund fühlte sie sichtlich unwohl in der lauten Baustellenumgebung, er hatte sich zusammengekauert und schaute Elvis mit großen, angstvollen Augen an. Genau wie damals, als er ihn …

Da zündete die Erinnerung in Elvis' Kopf. Mit fast hörbarem Klicken schoben sich die Teile an ihren Platz, er wusste mit einem Mal wieder, was ihn die ganze Zeit gepiesackt hatte.

»Mitkommen!«, kommandierte er und meinte sowohl Riesling als auch Tinne. »Dein unterirdischer Bahnhof, der ist vielleicht gar kein Hirngespinst. Mit ganz viel Glück gibt es noch eine Spur.«

※

Die Anwohner der Wilhelmstraße lugten hinter ihren Gardinen hervor, als ein heiseres Brüllen die Gasse füllte. Ein rotes Motorrad mit gewaltiger Auspuffanlage fuhr zwischen den parkenden Autos durch. Keiner der heimlichen Zuschauer wunderte sich, dass die Maschine in den Hof der Hausnummer 47 einbog. Dort, so wusste man in der Wilhelmstraße längst, hausten suspekte Gestalten, denen man als anständiger Bürger nachts lieber nicht begegnen wollte.

Im Hof rollte das Motorrad aus und kam zwischen den Stahlfiguren mit Zähnen und Krallen zum Stehen. Der Erschaffer der Kreaturen, Axl, trat zur Haustür heraus.

»Hey Stani, schön, dass du's gepackt hast.« Er umarmte den Besucher herzlich.

»Klar, gerne doch.« Stanislav war ein guter Freund von Axl und dem Rest von ›Steelram‹. Als Tontechniker hatte er im letzten Jahr die Aufnahmen ihrer ersten eigenen CD geleitet und nebenbei Tinne und Elvis aus der Patsche geholfen. Stani war eine Seele von Mensch, wenngleich sein Äußeres eher zwielichtig daherkam: Er knackte ähnlich wie Axl fast die Zwei-Meter-Marke und trug eine Glatze, in den Ohrläppchen steckten riesige Tunnel. Tattoos bedeckten seine Arme, sie krochen aus dem Hals nach oben und zogen sich bis zu den Jochbeinen. »Deine Mail gestern hat mich echt neugierig gemacht. Ich soll einen auf dicke Hose machen? Was ist los, um was geht's?«

»Erzähl ich dir gleich, aber dazu müssen wir ein Stück

fahren. Unterwegs kannst du schon mal dein bestes Halsab-schneider-Gesicht üben.«

»Da muss ich nicht viel üben.« Stani zog eine Grimasse, als wäre er Mackie Messer persönlich. Zusammen mit der Glatze und den Tattoos sah er zum Fürchten aus. Er hockte sich auf die rote Maschine, eine 1978er Benelli 900 Sechszylinder. Axl zog seine alte Iron-Maiden-Jacke an, zurrte einen Stahlhelm auf dem Kopf fest und schwang sich auf sein Motorrad. Die Panhead war nochmals 20 Jahre älter als die Benelli, ein Klas-siker mit ledernen Satteltaschen und einer Totenkopflackie-rung auf dem Tank. Das dumpfe Wummern der Harley und das Brüllen der Benelli wurden zwischen den Häusern hin- und hergeworfen, als die beiden Gas gaben und vom Hof fuhren. Wieder bewegten sich die Gardinen, gutbürgerliche Augen drehten sich in den Himmel. Welche Rockertypen hat-ten sich da bloß in der Nummer 47 eingenistet?

Simon ließ die fünfte Compilation von ›Daily Dose of Inter-net‹ an sich vorüberziehen. Eigentlich sollte er in der Schule sein, aber heute stand eine Englischarbeit an, die ließ er lieber mal sausen. Seiner Mutter hatte er etwas von Kreislauf und Kopfweh vorgeschwindelt und war damit gut durchgekom-men, jetzt ließ er sich ziellos durch die Weiten des Netzes treiben. Wobei … er sollte besser mal einen Blick in Xalaax werfen, vielleicht hatten diese Musiker ja geantwortet. Er loggte sich ein und wartete, bis das Programm die zahlrei-chen Kontenpunkte im Netz aufgebaut und seine persönli-chen Daten davon abgekoppelt hatte. Sein Password brachte ihn zur Benutzeroberfläche, die so simpel war wie ein altes DOS und sich ebenso sperrig bedienen ließ. Nein, keine Ant-wort von rock@steelram.de. Na gut, dann würde er den Typen eben ohne weitere Kommentare die Details zur Geldüber-gabe schicken. Wäre doch gelacht, wenn bei der Nummer nicht die 400 Steine für ein paar Extras in Tarifa herausspringen würden …

Mitten in Simons Überlegungen fingen plötzlich die Scheiben an zu vibrieren. Irritiert stand er auf und schaute hinaus. Von dem Fenster der Einliegerwohnung konnte er einen großen Teil der Hermann-Löns-Straße überblicken. Seine Augen wurden groß. Er sah zwei Motorräder in die Einfahrt seines Elternhauses einbiegen, schwere Maschinen, eine rote mit gewaltigem Auspuff, eine schwarze mit Totenkopf auf dem Tank. Beide drehten im Leerlauf hoch, einmal, zweimal, dreimal, die donnernden Gasstöße ließen den Schreibtisch zittern. Dann gingen die Maschinen blubbernd aus, die Fahrer stiegen ohne Eile ab. Simon beschlich das Gefühl, dass gerade ganz großer Trouble auf ihn zukam. Sein Mund wurde trocken, während er die Motorradmänner musterte. Einer war groß, dünn und langhaarig, mit Stahlhelm und Rocker-Lederjacke. Der andere sah noch suspekter aus, an seinem kahlgeschorenen Kopf funkelten daumendicke Ohrtunnel, Tattoos zogen sich über Hals und Gesicht. Simon merkte, wie sein Kopf leer wurde. Das … das konnte nicht sein. Sie konnten ihn gar nicht aufgespürt haben! Panisch wich er vom Fenster zurück, doch zu spät, die beiden hatten ihn schon gesehen und gingen gemächlich auf die Einliegerwohnung zu. Der Tätowierte beugte sich zur Fensterscheibe, klopfte daran und brachte sein Gesicht ganz nah an das Glas. Simon glaubte, auf der Stelle sterben zu müssen.

»Hallo, Pavarotti.« Die Scheibe beschlug bei den Worten des Mannes, so dicht war sein Mund daran. »Du hast etwas, das uns gehört. Wir sind gekommen, um es zu holen.«

✳

Klack … klack … klack, machten Tinnes Zähne, während sie durchgeschüttelt wurde wie eine Gliederpuppe. Sie klammerte sich an Elvis' breite Hüfte und presste den Kiefer zusammen, damit die Schlaglöcher nicht noch mehr Zahnschmelz forderten.

Der Reporter fuhr wieder einmal den allerdirektesten Weg, deshalb nutzte er nicht etwa die provisorische Fahrbahn der Großen Langgasse, sondern durchholperte die gesamte Baustelle. Der E-Scooter zog eine spektakuläre Staubfahne hinter sich her und bog in die Ludwigstraße ein, begleitet von den Flüchen der Bauarbeiter. Tinne hatte kaum Zeit, Atem zu holen, da waren sie auch schon am Höfchen vorbei und schlängelten sich durch den freitäglichen Wochenmarkt vor dem Dom. Die nächste Salve an Verwünschungen kam von den Marktverkäufern und ihren Kunden, denen die breiten Reifen fast über die Füße fuhren. Doch Elvis gab unbeeindruckt Gas und brachte den Scooter erst vor dem Eingang der AZ zum Stehen.

»Elvis! Was … was ist denn los, was …«, rief Tinne, die trotz ihrer langen Beine im Treppenhaus kaum Schritt halten konnte. Der Reporter gab keine Antwort, sondern stürmte in die Redaktion. Dort blieb er so plötzlich stehen, dass Tinne gegen seinen breiten Rücken stieß.

»Der da, wo steckt der?«, fragte Elvis lautstark in die Runde und zeigte auf Janniks leeren Schreibtisch. Seine Kollegen schauten ihn verdattert an, Kirsten Strasser antwortete schließlich: »Jannik? Der macht gerade ein paar Interviews wegen der Versorgungsschäden in den letzten Tagen. Haste doch sicher mitgekriegt: erst eine kaputte Stromtrasse auf Höhe der Theodor-Heuss, dann eine gebrochene Hauptwasserleitung vor dem Hilton, und gestern ein Gasrohrbruch im Haus vom Kunsthandel Müller. Er muss aber jeden Moment zurück sein.«

Kaum hatte sie ausgesprochen, da kam Jannik auch schon zur Tür herein. Wie immer war sein Outfit perfekt auf Jungreporter gestylt: Sommerhosen, ein knittriges Leinenhemd mit hochgekrempelten Ärmeln, die Fossil-Sonnenbrille lässig in die Haare gesteckt, dazu eine lederne Crossbody-Tasche. Elvis stellte sich ihm in den Weg.

»Hier, hör zu, du hast letztens …«

»Keine Zeit, keine Zeit.« Jannik winkte aus dem Handgelenk ab, als wäre Elvis eine lästige Fliege. »Ich hab gerade brandheißes Material hier, das sollte sofort auf den Server. Dramatische Entwicklungen, ich muss am Ball bleiben.« Wie immer klang er, als gäbe es exklusive Neuigkeiten über Außerirdische auf Area 51. Er machte einen Bogen um den Dicken, setzte sich an seinen Platz und fing an, wie ein Wilder in die Tasten zu hauen. Elvis schaute ihm fünf Sekunden zu, dann ging er hin und zog den Netzstecker aus dem PC. Jannik glotzte erst auf den schwarzen Bildschirm, dann auf Elvis. Sein Mund stand offen. »Das … das …«

»Klappe halten und zuhören. Du hast letztens mit diesem langhaarigen Pärchen geredet da hinten am Tisch. Weißte doch noch, so zwei mit Piercings und schwarz gemalten Augen und Lederklamotten.«

Jannik fing sich langsam wieder. »Sicher, das weiß ich noch. Weil *du* die beiden nämlich reingebracht hast in die Redaktion und *ich* sie dann plötzlich am Bein hatte.«

»Jaja«, winkte Elvis ab, »horch zu, die haben doch irgendein Fotoprojekt vorgestellt, so komische Aufnahmen von sich selbst, auf dem Schrottplatz und zwischen Bäumen und so. Richtig?«

»Ja, das sind Gothic-Motive gewesen, grässlicher Pärchen-Kitsch. Und der Hammer ist: Die haben tatsächlich geglaubt, wir würden das in der Zeitung veröffentlichen. Am liebsten sogar in der Wochenendausgabe.« Jannik schüttelte den Kopf, als könnte er so viel Selbstüberschätzung kaum fassen.

»Die Bilder, haben sie die dagelassen?« Elvis kroch fast auf den Tisch seines Kollegen. »Wo sind sie?«

»Eh«, Jannik rückte unwillkürlich zurück, »ja, sie haben mir einen USB-Stick und die Mappe mit den Fotos gegeben. Den Stick hab ich aber schon gelöscht und was anderes draufgetan. Und die Bilder sind im Altpapier. Weil, das Ganze kommt eh nicht in Frage, und …«

»Wo ins Altpapier?« Elvis brüllte fast. »Hier oben? Oder unten in die große Tonne?«

»Eh, unten. W…warum?«

Elvis gab keine Antwort. Er drehte sich auf dem Absatz um und stürmte die Treppe nach unten in einem Tempo, das Tinne selten bei ihm erlebt hatte. Im unteren Flur eilte er geradeaus durch eine Metalltür in den Innenhof. Die schmucklosen Gebäuderückseiten gehörten zur Zeitungsredaktion, zum AZ-Shop und zu Sinn Leffers. An der Wand standen große Müllcontainer auf Rollen, Elvis ließ den Deckel eines Altpapiercontainers aufknallen.

»Und los geht's. Hilfe ist gerne gesehen«, knurrte er und stemmte sich über den Rand. Halb stand und halb hing er im Container, der zu gut zwei Dritteln gefüllt war. Tinne hatte durch ihre Körpergröße den Vorteil, sich sehr viel eleganter hineinbücken zu können. Aus dem Dialog mit Jannik wusste sie, dass Elvis offensichtlich ganz spezielle Pärchenfotos suchte, also wühlte sie auf gut Glück und schaute sich alles an, was nach Fotografie aussah. Brummend grub Elvis tiefer, seine Füße hoben fast ab. Riesling hielt alles für ein Spiel und hüpfte kläffend umher.

»Ha!«, stieß der Dicke hervor und tauchte auf. Sein Gesicht glühte puterrot, er schwenkte ein Bündel Fotoausdrucke in der Hand. »Jetzt werden wir gleich wissen, ob mich meine Erinnerung trügt oder nicht! Und dich deine!«

Die Fotos waren im A4-Format auf Glanzpapier gedruckt,

sie hatten einen weißen Rand und reduzierte Farben mit starken Kontrasten. Tinne schaute gespannt. Auf dem ersten Bild stand ein junges Paar im Gothic-Look Rücken an Rücken zwischen Bäumen, sie trugen Ledermäntel und funkelten mit brennendem Blick in die Kamera.

»Mein Gott, ist ja schauerlich«, meinte sie. »Sieht aus wie ein Cover von ›Metal Ballads‹ von ganz früher.« Noch immer hatte sie keine Ahnung, was Elvis eigentlich vorhatte.

Der Dicke blätterte Bild für Bild weiter. Wieder das Pärchen, diesmal in einer Kirchenruine ohne Dach, er mit einem Brustpanzer aus Metall, sie bauchfrei im schwarzen Schnürtop. Danach ein Autofriedhof, die beiden mit geschminkten Tränen in den Gesichtern. Ein verlassenes Hochhaus mit Graffiti an den Wänden. Ein Bunker aus Bruchstein, halb eingewachsen zwischen Büschen.

Als Elvis zum nächsten Bild umblätterte, zog Tinne scharf die Luft ein. Es zeigte das Paar in dunklen Kleidern mit Metallschnallen. Doch die Umgebung war es, die Tinnes Blick starr werden ließ.

»Das ist es«, hauchte sie. »Genau da bin ich gewesen, genau da!«

Die beiden Goths befanden sich in einem großen, halbrunden Tunnel, der nach hinten in der Dunkelheit verschwamm. Sie standen auf einer Art Sims, auf einem ebenen Stück Boden mit Pfützen. In der Mitte des Tunnels war eine breite Vertiefung zu sehen, sie setzte sich nach vorne und hinten fort. Aussparungen ließen erahnen, dass dort einmal Gleise gelegt werden sollten. Wasser stand darin, schwarz wie Teer. Im Hintergrund erhoben sich rechts einige mannshohe Mauern, vielleicht ein halb fertiger Warteraum oder ein Kassenhäuschen. Das gesamte Ensemble machte einen solch toten und vergessenen Eindruck, dass Tinne wieder Marc Cohns Stimme hörte: ›Riding on the Ghost Train‹.

»Ich hab das Foto gesehen, vor ein paar Tagen.« Elvis hatte sich wieder etwas beruhigt, seine Gesichtsfarbe normalisierte sich. »Da ist ein schräges Gothic-Pärchen in der Redaktion gewesen, Torsten, nee, Torben hieß er, und sie Kathy. Als ich raus bin aus der Redaktion, hatten die beiden diese Bilder hinten an die Magnetwand gehängt und Jannik zugetextet. Es war nur ein einziger kurzer Blick, aber irgendwie wusste ich, dass mich deine U-Bahn-Geschichte an etwas erinnert.« Wie zur Bestätigung tippte er auf das Foto.

Tinne nahm es in die Hand und betrachtete jedes Detail. Eine unheimliche Berührung kroch über ihre Kopfhaut, ganz so, als würde die Vergangenheit zurückkehren und an ihr zerren. Eine Kleinigkeit fiel ihr auf. »Da!« Sie zeigte auf die rechte untere Ecke, wo ein weißes Symbol sichtbar war. Es sah aus wie zwei Klammerzeichen oder zwei Halbmonde, deren Spitzen zueinander zeigten.

»Was ist das?«

»Jasons Signet.« Sie hörte ihre eigene Stimme kaum. »Damit hat er alle seine Fotos gekennzeichnet, ich kenne es von den ›Steelram‹-Bildern. Eine stilisierte Krabbenschere, wegen seiner Hand. ›The Crab‹, sein Künstlername.«

Ihre Augen hingen wie gebannt auf dem Symbol. Wenn es letzte Zweifel gegeben hätte, dass sich dieses Foto mit ihrer Tunnelerinnerung deckte, so waren sie nun ausgeräumt. Jason hatte diese Fotos geschossen. Über manche Kundenwünsche, das wusste sie von ihm, hatte er die Augen gerollt, aber natürlich brachten auch solche Kitschbilder gutes Geld. Und sie passten trotz ihrer schrillen Protagonisten durchaus zu seinem Stil des Morbiden und Verfallenen.

Eine Frage kam ihr in den Sinn.

»Woher willst du eigentlich wissen, dass die Fotos hier bei uns gemacht worden sind? Vielleicht haben sie das Tunnelbild ganz woanders geschossen?«

»Weil die Freaks das bei ihrer Vorstellung gesagt haben. ›Unser Kunstprojekt, eine Reihe von rheinhessischen Impressionen‹, genau das waren die Worte des Typen. Und die meisten der Orte, an denen sie fotografiert haben, kenne ich: die Beller Kirche in Eckelsheim, das Inter 1 auf dem Campus, das Fort St. Josef. Die beiden werden also kaum ein Bild aus einer ganz anderen Region reingeschmuggelt haben.«

»Nein«, murmelte Tinne und betrachtete die Aufnahme wieder und wieder. »Sicherlich hat Jason ihnen von seiner Entdeckung erzählt, von einem vergessenen U-Bahn-Tunnel in Mainz, und die beiden sind Feuer und Flamme gewesen bei so einer ausgefallenen Location.« Sie riss ihren Blick los und fixierte Elvis. Die Erkenntnis in ihrem Kopf nahm langsam Gestalt an. »Wir müssen die zwei finden, sie waren im Tunnel und können uns sagen, wo der Eingang liegt!«

»Merkste was? Jetzt weißt du, warum ich so eilig hierher wollte.« Elvis drehte die Bilder um und suchte nach einer Adresse oder einem Kontakt, doch die Rückseiten waren leer. »Wir müssen noch mal hoch in die Redaktion.«

Oben schaute Jannik leicht beklommen, als er seinen schwitzenden Kollegen wie eine Urgewalt auf sich zurollen sah. Sicherheitshalber hielt er das Stromkabel seines Rechners fest.

»Gib mir mal die Kontakte von den zwei Kuttenleuten«, forderte Elvis. »Am besten eine Handynummer.«

Jannik sah nicht sehr glücklich aus. »Die … eh, die hab ich nicht mehr.«

»Wie, die hast du nicht mehr?«

»Na ja, mir war klar, dass wir den Kram eh nicht veröffentlichen, also hab ich die Visitenkarte gleich weggeschmissen. In den Restmüll, leider.«

Elvis fluchte, dass die Scheiben wackelten. Die Restmülleimer wurden von der Putzmannschaft jeden Tag auf Nimmerwiedersehen geleert. Er schwang sich an seinen Platz und recherchierte im Netz, doch er fand keine Spur, die auch nur annähernd zu den beiden Gothics und ihrem Fotoprojekt führte. Auch die Namen Torben und Kathy brachten ihn nicht weiter. Gleichzeitig versuchte Tinne ihr Glück mit dem Smartphone, aber auf Jasons Blogs war nichts zu finden. Ganz offensichtlich hatte er sich für die Kitschbilder so geschämt, dass er sie noch nicht einmal in seiner Werkschau veröffentlicht hatte.

Ernüchtert ließ Tinne sich neben Elvis auf einen Stuhl sinken. Sie fühlte sie wie in einem Irrgarten – jeder neue Weg endete unweigerlich an einer weiteren Mauer.

»Das gibt's doch nicht!« Der Dicke zog ein frustriertes Gesicht. »Die beiden sind auffällig wie die bunten Hunde mit ihren Klamotten und dem Metall in der Fresse, und sie laufen irgendwo da draußen herum! Jetzt bräuchten wir Augen in jeder Mainzer Gasse, dann hätten wir sie im Nu gefunden!«

Es dauerte eine Sekunde, bis ihm klar wurde, was er gerade gesagt hatte. Tinne hob ebenso wie er den Kopf, sie hatte dieselbe Idee. »Augen in jeder Gasse?«, wiederholte sie und fing an zu strahlen. »Das kriegen wir hin! Zeit für …«

Elvis fiel ein, die beiden riefen wie aus einem Mund: »… eine Taxilawine!«

Die ›Taxilawine‹ war eine Erfindung von Dietmar Laurenzi. Ihn hatte es vor einigen Jahren ins Münchfeld verschlagen, da hatte eine Frau verzweifelt am Straßenrand nach einem Taxi gewunken. Sie verschluckte sich vor Schluchzen, während sie Dietmar erzählte, worum es ging: Vor einem halben Jahr sei ihr Mann unerwartet gestorben, das hätte sie und den gemeinsamen kleinen Sohn sehr getroffen. Seitdem laufe alles schief, das Geld reiche hinten und vorne nicht, vor allem aber vermisse der Bub seinen Papa. Sie bekämen sich immer wieder in die Haare, dabei versuche sie doch, so gut es ging, für etwas Normalität zu sorgen. Und gerade vorhin hätten sie einen fürchterlichen Streit gehabt, an dessen Ende der Siebenjährige brüllend aus der Wohnung gerannt und nicht mehr aufzufinden sei. Sie wolle, so schluchzte die Frau, nicht die Polizei einschalten, sonst käme vielleicht das Jugendamt. Aus ihrer Börse nestelte sie einen Zwanziger, einen Fünfer und etwas Kleingeld, mehr habe sie nicht, aber Dietmar solle doch bitte, bitte mit ihr durch die Straßen fahren, so weit das Geld eben reiche. Ihre verzweifelte Hoffnung war, den Kleinen irgendwo zu finden, um ihn in den Arm zu nehmen und ihm zu sagen, wie leid ihr alles täte.

Dietmar, selbst Familienvater, rührte die Geschichte. Als ein Mann der Tat fackelte er nicht lange, griff zum Funkgerät und gab seinen Kollegen vom Taxidienst Laurenzi eine Beschreibung des Kleinen. Sie sollten während ihrer nächsten Fahrten die Augen offen halten. Die Brigade wiederum war nicht faul, jeder gab die inoffizielle Suchmeldung an einen Bekannten oder Freund bei einem der anderen Mainzer Taxiunternehmen weiter. Auf diese Weise kam die Lawine ins Rollen, bald schon spähten 200 Taxis, Krankentransporte, Minibusse und Airportshuttles nach dem stromernden Buben. Es dauerte keine halbe Stunde, da war der Kleine gefunden, er hockte heulend auf einer Bank am Gartenfeldplatz. Dietmar hatte die Autotür noch nicht richtig auf, da umklammerte er seine Mami auch schon so fest, als wollte er sie nie wieder loslassen. Die Mutter wusste weder aus noch ein vor Dankbarkeit. Tags darauf brachte sie einen riesigen Kuchen vorbei, verziert mit Marzipantaxis, die Brigade vertilgte ihn bei einer kleinen Feierstunde. Ein Foto davon hing heute noch im Gemeinschaftsraum des Taxidienstes.

Seither hatte sich die ›Taxilawine‹ als Geheimwaffe etabliert, wenn viele Augen auf vielen Mainzer Straßen nach etwas oder jemandem Ausschau halten sollten. Und genau diese Geheimwaffe aktivierten Tinne und Elvis jetzt mit einem einzigen Anruf an Bertie.

⁘

»Audrey fehlt.« Die blonde Frau schaute Kommissar Pelizaeus ernst an. Dieser wusste nicht so recht, wie er reagieren sollte und nickte mit neutraler Miene.

»Audrey ist noch nicht wieder da, sonst haben wir alle gefunden«, fuhr sie fort und wischte sich Blattwerk von der Kleidung. Hinter ihr erhellten Bauscheinwerfer das Refektorium des Naturhistorischen Museums, die geschlossene Glastür erlaubte einen Blick auf die abgerissene Dekoration und die zerschmetterten Terrarien. Mehrere Leute waren damit beschäftigt, mit Stangen vorsichtig zwischen den umherliegenden Blättern zu tasten. Neue Terrarien standen auf behelfsmäßigen Holzböcken, der Kommissar sah allerlei Getier darin wuseln.

»Wer oder was ist … Audrey?«, fragte er und wusste nicht, ob er die Antwort überhaupt hören wollte.

»Eine Phoneutria. Hierzulande besser bekannt als Bananenspinne. Sie wissen schon – die gerne mal im Supermarkt in der Bananenkiste herumkrabbelt und dafür sorgt, dass der ganze Laden dichtgemacht wird.« Die Frau lachte und warf ihm einen schelmischen Blick zu. Sie hatte sich als Anja Sparwasser vorgestellt und arbeitete beim Eimsheimer Gifthaus. Sie und sieben weitere Fachleute gehörten zu dem Notfallteam, das das Museum in den frühen Morgenstunden zusammengetrommelt hatte.

Mit gemischten Gefühlen linste Laurent durch die Glastür. Im vorderen Bereich des Raumes lag, von einem Scheinwerfer bestrahlt, der schwarze Rucksack, der im DEPP erwähnt worden war. Die Spezialisten des Gifthauses hatten ihn nicht angerührt.

»Also, da drin läuft jetzt nichts Giftiges mehr herum bis auf diese eine Spinne?«, fragte er sicherheitshalber. Frau Sparwasser nickte. Sie hatte ein kindliches Gesicht mit kurzen blonden Flechtzöpfen, Laurent hätte sie sich eher auf einem Reiterhof vorgestellt als in einem Haus voller Gifttiere. »Richtig, wir haben alle Tiere wiederfinden können. Zum Glück haben diese Irren wenigstens die Tür zugemacht, sonst wäre die Sache nicht so glimpflich gelaufen. Und bis wir Audrey haben, ist es nur noch eine Frage der Zeit.« Wieder lächelte sie ihn an und ließ ihre Blicke auf ihm ruhen. Der Kommissar hatte das Gefühl, sie würde ein klein wenig mit ihm flirten.

Er schaute zu dem Rucksack. Ein schwarzes Ding, mittelgroß. Besaß Tinne nicht solch ein Modell? Andererseits – schwarze mittelgroße Rucksäcke gab es wie Sand am Meer. Er hätte liebend gerne einen Blick hineingeworfen.

»Wie giftig ist Audrey denn?«

»Das wollen Sie nicht ausprobieren. Die Phoneutria ist eine der drei giftigsten Spinnenarten weltweit. Geht als Jagdspinne aktiv auf Nahrungssuche, greift im Sprung an, ihr Gift kann einen erwachsenen Menschen töten.« Mit einem neckischen Unterton fügte sie hinzu: »Bei schwächerer Intoxikation führt es zu einer überaus schmerzhaften Dauererektion.«

Laurent hatte das Gefühl, im falschen Film zu sein. Wenn Frau Sparwasser ihre Annäherungsversuche jedes Mal mit einer Prise Spinnengiftstorys mixte, würde es ihn nicht wundern, wenn sie dereinst als alte Jungfer sterben würde. Er nahm seinen Mut zusammen.

»Ich, eh … würde gerne rein. Den Rucksack in Augenschein nehmen.«

»Alles klar, Herr Kommissar. Bitte schön.« Einladend öffnete Frau Sparwasser die Tür und winkte ihn herein wie in einen Vergnügungspark. Laurents Herz klopfte, als er das Refektorium betrat. Die Lampen hatten den Raum aufgeheizt und trugen dazu bei, dass ihm noch wärmer wurde. Vorsichtig setzte er Fuß vor Fuß und achtete darauf, nirgendwo auf Blätter oder Äste zu treten. Seine Begleiterin ging beschwingt voran, anscheinend sorgte die tägliche Nähe zu Gifttieren für einen entspannten Umgang damit.

»So, hier. Keiner ist drangegangen, wie Ihre Kollegen es uns gesagt haben.« Frau Sparwasser drehte die Lampe neben dem Rucksack eine Winzigkeit, sodass ihr Kegel direkt darauffiel. Während Laurent Latexhandschuhe überzog und in die Knie ging, durchfuhr ihn der irrwitzige Gedanke, dass Audrey darin hocken könnte. Natürlich, warum auch nicht? Schließlich hatten die Spezialisten schon überall gesucht, nur der Rucksack war noch nicht angerührt worden. Er schwitzte noch stärker. Behutsam zupfte er am Reißverschluss, als wäre das Metall glühend. Beim dritten Versuch ließ er sich öffnen, Laurent drehte den Rucksack zum Licht. Er erkannte knittrigen Stoff in verschiedenen Farben und etwas, das wie ein Stück Eisen aussah. Spitzfingerig zog er es hervor, es handelte sich um eine Brechstange. Mit dem gebogenen Ende der Stange angelte er nach zwei Kleidungsstücken, einer Herrenhose und einem Hemd. Ahnungsvoll breitete er das Hemd aus – Größe XXL, das sah verdächtig nach Elvis aus. Etwas steckte noch im Rucksack, eine Art Rock, nein, ein Kleid mit altertümlichen Nähten und Schnüren, ebenfalls in beachtlicher Größe. Und Laurent kannte es! Augenblicklich hielt er sein Telefon in der Hand und suchte die Bilder vom vergangenen Februar. Da hatte die Kommune wie jedes Jahr eine Fassenachtsparty geschmissen, die Fotos zeigten fröhliche Gesichter und fantasievolle Verkleidungen. Er selbst war als Automechaniker gegangen und hatte den ganzen Abend einen Reifen mit sich herumgeschleppt. Hier, stopp! Mit zusammengezogenen Brauen schaute der Kommissar auf eines der Bilder, es zeigte Bertie als mittelalterliche Schankmaid in ebenjenem Kleid, das vor ihm auf dem Boden lag.

»Das gibt's doch wohl nicht«, knurrte Laurent. Seine Intuition hatte ihn nicht getrogen, Tinne und Elvis steckten hinter dem, was hier im Museum geschehen war. Gerade wollte er sich erheben, da gab Frau Sparwasser Zeichen, sich nicht zu rühren. Bevor er auch nur einen klaren Gedanken fassen konnte, machte sie eine blitzschnelle Bewegung, er spürte einen leichten Schlag am Bein, schon hielt sie ihm eine transparente Box vor die Nase. Darin wand sich – Laurent wich unwillkürlich zurück – eine haarige braune Spinne von zehn Zentimetern, ihre orangefarbenen Mundwerkzeuge bissen wieder und wieder ins Leere.

»Darf ich vorstellen: Audrey.« Stolz drehte Frau Sparwasser die Box, um ihm das Spinnentier von allen Seiten zu zeigen. Es wurde dadurch nicht attraktiver. »Wir suchen hier stundenlang, und kaum kommen Sie herein, macht Audrey es sich auf Ihrem Bein bequem. Ist ja echt lustig.«

Die Lustigkeit hielt sich bei Laurent in engen Grenzen, er bekam weiche Knie und musste sich auf den Hintern setzen. Derweil informierte die Giftspezialistin ihre Kollegen, es gab ein großes Hallo, als wäre Audrey die lange vermisste Erbtante.

Tattrig erhob sich der Kommissar. Die Tatsache, dass Tinne und Elvis hier ihre Finger im Spiel hatten, gab Tinnes Museumstheorie ein anderes Gewicht. Denn sie hätte sich niemals auf ein riskantes Spiel eingelassen, ohne einen sehr guten Grund dafür zu haben, daran zweifelte er nicht. Von einer ersten Bestandsaufnahme der Spurensicherung wusste er, dass die Eindringlinge auch im Tiefgeschoss gewesen waren. Tinne hatte also ganz offensichtlich versucht, diesen mysteriösen Kellerraum zu finden, von dem sie gesprochen hatte. Dann musste etwas aus dem Ruder gelaufen sein, das zu dem Chaos im Refektorium geführt hatte. Laurent realisierte, dass er seither nichts von Tinne gesehen oder gehört hatte. War sie in Gefahr? Steckte sie irgendwo im Museumskeller fest? Er beschloss, diesem Dr. Anaraki nochmals anständig auf den Zahn zu fühlen, und zwar hier und jetzt.

Frau Sparwasser brachte ihn zur Tür, schüttelte seine Hand und wollte sie gar nicht mehr loslassen. Mit Grausen schaute Laurent über ihre Schulter, wo Audrey gerade in eines der neuen Terrarien gesteckt wurde.

»Eine Frage noch: Warum eigentlich Audrey? Also, der Name?«

Ihr Gesicht bekam einen schwärmerischen Ausdruck. »Wegen Audrey Hepburn. Wissen Sie, die ist ja so schmal und so grazil gewesen, ganz elegant in ihren Bewegungen. Genau wie unsere Audrey, sie tanzt fast, wenn sie Beute jagt, und hat so eine Art, ihre Sprungbeine zu strecken, das ist irgendwie … sexy.«

Laurent winkte zum Abschied und sah zu, dass er Land gewann. Wen auch immer Frau Sparwasser in Zukunft mit ihrem Spinnencharme bezirzen würde, er sollte eine hohe Toleranz gegenüber Krabbeltieren mitbringen.

Das Museum wirkte merkwürdig leer ohne die üblichen Besucher, nur die Mitarbeiter waren da und versuchten, trotz Polizeipräsenz ihrer Arbeit nachzugehen. Im Verwaltungstrakt suchte Laurent Anarakis Büro, fand es aber verschlossen vor. Er klopfte an der Tür nebenan. Cora Voss, Leiterin der Museumsverwaltung, so viel verriet das Schild. Eine stark geschminkte Frau öffnete, die ein figurbetontes Kleid trug und so lange Fingernägel hatte, dass es Laurent unmöglich erschien, damit an einer Tastatur zu arbeiten. Er stellte sich vor und fragte nach Manuel Anaraki.

»Sie sind nicht der Einzige, der ihn heute sucht, Herr Kommissar.« Ihre Stimme hatte eine angenehme Tonlage und eine schöne Melodie. Laurent hätte am liebsten die Augen geschlossen, um das plastikhafte Make-up-Gesicht auszublenden.

»Wieso, was ist los?«

»Er ist heute nicht zur Arbeit erschienen. Keine Abmeldung, kein Anruf, nichts. Sein Handy ist aus, und unter seiner Festnetznummer geht nur der AB ran.« Sie machte eine Bewegung, die das Museum einschloss. »Wie Sie sich vorstellen können, sind wir beim heutigen Chaos nicht sehr begeistert, dass der Chefkurator ohne ein Wort der Entschuldigung fernbleibt.«

Wie eine Welle kam das Gefühl zurück, das Laurent bei seinem Gespräch mit Anaraki gehabt hatte: Dieser Mann verbarg etwas.

»Wissen Sie zufällig, ob Dr. Anaraki in letzter Zeit ein außergewöhnliches Interesse am Keller des Museums gezeigt hat?«

Frau Voss überlegte kurz. »Nun ja, er ist natürlich in den Umbau eingebunden, der dort unten schon angefangen hat. Aber jetzt, wo Sie es sagen – wir hatten doch letztens diesen kuriosen Fall einer wildgewordenen Bande an Hobbyfotografen, die bei uns im Keller das Archiv durcheinandergebracht haben.« Laurent deutete mit einem Nicken an, dass er darüber Bescheid wusste. Sogar mehr, als ihm lieb war. »Das hat Manuel sehr aufgewühlt, das muss ich schon sagen. An sich ist ja nichts Schlimmes passiert, aber er konnte sich kaum beruhigen.« Sie knetete ihre Finger, die Freude am Kollegentratsch glitzerte in ihren Augen. Es war überdeutlich, dass sie Anaraki nicht mochte. »Ja, und später, da habe ich mitbekommen, dass er einen Teil der Archivkontrolle selbst übernommen hat. Das ist ungewöhnlich, denn da geht es um stumpfsinniges Abhaken von Listen, wir haben's den FSJlern aufgedrückt. Seltsam, sehr seltsam, wenn Sie mich fragen.«

Bei Laurent klingelten sämtliche Alarmglocken. Die Gewissheit, dass Tinne in Gefahr schwebte, wurde übermächtig. Eilig bedankte er sich bei Frau Voss und trat vor den Eingang des Museums. Trotz der mittäglichen Hitze tat die Luft gut und half ihm, einen klaren Kopf zu bekommen. Ein letztes Mal probierte er, Tinne zu erreichen. Doch in der Kommune nahm niemand ab, bei ihrem Handy ging wieder nur die Mailbox ran. Kurzentschlossen rief er im Dezernat 47 an und beauftragte eine Mobiltelefonortung. Vertrauensbruch hin oder her – Laurent wollte wissen, was hier vorging. Wenig später bekam er die Antwort: Ortung nicht möglich, das Telefon war seit gestern Abend ausgeschaltet oder hatte keinen Empfang. Die Kollegen konnten allerdings die letzte registrierte Position des Telefons nennen. Tinnes Handy hatte irgendwo zwischen Mitternachtsgasse, Peters- und Flachsmarktstraße den Empfang verloren. Laurent brauchte keine Sekunde, um zu wissen, was in diesem Bereich zu finden war: das Naturhistorische Museum.

Er holte die Fotos der Kellergrundrisse auf den Bildschirm, die Tinne ihm per WhatsApp geschickt hatte. Ja, da gab es tatsächlich einen Raum, der im alten Plan eingezeichnet war und im neuen fehlte. Anarakis Thermoscans hatten zwar bei der 2006er-Renovierung keine verborgene Öffnung gezeigt. Aber wenn Anaraki diese Untersuchung in Auftrag gegeben hatte, dann war er bestimmt auch an der Auswertung beteiligt gewesen und hätte sie entsprechend türken können.

Seine Entscheidung traf er blitzschnell, er wählte die Nummer seines Kollegen Börner. »Axel, hör zu, ich bin im Museum. Gefahr ist im Verzug, wir brauchen die Feuerwehr hier. Und sag ihnen, sie sollen schweres Gerät mitbringen – wir werden im Keller eine Wand einreißen müssen.«

❊

Auf dem weitläufigen Gelände der Zitadelle hatten die Bäume den Kampf gegen die Hitze fast verloren. Obwohl die Mitarbeiter des Grünamtes jeden Baum täglich mit 250 Liter Wasser gossen, brannte die Sonne die Blätter weg und ließ das Holz dörren. Der Schatten, den die Kronen warfen, formte ein gesprenkeltes Muster, wie Nadelstiche gleißten die Lichtstrahlen dazwischen hindurch.

Torben und Kathy saßen unter einem der Bäume, sie hatten eine Decke vor sich ausgebreitet, auf der Ringe, Armreifen und Ketten aus Metall lagen. An ein kleines Holzgestell waren Lederbänder geknotet, daran baumelten Ohrringe, am Rand der Decke stapelten sich Halbedelsteine und gebrannter Tonschmuck. Ganz vorne lagen CDs, Wave-Gothic von Tambyrion, der Band, in der Kathy sang.

Die beiden schwitzten. Nach und nach hatten sie sich ihrer langen schwarzen Kleidung entledigt, nun trugen sie kurze Sachen, es war aber noch immer heiß. Kathy fächelte sich mit einem Stück Pappe Luft zu, Torben rollte eine lauwarme Wasserflasche über seine Stirn, das Plastik schabte an seinen Piercings. Der Verkauf lief schleppend, kaum ein Besucher der Zitadelle warf mehr als einen müden Blick auf ihr Sammelsurium.

»Was meinste, gehen wir runter in die Altstadt?«, fragte Kathy. »Irgendwohin, wo's schattig ist und ein Lüftchen geht.«

Torben hielt die Flasche an der Stirn und angelte mit der anderen Hand nach seinem Handy. Weil solche modernen Errungenschaften nicht zu seinem Gothic-Outfit passten, steckte es in einer Jutetasche. Er warf einen Blick auf die Zeitanzeige. »Ui, ja, auf jeden Fall. Wir sind schon fast zwei Stunden hier.«

Weil sie ihre Waren ohne städtische Genehmigung verkauften, waren sie immer auf der Hut vor dem Ordnungsamt und blieben nie allzu lange an einem Platz. Eine Straf-zahlung würde ihren schmalen Gewinn doppelt auffressen, das wussten sie. Schon vorhin hatten sie mit Ärger gerechnet, als ein Taxi sehr langsam zweimal an ihnen vorbeigefahren war, auch noch ohne Fahrgast darin. Es hatte sich dann aber doch wieder entfernt, ohne anzuhalten.

Die beiden fingen an, den Schmuck und die Steine zusammen-zupacken. Aus den Augenwinkeln sah Kathy ein Auto heranrollen, ein Taxi. Schon wieder? Es handelte sich zwar um einen anderen Wagen als vorhin, einen Passat Kombi, trotz-dem wurde ihr mulmig. Zwei Leute stiegen aus. Alarmiert schaute sie auf – Ärger im Anmarsch? Eine große Frau und ein dicker Mann mit Hund liefen schnurstracks auf sie zu. Kathy stellte erleichtert fest, dass sie zumindest keine Uni-form trugen. Aber Moment, das Gesicht des Dicken kannte sie irgendwoher. Sie stieß Torben an. »Du, wer ist denn das?«, zischte sie.

Mit der Hand schattete er die Augen ab und schaute genau hin. »Das ist der von der Zeitung! Der uns reingelassen hat und dann ganz wichtig telefonieren musste!« Er winkte auf-geregt, als wären sie auf dem ansonsten menschenleeren Rasen zu übersehen. »Die wollen die Fotos veröffentlichen, jede Wette!«

Der Reporter kam im Laufschritt an, sein Gesicht war nass vor Schweiß, in seinen Koteletten glitzerten Tröpfchen. Die Frau hatte wohl die bessere Kondition, wenngleich ihre dunklen Klamotten zerknittert und schmutzig aussahen. Tor-ben strahlte ihnen erwartungsvoll entgegen. »Hallo, hallo, Sie sind wegen den Fotos hier, oder?«

»Ganz genau«, knurrte der Dicke und zog ein gefaltetes Blatt hervor. »Das hier, wo ist das gewesen?«

Torbens Lächeln rutschte aus seinem Gesicht, als er das Foto betrachtete. Kacke. Ihm war von Anfang an klar gewesen, dass diese sehr spezielle Location Ärger bringen würde, aber Jason hatte ihn schließlich überredet. Kathys Gesicht verriet ihm, dass es ihr ähnlich ging. Jetzt hatten sie den Salat.

»Das, äh, das ist kein öffentliches Motiv«, stotterte er.

»Also, kein öffentlich zugänglicher Bereich.«

»Ach nee.« Der AZ-Mann reckte den Kopf vor wie eine aggressive Schildkröte, die Frau stand mit verschränkten Armen hinter ihm. »Da wären wir jetzt gar nicht draufgekommen. Also, wo?«

»Wir … wir können das nicht sagen.« Torbens Stimme klang noch höher als normal, er merkte es und hasste sich dafür. »Das haben wir demjenigen versprochen, der uns dorthin geführt hat. Die Location soll, na ja, ein Geheimnis bleiben, damit nicht alle …«

Die Frau unterbrach ihn. »Ich kenne den Mann, der Ihnen das gezeigt hat. Jason Zwane. ›The Crab‹«, sagte sie tonlos, ohne ihre Haltung zu ändern. »Er ist tot. Ermordet.«

Obwohl sie die Worte nur halblaut gesagt hatte, wirkten sie wie eine Bombe. Torbens Mund blieb offen stehen. Mit derselben emotionslosen Stimme fuhr die Frau fort: »Dort unten, dort, wo Sie mit ihm waren, ist etwas Schlimmes passiert. Glauben Sie mir: Es ist besser, wenn Ihr Geheimnis kein Geheimnis mehr bleibt.«

Ihr ruhiger Tonfall machte mehr Eindruck, als wenn sie gebrüllt und gedroht hätte. Torben und Kathy wechselten einen Blick voller Bestürzung. Sie hatten in der Szene schon Gerüchte gehört über Jason und einen merkwürdigen Vorfall in der Kanalisation, sogar von einem Krokodil war die Rede gewesen. Aber niemand wusste Genaueres. Nun spürten sie, dass die Frau die Wahrheit sagte.

»Er … Jason, er hat uns dort hingeführt«, fing Kathy stockend an. Die Farbe war aus ihrem Gesicht gewichen, die Metallringe und die schwarz geschminkten Augen sahen doppelt gespenstisch aus. »Wir haben ein letztes Motiv gesucht für unsere Fotoreihe, und er kam und meinte, er hätte etwas wahnsinnig Tolles entdeckt. Wir mussten ihm versprechen, es für uns zu behalten. Weil, bei vielen ›Lost Places‹ ist es so, dass danach jeder hinrennt für seine blöden Instagram-Fotos, und im Nu ist alles voller Graffiti und kaputtgeschlagen und so. Dann ist die Atmosphäre weg.«

Torben übernahm: »Jason hatte diesen Tunnel erst kurz vorher entdeckt. Er wollte ein eigenes Projekt daraus machen, eine ganze Fotostory, deshalb hatte er noch keine einzige Aufnahme davon veröffentlicht. Auf keinem seiner Channels. Wir waren total stolz, dass er uns das überhaupt gezeigt hat.«

Keiner sagte etwas. Die Stille wurde lang, die Hitze drückte. Das Dieseltuckern des wartenden Taxis schallte bis hierher. Schließlich hob der dicke Mann das Foto hoch. »Also, wo ist der Eingang?«

Torben schluckte und schaute Hilfe suchend zu Kathy. Er wusste nicht, was er tun sollte.

Die große Frau trat einen Schritt nach vorne und schaute die beiden unverwandt an. »Wir können herausfinden, wer hinter Jasons Tod steckt. Aber dazu müssen wir in diesen Tunnel. Ich denke, das sind wir ihm schuldig, oder?«

Kathy gab sich einen Ruck und nickte. »Okay, einverstanden. Wir zeigen Ihnen den Weg dorthin, aber ich gehe keinen Schritt mehr in diesen U-Bahn-Schacht. Keinen einzigen. Und ich warne Sie: Dort unten gibt es ein paar ziemlich enge unterirdische Passagen.«

Die beiden wechselten einen Blick und fingen wie auf Knopfdruck an zu grinsen. »Sie werden's nicht glauben«, gab der Mann trocken zurück, »aber mit unterirdischen Passagen haben wir ziemlich viel Erfahrung.«

✳

Die Mitarbeiter des Naturhistorischen Museums standen neugierig an dem rot-weißen Flatterband, das die Kellertreppe absperrte. Zwei Polizisten passten auf, dass niemand das Untergeschoss betrat. Im hinteren Flur beleuchteten Einsatzlampen den Baustellenbereich, die Kommissare Pelizaeus und Börner sowie mehrere Feuerwehrleute kauerten dort vor einer Wand.

»Ich werd' verrückt – da scheint tatsächlich was zu sein.«

Johannes Birzer war Zugführer beim heutigen Einsatz, ein kräftiger Mann, dessen Stoppelhaare und Dreitagebart den Kopf als Stachellandschaft umkränzten. Er hielt ein rot-schwarzes Gerät auf die rückwärtige Mauer gerichtet, das an einen zu dick geratenen Fotoapparat erinnerte »Schauen Sie, hier. Die violetten und blauen Stellen sind kalt, richtig erdkalt, da ist nichts dahinter.«

Laurent betrachtete den Bildschirm des Geräts. Es handelte sich um eine Wärmebildkamera, die die Feuerwehr normalerweise einsetzte, um Glutnester und überhitzte Gebäudeteile ausfindig zu machen. Nun hatte Birzer die Kamera auf eine hohe Empfindlichkeit eingestellt, um selbst kleinste Temperaturveränderungen in der Kellerwand feststellen zu können. Der Kommissar sah auf dem Screen die Umrisse der Mauer, die Farben leuchteten bläulich. Lediglich im rechten Teil gab es eine eckige Fläche, die ins Grünliche abdriftete.

»Das Grüne da, das hat eine andere Temperatur«, erklärte Birzer. Er schwenkte die Kamera leicht hin und her, das Wärmebild flackerte und zog nach. Der etwas hellere Bereich blieb sichtbar. »Es ist nicht viel, vielleicht ein halbes Grad. Aber ich würde sagen, da ist kein Erdreich dahinter, sondern ein offener Bereich.«

Laurent hatte den Feuerwehrleuten von seinem Verdacht berichtet, dass im Keller ein verborgener Raum existieren könnte. Bei der Frage nach einer zuverlässigen Messung waren sie ins Grübeln gekommen, denn eine hochmoderne Thermoscan-Apparatur besaß die Feuerwehr nicht. Wozu auch? Sie waren fast schon übereingekommen, kleine Probelöcher in die Wände zu bohren, das hätte allerdings lange gedauert und wäre ein erheblicher Aufwand gewesen. Schließlich hatte Birzer die Idee, eine der regulären Wärmebildkameras als behelfsmäßigen Thermoscan einzusetzen. Und siehe da, es funktionierte.

Der Kommissar näherte sich dem kleinen Bildschirm, um die Anzeige deutlicher zu sehen. »Ein Raum? Kann es ein weiterer Raum sein?«

»Möglich.« Birzer verstellte die Empfindlichkeit der Kamera. Die Farbskala auf dem Bildschirm änderte sich, doch die Unterschiede zwischen den einzelnen Tönen blieben vage. »Vielleicht ist es aber auch nur ein zugemauerter Schacht, was weiß ich, Rohre oder Kabel oder so. Das Gebäude ist ja sehr alt, da sind sicher jede Menge Verbindungen gelegt und irgendwann wieder verschlossen worden.«

Auf seinem Handy schaute Laurent nochmals die Fotos der Grundrisse durch, die Tinne ihm geschickt hatte. An genau dieser Stelle war im Plan von 1906 ein Raum verzeichnet, und 100 Jahre später gab es nur noch eine Wand. Genau die, vor der sie nun standen. Sein Entschluss stand fest.

»Okay, wir brechen durch.«

Der Feuerwehrmann wiegte den Kopf und schaute mit kritischem Blick nach oben. »So ganz einfach ist das nicht. Der Keller ist zwar renoviert worden, die eigentliche Bausubstanz ist aber uralt. Es gibt nirgendwo vernünftige Pläne oder statische Berechnungen. Da können wir nicht einfach eine Wand raushauen. Kann gut sein, dass uns hier alles zusammenbricht. Das kann ich nicht riskieren.«

Laurent massierte seinen Nacken. »Was können wir tun?«

Birzer überlegte. »Was ginge, wären Hydraulikstützen. Sieben oder acht Stück.« Er machte eine Handbewegung, als würde er Gewichte stemmen. »Die drücken die Decke kraftschlüssig nach oben, dann können wir mit einer Ramme die Wand durchbrechen, ohne dass es statische Probleme gibt.«

»Wie lange dauert das?«

»Eine Stunde, vielleicht eineinhalb. Der Durchbruch selbst ist schnell gemacht, aber die Stützen müssen wir aus der Wache 2 holen, runterbringen und einpassen. Das braucht ein bisschen Zeit.«

Laurent nickte ihm zu. »Ja, okay, machen wir. Legen Sie los, je schneller, je besser.« Er wusste, dass er sich vor seinem Chef, Polizeirat Metternich, würde rechtfertigen müssen für eine solch eigenmächtige Aktion. Doch sein siebter Sinn machte dem Kommissar klar, dass Tinne gerade auf dem besten Weg war, eine riesengroße Dummheit zu begehen.

✳

»Hier?« Tinne stand vor dem Deutschhaus, als sähe sie das Gebäude zum ersten Mal. Die ehemalige Kommende des Deutschhaus-Ordens erhob sich dreigeschossig auf Höhe der Theodor-Heuss-Brücke. Normalerweise tagte hier der rheinland-pfälzische Landtag, doch seit drei Jahren hatten Bagger, Kräne und Bauarbeiter die Herrschaft übernommen.

»Hier«, bestätigte Torben. »Jason hat es uns erklärt: Links vom Hauptgebäude ist das Landtagsrestaurant abgerissen worden, und im Untergrund sind mittelalterliche Mauern und so gefunden worden. Und ein alter Abwasserkanal, wohl von 1700 irgendwann. Da müssen wir rein.«

Tinnes Blick ruhte auf dem Gebäude. Die weiß-rote Farbgestaltung des alten Palais war nur zu erahnen, Planen und Gerüste verdeckten die leeren Fenster. Auch die Außenanlagen bestanden aus aufgerissenen Flächen und Mauerresten. Das Bauwerk hatte man seit seiner Wiederherstellung nach dem Zweiten Weltkrieg nicht mehr renoviert, deshalb stand nun eine Kernsanierung an. Der Baufortschritt war immer wieder Thema im Historischen Seminar gewesen, denn der Abriss der Seitengebäude hatte Reste der römischen Stadtmauer und sogar eine Goldmünze aus byzantinischer Zeit ans Licht gebracht. Einmal mehr bewahrheitete sich der alte Spruch: Wenn man in Mainz einen Spaten in die Hand nahm, konnte man sicher sein, auf Überreste aus der Vergangenheit zu stoßen.

Elvis und Bertie waren noch am Auto beschäftigt. Bertie kramte in seiner Kofferraum-Notfallbox und förderte zwei LED-Stirnlampen zutage, die er Elvis in die Hand drückte. Dieser wiederum redete wie ein Wasserfall und deutete theatralisch auf Riesling. Der Hund konnte bei ihrer anstehenden Kanaltour natürlich nicht mitkommen, Bertie hatte sich deshalb bereiterklärt, auf ihn aufzupassen.

»Beim Autofahren am besten so, dass er rausgucken kann, damit ihm nicht schlecht wird. Aber die Fenster hoch, sonst kriegt er Bindehaut. Und wenn er Durst hat und Wasser will, dann kaltes, weil lauwarmes mag er nicht. Aber nicht zu kalt.« Bertie nickte mechanisch, es war ihm anzusehen, dass er schon auf Durchzug geschaltet hatte. »Und pass auf, dass er nicht zu schnell trinkt. Das gibt Schluckauf.«

In der Zwischenzeit beobachteten Torben und Kathy die Baustelle. Ein Trupp Arbeiter brüllte sich vor dem Hauptgebäude etwas zu, das Jaulen eines Krans übertönte alles. Keiner schaute in ihre Richtung. »Okay, jetzt wäre gut«, wisperte Torben.

Tinne nahm Elvis am Ärmel, der Bertie letzte Anweisungen zur Rieslingpflege zurief, und folgte dem Gothic-Pärchen. Sie huschten durch das Tor des Baustellenzauns, das einen Spalt offen stand, damit die Arbeiter ein- und ausgehen konnten. Der Bereich zwischen Eingang und Hauptgebäude bestand aus unebenem Boden und Gräben, die von groben Mauersteinen begrenzt waren. Tinne registrierte in einem Winkel ihres Gehirns, dass das wohl die alten römischen Fundamente sein mussten. Keine Sekunde später tauchten sie auch schon in den ausgehobenen Bereich ein und duckten sich, damit ihre Köpfe nicht herausschauten.

»Hier, das ist der Abwasserkanal.« Torben flüsterte noch immer, obwohl der Kran und die Baustellengeräusche alles andere übertönten. Vor ihnen erstreckten sich mannshohe Mauern aus unregelmäßigem Bruchstein, die oben wie ein Gewölbe halbrund abschlossen. Der ummauerte Kanal zog sich quer durch den freigelegten Bereich in Richtung Rhein. »Da ist früher wohl mal die Umbach gefasst gewesen, hat Jason gemeint. Er hat viel darüber gelesen und kannte sich echt gut aus.«

Tinne folgte ihm und Kathy schweigend. Dieser Einstieg in die Mainzer Unterwelt passte perfekt zu ihrem nächtlichen Unfall – der Deutschhausplatz lag direkt an der Großen Bleiche. Wenn sie voller Panik hier wieder an die Oberfläche gekommen war, hatte sie nur zwei Dutzend Schritte machen müssen, um blindlings ins erstbeste Auto zu laufen.

»Der Kanal ist schon lange trockengefallen«, fuhr Torben fort. »Er schließt an neuere Röhren an, die sind aber auch nicht mehr in Betrieb. Jason hat viel Zeit da unten verbracht, hat er uns erzählt.«

Elvis schwitzte, die gebückte Haltung strengte ihn an. Dazu kam, dass sich die Mittagshitze zwischen den Mauern staute wie in einem Backofen. »Wie ist dieser Jason denn überhaupt auf die Idee gekommen, hier herumzukrabbeln?«, wollte er wissen. »Es stand ja nicht gerade ein Schild da mit ›Eingang zu vergessenen Gängen‹ oder so.«

»Na ja, diese ganze Lost-Places-Community ist wohl ziemlich gut vernetzt. Es sind auch unter den Mainzer Archäologen ein paar dabei, die in der Szene aktiv sind, und einer von ihnen hat Jason den Tipp gegeben.«

»Und wieso haben die Archäologen die Gänge dann nicht selbst untersucht?«

»Weil es Probleme mit der Sicherheit gibt. Bei der momentanen Trockenheit werden die alten Mauern brüchig, weil das Bindemittel austrocknet. Und auch die ungenutzten Kanäle kriegen bei dem Wetter Probleme, der Beton verliert an Spannkraft, irgend so was hat Jason erklärt. Deshalb haben die Offiziellen nur eine erste, schnelle Begehung gemacht. Glück für Jason, er hat deshalb ungestört dort unten die Gänge erforschen können.«

Ob Jason tatsächlich Glück gehabt hatte, wagte Tinne angesichts seines Schicksals zu bezweifeln. Aber Torben hatte recht, über das Trockenheitsproblem historischer Bauten wusste sie schon seit ihrem Studium Bescheid. Alte Bausubstanz war anfällig gegenüber Wetterextremen, gegen zu viel Feuchtigkeit ebenso wie gegen Austrocknung.

»Da geht's rein.« Kathy hatte inzwischen das Ende der Baustellengrube erreicht, wo der gemauerte Kanal wieder ins umgebende Erdreich mündete. An einer Stelle waren Steine zu einem Haufen aufgeschichtet. Kathy und Torben fingen an, die Brocken zur Seite zu räumen, Tinne und Elvis halfen dabei, der Dicke schwitzte noch mehr. Bald schon hatten sie einen Durchschlupf freigelegt, halb in der Kanalmauer, halb im Boden. Ein kühler Luftzug strich heraus, der den Geruch nach nassem Stein mit sich brachte. Eine ferne Erinnerung regte sich in Tinne … sie kannte dieses Loch. Sie war schon einmal hier gewesen.

Nacheinander ließen sie sich hineingleiten, der Boden lag zum Glück nicht viel tiefer als das Niveau der Baugrube.

Im Inneren kühlte es ab, ihre Füße traten auf Lehm. Das Gewölbe des alten Kanals ragte zwei Meter in die Höhe, sogar Tinne konnte entspannt aufrecht stehen. Elvis zog eine von Berties Stirnlampen über und gab Tinne die zweite. »Macht ja ein entspanntes Gefühl, wenn sich die Archäologen nicht reintrauen und wir hier mittendurch stiefeln«, meinte er und warf einen schiefen Blick auf die alten Mauern.

Torben führte sie voran in Richtung Fluss. Der Schacht schien in überraschend gutem Zustand zu sein, nur hier und dort waren Steine herausgebrochen. Nach einigen Metern verringerte sich die Deckenhöhe, auch die Wände rückten näher zusammen. Der Geruch veränderte sich, die Luft stank nach Ammoniak, Faulgasen und Fäkalien.

»Verbindungen zum Kanal«, erklärte Torben. »Sind zwar nur Sickerrisse, aber für leckeren Geruch reicht es trotzdem.«

Schweigend gingen sie weiter. Kathy und Torben führten sie vom Hauptgang in eine Seitenröhre, die enger und in schlechterem Zustand war. Für Elvis wurde es an einigen Stellen knapp. Durch die Decke ragten bleiche Wurzeln, die Luft wurde stickiger.

Tinne fühlte sich, als würde ein Zentnergewicht auf ihrer Brust lasten. Sie spürte, dass sie sich ihrer eigenen Vergangenheit näherte, alldem, was ihr Gehirn weggeschlossen hatte. Der Schublade ohne Namen.

Ein Bereich kam in Sicht, an dem mehrere losgebrochene Steine lagen und ein Teil der Decke nachgegeben hatte. Eine Lücke in der Wand war eher zu erahnen als zu sehen. »Hier müssen wir rein«, sagte Tinne automatisch.

»Richtig, das ist der Abzweig.« Kathy kniete vor dem Durchschlupf, der kaum einen Meter Durchmesser besaß. »Es ist ein Schacht, der am Anfang steil nach unten geht und normalerweise voll Wasser ist. Deshalb, hat Jason gemeint, sind die Archäologen auch nicht weiter vorgedrungen. Erst jetzt, durch die Trockenheit, ist er überhaupt begehbar.« Sie zögerte und wechselte einen Blick mit Torben. »Ich … also wir, wir drehen hier dann um. Der Schacht führt Sie direkt in den Tunnel. Da … da muss ich nicht noch mal hin.« Ihr Gesicht sah blass aus im zuckenden Licht der Stirnlampen. Tinne hatte Verständnis dafür, sie fand die Umgebung ebenfalls beängstigend und beklemmend. Doch nun waren sie und Elvis so weit gegangen, es gab kein Zurück mehr.

Mit einer seltsamen Befangenheit verabschiedeten sie sich von dem jungen Pärchen. Die beiden leuchteten mit Torbens Handy in den Durchschlupf, der ziemlich genau Elvis' Bauchumfang entsprach. Tinne folgte dem Dicken, er fand in dem abschüssigen Schacht kaum Halt und musste sich mit den Händen festkrallen. Sie warf einen letzten Blick nach oben, wo das Handylicht verschwand.

Nun waren sie in einem lang vergessenen Schacht auf sich allein gestellt – auf dem Weg, der Jason direkt in den Tod geführt hatte.

✴

»Zentrale für Wagen fünf. Zwei Personen am Schloss, Haupteingang, nach Finthen, Atrium. Bitte um Bestätigung.«

Dietmar Laurenzis Stimme klang geschäftsmäßig ernst durch den Lautsprecher des Taxifunks. Im privaten Umgang herrschte bei der Brigade ein anderer Tonfall, sie nahmen sich gegenseitig auf die Schippe und verpassten sich die unmöglichsten Namen. Weil der Funk aber offen war und in den Autos meist Kunden saßen, herrschte Disziplin. Entsprechend brav antwortete Bertie:

»Hier Wagen fünf, alles klar, Bestätigung. Zweierfahrt vom Schloss ins Atriumhotel. Bin gleich da.«

Die Autos vom Taxidienst Laurenzi verfügten über GPS-

Sender, dadurch wusste die Zentrale stets, wo sich jeder Wagen befand. Dietmar hatte gesehen, dass Bertie beim Deutschhaus parkte, direkt gegenüber dem Schloss. Bertie blinkte und wartete auf eine Lücke, um die Große Bleiche zu überqueren. Riesling stellte die Ohren, als sich das Auto bewegte. Da klingelte Berties Handy, es war Axl. An dessen Ton hörte er sofort, dass etwas nicht stimmte.

»Sag mal, weißt du, wo die Tinne steckt?«

»Öh, ja und nein. Ich hab sie und Elvis gerade am Landtag rausgelassen, in der Baustelle ist wohl irgendwo ein Durchgang in die Kanalisation, da wollen sie rein. Wo genau sie aber jetzt sind, weiß ich nicht. Ich glaube, sie …«

Axl unterbrach ihn, er schrie fast. »Schnell, hol sie zurück! Kannst du das noch? Ist wichtig!«

Bertie zögerte keine Sekunde. Wenn der besonnene Axl so drängte, musste etwas Ernstes dahinterstecken. Er schaltete den Warnblinker an, hechtete hinaus und zwängte sich durch den schmalen Spalt im Bauzaun. Dort waren die vier durchgegangen. Aber wohin dann? Vor ihm lagen die Grabungsbereiche, hier und dort steckten Markierungspfähle im Boden, sonst war nichts zu sehen. Mit dem Telefon am Ohr ging er unschlüssig an den Gruben entlang.

»Nee, leider, ich seh sie hier nicht mehr. Vielleicht sind sie auch ins Gebäude rein oder so. Ist alles ziemlich unübersichtlich. Wieso, was ist denn los?«

Axl zerbiss einen Fluch. »Es gibt Neuigkeiten, und die sind leider nicht so gut. Ich erklär's dir nachher genauer. Aber jetzt hör erst mal zu und mach haargenau das, was ich dir sage. Hast du eine Abschleppstange im Auto? Kein Seil, sondern eine Stange?«

»Eh, ja, hab ich. Warum?«

»Später. Lass alles fallen und komm zum Zollhafen, hinterer Bereich, dort, wo noch nicht gebaut wird. Ruf Tara an, sie soll auch dorthin kommen. Und zwar mit ihrem Auto, das ist ganz wichtig! Alles kapiert?«

Brav wiederholte Bertie die Anweisungen, während er zu seinem Passat zurückrannte. Kaum saß er darin, gab er auch schon Dietmar Bescheid. Ein anderer Fahrer musste die Leute vom Schloss abholen. Dann trat er aufs Gas, dass der Passat wie eine Rakete auf die Große Bleiche schoss und Riesling auf seinen Hintern fiel. Denn was auch immer Axl herausgefunden hatte – die Luft brannte, so viel war klar.

✳

Tinne fror erbärmlich. Sie hatte ihre Arme um den Leib geschlungen, doch die Kälte kroch ihr in die Knochen. Der Schacht führte einige Dutzend Meter steil nach unten, hier und dort rutschte Elvis sogar auf dem Hosenboden weiter. Dann ging es wieder waagrecht voran. Feuchtigkeit umgab sie, schleimige Wasserpflanzen und fettes Moos hingen an den Backsteinwänden, ihre Füße platschten durch Pfützen. Es war nicht zu übersehen, dass dieser Tunnel normalerweise unter Wasser stand. Die Enge sorgte dafür, dass Elvis rechts und links anstieß, Tinne musste sich bücken. Ihre Erinnerungen kamen jetzt immer häufiger, sie hatte das unwirkliche Gefühl, in zwei Zeitebenen unterwegs zu sein – einmal hier und jetzt mit Elvis, einmal in der Vergangenheit mit Jason.

»Boah, ist das widerlich hier«, knurrte Elvis. Der Geruch nach Fäkalien benebelte ihre Sinne, dazu kam die Kälte, die Tinnes Energie aufzehrte und sie unempfänglich machte für das Kratzen an Wänden und Decke. Kein Wunder, dass sie bei ihrer Exkursion mit Jason auf Jeans, Fleece und Jacke gesetzt hatte.

»Gleich.« Ihre Stimme klang kehlig, sie musste sich räuspern. »Gleich sind wir da. Wir müssen nur wieder ein Stück nach oben.« Erneut eine Information, die ihr das Unterbewusstsein zusandte. Doch ihre verschüttete Erinnerung behielt recht, bald schon führte der Weg aufwärts, die Luft wurde trockener. Da tauchte ein Hindernis vor ihnen auf. Der Schacht war eingestürzt, eine der Seitenwände bildete einen wirren Stein- und Erdhaufen. An der Spitze stand ein Spalt offen, sie leuchteten hinein. Die Lichtkegel ihrer Stirnlampen verschwanden in der Dunkelheit eines großen Raums.

»Da müssen wir drüber.« Tinne robbte auf Händen und Knien über den Steinhaufen und quetschte sich durch die Öffnung. Elvis tat es ihr gleich, er stöhnte und musste sich mit Gewalt vorandrücken. Mit beiden Händen packte Tinne seinen Gürtel und riss, so fest sie konnte. Schließlich geriet das Geröll ins Rutschen, Elvis polterte mit einem halben Steinschlag auf die andere Seite.

»Auaaa! Verdammter Mist, das …« Sein Jammern verstummte, als ihre Lampen die Umgebung erhellten. Mit offenem Mund schaute der Reporter um sich und vergaß sogar das Aufstehen. Tinnes Erinnerung deckte sich mit dem, was sie sah. »Wir sind da. Die Mainzer U-Bahn«, hauchte sie.

Im Schein der Kopflichter erstreckte sich ein halbrunder Tunnel vor ihnen, drei oder vier Meter hoch. Sie standen auf dem, was wohl einmal der Bahnsteig hätte werden sollen, daneben zeigte der abgesenkte Boden die Aussparungen für die Gleise, die es nie gegeben hatte. Ein träges Rinnsal floss dort, in dem undefinierbare Brocken und Abfälle trieben. Die Wände waren mit einer Art Spritzbeton verkleidet, der sich an vielen Stellen abgelöst hatte. Sand rieselte herunter, Risse zogen sich quer durch die Tunnelstruktur, überall lagen Stein- und Betonbrocken. Hier und dort hingen Teile der Decke herab, als würde nur noch ein Lufthauch fehlen, um sie zum Einsturz zu bringen.

»Das ... das ist ja unglaublich«, murmelte Elvis mit großen Augen.

»›Riding on the Ghost Train‹.« Fast körperlich konnte Tinne spüren, wie sie hier mit Jason gestanden und gestaunt hatte. »Hier fahren nur noch Geisterzüge«, wiederholte sie die Worte, die er damals gesagt hatte.

Langsam, wie in Trance, ging sie mit Elvis am Bahnsteig entlang. Das Tunnelstück war nicht sehr lang, vielleicht 100 Meter, es schien sich tatsächlich nur um einen ersten Bauabschnitt zu handeln.

»Da hat Haberkorn ziemlich danebengelegen, als er steif und fest behauptet hat, es gäbe keinen U-Bahn-Tunnel.« Elvis konnte den Triumph nicht verhehlen, dass sein ungeliebter Doppelgänger unrecht gehabt hatte. »Eine der Fremdfirmen muss wohl losgelegt haben, ohne dass die STEBA was mitgekriegt hat. Na ja, weit sind sie ja nicht gekommen.«

Tinne ließ ihn reden, die unwirkliche Umgebung nahm sie viel zu sehr gefangen. Ein Bereich war durch halbhohe Mauern abgeteilt. Vor ihrem geistigen Auge sah Tinne Menschen dort sitzen, sie lasen Zeitung oder schauten auf ihre Fußspitzen, während sie auf die Bahn warteten. Dann kam die blecherne Lautsprecherdurchsage, die Leute bewegten sich, schon erschienen die Lichter des Zuges in der Ferne wie drei Augen. Die U-Bahn brachte einen Schwall Luft mit sich, die nach Öl und Elektromotor roch, die Bremsen quietschten, dann füllten beleuchtete Waggons und eilende Menschen den Bahnsteig.

Die Vorstellung zerplatzte wie eine Seifenblase, als Elvis sie anstieß.

»Wenn ich unseren Weg richtig im Kopf habe, dann sind wir am Deutschhaus vorbei nach rechts gegangen, also parallel zum Rhein.« Elvis drehte sich so, dass er ihre Route nachvollziehen konnte. »Dann ist dieser Schacht gekommen, der hat uns wieder ein Stück zum Fluss geführt und gleichzeitig in Richtung Hilton und Rathaus. Dann müssten wir jetzt unter der Peter-Altmeier-Allee sein, oder?«

Tinne versuchte, seine Überlegung nachzuvollziehen. »Ja, das kommt hin. Würde passen, denn Haberkorn und Chris haben gemeint, die U-Bahn sei unter der Rheinallee geplant gewesen. Die Streckenführung würde damit die Altmeier-Allee und vielleicht noch ein Stück der Rheinstraße einschließen.«

»Dann könnte das hier der nächste Schritt bei unserer Spurensuche sein.« Der Reporter deutete auf einen eckigen Schacht, der einen Meter in den Tunnel hineinragte und einen quadratischen Querschnitt aufwies. Er bestand aus demselben groben Betonmaterial. »Das scheint ein Wartungsschacht zu sein oder so was. Und er führt nach links, also ganz grob zum ...«

»... Naturhistorischen Museum«, vollendete Tinne seinen Satz und nickte. »Ja, tut er. Er macht ein paar Knicke und führt ein bisschen nach oben.« Die Erinnerung war so deutlich, als sei sie erst vor fünf Minuten dort gewesen. »Dann kommt ein größerer Raum, alles ziemlich zerfallen, und es fließt viel Wasser dort. Und da gibt es einen Durchbruch, der führt zum Museumsraum.«

Tinne hatte recht. Sie brachten den Betonschacht in gebückter Haltung hinter sich, er erweiterte sich nach einigen Kehren zu einem lang gestreckten, niedrigen Raum, der ebenfalls mit Spritzbeton verkleidet und so marode wie der gesamte Bereich war. Sie hörten ein lautes Wasserrauschen. Das Licht ihrer Stirnlampen zuckte hin und her. Plötzlich packte Elvis Tinnes Arm und riss sie nach unten, sie erschrak zu Tode. »Was ... was ist denn los?«

»Da!«, zischte der Reporter und ließ sein Licht in den hinteren Raumteil fallen. Unwillkürlich zuckte Tinne zurück –

der Lichtschein wurde von Augen reflektiert, die dort im Halbdunkel lauerten. Drei, vier fünf Paare, alle starr und lauernd.

Unendlich langsam wagte Elvis sich nach vorne. Konturen schälten sich aus dem Halbdunkel, geduckte Körper, glitzernde Zähne, Krallen. Tinne hörte ihr Herz pochen und glaubte, auf der Stelle sterben zu müssen. Dann atmete der Dicke plötzlich auf, so laut, dass Tinne ihn trotz des Wasserrauschens hören konnte. »Kannst rauskommen, die werden dir nicht mehr in den Hintern beißen.« Er leuchtete auf eine Gruppe von Tieren, die in ihren Bewegungen erstarrt waren. Nun sah auch Tinne, dass es sich um ausgestopfte Präparate handelte, fixiert auf metallenen Halterungen. Sie erkannte einen Dachs, einen Fuchs und etwas, das wie ein Opossum aussah. Im Hintergrund lagen weitere Präparate in einem wilden Durcheinander, dazu kamen Tierskelette, zerfallen in Einzelteile, ganze Schränke aus verbeultem Blech stapelten sich.

Elvis reckte den Kopf. »Ich denke, wir sind ziemlich nah am Museum dran, oder?«

Tinne konnte den Blick nicht von den Tierexponaten losreißen. Die Hyäne kam ihr in den Sinn, die sie bei Tara im Hades gesehen hatte. Ein Präparat aus den 1960ern. Laurent: *Es muss durch die Kanalisation in die Pumpstation gespült worden sein.* Stammte die Hyäne aus diesem Raum?

Die beiden gingen weiter. Das Rauschen wurde lauter, in der Mitte floss Wasser in einer Art Rinne. Es wurde von einem verrosteten Rohr gespeist, das aus der Wand ragte und mit einem altertümlichen Ventil verschlossen war. Tinne tippte auf eine Entstehung in den 1950er- oder 6oer-Jahren. Das Ventil schloss nicht dicht, die herausschießenden Wasserstrahlen verrieten, dass der Druck dahinter gewaltig sein musste.

»Puuh, das ist aber eine schöne Kloakenbrühe!«, meinte sie und rümpfte die Nase. Das Wasser stank nach Fäkalien, an den Rändern der Rinne hatte sich weißlicher Salpeter abgelagert.

»Kann sein, dass dahinter eine der alten Kavernen ist. Davon hat der Fachmann erzählt, als ich mit der Polizei die Kanäle besichtigt habe.« Elvis betrachtete das Ventil und die Abwasserrinne. »Die füllen sich bei bestimmten Strömungsverhältnissen, und früher sind sie manchmal aufgeknallt und haben in den Kanälen alles kurz und klein geschlagen. Das hat man ›Schandflut‹ genannt.«

»Vielleicht ist das hier mal passiert, und dabei sind alle möglichen Mauern und Kanäle eingestürzt. Ich kann mir vorstellen, dass einige der Durchgänge hier so nie geplant waren.« Tinnes Blick folgte dem strömenden Abwasser, das an der gegenüberliegenden Wand gurgelnd in einem Schacht verschwand. »Wer weiß, wo das wieder ins reguläre Kanalsystem fließt.«

»Dieses Loch hier ist wohl auch nicht von einem Baumeister geplant worden.« Elvis leuchtete auf einen Spalt in einer der hinteren Wände. Betonstücke lagen am Boden, umspült von Rinnsalen. Der Spalt war nicht sehr tief, zwei oder drei Meter. Lehmbrocken zeigten, dass er durch unbefestigtes Erdreich führte und fließendes Wasser ihn nach und nach ausgespült hatte.

Mit bebenden Nerven stieg Tinne über die umherliegenden Trümmer und zwängte sich durch die schmale Öffnung. Sie spürte, dass sie am Ziel ihrer Suche angekommen war. Ihr Licht erfasste einen Raum, der hinter der zerstörten Wand lag. Weitere Schränke befanden sich dort, sie erkannte einen umgefallenen Stuhl, Ordner mit aufgequollenen, feuchten Papieren hingen in schiefen Registern. Tierpräparate in erbärmlichem Zustand lagen kreuz und quer herum. Doch das, was Tinne erstarren ließ, stand in der Mitte, angeschraubt an Metallstützen von immenser Größe.

»Da ist er«, flüsterte sie tonlos.

Gespenstische weiße Knochen ordneten sich zu einem Skelett, das wie eine riesige Ausgabe ihrer Fischzeichnung aussah. Die Rippenbögen waren armdick, die Wirbel groß wie Kegelkugeln, der Schädel mit seinen nach vorne gezogenen Zahnreihen wirkte so massig, als würde er allein eine Tonne wiegen. All das füllte ihr Blickfeld, sicher fünf Meter in der Breite, wenn nicht mehr. Ihre Erinnerung und das, was ihre Augen sahen, deckten sich. Hier war Jasons ›großes Ding für eine Historikwissenschaftlerin‹, das Geheimnis des Museumskellers.

Eine Hand ist neben ihr und skizziert mit schnellen Strichen einen Grundriss. Jason erklärt ihr, wo sie sich gerade befinden. Am oberen Rand der schräge, eckige Museumsbau, der heute in das Kirchenschiff übergeht, in die alte Klosterkirche der Reichklarissen. Die beiden Seitenschiffe nur gestrichelt, weil sie später abgerissen wurden. Darunter die Krypta, umgebaut zum Keller. Sie nimmt die Skizze, faltet sie und schiebt sie in die Tasche ihrer Jeans …

Tinne erschrak, als Elvis neben sie trat, so lebendig war die Erinnerung. Unwillkürlich tastete sie an ihre Hosentasche, als hätte sie das Blatt eben gerade hineingesteckt.

»Das nenne ich ja mal einen Kaventsmann«, meinte der Reporter und leuchtete über die bleichen Knochen. Am Fuß der Stützkonstruktion entdeckte Tinne ein Schild, eine Schiene mit eingeschobenen Metallbuchstaben, so wie früher Beschriftungen in Museen und Ausstellungen vorgenommen worden waren. ›BASILOSAURUS juv. {Zahnwal, rhh., Eozaen}‹, stand dort. Stumm zeigte sie darauf.

Elvis schüttelte den Kopf, als könnte er es selbst nicht glauben. »Tatsächlich, das Basilo-Dings. Stapf hatte recht mit seiner alten Geschichte.«

Beide schwiegen, die unwirkliche Atmosphäre in dem Museumskeller hielt sie gefangen. Es war, als wären sie in eine andere Zeit getreten. Schließlich riss Elvis sich los. »Und jetzt? Wie machen wir weiter? Wie wollen wir Anaraki die Suppe versalzen?«

Im Nu hatte Tinne ihr Handy in der Hand und fing an, Fotos vom Raum und dem Skelett zu machen. »Wir wissen, was wir wissen müssen. Damit gehen wir jetzt auf direktem Weg zu Laurent und zum Museumsdirektor.« Sie trat ein paar Schritte zurück, um die Knochen in voller Größe aufs Foto zu bekommen. »Denn jetzt können wir beweisen, dass wir …«

In dieser Sekunde griff eine Hand nach ihrer Schulter und hielt sie eisenhart fest. Tinne schrie entsetzt auf, sie ließ das Handy fallen, das mit hellem Ton auf den Boden knallte. Eine Stimme erklang ganz nah an ihrem Ohr.

»Daraus wird leider nichts, Frau Nachtigall. Zu viel Neugier ist niemals eine gute Idee. Niemals.«

In Tinnes Hirn hämmerte nur ein Gedanke: Anaraki! Er hatte hier auf sie gewartet!

Die Gestalt, die sich hinter einem der Regale hervorschob, war aber nicht Manuel Anaraki. Mit der Person, die nun vor ihr stand, hätte Tinne niemals gerechnet.

✳

Die Flusskiesel flogen wie Schrapnelle unter den Reifen von Carlas Stoll R1 davon. Hinter ihr hatte Luna dasselbe halsbrecherische Tempo drauf, ihr Cube Elite fegte genauso über den ausgetrockneten Boden.

Die beiden jungen Frauen, Sportstudentinnen und aus-

gemachte Bikefans, hatten sich für ihre heutige Trainings-
runde einen ungewöhnlichen Ort ausgesucht – das Baugebiet
›Zollhafen‹, wo am Mainzer Rheinufer neue Wohnungen und
Büros entstanden. Doch ihr Weg führte sie nicht auf dem Bau-
gelände zwischen Kränen und halb fertigen Gebäuden hindurch. Nein, sie fuhren eine Etage tiefer, nämlich durch den
Rhein – oder vielmehr dort, wo normalerweise das Flusswasser dahinströmte. Durch die Sommerhitze waren die Uferbereiche des Zollhafens trockengefallen, statt in plätschernden
Wellen endeten die Hafenmauern in einer Sand- und Geröll-
wüste. Einen ungewöhnlicheren Parcours musste man lange
suchen, deshalb hatten die beiden Frauen diese Gelegenheit
beim Schopf ergriffen.

»Autsch, verdammt!« Luna biss die Zähne zusammen,
als ihr der Lenker zum wiederholten Mal das Handgelenk
stauchte. Der Hafenboden war tückisch, überall gab es verborgene Löcher, hervorstehende Steine oder lang gezogene
Senken aus getrocknetem Schlamm, die die Reifen erbarmungslos zur Seite zogen. Jede der beiden Bikerinnen hatte
sich beim heutigen Training schon hingelegt, Carla sogar
zweimal. Ihr Knie blutete, Lunas Handballen war aufge-
schürfte, aber egal: Eine solche Chance bot sich selten genug.

»Komm, einmal vor bis zum Ende der Mole, und dann wieder zurück!«, rief Carla gegen den Fahrtwind. Luna nickte
und ging einen Gang höher, die Mountainbikes flogen förmlich über den unebenen Grund. Die Fahrerinnen kauerten
auf klassischen Hardtails, eine Federung gab es nicht, jeder
Schlag hämmerte direkt ins Kreuz.

Dafür war die Perspektive aus der Tiefe des Hafenbeckens
faszinierend. Wie Bauklotzhäuser wuchsen die Rohbauten
in die Höhe, emsige Arbeiter wuselten dazwischen umher.
Wenn die beiden Bikerinnen die Köpfe nach rechts drehten, sahen sie in einiger Entfernung das Weinlager, dessen

Dach vom alten Verladekran überragt wurde. In der Mitte des Hafenbeckens lag die neu eröffnete Marina. Durch die Trockenheit war nicht viel mehr als ein Meter Wasser übrig. Viele der Eigentümer hatten ihre Boote abgeholt, andere waren aufgeständert und sahen aus wie auf Stelzen. Ein dicker Mann beäugte die beiden misstrauisch, vielleicht befürchtete er, sie würden eine Delle in seine Jacht fahren.

Plötzlich bremste Carla, Luna fuhr ihr ums Haar in den Hinterreifen. »Was geht, was ist los?« Sie hatte Mühe, das Rad beim scharfen Bremsen im Gleichgewicht zu halten. Carla sagte nichts, sondern deutete nur nach vorne, flussabwärts. Dort endete die Mole, der unbebaute Bereich sah kahl aus.

Verblüfft wechselte Luna einen Blick mit ihrer Freundin. Wenn es schon ungewöhnlich war, dass sie mit Rädern durch das Hafenbecken fuhren, dann passierte dort vorne eine noch viel seltsamere Sache.

Am Abschluss der Mole hatte ein Geländewagen seinen Weg ins Flussbett gefunden, ein weißer Range Rover Evoque. Er stand mit dem Heck zur Hafenmauer und war dort auf irgendeine Weise festgemacht, arbeitete sich aber mit ganzer Kraft nach vorne. Trotz seines schnieken Aussehens wurde das Auto ganz schön rangenommen, die Untersetzung jaulte hörbar, alle vier Reifen wirbelten Sand und Dreck auf. Steine knallten auf den Lack, die Räder gruben sich in den Untergrund. Eine Wolke aus Staub umgab den Wagen.

Carla strengte ihre Augen an. Am Steuer saß eine Frau, die konzentriert mit dem Gas arbeitete. Auf professionelle Art schaukelte sie das Auto hin und her, damit es sich nicht festfuhr, gleichzeitig lenkte sie leicht zur Seite und gab den Reifen dadurch immer wieder neuen Grip. Zwei Typen standen daneben, einer groß, dünn und langhaarig, der andere ein kleiner dicker Pumuckl, sie gaben Anweisungen und fuhrwerkten immer wieder am Heck des Range Rovers herum.

Zu allem Überfluss zerrte daneben ein kleiner Hund an seiner Leine. Wie Bauarbeiter sahen die drei nicht aus. Aber … was trieben sie sonst hier?

Nachdem sie ein paar Minuten zugesehen hatten, wendeten die beiden Frauen ihre Bikes und machten sich auf den Rückweg zum ›7Grad‹, wo sie ihre Zollhafen-Tour gestartet hatten. Der Trail war ebenso fordernd wie vorhin, Carla musste auf der Hut sein, um das Gleichgewicht zu halten. Doch ihre Gedanken kehrten immer wieder zu dem seltsamen Gespann und dem weißen Evoque zurück. Für ihr Leben gerne hätte sie gewusst, was die drei Leute dort wohl gerade taten.

*

Tinne starrte in ein Gesicht mit runden Backen und einem Bartschatten, der an Koteletten erinnerte. Vitus Haberkorn schob sich hinter dem Regal hervor, sein Griff an ihrem Arm war eisenhart. In der anderen Hand hielt er eine Pistole, deren Lauf schmerzhaft in Tinnes Seite drückte. Seine Miene hatte jeden freundlichen Zug verloren, nichts erinnerte mehr an den hilfsbereiten Mann, den sie am Vormittag in der Baustelle getroffen hatten.

Elvis grunzte erschrocken, als zwei weitere Männer aus dem Schatten traten und ihn packten. »Herr Haberkorn, was für ein überraschendes Wiedersehen«, knurrte er. »Was ist los, haben Sie doch noch die Baupläne der U-Bahn in Ihrem Papierkorb gefunden, oder was?«

Haberkorn gab keine Antwort. Grob zerrte er Tinne mit sich und drückte sie durch den Riss in der Wand zurück in den ersten Raum. Das Wasserrauschen wurde lauter, Tinne stolperte über den unebenen Boden. In ihrem Kopf drehten sich die Gedanken. Was hatte Haberkorn hier zu suchen, wie passte er in das Puzzle um den Museumsraum und das Fossil? Sie versuchte, sich zu ihm umzudrehen.

»Was … warum sind Sie hier? Wie …«

»Halten Sie die Klappe!«, zischte er und gab ihr einen Stoß. Sie torkelte voran, blieb mit dem Fuß hängen und schlug hin. Der Aufprall trieb ihr die Luft aus den Lungen, Schmerz durchzuckte sie. Über ihr stand Haberkorn, seine massige Gestalt sah aus wie ein Bulle, eben schoben die anderen Männer Elvis in den Raum. In diesem Augenblick kippte Tinnes Wahrnehmung. Bilder, Eindrücke und Emotionen brandeten in ihr auf. Mit einem Schlag kam ein weiteres Stück ihrer Erinnerung zurück und überflutete sie wie eine mächtige Welle.

Sie sieht sich selbst in diesem Raum, jemand steht hinter ihr und hat ihre Arme gepackt, sie riecht Männerschweiß und schlechten Atem. Von Grauen erfüllt beobachtet sie, was vor ihr geschieht: Haberkorn kniet am strömenden Wasserkanal und drückt etwas hinein, eine Gestalt, einen Menschen. Arme und Beine schlagen in verzweifeltem Stakkato um sich, doch Haberkorn drückt den Kopf seines Opfers erbarmungslos unter Wasser. Eine Profi-Kamera liegt zerschmettert daneben, die zuckende Gestalt im Wasser trägt eine Arbeitsweste, es ist Jason, Jason, mit dem sie gerade eben durch die Tunnel gekrochen ist und den Museumsraum inspiziert hat. Er bäumt sich ein letztes Mal auf, seine Hand schlägt gegen eines der ausgestopften Tiere, es ist die Hyäne, sie rutscht ins Wasser und verschwindet innerhalb von Sekunden. Blasen steigen in dem strudelnden Wasser an die Oberfläche. Da wird Jasons Körper schlaff, noch immer rührt Haberkorn sich nicht, mit stählerner Härte hält er sein Opfer fest. Dann endlich zieht er den Kopf nach oben. Jasons Züge sind in endloser Qual verzerrt, die Augen weit aufgerissen, kein Leben ist mehr darin.

Tinne weiß, dass sie die Nächste sein wird. Als sich Haber-
korns Kopf in ihre Richtung dreht, übernehmen ihre Instinkte
die Herrschaft: Sie tritt blitzschnell hinter sich, erwischt das
Schienbein ihres Bewachers, er stöhnt auf, sein Griff lockert
sich um eine Winzigkeit. Das reicht Tinne, sie reißt sich los
und stürzt zum Ausgang, dort, wo der Schacht zum U-Bahn-
Tunnel zurückführt. Hinter ihr brüllen Stimmen durcheinan-
der, Stiefel trampeln, doch sie rennt in wilder Hatz, so schnell
ihre Beine sie tragen. Eine Taschenlampe in ihrer Hand brennt
Lichtkleckse in die Dunkelheit, die Eindrücke reihen sich in
wirrem Tempo aneinander ... Wände, steile Kehren ... der
U-Bahn-Tunnel ... mit aller Kraft wirft Tinne sich auf den
Steinhaufen, der den Übergang zum Stollen bildet, sie rutscht
und schliddert hindurch. Hinter ihr zucken Lichter, wieder
Stimmen, rau und wütend, doch die Todesangst lässt sie flie-
gen. Sie spürt kaum, wie ihre Arme und Beine im Stollen an
den Backsteinwänden entlangkratzen und der Stoff ihrer Klei-
dung zerrissen wird, kein Schmerz, nur Panik, weiter, immer
weiter. Endlich der gemauerte Abwasserkanal, endlich der
Ausgang nach oben, es ist Nacht, der Deutschhausplatz emp-
fängt sie dunkel und leer, sie sieht Licht, es sind die Straßen-
laternen der Großen Bleiche. Hin, nur hin, jemanden finden,
andere Menschen, Hilfe holen. Sie kann nicht aufhören zu
rennen, zur Straße hin, weiter, links ein grelles Gleißen, ein
Quietschen, ein dumpfer Aufschlag ... und nichts mehr.

Plötzlich war sie wieder in der Gegenwart. »Sie haben Jason
umgebracht. Hier, genau hier«, murmelte sie, erschöpft von
der Flut der Erinnerungen und gleichzeitig erfüllt von nackter Angst.

»Und Sie sind davongekommen.« Haberkorns Stimme
klang hasserfüllt. »Sind weggerannt wie ein Hase, und ich
hatte nichts, nur Ihr Gesicht und Ihren Kontakt zu diesem

Fotografen. Das ist nicht viel gewesen, um im Netz auf die Suche zu gehen, Frau Nachtigall. Aber zum Schluss haben mich ein paar Fotos von einer Band auf Ihre Spur gebracht.«

Tinnes Verstand arbeitete mühsam. Sie reimte sich zusammen, dass es dann wohl Haberkorns Leute gewesen waren, die sie vor der Kommune abgepasst hatten. Der weiße Lieferwagen. Axls Rettung in der Not. Nun wusste sie auch, warum Haberkorn sie so überrascht angeschaut hatte, als sie mit Elvis vorhin in der Großen Langgasse gewesen war – er hatte sie aufgespürt und wieder verloren, und plötzlich kam sie direkt zu ihm auf die Baustelle marschiert.

In der Zwischenzeit hatten die beiden anderen Männer Elvis vorangestoßen und drückten ihn neben Tinne zu Boden. Haberkorn hielt die Pistole auf sie gerichtet, er gab den Männern einen Wink, diese sprangen in den Museumsraum. Einer erschien gleich wieder im Spalt, er hielt weitere Tierpräparate in der Hand und warf sie achtlos auf den Haufen, der bereits neben dem Wasserkanal lag. Der andere zog Werkzeug hervor. Tinne konnte durch die geborstene Wand sehen, dass er anfing, die Knochen des Urzeitwals von ihrem Stützgitter zu schrauben. Sie konnte den Blick nicht von dem weißen Gerippe abwenden.

»Das Skelett.« Sie hörte ihre eigene Stimme kaum. »Sie haben Jason umgebracht, um das Skelett zu …«

»Nein, falsch«, unterbrach Elvis sie. Der Reporter kauerte auf dem nassen Untergrund und rieb seine schmerzenden Arme. Doch sein Blick war trotzig. »Es ging niemals um die Knochen, oder, Herr Haberkorn? Dieser Killerwal und alles, was da an Krempel herumsteht, das ist Ihnen scheißegal. Es hat sich von vornherein um den U-Bahn-Tunnel gedreht, stimmt's?«

Haberkorn schwieg, seine Augen funkelten. Elvis fuhr fort: »Eben ist es mir klargeworden, gerade eben. Sie haben uns gesagt, dieser Tunnel wäre zwar geplant gewesen, die Bauarbeiten hätten aber niemals begonnen. Das stimmt nicht. Die STEBA hat sehr wohl damit angefangen, vielleicht gab es eine mündliche Zusicherung vom Stadtrat, oder Ihre Chefetage hat das große Geschäft gewittert und losgelegt, bevor es überhaupt Verträge dazu gab. Ein ordentliches Stück hatten Sie schon geschafft, dann kam auf einmal das böse Erwachen: Das ganze Projekt wurde eingestampft, und die STEBA stand mit einem halb fertigen U-Bahn-Tunnel da, den keiner bezahlen wollte. Richtig?«

Haberkorns Blick zuckte zu den beiden Männern im Museumskeller. Seine Körperhaltung wurde etwas entspannter, als er sah, dass sie mit dem Ausräumen vorankamen. »Gut kombiniert. Ganz der Reporter«, meinte er spöttisch. »Es stimmt, die Zusage vom Bauausschuss hatten wir, und es war damals wie heute üblich, direkt mit den Bauarbeiten zu starten, sonst sind die Zeitpläne gar nicht einzuhalten. Aber plötzlich hieß es: Stopp, die ganze Sache wird nicht realisiert. Der Bauausschuss wollte von seiner Zusage nichts mehr wissen, die Stadt hat uns schön im Regen stehen gelassen.«

Einer der Männer fluchte, es gab offensichtlich Probleme. Die ersten Wirbel des Walskeletts lagen auf dem Boden, doch die Befestigungen der übrigen Knochen ließen sich nicht lösen. Der andere kam dazu, beide zerrten an den Rippen und brachten die komplette Gitterkonstruktion ins Schwingen. Trotz der gefährlichen Situation sträubte sich alles in Tinne, als sie sah, wie die zwei mit dem unschätzbar wertvollen Fossil umgingen.

»Warum hat die STEBA den Tunnel nach dem Baustopp nicht wieder zugeschüttet?« Elvis machte eine Kopfbewegung zu dem Schacht, aus dem sie gekommen waren. »So eine Riesenröhre unter der Rheinstraße ist auf lange Sicht ja keine besonders gute Idee.« Tinne bewunderte ihn für seine Gelassenheit. Der dicke Reporter machte den Eindruck, als würde er ein nettes Plauderstündchen am Kaffeetisch abhalten.

»Die Verfüllung war geplant, die Stadt hat dafür sogar Gelder bereitgestellt. Unsere damaligen Chefs haben sich allerdings entschlossen, diese Gelder eher als eine Art Entschädigung für die Errichtung des Tunnels anzusehen.«

Elvis richtete sich halb auf, doch sofort zuckte die Waffe nach oben. Er ließ sich davon nicht beeindrucken. »Mit anderen Worten: Ihre Chefs haben das Geld eingesackt und den Tunnel als verfüllt deklariert!«, rief er. »Dabei haben sie gar nichts gemacht, einfach nur das Grabungsloch zugeschüttet und fertig. Seit den 1980ern gibt es dieses Ding unterm Asphalt, und keiner weiß es außer ein paar Gralshütern bei der STEBA.« Seine Augen leuchteten, es war ihm anzusehen, wie in seinem Kopf die einzelnen Elemente zueinanderfanden. »Und wissen Sie was: Sie haben gerade einen Haufen Probleme damit! Es ist Thema bei uns in der Zeitung gewesen, vorhin hat es eine Kollegin noch mal erwähnt. Im Moment passiert dauernd etwas in den Straßen, die am Rhein entlangführen. Vor ein paar Tagen hat's eine unterirdische Stromtrasse beim Brückenkopf zerrissen, dann ist eine Druckleitung an einem Hydranten geplatzt, direkt vor dem Hilton. Und gestern, da gab es Großalarm in einem Haus an der Altmeier-Allee, weil ein Gasrohr undicht war, und zwar direkt an der Kellerwand. Die ganze Wand hat sich abgesenkt. Keiner kann sich erklären, was los ist, die Sachverständigen kratzen sich am Kopf. Dabei ist es Ihr Tunnel da unten, der diese ganzen Schäden verursacht!«

Haberkorn schwieg und schaute ihn lauernd an. Tinne versuchte, Elvis' Überlegungen zu folgen. Logisches Denken half gegen ihre Angst, es tat gut, die Gedanken zu fokussieren. Plötzlich fiel es ihr leicht, die Zusammenhänge zu sehen. »Der heiße Sommer«, sagte sie wie zu sich selbst. »Es ist das Wetter, die Hitze, habe ich recht? Bei langer Trockenheit verlieren die Wände an Stabilität. Die Gänge unter dem Deutschhaus sind alle gesperrt, aus genau diesem Grund.« Die Festigkeit in ihrer Stimme überraschte sie selbst. »Deshalb bröselt es jetzt da unten in Ihrem U-Bahn-Tunnel, alles sackt zusammen, Zentimeter für Zentimeter. Wir haben's ja gesehen vorhin. Es gibt Verschiebungen im Erdreich, und zig Meter weiter oben platzen auf einmal die Rohre, und die Kabel reißen.«

Elvis wedelte mit dem Finger, als würde sein Gegenüber nicht mit einer Pistole auf ihn zeigen. »Und wenn das rauskommt, ist die STEBA pleite, und Sie als Gesellschafter auch. Sie haben es uns selbst gesagt: Die STEBA haftet für alle verursachten Bauschäden, selbst wenn das Projekt schon Jahre zurückliegt. Deshalb müssen Sie Ihr kleines Geheimnis hier unten hüten, solange es geht.« Seine Stimme wurde lauter, er brüllte fast. »Und wenn ein neugieriger Fotograf hier unten herumstreunt, dann ist er leider zur falschen Zeit am falschen Ort.«

Haberkorn sagte noch immer nichts und schaute wieder zu seinen Leuten. Doch sein Schweigen zeigte ihnen, wie richtig sie mit ihrer Vermutung lagen. Gleichzeitig realisierte Tinne, dass hier Endstation war für Elvis und sie. Haberkorn hatte zu viel aufs Spiel gesetzt, er würde vor zwei weiteren Morden nicht zurückschrecken. Sie wechselte einen Blick mit Elvis und sah in seinen Augen, dass er dasselbe empfand. Seine kaltschnäuzige Art hatte er nur aufgesetzt, wie ein Kind, das im Dunkeln pfeift und damit von der eigenen Angst ablenken will.

»Warum dauert das so lange?«, herrschte Haberkorn die Männer an, die sich nach wie vor mit den Knochen abmühten. »Reißt die ganze Scheiße auseinander, und dann raus damit!«

Tinne beobachtete jede Bewegung. Sie fragte sich, welcher Plan hinter der ganzen Sache steckte. Warum ließ Haberkorn den Museumsraum ausräumen? Ihr Blick irrlichterte umher und blieb an drei Vorschlaghämmern hängen, die an der Wand neben dem Durchbruch lehnten. Plötzlich wusste sie, was der Mann vorhatte.

»Sie machen den Keller drüben leer, damit er möglichst uninteressant aussieht.« Ihre Gedanken reihten sich aneinander wie Perlen auf einer Schnur. »Dann bringen Sie den Durchgang zum Einsturz. Erdreich und Geröll und sonst was bricht herunter, für jemanden auf der anderen Seite sieht das dann aus wie ein Stück Wand, das unterspült und eingefallen ist. Keiner wird vermuten, dass dahinter das Tunnelsystem einer U-Bahn liegt.«

Haberkorns Aufmerksamkeit galt seinen Leuten, er war zwei Schritte von Tinne und Elvis weggetreten, um besser durch den Mauerspalt schauen zu können. »Sie sind ein schlaues Köpfchen, Frau Nachtigall. Es ist purer Zufall, dass diese beiden Räume so nah beieinanderliegen. Der Versorgungsschacht unserer U-Bahn hätte zwölf Meter vor den Museumskellern enden sollen, zumindest haben das die Grundrisspläne so angegeben. Dass es dazwischen noch einen weiteren zugemauerten Raum gibt, haben wir erst gemerkt, als vor ein paar Jahren der Zwischenbereich aufgeweicht und weggebrochen ist. Jetzt wird im Museum gebaut, da kann es leicht passieren, dass jemand über diesen Keller stolpert. Und wenn schon. Er wird einen leeren Raum mit maroden Wänden finden, nichts, was eine weitere Untersuchung rechtfertigt. Wir werden diese Sache hier ganz schnell zu Ende bringen.«

Die Angst wuchs wie ein eiskalter Knoten in Tinne. Zu Ende bringen … Sie ahnte, was Haberkorn damit meinte. Für ihn waren sie und Elvis die einzigen beiden Menschen, die außerhalb der STEBA von dem maroden U-Bahn-Tunnel wussten.

Wieder wechselte sie einen Blick mit Elvis. Haberkorn war abgelenkt, er brüllte seine Männer an, einer von ihnen rief etwas zurück. Die Pistole zeigte halb zu Boden. Elvis nickte unmerklich. Jetzt oder nie! Gleichzeitig fuhren sie hoch, Elvis stürmte auf ihn zu wie eine Dampfwalze und verpasste ihm einen Stoß, in dem sein ganzer Widerwille gegen den angeblichen Doppelgänger steckte. Im selben Augenblick holte Tinne Schwung und trat mit ausgestrecktem Bein gegen Haberkorns Hand, mit der dieser die Waffe hielt.

Doch ihr improvisierter Plan ging schief. Haberkorn wankte kaum, als ihn Elvis' Breitseite traf, Tinnes Tritt parierte er blitzschnell. In einer einzigen Bewegung ergriff er ihren Fuß und drehte ihn mit solcher Kraft herum, dass Tinne aufschrie und zu Boden stürzte, mitten hinein in den Haufen aus präparierten Tieren und Gerümpel. Metallteile und die Stützen der Präparate bohrten sich in sie, wütender Schmerz fiel über sie her. Sie riss ihre Hand hoch und sah, dass das Blut daran herablief. Etwas hatte die Haut aufgerissen. Grauen erfasste sie, als sie sah, was da lag: ein gewaltiger Krokodilschädel mit starrenden Zähnen. Die Zähne, deren Spuren sie in Jasons Leichnam gesehen hatte. Elvis war im Nu bei ihr, doch schon kamen die Männer aus dem Museumsraum gelaufen und packten sie. Haberkorn kochte.

»Ein zweites Mal entkommst du mir nicht«, zischte er. Wut ließ seine Augen flackern. »Jetzt seid ihr dran, alle beide.« Er packte Tinne. Ihr Schrei blieb in der Kehle stecken, während er sie mit ungeheurer Kraft zu der Abwasserrinne zog. In wirrer Todesangst schlug Tinne um sich, doch vergebens. Ihre nächste Wahrnehmung war kaltes Wasser, das über ihrem Kopf brodelte, und die Hand, die sie am Genick gepackt hielt und nach unten drückte. Nun kam der Schrei doch, er gurgelte durch das Wasser und ließ zu, dass die Brühe einen Weg in ihren Mund und ihre Lunge fand. Tinnes Organismus schaltete auf höchste Alarmstufe, sie trat und schlug mit aller Gewalt um sich, doch vergebens, immer mehr Luft quoll aus ihren Lungen, das grässliche Wasser füllte sie, ließ sie husten und würgen, Ringe tanzten vor ihren Augen. Das sollte es also gewesen sein? Was für ein Heldentod – in Kanalwasser ersäuft wie ein räudiger Hund. Jede Faser ihres Körpers sträubte sich dagegen. Der Überlebenswille füllte sie mit heißer Energie, doch mit jeder Sekunde zog sie der Sauerstoffmangel weiter nach unten in die Schwärze. Ihre Bewegungen wurden schwächer, ihr Bewusstsein schaltete auf Zeitlupe. Tinne machte sich bereit, die Welt hinter sich zu lassen.

In diesem Augenblick drang ein Geräusch an ihre Ohren, sie spürte es gleichzeitig am Körper wie ein Beben. Der eisenharte Griff in ihrem Nacken ließ nach, doch ihre Kraft reichte nicht, um sich abzustützen. Wieder wurde sie gepackte, diesmal allerdings von einer Hand, die sie nach oben zog. In nassen Schlieren nahm sie Elvis wahr, den echten, nicht Haberkorns wutverzerrtes Gesicht. Sie röchelte, übergab sich und hustete Schleim und Abwasser aus der Lunge. Beim ersten tiefen Atemzug kam Tinnes Wahrnehmung zurück, sie schaute sich um … und erstarrte bei dem Anblick.

Durch den Mauerspalt konnte sie in den Museumskeller schauen. Lichter zuckten, Polizisten standen dort und Männer in Feuerwehruniform. Sie trugen eine Art Ramme und hatten damit wohl gerade die Wand zum Haupthaus durchbrochen. Doch das, was Tinne mit wilder Hoffnung füllte, war die Silhouette eines untersetzten Mannes: Laurent! Warum er ausgerechnet jetzt die Kellerwand von außen eingerissen hatte, interessierte sie nicht – er war der Mensch, den sie in dieser Sekunde am allerliebsten auf der ganzen Erde sehen wollte.

Die Lampe in Laurents Hand strahlte durch den Riss und fiel auf sie, an seiner hektischen Reaktion merkte Tinne, dass er sie erkannt hatte. Gerade wollte sie in seine Richtung krabbeln, da bewegten sich Schatten am Rand ihres Gesichtsfeldes. Haberkorn und seine Schergen waren in Deckung gegangen, nun griffen sie blitzschnell zu den Vorschlaghämmern und droschen damit auf den Riss zwischen den beiden Räumen ein. Die Polizisten brüllten Befehle, die Stablampen der Feuerwehr gleißten hindurch, doch zu spät: Innerhalb von Sekunden geriet die brüchige Wand in Bewegung, sie zog das lose Erdreich mit sich, eine Mischung aus Steinschlag und Schlammlawine rauschte zu Boden, schon war der Museumsraum abgetrennt. Die Lampen verschwanden, die Stimmen der Einsatzkräfte verstummten.

»Los, los, los, raus hier!«, brüllte Haberkorn seinen Männern zu und schwang den Hammer ein weiteres Mal. Er zielte auf das altertümliche Ventil, aus dem der Abwasserkanal gespeist wurde. Mit hellem Klingen knallte der Hammer auf den Verschluss, einmal, zweimal, dreimal.

Tinne durchschaute seinen Plan: Haberkorn war klar, dass er die alten U-Bahn-Tunnel nicht länger verstecken konnte. Jetzt ging es nur noch um Flucht, er wollte möglichst viel Verwirrung stiften, um einen Vorsprung vor den Polizisten zu erlangen.

Beim vierten Schlag gab das rostige Ventil nach. Innerhalb von Sekundenbruchteilen wurde aus dem plätschernden Abwasser ein brüllender Strahl, der mit tosender Gewalt in den Raum flutete. Haberkorn und seine Leute konnten gerade noch zur Seite weichen. Die Kaverne dahinter musste unter ungeheurem Druck stehen, der armdicke Strahl schoss fast waagrecht aus dem Ventil.

Tinne spürte, wie Elvis sie packte und weiter nach hinten zog, weg von dem Wasser, das sich strudelnd in der Rinne sammelte und wild wirbelnd im Abfluss in der Wand verschwand. Haberkorn gab seinen Männern Zeichen, zum hinteren Ausgang zu laufen, der zum U-Bahn-Tunnel führte. Er selbst drehte sich zu Tinne und Elvis um. Aus seiner Miene sprach grenzenloser Hass.

»Ich weiß nicht, wie ihr das alles geschafft habt.« Seine Stimme übertönte das Rauschen der Sturzflut, sie klang grell vor Wut. »Aber eins weiß ich: Ihr werdet dafür bezahlen.«

Sein Arm fuhr hoch. Tinne fühlte sich noch immer wie von Watte umfangen und brauchte eine halbe Sekunde, um die Pistole in der Hand zu erkennen. Elvis war einen Wimpernschlag schneller, er stieß Tinne zur Seite und duckte sich. Die Waffe bellte los, die Kugel pfiff haarscharf an ihnen vorbei und knallte klingend in einen der Blechschränke. Der Schuss wurde durch den niedrigen Raum in hundertfacher Lautstärke zurückgeworfen, wieder schrie Tinne auf, ihre Ohren waren taub und pfiffen nur schrill. Haberkorn legte den Kopf in den Nacken und lachte ein wahnsinniges Lachen, das wie berauscht klang. Mit grausamer Präzision richtete er die Waffe erneut auf sie, und diesmal, das sagten seine Augen, würde er sie nicht verfehlen.

Tinne lag inmitten der ausgestopften Tiere, deren Füllung sich um sie herum ausbreitete, und starrte in die Mündung der Pistole. Sie spürte, wie die Zeit langsamer ablief. Erinnerungen quollen hervor, als würde sie die Szenen nochmals durchleben.

Die Hyäne, die wie ein Monster aus einem Horrorfilm im Hades auf der Bahre liegt. Tara zeigt auf die weißen Röllchen, mit denen der Tierkörper gefüllt ist. *Das hier, das ist Polystyrol, eine frühe Form von Styropor. Im Prinzip ist ein solches Tierpräparat dasselbe wie eine Schwimmweste, es treibt obenauf und wird von der Strömung mitgenommen.*

In diesem Augenblick sah sie eine winzige, geradezu lächerlich kleine Chance, um aus dieser Situation herauszukommen. Bevor ihr Gehirn hunderttausend Gegenargu-

346

mente hervorbringen konnte, schnellte sie herum und irritierte Haberkorn damit. In einer fließenden Bewegung griff sie nach dem nächstbesten Präparat, es war der Fuchs, den sie schon vorhin gesehen hatte. Gleichzeitig schob sie ein anderes ausgestopftes Tier zu Elvis, der Dicke schnappte reflexartig zu und glotzte perplex auf ein Faultier in seinen Händen. Schon gab Tinne ihm einen Schubs, so kräftig, dass ihm die Stirnlampe vom Kopf flog. Mit mächtigem Klatschen fiel Elvis in die Rinne, in der das angeschwollene Wasser brauste, und wurde in Sekundenbruchteilen mitgerissen. Tinne warf sich hinterher, den Fuchs fest in den Armen, das kalte Kloakenwasser zerrte an ihr, gerade noch sah sie Haberkorn, er riss die Waffe hoch und schoss, doch das Wasser strudelte Tinne davon, das Projektil jaulte als Querschläger durch den Raum. Einen Augenblick später wurden sie von dem Loch in der Wand verschluckt, alles wurde schwarz, sie stießen an Decke, Boden und Wände und drehten sich um ihre eigene Körperachse wie Kreisel. Tinne schaffte es kaum, Luft zu holen, geschweige denn sich irgendwo abzustützen, viel zu stark zerrte die Gewalt des Wassers an ihr. Einzig der Fuchs, der tatsächlich einen immensen Auftrieb hatte, hielt sie an der Oberfläche. Elvis ging es ebenso, er umklammerte sein Faultier wie ein Ertrinkender den Rettungsring.

Tinne kam ein irrwitziger Gedanke: ›Schandflut‹ – war das nicht der alte Ausdruck für einen unterirdischen Sturzbach? Es sah so aus, als würden sie und Elvis gerade inmitten einer solchen Schandflut stecken. Doch zum Nachdenken blieb keine Zeit: Mit den beiden Tieren als improvisierte Schwimmhilfe fing ihre wilde Fahrt durch die Mainzer Kanalisation an.

❉

»Schwung – Stoß! Schwung – Stoß!«

Wehrleiter Birzer bellte die Befehle in rasendem Tempo, im selben Rhythmus ließen seine Kollegen ihre Ramme in den verschütteten Durchgang donnern. Das Gerät bestand aus einem schwarzen Stahlrohr mit Handgriffen, so schwer, dass vier Männer es halten mussten. Normalerweise diente die Ramme zum Aufbrechen von Türen und zum Einreißen von Wänden. Der Mauerspalt mit seiner Verfüllung aus Erde und Steinbrocken stellte die Wehrleute vor Probleme, er dämpfte den Schwung, die Arbeit ging quälend langsam voran.

Laurent stand daneben und ballte die Fäuste. Am liebsten hätte er den Riss in der Wand mit Fußtritten bearbeitet und angebrüllt. Vor seinem geistigen Auge sah er immer noch Tinnes blasses, ängstliches Gesicht, wie es inmitten eines Bergs aus Gerümpel auftauchte. Und hatte nicht auch Elvis' Ballongesicht hervorgelugt? Sekunden später war der Durchgang eingestürzt, Laurent hatte Männer mit Vorschlaghämmern erahnen können und wusste, dass Tinne in grandiosen Schwierigkeiten steckte. Wenig später hatten sie Schüsse gehört, gedämpft zwar, aber eindeutig. Seither bearbeitete die Feuerwehr den Mauerspalt, die Sekunden kamen Laurent wie Stunden vor.

Er warf einen Blick zu seinen Kollegen. Das Szenario wirkte gespenstisch: Inmitten eines meterlangen Skeletts, das wohl zu einem Meerestier gehörte, standen Polizisten mit gezückten Waffen bereit. Laurent realisierte, dass Tinne mit ihrem Gerede von Fischknochen durchaus recht gehabt hatte – alles hing mit diesem versteckten Museumsraum zusammen. Er verfluchte sich, dass er ihr nicht geglaubt hatte. Jetzt war es vielleicht zu spät. Unwillkürlich fasste er den Griff seiner Pistole fester. Der Stahl der Walther P99 fühlte sich glatt und kühl an. Eigentlich hasste er den Einsatz von Waffen, er löste seine Fälle lieber mit Grips und Menschenkenntnis. Doch wenn es um Tinne ging, griff er zu jedem Mittel.

»Wir sind durch!«, informierte ihn Birzer und deutete auf das Kommando, dessen Ramme gerade eine erste Öffnung durchgeschlagen hatte. Im selben Augenblick schwoll das Brausen an, das schon vorhin gedämpft zu hören gewesen war. Das Wasserrauschen klang nun wie ein Sturzbach. Die Feuerwehrleute vergrößerten das Loch, gleichzeitig sicherten Polizisten den Bereich mit vorgereckten Waffen. Laurent stürmte herbei und ließ das Licht seiner Lampe hineinfallen. Er sah einen leeren Raum, links lagen Schränke und verdrehte Tierpräparate, auf dem Boden wirbelte Wasser. Es wurde von einem Rohr in der rechten Wand gespeist, der Strahl schoss in den Raum und ließ feine Schleier im Licht schweben. Kein Mensch war zu sehen.

»Los, rein!«, zischte Laurent seinen Kollegen zu und rutschte als Erster durch das Loch. Schlamm und Steinbrocken ließen ihn vorangleiten, auf der anderen Seite landete er im Wasser und fuhr sofort herum, die Pistole im Anschlag. Doch es befand sich tatsächlich niemand in dem Raum, seine Kollegen schwärmten aus und gaben bald schon Signal, dass alles sicher war. Sie sammelten sich an einem Schacht in einer der Wände. Sein Kollege Axel Börner trat zu ihm. »Das ist der einzige Ausgang. Tinne kann nur dort raus sein, wir sollten uns beeilen.«

Doch Laurent schwieg. Er kannte Tinne und Elvis gut genug, um zu wissen, dass die beiden stets das Unerwartete taten. Mit wachen Sinnen trat er an den ungeordneten Stapel aus Schränken und kaputten Präparaten heran. Dort hatte er vorhin Tinne und Elvis erspäht, nun wirbelte Wasser in dem Bereich umher und verschwand mit wütender Macht durch den Abfluss in der Wand. Sein Blick wurde von einem zuckenden Licht gefangen, er schaute näher hin und erkannte eine Stirnlampe, die sich verfangen hatte und von den Strudeln hin und her geworfen wurde.

Bewegungslos stand er am Rand der tosenden Rinne. Solche Lampen hatten Tinne und Elvis vorhin getragen. Börner folgte seinem Blick und verstand. »Nein, oder?«, fragte er tonlos. Laurent presste die Lippen zusammen und nickte stumm. Ihm war klar, dass Tinne und Elvis in dieser Sekunde tief unter den Straßen von Mainz ums Überleben kämpften.

✳

Tinnes Welt bestand aus Schmerzen. Sie hatte das Gefühl, jeder einzelne Knochen sei gebrochen, immer und immer wieder knallte sie an die umgebenden Rohre. Längst hatte sie ihre Orientierung verloren, sie wusste nicht, wo oben oder unten war. Wie ein Spielball wurde sie von den Abwassermassen vorangeschleudert, die sich ihren Weg durch die Kanäle suchten, hier ein Abzweig, dort ein Gefälle, einmal stürzte sie sogar im freien Fall nach unten und klatschte in ein anderes Becken. Berties Stirnlampe hing auf wundersame Weise noch immer an ihr, der einsame Lichtfinger zuckte durch Wasser und Wirbel, er streifte an Betonröhren entlang und erfasste Elvis' angstvolles Gesicht. Ebenso wie Tinne klammerte er sich an seinem Präparat fest, das ausgestopfte Faultier schwappte nach jedem Strudel an die Oberfläche zurück und zog den dicken Reporter mit sich. Tinnes Fuchs hatte längst schon seinen Metallfuß verloren, mit dem er einst aufgestellt worden war. Durchfeuchtet und zerschlagen hing das Tier wie ein nasser Lappen in ihren Armen. Doch sein Auftrieb erlaubte ihr einen oder zwei schnelle Atemzüge an der Oberfläche, bevor der nächste Wirbel sie packte und unter Wasser zwang.

Ob sie seit Stunden durch das Labyrinth aus Röhren und

Becken geschleudert wurde oder erst seit zwei Minuten – sie konnte es nicht sagen. Erneut donnerte sie an eine Betonwand, die Luft quoll aus ihren Lungen, panisch drehte sie sich, der Fuchs zog sie nach oben. Jetzt! Atmen! Flüssigkeit schoss in ihre Nase, egal, husten, wieder Luft schnappen, und schon schlug die nächste Welle über ihr zusammen.

Endlich, endlich wurde der wilde Ritt ruhiger. Die Flut erreichte einen breiten Kanal, die Wellen schlugen nicht mehr ganz so hoch. Tinne versuchte, sich zu orientieren.

»…aus … raus …ier … raus hier!« keuchte Elvis hinter ihr. Der Gestank und das brackige Wasser ließen ihn würgen. Stumm versuchte Tinne, sich irgendwo festzukrallen, doch vergebens, ihre Finger fanden keinen Halt, der Abwasserstrom riss sie weiter.

Da veränderte sich das Rauschen, es wurde weiter und heller. Der Widerhall verriet, dass sie in einem größeren Raum angekommen waren. Gleichzeitig kam ein neues Geräusch dazu, ein Singen wie von einer hochtourigen Maschine und ein mechanisches Mahlen. Alarmiert ließ Tinne ihre Stirnlampe umherzucken. Dunkle Wände, eine Art Gewölbe, ein Sims, der den Kanal einfasste. Weiter hinten erhoben sich zwei eckige Gebilde, technische Geräte, riesengroß. Davor toste und schäumte das Wasser, als würde ein gewaltiger Quirl es verwirbeln. Sie kannte all das. Laurents Fotos im Hades, als er ihr vom Fund der Hyäne erzählt hatte. Die Pumpstation … und vor den Pumpen die stählernen Reißzähne, die alles zerfetzten, was im Wasser trieb!

Panisch fuhr sie herum. »Das Mahlwerk!«, gellte sie und strampelte zum Rand des Kanals. Elvis begriff und ruderte wie wild, seine Hände klatschten an die Betonumfassung, doch er rutschte immer wieder ab. Schleimige Ablagerungen bedeckten die Wände, so glitschig, dass sie sich anfühlten wie Schmierseife.

Verzweifelte ruderte Tinne und reckte sich in die Höhe. Die Kanalröhre war nach oben hin zwar offen, doch den Rand der Rinne konnte sie selbst mit ausgestreckten Armen nicht erreichen. Es fehlte nur ein halber Meter ... es hätte ebenso gut ein Kilometer sein können. Adrenalin durchflutete Tinne, ihre Fingernägel rissen ein, mit aller Kraft versuchte sie, sich irgendwo festzukrallen. Chancenlos. Unbarmherzig schoben die Wassermassen sie weiter auf das stählerne Gebiss zu. Das Mahlen der Zähne wurde immer lauter, inzwischen konnte sie die Zacken sehen, die mit gewaltiger Kraft das Wasser zerwirbelten.

»Neiiiin! Hilfe! Hilfeeee!«, brüllte sie und war sich gleichzeitig bewusst, dass kein Mensch sie hören konnte. Da schoss ihr auch schon wieder Abwasser in den Mund und ließ ihren Schrei verstummen. Verzweifelt wälzte sie sich um die eigene Achse, stieß an Elvis, der ebenso kämpfte, erneut glitten ihre Hände vom Rand des Kanals ab. Das Pfeifen der Pumpen und das Rattern des Mahlwerks füllten ihren Horizont, die rasenden Klauen kamen auf sie zu, und noch immer schob das Wasser sie heran. Zwei Meter, einen Meter, einen halben Meter. Mit kalter Endgültigkeit wurde Tinne klar, dass ihr Weg hier zu Ende war. Reflexartig schob sie den Fuchs nach vorne, das nasse Fell und die Plastikröllchen wurden innerhalb von Sekunden pulverisiert, sie riss ihre Arme zurück, drehte den Kopf zu Seite, das Mahlen erschien so nah, so nah. Ihr letzter Gedanke gehörte Laurent, sie hatte sich noch nicht einmal von ihm verabschieden können ...

... da veränderte das Reißwerk seine Tonlage, gering nur, aber es klang tiefer, als würde es an Schwung verlieren. Geistesgegenwärtig zerrte Elvis an ihr, der Dicke nutzte sein Faultier, um ein paar Zentimeter Luft zu gewinnen, das Präparat wurde von den Zähnen zerrissen, doch die Rotation war deutlich langsamer geworden. Mit Händen und Füßen paddelte Tinne, um Abstand zu halten, Elvis hielt sie verzweifelt fest, die Stahlzacken drosselten ihr Tempo immer weiter, der Antriebsmotor verstummte, endlich stoppte das Mahlwerk.

Mit rasendem Herzschlag hing Tinne wenige Zentimeter vor dem Reißwolf und traute sich kaum, eine Bewegung zu machen. Erst als Elvis die Zähne als Tritt benutzte und sich davon abstieß, realisierte sie, was geschehen war. Sie tat es ihm gleich, jetzt konnte sie einen Blick über den Rand des Kanals werfen. Was ihre Augen sahen, wollte sie zunächst nicht glauben:

Am Steuerpult der Pumpenanlage standen Bertie, Axl und Tara, eingefroren wie griechische Marmorstatuen. Sie reckten Taschenlampen hoch, Axls Hand hielt den großen roten Not-Aus-Knopf gedrückt, alle hatten schreckgeweitete Augen und wagten keinen Atemzug. Erst allmählich kehrte Leben in sie zurück, sie liefen auf den Kanal zu und halfen den beiden nach oben.

»Tinne! Elvis! Was ist? Alles okay? Seid ihr verletzt?«, sprudelten sie durcheinander. Tinne sackte zu Boden, ihr Inneres stülpte sich nach außen, sie kotzte brackiges Kanalwasser und rang nach Atem. Nach und nach beruhigte sie sich, Elvis ging es ähnlich, er saß da wie ein Krieger nach der Schlacht. Tara tastete die beiden ab und machte einige Reflextests, dann gab sie Entwarnung: Nichts gebrochen, keine neurologischen Ausfälle, klare Orientierung.

»Was …?«, krächzte Tinne und musste schon wieder würgen. »Wie seid ihr …? Woher …?« Weitere Fragen fielen ihr nicht ein, und mehr wollte ihre Zunge im Moment auch nicht sagen. Bertie setzte zu einer Antwort an, da erschien ein kleiner flinker Schatten hinter den Pumpen und sauste mit glücklichem Kläffen auf Elvis zu.

»Riesling!« Der Dicke war zwar noch nicht wieder auf den Beinen, doch er umfasste den Hund wie einen verlorenen Sohn und herzte ihn, sodass der Kleine fast zwischen seinen Armen verschwand. Dann schaute er hoch, grenzenloses Erstaunen füllte sein Gesicht.

»Er …« Seine Stimme brauchte einen zweiten Anlauf. »Er hat euch hergeführt!« Begeistert hielt er Riesling in die Höhe. »Seine Nase! Er hat Witterung aufgenommen und euch hierher geführt!«

Tinne schaute ihm zu und versuchte, ihre Gedanken zu ordnen. Konnte das tatsächlich so gewesen sein? Hatte der Hund …?

Axl, Bertie und Tara wechselten einen Blick und mussten ein Schmunzeln unterdrücken.

»Na ja, nicht ganz«, meinte Axl und holte etwas aus seiner Tasche. Ein schwarzes Kästchen kam zum Vorschein, das er in den Fingern drehte. »Es war eher das hier, was uns geführt hat. Ihr könnt euch bei Jason bedanken, er hat euch quasi posthum das Leben gerettet.«

Tinne schaute genau hin und erkannte eine Mini-Kamera, eine GoPro. Jason? Richtig, er hatte eine solche Kamera besessen und sie bei seinen Fotoarbeiten mitlaufen lassen, um das Filmmaterial später für kleine Making-of-Clips zu nutzen. Das war auch beim Shooting des ›Steelram‹-Covers so gewesen, sie hatten später herzhaft über die Aufnahmen gelacht.

»Jason hatte die Kamera an der Weste, als er mit dir, Tinne, im Kanal war«, erklärte Bertie. »Sie lief die ganze Zeit, man sieht dich in allen möglichen Tunnels und in dem Raum mit dem Fischskelett. Aber dann wird's gruselig: Es kommen zwei Männer dazu, einer hält dich fest, der andere greift Jason an. Die beiden kämpfen, Jason wird ins Wasser gedrückt. Und dabei ist die GoPro wohl von der Weste abgegangen. Sie treibt durch die Kanalisation, filmt aber die ganze Zeit weiter. Die Pumpstation, in der wir gerade sind, ist gut zu erkennen, die Kamera schafft es durch den Reißwolf, weil sie so klein ist. Danach treibt sie ein Stück weiter und landet durch einen Überlauf im Zollhafen. Von dort wird sie im Rhein weitergespült, bis sie in Bodenheim im Schlamm stecken bleibt. Da ist der Akku dann alle, aber bis dahin hat sie in Echtzeit mitgefilmt.«

Axl fuhr fort: »Zwei Typen haben sie gefunden und mich über die ›Steelram‹-Aufnahmen auf der Speicherkarte ausfindig gemacht. Sie wollten eine kleine anonyme Erpressungsnummer durchziehen, aber Ferdi hat ihre Adresse rausgekriegt, und ich hab ihnen heute Vormittag einen Besuch abgestattet. Als ich die Szenen durchgeschaut und den Angriff auf Jason gesehen habe, war mir klar, dass eure Tunneltour ziemlich gefährlich werden würde.«

»Also haben wir den Film der Kamera als eine Art Wegbeschreibung genutzt, nur eben rückwärts«, erklärte Tara. »Wir haben im Zollhafen das Gitter vom Überlauf weggerissen, mit Berties Abschleppstange und meinem Auto, der Evoque sieht aus wie nach der Rallye Paris-Dakar. Von dort sind wir in den Kanal gekrochen und anhand der Aufnahmen hierhergekommen.«

»Tja, dein Gebrüll hier unten war schlecht zu überhören«, schloss Bertie und sah sehr zufrieden aus. »Deshalb haben wir vorsichtshalber den Notknopf gedrückt. Wir wollten schließlich nicht, dass ihr euch da unten einen Fingernagel abbrecht oder so.«

Trotz der lockeren Sprüche sah Tinne, wie erleichtert die drei waren. Sie selbst fühlte sich schmutzig, zerschlagen und gleichzeitig ungeheuer glücklich. Alles, was sie jetzt wollte, war, Laurent wiederzusehen. Und noch etwas anderes beschäftigte sie. Es gab ein Relikt, das seit 50 Jahren auf seine Wiederentdeckung wartete. Bis heute.

＊

Die Strahler der Kellerbaustelle waren in den neu entdeckten Raum gestellt worden. In ihrem Licht gleißten die Walknochen weiß wie Schnee, der ruppige Umgang durch Haberkorns Männer hatte ihnen glücklicherweise nicht geschadet. Weiter hinten durchforsteten die Museumsarchivare den Inhalt der alten Schränke, im Raum nebenan hatte die Spurensicherung ihre Arbeit aufgenommen. Dort hantierten auch Fachleute des Bauamtes, die in aller Eile zugezogen worden waren – die Statik und die Tragfähigkeit der neu entdeckten Tunnel mussten dringend analysiert werden. Laurent mischte zwischen all den Leuten mit, immer wieder hörte Tinne seine tiefe Stimme, die das Rauschen des Wassers übertönte.

Sie hockte ermattet auf einem Stuhl, den ihr eine gute Seele gebracht hatte. Ihr Bauch grummelte, Übelkeit machte sich breit, trotz hundertmal Mund ausspülen schmeckte sie noch immer Kanalwasser. Vor Erschöpfung wäre sie am liebsten auf der Stelle eingeschlafen. Elvis stand neben ihr und wiegte Riesling in der Armbeuge. Der Hund schielte auf das monströse Skelett, als überlegte er, wie solche Riesenknochen wohl zu verbuddeln seien.

Nach ihrer Rückkehr aus der Kanalisation hatte Tara die beiden zwar unbedingt zum Durchchecken ins Krankenhaus bringen wollen, doch Tinne quengelte so lange, bis sie schließlich ins Museum gefahren wurde. Dort heulte sie sich eine Viertelstunde in Laurents Armen aus, der nicht wusste, ob er sie drücken oder erwürgen sollte.

Nun gab es Bewegung an der durchbrochenen Wand zum Haupthaus. Der Direktor des Naturhistorischen Museums streckte seinen Kopf herein und stellte den Leiter der Paläontologischen Sammlung vor, Dr. Ingo Freitag. Dieser habe, so erklärte Direktor Schmitz, eigentlich Urlaub, wäre aber nun aufgrund der unvorhergesehenen Ereignisse vorbeigekommen.

356

Freitag war groß, er hatte einen kahlen Schädel und die Figur eines Türstehers, sein Kopf ging ohne Hals direkt in die breiten Schultern über. Die kleine runde Brille auf seiner Nase sah merkwürdig unpassend aus, ganz so, als hätte er sich damit verkleiden wollen. Die Augen dahinter waren wach und von Fältchen umgeben, die eher nach Humor als nach Sorgen aussahen.

Tinne erhob sich, obwohl jeder Muskel schmerzte und ihre Übelkeit stärker wurde. »Tut mir leid, dass wir Ihnen die freie Zeit stehlen«, fing sie an. »Aber ich kann mir vorstellen, dass das hier für Sie und das Museum eine spannende Sache ist.« Sie machte eine fast schüchterne Bewegung zu dem Skelett, das für so viel Verwirrung gesorgt hatte. *Ein großes Ding für eine Historikwissenschaftlerin.*

Der Paläontologe trat heran. An seiner Körperhaltung konnte man ablesen, was in seinem Inneren vorging: Neugier, Skepsis, Überraschung. Seine Finger fuhren über die Lettern aus Metall, die am Stützgitter des Fossils angebracht waren. »Ein Basilosaurus ... ein Jungtier«, murmelte er und bemühte sich, jede Einzelheit des Skeletts zu erfassen. »Das ... das ... wow!« Er suchte nach Worten und drehte sich strahlend zu Tinne, Elvis und dem Museumsdirektor um. »Ich hätte nie gedacht, dass ich irgendwann einen juvenilen Basilosaurus zu sehen kriege!« Seine Begeisterung war ansteckend, Tinne merkte, wie sich ein Lächeln in ihrem Gesicht ausbreitete. Nun bekam Jason doch noch seine Würdigung für das, was er entdeckt hatte.

Von jetzt auf gleich sackte Freitag in sich zusammen, sein Strahlen erlosch, als wäre eine Lampe ausgeknipst worden. »Jepp, und den werd ich wohl auch nicht zu sehen kriegen, zumindest nicht hier in diesem Keller«, meinte er trocken und schaute auf die Uhr. »Ich muss dann mal, daheim wartet der Grill.« Er schickte sich an, den Raum zu verlassen.

Tinne und Elvis standen da wie vom Donner gerührt. »Eh, was ... was meinen Sie damit?«, stammelte Elvis.

Freitag schaute die beiden über den Rand seiner runden Brille an. »Ich weiß nicht, wer das hier alles fabriziert hat. Muss eine Menge Arbeit gewesen sein.« Seine Handbewegung umfasste den Raum und das Skelett. »Aber an einen gewöhnlichen Belugawal ein Basilosaurus-Schild zu hängen, das ist schon ein ziemlich schräger Humor.«

Es dauerte ein paar Sekunden, bis Tinne seine Worte begriff. »Das ... das hier, das ist kein Fossil aus dem Tertiär?«

»Ach Quatsch, das ist ein ganz normaler neuzeitlicher Belugawal. Die schwimmen zu Tausenden in den Nordmeeren herum, so ein Skelett kriegen Sie für 'nen Appel und 'n Ei bei jedem Forschungsinstitut.« Er winkte in die Runde. »Schüss. Sonst brennen die Steaks an.«

Die Runde im Keller blieb schweigend zurück. Direktor Schmitz wusste nicht recht, was er sagen sollte, er schaute etwas hilflos im Raum umher. Elvis' Kiefer mahlte, Tinne kauerte sich auf ihrem Stuhl zusammen, verbarg das Gesicht in den Händen und wünschte sich weit, weit weg. Anstrengung, Aufregung, Übelkeit und unendliche Enttäuschung ballten sich in ihr zu einem wuchernden Gespinst. Das Skelett, mit dem alles angefangen hatte ... wegen dem Jason sie überhaupt erst in den Untergrund geführt hatte ... Es war kein einzigartiger Fund, sondern ein neuzeitlicher Knochenhaufen ohne jeden Wert.

Sie und Elvis waren einer wissenschaftlichen Sensation hinterhergejagt, die sich gerade als Luftnummer entpuppt hatte.

FÜNFTER TEIL

SAMSTAG, 15. SEPTEMBER 2018

Vierundzwanzig. Die Zahl kannte Tinne inzwischen auswendig, so oft hatte sie die untere Kachelreihe in Laurents Bad gezählt. Die Perspektive, die sie seit heute früh immer wieder einnahm, eignete sich perfekt dafür: Kauernd vor dem Klo, halb zur Seite gesunken, auf den nächsten Kotzanfall wartend. Mindestens ebenso oft hockte sie auf der Schüssel, während ihre Därme verkrampften.

Laurent hatte sie gestern mit zu sich nach Hause genommen, weil sie vor Erschöpfung kaum mehr stehen konnte. Heute war er schon zeitig losgefahren, er musste ins Naturhistorische Museum und dort die weiteren Ermittlungen koordinieren. Kurz darauf ging bei Tinne die Show los, ihr Bauchgrummeln am Abend davor war wohl schon das Warnzeichen gewesen. In ihrer Verzweiflung rief sie bei Tara an. Coliforme Bakterien, so erklärte die Gerichtsmedizinerin. Schwammen im Kanal und hatten während der gestrigen Achterbahnfahrt durch die Mainzer Unterwelt wohl beim Wasserschlucken ihren Weg in Tinnes Verdauungstrakt gefunden. Verursachten hartnäckigen Brechdurchfall. Schonkost, das Bett hüten, Salzhaushalt im Auge behalten, mehr könne sie nicht machen.

Na toll. Danach wollte Tinne wenigstens gemeinsam mit Elvis jammern, der dasselbe Kloakenwasser geschluckt hatte. Er meldete sich gut gelaunt am Telefon und berichtete von einem Dutzend blauer Flecken, sonst ginge es ihm blendend. Ob Tinne sich mit ihm in der Stadt auf einen Döner treffen wolle? Sie legte auf und schaffte es gerade noch ins Bad.

So verdämmerte sie die Stunden zwischen Schlafen, Wachen und Kacheln zählen. Doch es gab etwas, das in ihr steckte wie ein Stachel: das falsche Skelett im Museumskeller. Wo lag der Fehler in dieser Geschichte? Mit müden Augen schaute sie die Fotos auf ihrem Telefon durch. Es hatte auf dem Boden des Museumsraums gelegen, dort, wo es ihr bei Haberkorns Angriff aus der Hand gefallen war. Die Spider-App besaß ein paar Fäden mehr, ansonsten funktionierte es noch. Eine Handvoll Schnappschüsse des Skeletts hatte sie anfertigen können, bevor der Mann aus der Dunkelheit aufgetaucht war.

Belugawalknochen. Sie hatte ›Beluga‹ gegoogelt und einen gedrungenen Wal von heller, fast weißer Farbe gefunden, den man entsprechend auch ›Weißwal‹ nannte. Der Beluga war – zumindest in ihren Augen – ein durch und durch langweiliges Tier: ungefährlich für den Menschen, nicht vom Aussterben bedroht und wissenschaftlich erforscht bis in die letzte Flossenspitze. Warum also versteckte jemand ein Belugaskelett in einem zugemauerten Raum und beschriftete es auch noch mit dem Begriff Basilosaurus? Oder war tatsächlich früher einmal ein urzeitlicher Killerwal auf dem Gittergerüst gewesen, und man hatte ihn gegen den Beluga ausgetauscht? Aber weshalb? Und wenn ja – wo steckten dann die echten, wertvollen Knochen? Der riesige Schädel mit seinen leeren Augenhöhlen grinste sie an. *Wer bin ich, und warum hat man mich hier versteckt?*

Kurzerhand suchte sie die Visitenkarte von Arnulf Stapf, die er ihr am Ende ihres Besuches in Nierstein gegeben hatte, und schickte eines der Bilder an sein Handy. Der Museumsleiter hatte schließlich ebenso wie sie gehofft, eine bedeutsame Entdeckung zu machen. *Beluga statt Basilo*, schrieb sie dazu, *schade*.

Keine Minute später kam die Antwort: *Frau Nachtigall, Ihre Entdeckung ist großartig, genau das, was ich erhofft hatte! Gerade gehe ich in den Museumskeller und habe Gäste dabei, die alles erklären können. Möchten Sie vorbeikommen? Hochachtungsvoll A. Stapf*

Tinne schaute auf die Nachricht, als wäre sie in Kyrillisch verfasst. ... was ich erhofft hatte? ... alles erklären? Sofort rief sie ihn an, doch es ging nur die Mailbox ran. Sicher war er schon im Tiefgeschoss ohne Handyempfang.

Ihr Bauch krampfte zusammen, während sie sich aus dem Bett wälzte. Doch die Worte, die Stapf geschrieben hatte, trieben sie voran. Und wenn sie mit einer Windel am Hintern ins Museum kriechen musste – egal, vielleicht gab es noch eine Chance, das Geheimnis des Skeletts zu lüften!

Eine halbe Stunde später setzte der kleine Micha sie vor dem Museum ab. »Frau Professor, du schaust ziemlich beschissen aus, wenn ich das mal so sagen darf.« Sein fränkischer Singsang klang besorgt. »Soll ich nicht doch lieber warten?«

Sie winkte ab, bedankte sich für den Fahrdienst und schoss ins Museum, um gerade noch rechtzeitig das Klo zu erreichen. Das konnte ja heiter werden! Als sie herauskam, wartete Elvis mit seinem Bezeichnungshund vor der Tür. Sie hatte ihn angerufen und von Stapfs Nachricht erzählt. Diesen Entschluss bedauerte sie sofort, denn der Dicke roch dermaßen nach Döner mit allem und extrascharf, dass sie fast wieder ins Klo zurückgerannt wäre.

»Was ist denn da jetzt los, und warum sollen wir ...«, fing er an, doch sie wedelte nur die Wolke davon und gab Zeichen, ihr zu folgen. Im Keller waren Polizisten und Leute mit Messinstrumenten unterwegs, anscheinend gingen die statischen Untersuchungen weiter. Ein Mann in Uniform trat ihnen in den Weg, Elvis scheuchte ihn mit seinem Presseausweis zur Seite. Schließlich traten sie durch die von der Feuerwehr eingerissene Wand in den versteckten Keller. Die

Baustrahler, die gestern hier gestanden hatten, waren wieder weggeräumt worden – bis auf einen. Dessen Licht tauchte die Knochen in einen milden Schein.

Die Emotionen schlugen hoch in Tinne angesichts des monströsen Skeletts. Die heimliche Begehung mit Elvis. Der Horror, als Haberkorn aus dem Schatten wuchs. Die Enttäuschung bei der lapidaren Analyse des Herrn Freitag. Sie trat heran. Allein der Schädel war so groß wie ihr Oberkörper, die Zähne ragten spitz heraus.

»Wunderschön, nicht wahr?«

Sie zuckte zusammen. Arnulf Stapf kam auf sie zu, seine Blicke strichen fast zärtlich über die Wirbel und Rippen. »Er ist … perfekt.«

Da kam Elvis mit Donnerwettergesicht heran. »Sie!«, grollte er in einem Tonfall, als wollte er dem Museumsleiter gleich einen Walknochen an den Kopf werfen. »Wegen Ihrer falschen Basilosaurus-Geschichte sind wir nebenan ums Haar erschossen worden und gleich darauf in der Kanalisation fast ersoffen!«

Stapf hob die Hände. »Herr Wissmann, Frau Nachtigall, es tut mir leid, dass Sie in diesen Tunneln in so große Gefahr geraten sind. Hätten Sie mir von vornherein die Wahrheit gesagt und den Tod des Fotografen nicht unterschlagen, dann hätte ich Sie ganz sicher nicht auf eine weitere Spurensuche in den Untergrund geschickt, glauben Sie mir.«

Tinne presste die Lippen zusammen. Es stimmte, sie hatte Stapf in Nierstein nur die halbe Geschichte erzählt und Jasons Schicksal außen vor gelassen. Eine Dummheit, die sie und Elvis fast das Leben gekostet hätte.

Doch der Reporter war auf hundertachtzig. »Papperlapapp! Wir Trottel krabbeln durch bröckelige Gänge und glotzen in eine Pistolenmündung, und das alles wegen einem neuzeitlichen Knochenhaufen! Ein Belugawal!« Er musste sich beherrschen, um dem Schädel keinen Fußtritt zu verpassen. »Herrgott, keine Sau interessiert sich für ein Belugaskelett!«

Ein feines Lächeln breitete sich auf Stapfs Gesicht aus. »Neuzeitliche Knochen? Ja, da haben Sie recht, Herr Wissmann. Aber dass sich niemand für dieses spezielle Skelett interessiert, das stimmt nicht. Der Wal, den Sie wiederentdeckt haben, ist ein ganz besonderes Exemplar. Sein Schicksal ist untrennbar mit der Stadt Mainz verbunden.«

Elvis holte Luft, um weiterzuschimpfen, doch Tinne bremste ihn mit einer Handbewegung. Ihre historische Neugier erwachte, sie ahnte, dass hinter diesen sorgfältig versteckten Knochen eine interessante Geschichte steckte.

»Was hat es mit diesem Tier auf sich, Herr Stapf?«

Dankbar nickte Stapf ihr zu und drehte sich zu zwei weiteren Leuten, einem älteren Paar. Der Mann war hager, sein weißer Haarkranz stand in die Höhe wie Antennen. Die Frau kaschierte ihre füllige Figur mit einem bunten Sommerkleid, das ihr gut stand und sie jünger machte. Beide hatten eine kräftige Gesichtsfarbe, die von der Sonne gegerbten Falten verrieten, dass sie oft und gerne an der frischen Luft unterwegs waren.

»Ich erzähle Ihnen, wie dieser Belugawal in den Museumskeller gekommen ist und was das Exemplar so außergewöhnlich macht. Eine wichtige Rolle spielen dabei meine Freunde Bodo und Rieke Schmidtskath, sie leben heute in Nürnberg, stammen aber aus Königswinter. Wir kennen uns schon ewig, damals haben wir aufregende Zeiten zusammen erlebt.« Er schmunzelte bei der Erinnerung, während das Ehepaar Tinne und Elvis begrüßte. Der Mann, der als Bodo Schmidtskath vorgestellt worden war, trug einige Zeitungen bei sich und etwas, das aussah wie eine große Mappe.

Stapf sammelte seine Gedanken. »Sicher erinnern Sie sich an das, was ich Ihnen über die Nachkriegszeit erzählt habe und über die schwierige Situation des Naturhistorischen Museums. Der spektakuläre Fund, mit dem Direktor Herschkel das Museum bekannt machen wollte.«

»Ja, ein angeblicher Saurierwal, der keiner war«, ätzte Elvis. Tinne gab ihm einen Knuff. Sie wollte die Geschichte hören, ohne dass der Dicke dauernd dazwischenstänkerte.

»Tatsächlich hat sich das alles so zugetragen – mit dem Unterschied, dass es nie um einen Basilosaurus ging.« Stapf schaute auf das Skelett, das riesige Schatten an die Wand warf. Dann wechselte er abrupt das Thema. »Kennen Sie die Geschichte von Moby Dick, dem weißen Wal vom Rhein?«

Tinne schüttelte zögerlich den Kopf, doch Elvis wedelte mit der Hand, als wollte er einen Gedanken herausschütteln. »Ja, hm, da … da war was. Ist ewig her, weit vor meiner Zeit bei der Zeitung, aber ich hab im Archiv mal drüber gelesen.« Sein Gesicht legte sich in Bassetfalten, während er sich an die Details erinnerte. »Da ist ein Wal von der Nordsee den Rhein hochgeschwommen. Ein weißer Wal ist das gewesen, ein …«, er stockte und fuhr dann leise fort, »… ein Belugawal.«

Tinne bekam rote Ohren, wie von Magneten wurde ihr Blick von den Knochen angezogen. Konnte es sein, dass das hier …? Doch schon schüttelte Elvis den Kopf, seine Stimme wurde laut. »Nee, das passt nicht. Der Wal ist nämlich nach ein paar Wochen wieder zurückgeschwommen zur Mündung und im Meer verschwunden. Ich erinnere mich ganz genau, dass der Artikel so aufgehört hat. ›Happy End für Moby Dick‹ oder so war die Formulierung.«

Stapf nickte wieder mit seinem feinen Lächeln, das die Mundwinkel kräuselte. »Richtig, Herr Wissmann. Moby Dick ist wieder ins Meer gelangt. Aber das, was Ihre Zeitung geschrieben hat, ist trotzdem nur die halbe Wahrheit.« Er machte eine einladende Bewegung zu seinen Freunden. »Die andere Hälfte erzählen Ihnen Rieke und Bodo. Sie sind damals ein frisch verliebtes Pärchen gewesen und haben versucht, einen einzigartigen Schnappschuss zu machen.«

Die beiden schmunzelten und schauten sich so vertraut an, dass es Tinne warm ums Herz wurde. Bodo räusperte sich und ergriff das Wort. Seine Stimme klang schön und klar, als würde sie einem sehr viel jüngeren Mann gehören.

»Tja, das war in Königswinter und ist tatsächlich schon eine ganze Weile her, im Sommer 1966, um genau zu sein. Ich bin 17 gewesen und Rieke süße 16.« Wieder tauschten sie einen Blick voll Zuneigung. »Im Mai ging's los, da haben die Zeitungen und das Radio auf einmal von einer schier unglaublichen Sache berichtet: Ein weißer Wal schwimmt den Rhein hinauf! Zuerst haben die Behörden gedacht, die Schiffskapitäne wären allesamt besoffen, aber es stimmte wirklich. Es war ein Belugawal, die Bevölkerung hat ihn sofort ins Herz geschlossen und Moby Dick getauft. Alle konnten mitverfolgen, wie er allmählich immer weiter stromaufwärts geschwommen ist.« Er nestelte an dem Zeitungsbündel und hielt eine davon hoch. Ein alter Kölner Express zeigte die Schlagzeile ›Besuch aus dem Norden: Weißer Wal im Rhein‹.

Seine Frau hatte inzwischen mit Riesling Freundschaft geschlossen und kraulte ihn, was er mit wilden Zuckungen genoss. »In Duisburg ist die Sache dann eskaliert«, fuhr sie fort. »Der dortige Zoodirektor wollte den Wal fangen und in seinen Zoo verfrachten. Er hat eine regelrechte Jagd veranstaltet mit Tennisnetzen und Betäubungspfeilen. Ein Jäger hat Moby Dick sogar eine Leine in den Rücken geschossen mit einer orangefarbenen Boje dran, damit seine Position immer sichtbar war. Das ist den Leuten aber ziemlich gegen den Strich gegangen, es gab massenhaft Proteste, während Moby immer weiter flussaufwärts geschwommen ist. Sämtliche Blätter haben darüber berichtet, die Waljagd ist damals *das* große Thema gewesen.«

»Und als Moby Dick dann Bonn erreicht hatte, sind wir ins Spiel gekommen.« Bodo hielt eine andere Zeitung hoch, den Bonner General-Anzeiger. Der Aufmacher war ein Artikel über den Wal, das Schwarz-Weiß-Foto darunter zeigte viel Fluss, viel Hintergrund und einen schmalen hellen Streifen irgendwo im Wasser. »Denn so wie hier haben die allermeisten Fotos ausgesehen: viel Drumherum, wenig Wal. Und genau das wollten wir ändern.« Ein schalkhaftes Grinsen schlich sich in sein Gesicht, Tinne konnte den jungen Mann von damals darin erahnen. »Ich habe mir die Kamera von meinem Vater geborgt, für damalige Verhältnisse ein richtig teures Ding mit gutem Teleobjektiv. Mein letztes Geld ist für zwei Kodak Ektachrome draufgegangen, Profiqualität, das Beste vom Besten. Und Rieke, die hat sich von ihrem Bruder ein Transistorradio geliehen, batteriebetrieben. So, und damit waren wir bereit für unseren großen Plan.«

Auch Rieke musste lächeln, als sie an die längst vergangenen Zeiten dachte. »Wir haben die Schule geschwänzt und sind mit Bodos Mofa an eine einsame Stelle am Rhein gefahren, oberhalb von Königswinter. Unser Plan war ganz einfach: Wir wollten hier, wo keine anderen Leute mit Booten und Lärm und Krach störten, auf Moby Dick warten und ein paar erstklassige Fotos schießen. Farbfotos, die waren damals längst noch nicht selbstverständlich. Im Radio gab es immer wieder Livereportagen, bei denen gesagt wurde, wo sich der Wal gerade befand, das konnten wir also ganz gut abpassen. Wir haben gewusst, dass sämtliche Zeitungen und Zeitschriften für gute Fotos richtig viel Geld bezahlen würden. Damit wollten wir unseren ersten gemeinsamen Urlaub finanzieren. Nach Bella Italia, hmmm.« Ihr Kopf wackelte dermaßen schwärmerisch, dass Tinne trotz des grummelnden Bauchs lachen musste. Dieser vergessene Museumsraum schien ein passender Ort für eine solch alte Geschichte zu sein.

Bodo lachte mit und gab seiner Frau einen schnellen Kuss, bevor er weitererzählte. »Die Sache stellte sich aber als nicht ganz so einfach heraus. Denn es hatten sich eine Menge Tierschützer zusammengetan, um den Waljägern das Leben schwer zu machen. Sie haben angefangen, weiter oben am Fluss Orangen ins Wasser zu schmeißen, und zwar Hunderte und Aberhunderte.«

»Orangen?« Elvis schaute, als hätte er das Wort noch nie gehört.

Doch Tinne kapierte sofort, was dahintersteckte. »Die Boje, oder? Die orangefarbene Boje am Wal. Wenn zig andere orangene Bälle im Fluss schwimmen, weiß keiner mehr, welcher zum Wal gehört.«

»Genauso ist es gewesen, die Orangenattacke hat es den Verfolgern irre schwer gemacht. Leider auch uns, deshalb habe ich wie ein Scharfschütze am Teleobjektiv gelauert, während Rieke mit dem Radio am Ohr die aktuellen Meldungen abgepasst hat. Wir müssen ziemlich bescheuert ausgesehen haben.«

Die beiden konnten so lebensnah erzählen, dass Tinne und Elvis das Gefühl hatten, es live mitzuerleben. Sogar Riesling spitzte die Ohren und hörte zu.

»So haben wir da eine ganze Weile am Ufer verbracht, während die Orangen an uns vorbeigedümpelt sind.« Rieke ließ ihre Hände tanzen wie Wellen. »Und dann, plötzlich, war der Traum vorbei: Es kam eine Radiomeldung, dass Moby Dick gerade am Alten Zoll aufgetaucht sei. Mitten in der Bonner Innenstadt, ein paar Kilometer entfernt von unserem Lauerposten. Tja, Pech gehabt, zusammenräumen, heimfahren.« Sie seufzte theatralisch, bevor sie ein listiges Gesicht zog. »Aber als wir gerade die Kamera und das Stativ einpacken wollten, haben wir eine Bewegung im Wasser gesehen. Bodo war zum Glück schnell am Auslöser, und wir haben das hier fotografiert.«

Ihr Mann klappte die Mappe auf, die er bei sich trug. Es handelte sich um eine Fotomappe mit großformatigen Abzügen, die im Licht des Scheinwerfers farbig leuchteten. Das erste Bild zeigte einen Flussausschnitt mit Ufergrün im Hintergrund, orangerote Kugeln schwammen allenthalben im Wasser. Doch das, was in der Mitte des Bildes zu sehen war, wirkte fremd und seltsam in der idyllischen Landschaft: Ein weißer Kopf ragte aus den Fluten, seine wulstige Stirn erhob sich über zwei kleinen schwarzen Augen. Der lange Mund sah aus, als würde das Tier lächeln. Bodo blätterte weiter, es folgten ähnliche Fotos: Der Wal wälzte sich umher, schwamm neugierig in Richtung Ufer und hob seinen Körper fast zur Hälfte aus dem Wasser. Das letzte Bild zeigte ein gestochen scharfes Porträt des Wals, zum Greifen nah und so plastisch, dass Tinne am liebsten hingefasst hätte.

Elvis konnte seinen Blick nicht von den Fotos lösen. »Heißt das ... das heißt ...?« Er vollendete seinen Satz nicht und hielt lediglich zwei gestreckte Finger in die Höhe.

Rieke nickte. »Ganz genau. Es gab *zwei* Belugawale im Rhein, *zwei* Exemplare hatten den Weg von der Nordsee bis zum Mittelrhein hinter sich gebracht. Weil sie aber mit einem gewissen Abstand schwammen und deshalb nie gemeinsam gesehen wurden, sind alle davon ausgegangen, dass es sich um ein einziges Tier handelt.«

»Na, auf einmal sind Ihre Fotos richtig viel wert gewesen, oder?«, mutmaßte der Reporter. »Da ging in Italien eine Flasche Vino Rosso mehr.«

Bodo zog eine Miene, als erleide er Schmerzen. »Von wegen! Mit genau dieser Hoffnung sind wir zu den Zeitungen gerannt und haben mit unseren Bildern gewedelt, aber wissen Sie was? Die haben uns nicht geglaubt! Die haben allen Ernstes vermutet, wir hätten die Fotos gefälscht, um einen schnellen Reibach zu machen!«

»Bei sechs oder sieben Verlagen haben wir angeklopft, sogar beim Fernsehen«, ergänzte Rieke. »Überall dasselbe: Es gebe nur einen einzigen Wal, hieß es, und wir seien Scharlatane!« Sie winkte wehmütig. »Ciao, Italia. Bodo und ich mussten erst die Schule fertigmachen, heiraten, Jobs finden, Geld verdienen, und dann, *dann* haben wir den Urlaub gemacht, den wir eigentlich schon damals verdient hätten.« Wieder musste Tinne lachen, sie mochte Riekes Art zu erzählen.

Arnulf Stapf streckte seine Hände zur Mappe aus, als wollte er sicher sein, dass sie tatsächlich existierte. »Die Öffentlichkeit war fixiert auf Moby Dick, der ganz allmählich wieder zur Nordsee schwamm und täglich für Schlagzeilen sorgte. Die Geschichte des zweiten Belugas ist aber anders gelaufen. Er hat seinen Weg stromaufwärts fortgesetzt, unbeachtet von allen. Ein einsamer weißer Wal im großen Rhein.« Ein paar Sekunden schwieg er, während seine Finger die Konturen des Tieres auf dem Foto nachfuhren. »Er hat es bis Mainz geschafft, dann haben ihm die Erschöpfung und die damals noch sehr schlechte Wasserqualität den Garaus gemacht. Am 16. Juni '66 haben Spaziergänger spätabends etwas Großes, Helles am Ufer treiben sehen. Sie waren mit Ewald Herschkel befreundet, dem Direktor des Naturhistorischen Museums, und haben ihn um Rat gefragt, wo sie ihren Fund melden sollten. Ewald erkannte sofort, dass dieser weiße Wal mit dem allseits beachteten Moby Dick zusammenhängen musste, und ihm war klar, welche Chance sich dadurch seinem Museum bot.«

Tinne und Elvis rückten unwillkürlich heran, um nichts zu verpassen. Endlich erfuhren sie die Wahrheit über den versteckten Raum und die Walknochen.

»Er wollte das Skelett präparieren und es zusammen mit Bildtafeln über Moby Dick als ›Der weiße Wal von Mainz‹ ausstellen. Also haben er und seine Leute den Kadaver in einer

Nacht-und-Nebel-Aktion hierher geschafft, in diesen Keller. In den größten vorhandenen Präparationsraum.«

Elvis knetete sein Kinn. »Ja, okay, kein schlechter Plan. Aber warum die ganze Heimlichtuerei?«

»Weil das Thema hochemotional war. Schauen Sie, dieser Duisburger Zoodirektor, seine Jagd mit Pfeilen und Netzen – das hat alles hochkochen lassen. Ewald fürchtete zu Recht, dass es Proteste geben würde, wenn auf einmal ein zweites Tier ins Spiel käme, das auch noch tot im Keller eines Museums liegt. Also hat er sich entschlossen, die Arbeiten im Verborgenen stattfinden zu lassen. Später dann, wenn sich die Lage beruhigt hätte, wollte er den Fund öffentlich machen und in der beschriebenen Weise ausstellen. Damals kam auch der Kontakt zu Rieke und Bodo zustande, denn Ewald wusste nur zu gut, dass ihre Fotos echt waren.« Sein Blick heftete sich an Tinne und Elvis. »Den Rest kennen Sie: Um das Exponat vor seinem ungeliebten Nachfolger zu schützen, ließ Ewald den Keller abmauern und die Spuren des Projekts aus den Akten tilgen. Sein Ziel war es, das Skelett zu einem späteren Zeitpunkt in die Ausstellung zu integrieren. Leider hat sein plötzlicher Tod alle Pläne zunichtegemacht. Deshalb ist ›Der weiße Wal von Mainz‹ verschollen gewesen, bis Sie ihn wieder ans Tageslicht gebracht haben.«

Die beiden standen da wie Schulkinder und brauchten ein paar Sekunden, um die vielen neuen Informationen zu verdauen. Als stummer Zeuge der damaligen Geschehnisse ragte das Skelett neben ihnen auf. Schließlich deutete Tinne zögerlich auf die beschrifteten Metallplatten am Fuß der Gitterkonstruktion. »Warum dann das falsche Schild? Warum hängt ›Basilosaurus‹ als Beschriftung dran, obwohl es gar nicht stimmt?«

Stapf folgte ihrem Blick. »Weil Ewald eine Begründung für sein Projekt brauchte. Die Stadtverwaltung hätte das Museum ja am liebsten zugemacht und hat argwöhnisch auf sämtliche Ausgaben geschielt. Wegen eines Belugawals hätte die Stadt keinen Pfennig locker gemacht. Deshalb hat Ewald einen seltenen und wertvollen Basilosaurus daraus gemacht, ein Jungtier, das kam größenmäßig ungefähr hin. Und vom Skelettaufbau ähneln sich die beiden Spezies tatsächlich, zumindest für das Auge des Laien.« Er schmunzelte. »Sie haben ja selbst gesehen, Frau Nachtigall, wie leicht man sich täuschen kann: Ich hatte Ihnen in meinem Buch ein Basilosaurus-Skelett gezeigt, und Sie haben es sofort mit Ihrer Beluga-Zeichnung assoziiert.«

»Und warum haben Sie uns dann nicht einfach die Wahrheit gesagt? Wir sind ja schließlich nicht die Stadtverwaltung und drehen irgendwelche Geldhähne zu.«

»Verzeihen Sie, aber ich hielt es für eine gute Idee, Ewalds kleinen Schwindel weiterzuführen. Ich dachte mir, dass die Suche nach einem tertiären Killerwal für Sie um einiges aufregender sein würde. Dass Sie und Herr Wissmann dabei in so große Gefahr geraten, konnte ich freilich nicht ahnen.«

Tinne schaute auf die Knochen, ohne sie wirklich wahrzunehmen. Wie oft waren sie und Elvis bei diesem Abenteuer eigentlich auf der falschen Spur gewesen? Erst hatten sie auf einen versteckten Kirchenschatz des Reichklaraklosters gehofft, dann war der angebliche Basilosaurus ins Spiel gekommen. Anschließend drehte sich alles um einen maroden U-Bahn-Tunnel, von dem kaum ein Mensch wusste, und am Ende entpuppte sich das Skelett als weißer Wal, der vor einem halben Jahrhundert den Weg von der Nordsee bis nach Mainz hinter sich gebracht hatte. Ging es noch verwirrender?

Elvis hatte inzwischen Riesling auf den Arm genommen, um zu verhindern, dass dieser an den Knochen das Bein hob. »Und was passiert jetzt damit?«, fragte er. »Moby 2.0 verstaubt die nächsten Jahrzehnte im Museumsmagazin, oder was?«

»Aber nein! Die beste Nachricht zum Schluss: Bodo, Rieke und ich haben vorhin mit Direktor Schmitz gesprochen, er ist hellauf begeistert von dem neuen alten Fund.« Stapf glühte vor Aufregung und machte den Eindruck, als wollte er den ganzen Raum umarmen. »Der Keller, in dem wir gerade stehen, soll renoviert und im neu eröffneten Museum als Ausstellungsraum genutzt werden. Dort wird ›Der weiße Wal von Mainz‹ präsentiert, zusammen mit einer multimedialen Darstellung der damaligen Geschehnisse – Filme, Fotos, 3-D-Animationen. Im Prinzip also das, was Ewald Herschkel schon von Anfang an vorhatte, nur eben mit den Möglichkeiten des 21. Jahrhunderts.« Er strahlte das Ehepaar Schmidtskath an. »Auch die Fotos von Bodo und Rieke werden hier endlich ihre Würdigung bekommen.«

»Die würde ich aber nur hergeben, wenn eine anständige Italienreise dabei rausspringt«, meinte Elvis. »Mit viel Pasta und Vino.«

Schon wieder musste Tinne lachen, obwohl ihr Bauch dabei gefährlich rumorte. Sie spürte, wie sich der Knoten in ihrem Kopf löste – das letzte Geheimnis war gelüftet. Nun endlich kannte sie die Geschichte, wie die Knochen ihren Weg in den versteckten Keller gefunden hatten. ›Der weiße Wal von Mainz‹ … eine Kuriosität, sicher, aber es machte sie stolz, an seiner Wiederentdeckung beteiligt gewesen zu sein und damit zumindest ein klitzekleines bisschen Stadtgeschichte geschrieben zu haben.

Jetzt hatte sie aber ein ganz anderes Problem: Sie musste rennen und hatte keine Ahnung, wo im Untergeschoss das nächste Klo zu finden war.

SAMSTAG, 29. SEPTEMBER 2018

Die Nachmittagssonne fiel durch die halb geschlossenen Roll-
läden und malte helle Muster auf Tinnes geschlossene Augen.
Sie lag auf Laurents Couch und versuchte, möglichst viel Luft
an Arme und Beine zu lassen. Die Temperaturen waren nach
wie vor hoch, der Supersommer 2018 verlor auch im Oktober
nicht an Kraft. In den Räumen der Kommune durfte man an
halbwegs erholsamen Schlaf nicht denken, deshalb verbrachte
Tinne die meiste Zeit bei Laurent. Zwar hatte die Hitze auch
das Haus in Gonsenheim fest im Griff, aber zumindest im
Erdgeschoss ließ es sich aushalten.

Eine Woche war seit den Geschehnissen in der Mainzer
Unterwelt vergangen. Tinnes Magen-Darm-Infekt hatte sich
gebessert, wenngleich der Gedanke an fettes Essen noch
immer Übelkeit aufwallen ließ. Es fehlte ihr sogar an Energie, um die traditionelle Das-Abenteuer-ist-vorüber-Party zu
organisieren, das kleine Dankeschön an alle, die zum guten
Ausgang des Falles beigetragen hatten.

Schlimmer als die körperlichen Folgen belastete Tinne
jedoch etwas anderes: Ihre Erinnerung war wieder vollständig zurückgekehrt. Es schien, als hätten die Geschehnisse
in den alten Tunneln den Schleier zerrissen, den ihr Hirn
zwischen der Gegenwart und der Vergangenheit gesponnen
hatte. Jasons Anruf, die Schilderung seiner Touren durch
die Kanalisation, ihr nächtliches Treffen, der Abstieg vor
dem Deutschhaus, die Geschehnisse im Untergrund … Die
Schublade, die ihr Hirn zum Selbstschutz verschlossen hatte,
war offen.

Tinne ging in die Küche und machte sich einen Tee, viel mehr vertrug ihr Magen noch nicht. Sie hatte das schwarze Loch besiegt, ihr sehnlichster Wunsch hatte sich erfüllt. Doch wie so oft im Leben merkte man erst danach, dass man seine Wünsche sorgfältig auswählen sollte. Die Bilder bedrückten Tinne und krochen in ihre Träume. Immer wieder fragte sie sich, ob sie Jason hätte helfen sollen, hätte helfen können. Und egal, wie oft Laurent ihr aus Polizistensicht die Absolution erteilte – in der nächsten Nacht stand sie wieder im Untergrund und versteinerte, während Jason um sein Leben kämpfte. Dass Haberkorn und seine STEBA-Mitwisser inzwischen in U-Haft saßen, war ein schwacher Trost.

Draußen erklang ein Automotor, das Tor der Garage rappelte. Aha, Dienstschluss, Laurent kam zurück. Tinne freute sich auf ihn und die alltäglichen Polizeigeschichten, die er ihr mit schauspielerischem Talent schilderte. Ein Stück Normalität in ihrem momentan nicht sehr normalen Leben. Sie fuhr sich durch die Haare, um ihm nicht als komplette Couch-Potato entgegenzutreten. Er strahlte sie an, gab ihr einen Kuss und schob sie sanft in Richtung Obergeschoss.

»So, Schluss mit der Faulenzerei. Zieh dir was Schickes an, wir gehen heute aus.«

Sein Ton duldete keinen Widerspruch, Tinne trabte gehorsam nach oben. Beim Umziehen kämpfte sie mit dem inneren Schweinehund, der sich schon auf einen matten Abend mit Binge Watching gefreut hatte. Andererseits – ein Tapetenwechsel würde guttun, langsam aber sicher fiel ihr die Decke auf den Kopf. Im Auto hüllte Laurent sich in Schweigen, was er eigentlich vorhatte. Tinne hoffte, dass er kein Edelrestaurant ausgesucht hatte, denn dann würde ihr Abend bei Knäckebrot und Kamillentee nicht sehr spannend werden.

Ihre Neugier wuchs, als der A4 nach Bretzenheim kurvte und schließlich in der Wilhelmstraße parkte. Noch immer hielt sich Laurent bedeckt, er lächelte nur geheimnisvoll und zog sie hinter sich her ins Haus. Doch statt nach oben in die Kommune führte er sie nach unten in den Keller. Nanu, was ging denn hier vor?

Mit großer Geste öffnete Laurent die Tür – und Tinne fiel die Kinnlade nach unten. Im Kellerraum hatte sich eine regelrechte Feiergesellschaft versammelt: Axl und Bertie teilten sich mit der Brigade eine Bank, an einem zweiten Tisch hockten Ferdi und Claudi. Die kleine Leonie hatte es sich auf Elvis' Schoß bequem gemacht, Tara saß neben ihm, dazu kamen die beiden Gothics Torben und Kathy in klassischem Schwarz. Auch Arnulf Stapf und das Ehepaar Schmidtskath waren da und hatten volle Weingläser vor sich.

Als die Tür aufging, brachen die Gespräche ab. Jeder stand auf, Dietmar gab den Einsatz. »Überraschung!«, brüllten alle durcheinander, Klatschen und Johlen erfüllten den Raum. Gerührt trat Tinne ein, zahlreiche Hände klopften ihr auf die Schulter und leiteten sie zu einem freien Platz. »Wow, das … das«, sie suchte nach Worten, doch Dietmar wischte ihr Gestammel beiseite.

»Hör zu, Frau Professor. Heute wird gefeiert, und du bist der Ehrengast. Also, hoch die Tassen!«

Alle hoben ihre Gläser. Bertie eilte zum improvisierten Getränkebuffet und schenkte aus einer Thermoskanne Tee für Tinne ein, immerhin stilecht im Schoppenglas. Sie musste lachen und stieß mit den anderen an. Musik wurde laut, Axl hatte eine Box bereitgestellt mit einer Playlist, die perfekt Tinnes Geschmack traf: Maroon 5, The Police, die Red Hot Chili Peppers und Robbies unvergleichliches ›Swing When Your're Winning‹. Mufti und Riesling waren unter den Bänken unterwegs, der Kater hoheitsvoll, der Hund im Flummi-Tempo.

Der Kellerraum stellte sich als eine gute Wahl heraus, er bot mit Abstand die angenehmste Temperatur im ganzen Haus.

Da sich der Boden fast schon kalt anfühlte, hatte Elvis fürsorglich eine gefütterte Unterlage für Riesling mitgebracht, verziert mit aufgedruckten Pfoten. Eine der Wände war für den besonderen Anlass dekoriert, dort hing ein riesiges Poster, eine alte Fotografie der Pariser Kanalisation. Die gemauerten Röhren und Abzweigungen wurden von einer umfunktionierten Schreibtischlampe beleuchtet, ihr Anblick ließ Tinne einen Schauer über den Rücken laufen – die Erinnerung an die Schandflut, die sie fast in den Tod gespült hätte, erfüllte sie noch immer.

»Na, Überraschung gelungen?«, wisperte Laurent und zwängte sich auf den Platz neben sie.

»Oh ja. Ist doch kein richtiger Abschluss ohne eine kleine Feier.« Sie gab ihm einen Kuss, schon hob die Brigade wieder die Schoppengläser.

»Auf unsere Gifttier-Jäger!«, stimmte Uwe an. »Auf die Abflussexperten! Auf unsere Frau Professor und den Elvis, die sogar in der Kanalisation eine gute Figur machen!« Die Stimmung stieg, als Dietmar im Namen der Taxileute Geschenke überreichte: Tinne bekam einen kleinen Fuchs aus Stoff, Elvis ein Kuschelfaultier. Das wäre, so meinte Dietmar, zur ewigen Erinnerung an ihre Kanal-Sause und den glücklichen Ausgang in allerletzter Sekunde. Alle klopften auf die Bänke, Tinne wurde rot wie eine Tomate und merkte, wie gut es tat, Freunde zu haben.

Ihr Blick blieb auf Torben und Kathy hängen. Die beiden fühlten sich in der Runde offensichtlich wohl, sie kannten sogar ›Steelram‹ und freuten sich, Axl kennenzulernen. Doch Thema des Abends war für sie natürlich der U-Bahn-Tunnel, in dem sie ihre Fotosession abgehalten hatten.

»Was ich an der ganzen Sache nicht kapiere«, meinte Torben, »ist, warum heute keiner mehr etwas von diesem Bauprojekt weiß. Wenn unter der Rheinstraße ein Tunnelstück gegraben wird, das kriegen doch die Anwohner mit, und viele von denen wohnen sicher auch heute noch da, oder?«

Laurent wiegte den Kopf. »Ja, richtig, aber in diesem speziellen Fall ist die ganze U-Bahn-Geschichte von der Öffentlichkeit nicht wahrgenommen worden. Der Aushub war nämlich an ein anderes Bauvorhaben angeschlossen, das am Rheinufer stattgefunden hat, an Hilton II. Das ist 1981 gewesen, damals ist das Hilton erweitert worden. Eine Riesenbaustelle, fast zwei Jahre lang.« Einige der Taxileute nickten – sie erinnerten sich an die gewaltigen Erdarbeiten, in deren Verlauf die legendären Römerschiffe gefunden worden waren. »Die STEBA hat dieselben Zufahrten genutzt, der Abraum ist mit denselben LKWs weggeschafft worden. Damit wollte man die Baukosten reduzieren. Die Arbeiten im Untergrund sind dadurch bei den Anwohnern überhaupt nicht auf dem Schirm gewesen. Und als das Projekt dann von offizieller Seite her eingestampft worden ist, haben die STEBA-Verantwortlichen ganz schnell das Geld abgegriffen, das die Stadt für die Verfüllung bereitgestellt hat.«

»Bis der Tunnel wegen der Trockenheit allmählich zu einem Problem geworden ist«, übernahm Elvis. Er brachte Riesling gerade mit einem Stück Hundekuchen bei, Männchen zu machen, und hatte deshalb nur ein halbes Ohr für die Diskussion. »Ich hab mal spaßeshalber im AZ-Archiv geblättert, und wisst ihr was? Schon im Supersommer 2003, der damals … hoppsa, ja, super, Riesling! … der damals hitzemäßig sämtliche Rekorde gebrochen hat, sind ein paar komische Sachen entlang der Peter-Altmeyer-Allee passiert. Setzungsrisse … und hopp, schööööön oben bleiben, ein ganz Braver bist du! … verbogene Rohrleitungen, undichte Fugen, so was halt. Die Sachverständigen haben es auf die Hitze und das verbaute Material geschoben. Dass die wahre Ursache … jawoll, Riesling, schnapp den Bissen! … dass die Ursache

14 Meter tiefer gelegen hat, wäre natürlich keinem auch nur im Traum eingefallen.«

Tinne schaute zu, wie Elvis mit verzücktem Gesicht den Hund auf den Hinterpfoten balancieren ließ. Plötzlich war der Sog der Ereignisse wieder da und brachte sie zurück in den Mainzer Untergrund. »Dazu kam die anstehende Museumsrenovierung«, setzte sie leise fort. »Also haben Haberkorn und seine Mitwisser sich entschlossen, den Keller leerzuräumen und die Verbindung zuzuschütten. Dabei ist ihnen leider Jason in die Quere gekommen.« Sie machte eine Pause, dann flüsterte sie: »Und ich.«

Wieder kehrte das Gefühl zurück, versagt zu haben. Sie spürte, wie sich Laurents Arme von hinten um sie schlossen, und war dankbar für die Nähe und die Wärme.

Tara hob die Stimme. »Es gab aber noch ein ganz anderes Problem für diesen Haberkorn. Die STEBA hatte Tabula rasa in ihrem eigenen Archiv gemacht und sämtliche Aufzeichnungen zu dem U-Bahn-Projekt vernichtet. Es gab aber ein paar Unterlagen, an die sie nicht drankamen, nämlich bei den Verkehrsbetrieben. Und ausgerechnet die hat euer Modellbaufreund Chris Thormann geschickt bekommen. Er hat die MVB ewig gelöchert und nach alten Plänen gefragt, um sein Stadtmodell noch genauer gestalten zu können. Sie haben ihm dann einen ganzen Packen jahrzehntealtes Material über den Mainzer Nahverkehr geschickt, und darin sind auch handfeste Beweise über den begonnenen U-Bahn-Bau gewesen. Als Haberkorn das spitzgekriegt hat, war ihm klar, dass er die Unterlagen um jeden Preis wiederhaben muss. Also hat er Thormann einen Besuch abgestattet. Das Resultat hat dann bei mir auf dem Tisch gelegen.«

Tara musste nicht weiterreden. Tinne hatte Chris' Leichnam sehen wollen, doch Laurent hatte das mit allen Mitteln verhindert. Inzwischen war sie froh, dass er sich durchgesetzt hatte.

Sie wurde aus ihren trüben Gedanken gerissen, als Elvis begann, an einer Kühlbox zu nesteln. Aha, der Dicke hatte offensichtlich die Verpflegung für den heutigen Abend übernommen. Seinem Gesicht nach zu urteilen steckte in der Box eine Bocuse-Vier-Sterne-Überraschung, mindestens.

»So, Obacht, jetzt geht's los. Etwas noch nie Dagewesenes, extra für euch!« Mit großem Getue präsentierte er ein silbernes Tablett, darauf lag ein Stapel aufgeschnittener Brötchen mit undefinierbarem Belag. »Ta-daa! Der einzigartige MäcWeck, der echte Domstadt-Burger, hätte auch Gutenberg geschmeckt. Haut rein!« Zögerlich griffen die Gäste zu. Tinne versuchte, die Türme mit den Augen auseinanderzudividieren und entdeckte Fleischwurst, Spundekäs, Senf, Zwiebeln, Gurken, Meerrettich, Handkäs, Kümmel und Musik. Allmächtiger! Sie deutete entschuldigend auf ihren Magen und war froh, eine Ausrede zu haben. Auch die Begeisterung der anderen hielt sich in Grenzen, jeder murmelte etwas wie »nett« oder »interessant« und ließ die Hälfte liegen. Bertie machte sich daran, unterm Tisch den Belag abzukratzen, um die Wurst an Mufti und Riesling zu verfüttern.

Laurent tat Elvis mit seinem enttäuschten Gesicht leid. Er lenkte von der missglückten kulinarischen Überraschung ab. »Wir haben inzwischen rekonstruieren können, wie Jasons GoPro in den Rhein geraten ist. Und zwar: Beim Handgemenge ist die Hyäne in den Kanal gerutscht. Um keine Verstopfung oder sonst etwas zu verursachen, hat Haberkorn das Ventil aufgedreht und die Rinne ein paar Minuten mit vollem Druck durchgespült. Wir haben ja gesehen, welche Wassermassen da rausschießen. Die Welle hat die Hyäne dann durch die Kanäle geschoben, bis sie in der Pumpstation hängengeblieben ist und eine Weile später das Mahlwerk blockiert hat. Genau derselbe Weg also, den ihr beide genommen habt.«

Mit Schaudern dachte Tinne an die stählernen Zacken zurück, an die Todesangst, als die Reißzähne Zentimeter für Zentimeter herangerückt waren.

»Was Haberkorn aber nicht mitbekommen hatte«, fuhr der Kommissar fort, »war, dass gleichzeitig die GoPro in den Kanal gefallen ist. Der Wasserschwall hat sie genauso durch die Kanäle gespült wie die Hyäne und sogar noch weiter, bis in den Anschlusskanal Richtung Mombacher Klärwerk. Weil aber durch Haberkorns Spülaktion auf einmal so viel mehr Wasser im Kanal war, ist ein Teil aus dem Überlauf in den Zollhafen geflossen und hat die Kamera mitgerissen. Die Überlaufwelle hat sie bis runter zum Fluss mitgenommen, im Rhein ist sie nach Bodenheim geschwommen, und dabei lief die ganze Zeit die Aufzeichnungsfunktion. Tja, der Rest ist Geschichte – die beiden Jungs, die die GoPro gefunden haben, wollten bei den falschen Leuten Kasse machen.« Sein Blick streifte Axl und Ferdi. Der Altrocker zog ein stolzes Gesicht, doch Ferdi tat, als wäre sein MäcWeck gerade das interessanteste Objekt der Welt. Denn das, was er neben seinem eigentlichen Computerjob tat, war in vielen Fällen nicht sehr gesetzeskonform. Auch die Recherche, die er für Axl erledigt hatte, verstieß gegen zwei Dutzend Datenschutzverordnungen. Ferdi wusste das, Laurent wusste das, und Ferdi wusste, dass Laurent es wusste. Also einigten sich die beiden stillschweigend auf einen Burgfrieden, und Elvis wechselte rasch das Thema.

»Sach ma, Laurent«, beeilte er sich zu fragen, »welches Süppchen hat eigentlich unser Dr. Anaraki gekocht? Von dem versteckten Raum und dem Skelett hatte er ja wohl keine Ahnung, aber irgendwas hat er doch getrieben, oder?«

»O ja, den habe ich mir inzwischen vorgeknöpft.« Die eh schon tiefe Stimme des Kommissars sank um einige Töne. Sein Gesicht verriet, wie viel Vergnügen es ihm bereitet hatte, mit Anaraki Schlitten zu fahren. »Und siehe da: Der saubere Herr Doktor hat das Museum um eine ziemlich große Geldsumme betrogen. Bei der Renovierung 2006 war er ja federführend, und auf seinem Mist ist damals der sündhaft teure Thermoscan gewachsen. Das Problem dabei ist nur, dass dieser Scan niemals gemacht worden ist.«

»Nee, oder?« Elvis schaute ihn an, als würde er vom Mars kommen. »Er hat dir doch Bilder davon geschickt, wo ganz klar zu sehen war, dass es keinen verborgenen Raum gibt!«

»Alles gefälscht. Er hat die Kohle für den Thermoscan eingestrichen und der Museumsleitung ein paar selbstgemachte Ergebnisgrafiken vorgelegt. Das Ganze ist dann ins Archiv gewandert, und kein Hahn hat mehr danach gekräht.«

»Bis auf einmal eine neue Renovierung anstand«, übernahm Tinne. Sie kannte die Geschichte bereits von Laurent. »Von da an war er unentspannt und hat auf den Archivmaterialien gehockt wie eine Glucke auf dem Ei. Und deshalb ist er auch fast explodiert, als auf einmal wir beide mit einem Trupp Hobbyfotografen im Keller herumgewühlt haben.«

»Ein AZ-Reporter und eine Historikerin!« Elvis grinste schief. »Er muss gedacht haben, wir sind seiner Schwindelei auf die Spur gekommen und suchen Beweise dafür!«

»Ganz genau. Dann ist Laurent noch vorbeigekommen und hat ihm Löcher in den Bauch gefragt wegen eines versteckten Raums. Und als wir beide dann nachts schon wieder im Keller herumgestöbert haben, sind bei ihm die Sicherungen rausgeflogen. Er hat eine Stroboskoplampe aus dem Techniklager gegriffen, uns durchs Haus gejagt und in der Sonderausstellung die Terrarien zerschmissen.«

Laurent schob den Kiefer nach vorne und bemühte sich, nicht allzu grimmig zu schauen. Tinnes und Elvis' Alleingang im nächtlichen Museum hatte seine Adern schwellen lassen, das anschließende Versteckspiel noch viel mehr. Er knurrte: »Anaraki hat dann kalte Füße gekriegt und ist erst mal untergetaucht. Wir haben ihn aber ziemlich schnell erwischt, und jetzt steht ihm ein Prozess wegen Betrugs und versuchten Totschlags ins Haus. So viel zum unbescholtenen Herrn Chefkurator.«

Alle schwiegen, auch die Playlist war zu Ende. Tinne schloss ihr Handy ans Kabel und wählte Marc Cohn aus, ›Ghost Train‹. Es schien ihr passend, dieses Stück für Jason zu spielen. Die Erinnerungen, die darin verpackt waren, trieben ihr die Tränen in die Augen. Das gab's doch nicht, sie fing schon wieder das Heulen an. Mit tränennassen Wangen hatte ihr Abenteuer angefangen, als sie im Krankenhaus ohne Erinnerung aufgewacht war, und so endete es nun.

Sie kuschelte sich an ihren Lieblingsplatz knapp unterhalb von Laurents Schulter. Hier spürte sie seine Wärme und roch das Cool Water, das zu ihm gehörte wie eine zweite Haut. Gleichzeitig vibrierte sein Brustkorb, wenn er redete, sodass sie seine dunkle Stimme nicht nur hören, sondern auch fühlen konnte.

Die Woche in seinem Haus hatte ihnen beiden gutgetan. Anfangs war Laurent sauer gewesen wegen ihrer Alleingänge, im Gegenzug hatte sie ihm vorgeworfen, ihr nicht geglaubt und ihre Theorien auf die leichte Schulter genommen zu haben. Dass ihr Freigeist und sein Beschützerinstinkt aneinandergerieten, war nichts Neues – andererseits machten genau diese Unterschiede ihre Beziehung interessant und fordernd. Tinne fühlte sich in Gonsenheim mehr und mehr daheim, nicht länger als Gast mit leichtem Gepäck. Es kam ihr vor, als wäre Mona ein Stück zur Seite gerückt und hätte sie eingeladen – komm, sei hier zu Hause.

Laurent konnte offensichtlich Gedanken lesen, denn in dieser Sekunde beugte er sich zu ihr. »Ein bisschen frische Luft schnappen draußen? Ich hab nämlich auch noch ein Geschenk für dich. Und für Elvis.«

Gemeinsam gingen sie zur Tür, Laurent gab dem Dicken einen Wink, der gerade mit Bodo und Rieke Schmidtskath am Lachen war. Im Hof wurde Tinne von Axls Metallmonstern empfangen, die schweigend auf sie herabschauten. Die Straßenlampen warfen einen gelben Schein, darüber wölbte sich der stahlblaue Nachthimmel. Sie atmete durch. Einen Augenblick träumte sie davon, in den Tropen zu leben, weit weg vom Herbst und vom Winter. Die Stille wurde von einem gedämpften Aufstoßen unterbrochen, ein Hauch Handkäs wehte herüber. Aha, Elvis war angekommen. Er hielt eine Weinschorle in der Balance, zwischen seinen Füßen tänzelte Riesling. »So, Laurent, was ist denn los? Mach hinne, der Wein wird warm.«

»Der Weg hat sich gelohnt, wirst gleich sehen.« Der Kommissar kramte in seiner Tasche und holte einen Umschlag heraus. »Da. Mit polizeilichen Grüßen.«

Elvis griff hinein. Ein seliges Lächeln breitete sich auf seinem Gesicht aus und ließ die Koteletten zur Seite wandern.

Laurent spießte ihn mit dem Zeigefinger auf. »Die Sperrfrist endet heute, ich konnte nicht widerstehen und hab dein Heiligtum gleich mitgebracht. Und pass in Zukunft besser drauf auf, hörst du?«

»Tschüss, Spielzeugroller! Willkommen, Vespa!«, rief Elvis und schwenkte seinen Führerschein. Tinne schaute amüsiert zu, wie der Dicke einen Freudentanz im Hof aufführte, das Schoppenglas in der einen und den Führerschein in der anderen Hand. Na, hoffentlich hielt er die beiden auch in Zukunft getrennt. Am Ende seiner Runde atmete er schwer, sah aber noch immer so glücklich aus wie ein kleiner runder Geburtstagsjunge.

Laurent und Tinne traten Arm in Arm hinter eine der Stahlfiguren und schauten ihn abwartend an. Jeder halbwegs taktvolle Mensch hätte nun gemerkt, dass die beiden Pärchenangelegenheiten besprechen wollten, und zwar allein. Nicht so Elvis. Sein vollkommener Mangel an Feingefühl ließ ihn umständlich eine Zigarette drehen, dabei fing er an, Laurent über die aktuelle Saison von Mainz 05 vollzuquatschen.

Der Kommissar hörte ihm eine halbe Minute zu, dann lupfte er die Augenbrauen. »Da ist übrigens noch was drin für dich in dem Umschlag.«

Elvis unterbrach sein Zigarettengefummel und zog ein Blatt heraus, eine Art Formular.

»Aha. Und was ist das jetzt genau?«

»Die offizielle Anmeldung zur Hundesteuer«, erklärte Laurent trocken. »186 Euro pro Jahr. Ich hab extra nachgeschaut, es gibt leider keine Ermäßigung für Bezeichnungshunde. Einzugsermächtigung liegt bei.«

Elvis klappte den Mund auf und zu wie ein Fisch auf dem Trockenen, während Riesling zu seinen Füßen Männchen machte. Doch ein echtes Gegenargument fiel ihm nicht ein, also drehte er sich mit einem empörten Schnaufen um und stapfte in Richtung Haus, der Hund hüpfte hinterher. Tinne und Laurent schauten sich vielsagend an.

»Wollen wir Wetten abschließen, wie lange Elvis den Kleinen noch hat?«, kicherte Tinne. »Ich sag mal: zehn Jahre, Minimum.«

»Apropos ›wie lange noch‹ … ich hab dir ja auch ein Geschenk versprochen.« Laurent nahm ihre Hand und legte ein dreieckiges Ding hinein, das sich krümelig anfühlte. Sie musste im Licht der Straßenlampen zweimal hinschauen, bis sie es erkannte.

»Ein Glückskeks?«

Er nickte stumm, seine Augen lächelten. Vorsichtig brach Tinne den Keks entzwei und nahm einen zusammengerollten Zettel heraus. Statt eines neunmalklugen Spruchs standen nur Zahlen darauf, ein Datum.

»27. Juli 2019«, las sie vor und schaute zwischen Laurent und dem Papier hin und her. »Und, eh, das ist jetzt was genau?« Ihre Stimme kiekste, denn tief in sich wusste sie es schon.

Seine Stimme wisperte ganz nah an ihrem Ohr. »Das ist ein Samstag, und an diesem Tag haben wir etwas vor. Wir beide gemeinsam. Sonst wird das ja nie was, oder?«

Innerhalb eines Augenblicks fühlte sich ihr Kopf wie leergefegt an, und gleichzeitig stürmten tausend Gedanken auf sie ein … Jetzt war es tatsächlich so weit, was würde mit der Kommune sein, mit dem Haus in Gonsenheim, sollte sie seinen Namen annehmen, sie kannte seine Eltern noch gar nicht und er ihre auch nicht, wer käme denn eigentlich als Trauzeuge in Frage, und, und, und …

… doch schon wischte eine warme Welle aus Zuneigung alles zur Seite. Würde sich finden, oder? Es prickelte vor lauter Freude in ihr, sie musste sich anstrengen, um ein einigermaßen gelangweiltes Gesicht zu ziehen. »Ooch, ja, ich schau dann mal. Ich kann's ja in den Kalender schreiben, mit Bleistift erst mal.«

Sein Lächeln war das schönste auf der Welt, zum Glück hatten sie beide denselben Humor. Die Umarmung wollte ewig dauern und bestand aus Wärme, Duft und ganz viel Vorfreude. Beschwingt gingen sie in den Keller zurück. Dort lümmelte die Brigade auf den Sitzen, hatte sich mit Gläsern bewaffnet und prostete ihnen beim Hereinkommen zu.

»Ja, danke, passt prima«, meinte Bertie leichthin. »Datum ist vorgemerkt, gell, Axl?«

»Klar. Und sagt Bescheid, wenn die Band spielen soll. Wir machen euch einen extraguten Preis.«

»Ei, do muss ich mir ja e neu Kleidche kaafe für den Anlass!« Margarete strich sich affektiert übers Dekolleté.

»Aber guckt bloß, dass es genug zu essen gibt«, rief Micha. »Und zu trinken!«

Dietmar hob die Arme wie ein Priester. »Und wichtig für alle: An dem Samstag habt ihr bezahlten Urlaub, da fährt keiner von euch Taxi!«

Alle jubelten und intonierten probehalber den Hochzeitsmarsch, der arg schief geriet. Perplex standen Laurent und Tinne da. Gerade hatten sie in trauter Zweisamkeit zum Thema Hochzeit vorgefühlt, und plötzlich wusste die ganze Runde Bescheid? Tinnes Blick fiel auf Elvis, der ein freches Grinsen im Gesicht trug und sein Kuschelfaultier winken ließ. Sie funkelte ihn an. Ganz offensichtlich war der Dicke nicht direkt ins Haus gegangen, sondern hatte erst noch im Hof seine Zigarette zu Ende geraucht und dabei die Ohren dort gehabt, wo er sie nicht hätte haben sollen.

Mit einer ›Nun ist's auch egal‹-Geste nahm Laurent sie in den Arm und stimmte ins allgemeine Gelächter ein. Sie fügte sich dem Schicksal, dass es in diesen vier Wänden niemals so etwas wie Privatsphäre geben würde. Na, wenigstens mussten sie sich zum Thema Einladungskarten nicht mehr allzu viele Gedanken machen.

Da spürte sie, wie Laurent sich löste und sie auf einer Armlänge Abstand hielt.

»Eine Sache noch, Tinne. Ich muss dich um einen Gefallen bitten.«

»Ja, okay, was denn?«

Er schaute sie ernst an. »Kriegst du es hin, dass du zumindest an unserem Hochzeitstermin nicht gerade mit Elvis in irgendeinem unmöglichen Abenteuer steckst?«

Tinne umschlang ihn und gab ihm einen Kuss. »Na gut, versprochen«, wisperte sie ihm ins Ohr. »Aber nur, weil du's bist.«

Derweilen hielt sie hinter seinem Rücken sicherheitshalber die Finger gekreuzt. Weil ... man wusste ja nie, oder?

388

BUCHLAWINE

Liebe Leserinnen und Leser, sicher erinnern Sie sich an die Taxilawine, die Tinne und Elvis losgetreten haben. Das ist eine meiner Lieblingsszenen im Roman. Denn ich finde die Vorstellung schön, dass jemand um Hilfe bittet und plötzlich viele, viele Menschen aktiv werden. So ähnlich ist es auch bei der Entstehung eines Buches: Alles fängt mit einer Idee an, und dann braucht es jede Menge Unterstützung aus ganz verschiedenen Richtungen – eben eine Buchlawine.

Teil der ›Schandflut‹-Buchlawine waren Prof. Dr. Kirsten Grimm, die mir viele Einzelheiten zum Umbau des Naturhistorischen Museums erläutert hat. Dr. Frank Teske vom Stadtarchiv und Silja Geisler von der Wissenschaftlichen Stadtbibliothek haben mir beim schwierigen Thema der geplanten Mainzer U-Bahn weitergeholfen. Von Dominic Doos kenne ich die Details des grünen MCM-70-Waggons, und Volker Theis vom Wirtschaftsbetrieb Mainz hat meine tausend Fragen zum Abwassersystem geduldig beantwortet. Vielen Dank an alle! Sämtliche Ungenauigkeiten und Fehler sind entweder der Dramaturgie geschuldet oder meiner Unaufmerksamkeit. Manchmal auch beidem.

Wie in jedem Schand-Roman sind auch dieses Mal einige ›echte‹ Menschen ins Buch geschlüpft, um mit Tinne & Elvis auf Abenteuer zu gehen. Hier danke ich Kirsten Strasser von der AZ, Dr. Jens Dolata, der als Archäologe bei der polizeilichen Kanalbegehung dabei war, und dem (inzwischen seinen Ruhestand genießenden) Direktor des Naturhistorischen Museums, Dr. Michael Schmitz.

Das größte und gleichzeitig traurigste Dankeschön geht an Arnulf Stapf, den Gründer des Paläontologischen Museums in Nierstein. Er ist verstorben, während ich das Buch geschrieben habe, sodass er noch nicht einmal ›seine‹ Szenen lesen konnte. Es hat mich sehr froh gemacht, dass sein Sohn Harald Stapf und seine Witwe Renate Müller trotzdem der Veröffentlichung zugestimmt haben. Dieses Buch ist ihm in ehrenvollem Andenken gewidmet. Eine kleine Würdigung für einen großen Mann!

Damit sind wir bei der Frage nach Dichtung und Wahrheit. Wenn ich Ihren vielen Mails glauben darf, ist das auch für Sie als Leserinnen und Leser immer eine spannende Frage: Was ist Autorenfantasie, was ist reale Stadtgeschichte?

Die Entwicklung der Mainzer Kanalisation bis hin zu ihrem heutigen Zustand habe ich in weiten Teilen korrekt dargestellt, ebenso die wechselvolle Geschichte der Klarissenkirche, die heute das Naturhistorische Museum beherbergt. Dasselbe gilt für den Werdegang des Museums und die aktuelle Neugestaltung. Den grünen Waggon am Gleis 13 gibt es ebenfalls, nur das Miniatur-Mainz im Inneren ist erfunden. Stattdessen zeigt der MCM 70 dort den Zugverkehr in einer Landschaft, die ans Mittelrheintal angelehnt ist. Sehr interessant und immer einen Besuch wert!

Ein weißer Wal im Rhein? Ist die Fabulierlust da allzu sehr ins Kraut geschossen? Mitnichten, die Ereignisse um Moby Dick haben tatsächlich so stattgefunden, angefangen beim schießwütigen Duisburger Zoodirektor bis hin zu den Orangen, die Tierschützer massenweise in den Rhein geschüttet haben. Lediglich der zweite Belugawal, der »weiße Wal von Mainz«, darf getrost ins Reich der Fantasie verbannt werden.

Es bleibt die Frage nach der geheimnisvollen Mainzer U-Bahn. Tatsächlich hat es 1973/74 Pläne gegeben, einen Teil der heutigen Mainzelbahn als unterirdische Trasse auszubauen, genau so, wie Chris es im grünen Waggon schildert. Dabei wäre der alte Ortskern von Bretzenheim untertunnelt worden, die Stadt hat das Projekt aber aufgrund der immensen Kosten bald schon beerdigt. Die hier im Roman beschriebene U-Bahn unter der Rheinstraße geistert zwar durch die Gazetten und ist in Interviews immer wieder einmal angeklungen, eine belastbare Quelle habe ich allerdings trotz aller Mühe nicht finden können. Insofern bleibt der Tunnel so, wie wir Krimiautoren es am liebsten mögen: mysteriös, unklar und mit jeder Menge Fragezeichen. 😄

Die Buchlawine ist am Ende angekommen und bringt letzte, aber wichtige Helfer mit: meine Lektorin Teresa Storkenmaier sowie alle guten Geister beim Gmeiner-Verlag, meine lieben Eltern Dagmar & Robert Weichmann, Elmar Frey, Heinz Koss und natürlich meine Partnerin Susanne Reuber. An letzter (und damit eigentlich an erster) Stelle stehen aber wie immer Sie, liebe Krimifreunde, denn ein Buch ohne Leser ist nur bedrucktes Papier. Vielen Dank, dass Sie sich einmal mehr gemeinsam mit Tinne & Elvis auf Mainzer Geschichte(n) eingelassen haben!

HERZLICHST

Mehr zu Büchern und Autor unter www.helgeweichmann.de

Alle Bücher von Helge Weichmann:

Historikerin Tinne Nachtigall ermittelt:

1. Fall: Schandgrab
ISBN 978-3-8392-1445-9

2. Fall: Schandgold
ISBN 978-3-8392-1618-7

3. Fall: Schandkreuz
ISBN 978-3-8392-1859-4

4. Fall: Schandglocke
ISBN 978-3-8392-2162-4

5. Fall: Schandfieber
ISBN 978-3-8392-2333-8

6. Fall: Schandflut
ISBN 978-3-8392-2535-6

Weitere:

Schwarze Sonne
Roter Hahn
ISBN 978-3-8392-2057-3

SOKO Ente
ISBN 978-3-8392-2429-8

Kommissar Marcel Bleibier und die Elwetritsch:

Mörderjagd mit Elwetritsch
ISBN 978-3-8392-2584-4

Schatzsuche mit Elwetritsch
ISBN 978-3-8392-0322-4

Ludwigshöh & Elwetritsch
ISBN 978-3-8392-0839-7

SPANNUNG

GMEINER

WWW.GMEINER-VERLAG.DE
Wir machen's spannend

Uwe Ittensohn
Winzerkrieg
Kriminalroman
384 Seiten, 12,5 x 20,5 cm,
Broschur
ISBN 978-3-8392-0834-2

Privatschnüffler André Sartorius findet beim Joggen
am Speyerer Rheinufer eine durch einen Kopfschuss
schrecklich entstellte Leiche. Da die Tatwaffe fehlt,
geht die Polizei von Mord aus. Ein mysteriöser
Facebook-Post spricht hingegen für Selbstmord.
Dazu kommen gleich zwei Geständnisse. Kriminalhauptkommissar Achill verstrickt sich aussichtslos in
den Fall. Sartorius ermittelt derweil auf eigene Faust.
Unter den Winzern im Weinort Deidesheim trifft er
auf ein Gespinst über Machenschaften – und entwickelt eine eigenwillige Hypothese …

SPANNUNG

GMEINER

WWW.GMEINER-VERLAG.DE
Wir machen's spannend

Marcus Imbsweiler
Heidelbergtief
Kriminalroman
368 Seiten, 12,5 x 20,5 cm,
Broschur
ISBN 978-3-8392-0784-0

An einem stürmischen Abend fällt der Heidelberger
Start-up-Gründer Nicolas Greven aus dem fünften
Stock seines Bürogebäudes und stirbt. Obwohl es
keine Zeugen für ein Verbrechen gibt, gesteht die
Reinigungskraft Antonia Kumpe sofort, Greven
in die Tiefe gestoßen zu haben. Die Ermittlungen
werden bald eingestellt. Nur Kumpes Sohn Sebastian
ist von der Unschuld seiner Mutter überzeugt und
schaltet Privatdetektiv Max Koller ein. Doch gerade
als Koller erste Ergebnisse präsentieren kann, erhält
er einen anderen, viel lukrativeren Auftrag …

GMEINER SPANNUNG

WWW.GMEINER-VERLAG.DE
Wir machen's spannend

Kai Bliesener
Brand. Wein. Tod.
Kriminalroman
288 Seiten, 12,5 x 20,5 cm,
Broschur
ISBN 978-3-8392-0755-0

Auf dem Tisch vor JJ Schwarz liegt eine verkohlte
Frauenleiche. Die Bestatterin aus Fellbach soll den
Leichnam für die Beisetzung vorbereiten. Nachdem Grete Bürkle einige Tage vermisst wurde, hat
man sie in den Trümmern eines Hauses gefunden. JJ
erhält Druck von vielen Seiten, ihre Arbeit schnell
abzuschließen. Niemand scheint sich dafür zu interessieren, wo sich Grete Bürkle aufgehalten hat und
warum sie in dem fremden Haus gefunden wurde.
Die Bestatterin beschleicht das Gefühl, dass irgendetwas faul ist, und geht der Sache nach ...

GMEINER SPANNUNG

WWW.GMEINER-VERLAG.DE
Wir machen's spannend